Glendy Vanderah

Ein Nest
voller Träume

Roman

Aus dem amerikanischen Englisch
von Andrea Fischer

FISCHER

Aus Verantwortung für die Umwelt hat sich der S. Fischer Verlag zu einer nachhaltigen Buchproduktion verpflichtet. Der bewusste Umgang mit unseren Ressourcen, der Schutz unseres Klimas und der Natur gehören zu unseren obersten Unternehmenszielen.

Gemeinsam mit unseren Partnern und Lieferanten setzen wir uns für eine klimaneutrale Buchproduktion ein, die den Erwerb von Klimazertifikaten zur Kompensation des CO_2-Ausstoßes einschließt.

Weitere Informationen finden Sie unter: www.klimaneutralerverlag.de

Deutsche Erstausgabe

Erschienen bei FISCHER Taschenbuch
Frankfurt am Main, Januar 2023

Für die deutschsprachige Ausgabe:
© 2022 S. Fischer Verlag GmbH,
Hedderichstr. 114, D-60596 Frankfurt am Main

Copyright © 2019 by Glendy C. Vanderah
All rights reserved.
This edition is made possible under a license arrangement originating with Amazon Publishing, www.apub.com, in collaboration with Agence Hoffman.

Lektorat: Tanja Großmann
Satz: Fotosatz Amann, Memmingen
Druck und Bindung: GGP Media GmbH, Pößneck
Printed in Germany
ISBN 978-3-596-70725-6

*Für Cailley, William und Grant.
Und für Scott.*

1

Das Mädchen hätte ein Feenkind sein können. Es hob sich kaum von der Umgebung ab; das blasse Gesicht, der Kapuzenpullover und die Hose verschwammen mit dem Wald im Dämmerlicht. Die Kleine war barfuß. Reglos stand sie da, einen Arm um den Stamm eines Hickorybaums geschlungen, und rührte sich auch nicht von der Stelle, als das Auto am Ende der Kiesauffahrt wenige Meter von ihr entfernt knirschend zum Stehen kam.

Jo stellte den Motor aus und drehte dem Mädchen den Rücken zu, um Fernglas, Rucksack und Datenblätter vom Beifahrersitz zu nehmen. Wenn sie nicht hinsah, würde das Kind vielleicht wieder in sein Feenreich verschwinden.

Doch als Jo ausstieg, war es immer noch da. »Ich kann dich sehen«, rief Jo zum Schatten neben dem Hickorybaum hinüber.

»Ich weiß«, rief das Mädchen zurück.

Aus den Sohlen von Jos Wanderstiefeln fielen trockene Erdbrocken auf den betonierten Weg. »Kann ich dir irgendwie helfen?«

Das Mädchen antwortete nicht.

»Was machst du auf meinem Grundstück?«

»Ich wollte deinen Hund streicheln, aber er will nicht.«

»Das ist nicht mein Hund.«

»Wem gehört er denn?«

»Niemandem.« Jo öffnete die Tür zu der mit Insektengitter verkleideten Veranda. »Geh besser nach Hause, so lange es noch nicht ganz dunkel ist.« Sie knipste die Insektenlampe an und schloss die Haustür auf. Nachdem sie das Licht eingeschaltet hatte, verriegelte sie die Tür. Das Mädchen war zwar keine zehn Jahre alt, mochte aber trotzdem etwas im Schilde führen.

In der nächsten Viertelstunde duschte Jo und zog sich T-Shirt, Jogginghose und Sandalen an. Sie machte in der Küche Licht, was einen stummen Schwarm Insekten an das erleuchtete Fenster zog. Während sie das Grillgut vorbereitete, wanderten ihre Gedanken zu dem Mädchen draußen. Es hatte bestimmt zu viel Angst vor der einbrechenden Dunkelheit und war nach Hause gegangen.

Jo nahm eine marinierte Hühnerbrust und drei Gemüsespieße mit zu der Feuerstelle auf dem Rasen, der sich zwischen dem mit gelben Schindeln verkleideten Haus und der mondbeschienenen Graslandschaft erstreckte. Das Ferienhaus namens »Kinney Cottage« stammte aus den vierziger Jahren. Es stand auf einer Anhöhe mit Blick auf den Wald; auf der Rückseite gab es eine freie Fläche, die regelmäßig vom Besitzer abgebrannt wurde, damit der Wald nicht zu nah ans Haus heranrückte. Jo entfachte ein Feuer im Steinkreis und platzierte den Grillrost obenauf. Während sie Hühnerbrust und Spieße darauf verteilte, kam eine dunkle Gestalt um die Hausecke geschlichen. Jo zuckte zusammen. Es war das Mädchen. Nur wenige Meter vom Feuer entfernt blieb es stehen und beobachtete, wie Jo den letzten Spieß auf den Rost legte. »Hast du keinen Herd?«, fragte das Kind.

»Doch.«

»Warum kochst du dann draußen?«

Jo setzte sich auf einen der vier klapprigen Gartenstühle. »Weil's mir Spaß macht.«

»Das riecht gut.«

Falls das Kind sich hier herumtrieb, um etwas zu essen zu bekommen, wäre es enttäuscht von den leeren Schränken einer Feldbiologin, die nur wenig Zeit zum Einkaufen fand. Das Mädchen sprach mit dem gedehnten Akzent der Einheimischen; barfuß, wie sie war, musste sie in der Nähe wohnen. Sollte sie sich doch zu Hause den Bauch vollschlagen.

Das Mädchen kam näher. Im Schein des Feuers sah Jo ihr Gesicht und das schmutzig blonde Haar, doch die Augen blieben mysteriöse schwarze Löcher in ihrem Gesicht.

»Meinst du nicht, dass es Zeit ist, nach Hause zu gehen?«, fragte Jo.

Das Mädchen kam noch näher. »Ich habe kein Zuhause auf der Erde. Ich komme von da oben.« Sie zeigte in den Himmel.

»Woher?«

»Von Ursa Major.«

»Aus dem Sternbild Großer Bär?«

Das Kind nickte. »Ich komme aus der Feuerradgalaxie. Das ist eine Spiralgalaxie im hinteren Teil des Großen Bären.«

Jo hatte keine Ahnung von Galaxien, doch der Name klang erfunden. »Ich habe noch nie von einer Feuerradgalaxie gehört«, sagte sie.

»So wird sie auf der Erde genannt, bei uns heißt sie ganz anders.«

Nun konnte Jo die Augen der Kleinen sehen. Das clevere Funkeln in ihrem Blick wollte nicht recht zu ihrem Puppengesicht passen. Jo dachte, dass das Mädchen sie auf den Arm nehmen wollte. »Wenn du ein Alien bist, warum siehst du dann aus wie ein Mensch?«

»Ich habe mir den Körper eines Erdenmädchens geliehen.«

»Dann sag dem Mädchen, es soll mit dir nach Hause gehen, so lange du da drin bist, ja?«

»Das kann es nicht. Es war tot, als ich mir seinen Körper genommen habe. Wenn es jetzt plötzlich zurückkäme, würden seine Eltern Angst bekommen.«

Das Kind tat so, als sei es ein Zombie. Solche Phantasiespiele waren typisch für Kinder, hatte Jo gehört, aber wenn das Mädchen jemanden suchte, mit dem es Alien oder Zombie spielen konnte, war es bei ihr an der falschen Adresse. Jo hatte weder mit Kindern noch mit Traumwelten je viel anfangen können, auch nicht als sie selbst im Alter des Mädchens war. Jos Eltern, beide in der Wissenschaft tätig gewesen, hatten gern behauptet, das läge an der doppelten Dosis analytischer Gene, die ihre Tochter mitbekommen habe. Sie erzählten oft, Jo sei mit einem grimmigen Stirnrunzeln auf die Welt gekommen, als vertrete sie eine kritische Hypothese darüber, wo sie gelandet war und wer all die Menschen im Kreissaal sein mochten.

Hungrig verfolgte der angebliche Alien in Menschengestalt, wie Jo die Hühnerbrust wendete.

»Geh mal besser zum Essen nach Hause«, sagte Jo. »Deine Eltern machen sich bestimmt schon Sorgen.«

»Ich habe doch gesagt, ich habe kein ...«

»Willst du irgendwo anrufen?« Jo zog ihr Handy aus der Hosentasche.

»Wen sollte ich denn anrufen?«

»Ich kann das auch für dich tun. Sag mir einfach die Nummer!«

»Wie sollte es denn ein Telefon geben, wenn ich von den Sternen komme?«

»Wie wär's mit der Nummer des Mädchens, dessen Körper du genommen hast?«

»Ich weiß nichts über sie, nicht mal ihren Namen.«

Was auch immer das Kind da erzählte, Jo war zu müde dafür. Sie war seit vier Uhr morgens auf den Beinen, war mehr als dreizehn Stunden bei großer Hitze und hoher Luftfeuchtigkeit durch Wald und Flur gestiefelt. So verliefen bei ihr seit Wochen fast alle Tage, und die wenigen Stunden abends im Cottage waren ihr wichtig, um sich zu entspannen. »Wenn du nicht gehst, rufe ich die Polizei«, sagte sie mit aufgesetzter Strenge.

»Was soll diese *Polizei* denn tun?«, erwiderte das Mädchen, als hätte sie das Wort noch nie gehört.

»Dich dahin bringen, wo du hingehörst.«

Das Mädchen verschränkte die Arme vor der schmalen Brust. »Und was macht die Polizei, wenn ich sage, dass ich kein Zuhause habe?«

»Dann nimmt sie dich mit zum Polizeirevier und macht deine Eltern ausfindig beziehungsweise ermittelt, wo du wohnst.«

»Und was macht die Polizei, wenn sie da anruft, und die Leute sagen, dass ihre Tochter tot ist?«

Allmählich wurde Jo wütend. »Hör mal, es ist nicht komisch, wenn man niemanden auf der Welt hat. Geh zurück zu den Menschen, die für dich verantwortlich sind.«

Das Mädchen verschränkte die Arme noch fester und schwieg.

Vielleicht half es, wenn Jo ihr ein bisschen Angst machte. »Wenn du wirklich keine Familie hast, bringt dich die Polizei zu einer Pflegefamilie.«

»Was ist das?«

»Dann kommst du zu fremden Leuten. Die sind nicht unbedingt nett, also geh jetzt besser nach Hause, bevor ich die Polizei rufe.«

Das Mädchen rührte sich nicht.

»Ich meine es ernst.«

Der junge Hund, der schon an den letzten Abenden bei Jo um Essen gebettelt hatte, wagte sich in den Widerschein des

Feuers. Das Mädchen hockte sich hin, streckte die Hand aus und wollte das Tier mit hoher Stimme zu sich locken.

»Der kommt nicht«, sagte Jo. »Das ist ein wilder Hund. Wurde wahrscheinlich im Wald geboren.«

»Wo ist seine Mutter?«

»Keine Ahnung.« Jo legte ihr Handy zur Seite und wendete die Spieße. »Gibt es irgendeinen Grund, warum du Angst hast, nach Hause zu gehen?«

»Warum glaubst du nicht, dass ich von den Sternen komme?«

Das nervige Kind wusste einfach nicht, wann es genug war. »Hör mal, kein Mensch wird dir abnehmen, dass du ein Alien bist.«

Das Mädchen ging ans Ende der Rasenfläche, wo das Grasland begann, reckte Gesicht und Arme dem Sternenhimmel entgegen und skandierte unverständliche Worte, die wohl die Sprache eines Aliens darstellen sollten. Es klang, als spräche sie fließend eine Fremdsprache. Anschließend drehte sie sich, die Hände in die Hüften gestützt, selbstgefällig zu Jo um.

»Ich hoffe, du hast deine Aliens gebeten, dich abzuholen«, sagte Jo.

»Das war eine Grußadresse.«

»Eine *Grußadresse*. Aha. Interessant.«

Das Mädchen ging wieder zum Feuer. »Ich kann noch nicht zurück. Ich muss auf der Erde bleiben, bis ich fünf Wunder erlebt habe. Das gehört zu unserer Ausbildung, wenn wir in einem bestimmten Alter sind – so ähnlich wie hier in der Schule.«

»Dann wirst du länger hier bleiben müssen. Es ist mehr als zweitausend Jahre her, dass Wasser in Wein verwandelt wurde.«

»Ich meine keine Wunder wie in der Bibel.«

»Sondern?«

»Alles Mögliche«, antwortete das Mädchen. »Du bist ein Wunder, und der Hund ist eins. Das alles hier ist eine ganz neue Welt für mich.«
»Gut, dann kannst du ja schon zwei abhaken.«
»Nein, die Wunder hebe ich mir für richtig gute Sachen auf.«
»Vielen Dank auch!«
Das Mädchen setzte sich in den Gartenstuhl neben Jo. Von der Hühnerbrust tropfte ölige Marinade ins Feuer. Es qualmte, und ein leckerer Duft verbreitete sich in der Abendluft. Das Kind starrte auf das Fleisch. Es hatte offenbar wirklich Hunger. Vielleicht konnten sich die Eltern kein Essen leisten. Jo ärgerte sich, dass sie nicht eher darauf gekommen war.
»Du kannst ja hier noch etwas essen, bevor du nach Hause gehst«, schlug sie vor. »Magst du einen Putenburger?«
»Woher soll ich wissen, wie Putenburger schmecken?«
»Willst du einen oder nicht?«
»Ja. Ich soll auf der Erde so viel wie möglich probieren.«
Jo schob die Hühnerbrust auf die nicht so heiße Seite des Gitters, dann ging sie ins Haus und suchte einen gefrorenen Putenpatty, ein Burgerbrötchen und die übrigen Zutaten zusammen. Ihr fiel ein, dass sie noch ein bisschen Käse im Kühlschrank hatte, und nahm ihn mit. Das Mädchen hatte den Käse wahrscheinlich nötiger als Jo.
Sie ging nach draußen zurück, legte das Putenfleisch auf den Rost und die anderen Sachen auf den leeren Stuhl neben sich.
»Ich hoffe, du magst den Burger mit Käse.«
»Von Käse habe ich schon gehört«, sagte das Mädchen. »Soll lecker sein.«
»Wer sagt das?«
»Die, die mal hier waren. Wir lernen schon ein bisschen über die Erde, bevor wir herkommen.«
»Wie heißt dein Planet?«

»Das ist in deiner Sprache schwer auszusprechen – so ähnlich wie *Hedareh*. Hast du auch Marshmallows?«

»Auf Hedareh kennt man Marshmallows?«

»Angeblich spießen die Kinder sie auf einen Stock und lassen sie über dem Feuer schmelzen. Hab gehört, dass das gut schmecken soll.«

Endlich hatte Jo einen Grund, die Tüte mit den Marshmallows zu öffnen, die sie aus einer Laune heraus gekauft hatte, als sie ins Cottage gezogen war. Es wurde auch Zeit, sie zu essen, bevor die Dinger alt und hart würden. Jo holte die Tüte aus dem Küchenschrank und legte sie dem Alienmädchen auf den Schoß. »Aber zuerst isst du deinen Burger.«

Das Kind suchte sich einen Stock und setzte sich wieder auf den Stuhl, die Marshmallows legte es sich auf den Schoß, die dunklen Augen auf das bratende Fleisch gerichtet. Jo röstete das Brötchen und legte einen der Grillspieße mit Kartoffeln, Broccoli und Pilzen neben den Burger auf den Teller. Sie hatte zwei Gläser mit nach draußen gebracht. »Magst du Apfelcider?«

Das Mädchen probierte einen Schluck. »Schmeckt echt gut!«

»Gut genug, um als ein Wunder durchzugehen?«

»Nein«, befand der kleine Alien, aber leerte innerhalb von Sekunden fast das ganze Glas.

Während Jo den ersten Bissen aß, hatte das Mädchen seinen Burger schon beinahe vollständig verputzt. »Wann hast du das letzte Mal etwas gegessen?«, fragte Jo.

»Noch auf meinem Planeten«, antwortete das Mädchen mit vollem Mund.

»Und wann war das?«

Das Mädchen schluckte. »Gestern Abend.«

Jo legte ihre Gabel beiseite. »Du hast den ganzen Tag nichts gegessen?«

Die Kleine schob sich ein Stück Kartoffel in den Mund. »Ich wollte nicht. Mir war irgendwie schlecht ... von der Reise zur Erde, dem neuen Körper und so.«

»Aber jetzt futterst du wie ausgehungert...«

Das Mädchen zerteilte das letzte Stück vom Burger und warf die Hälfte dem bettelnden Hund hin, wahrscheinlich um zu beweisen, dass es nicht ausgehungert war. Der Hund schlang das Essen so schnell hinunter wie das Mädchen. Als es dem Tier den letzten Rest auf der Hand hinhielt, schlich der Hund vorsichtig heran, schnappte sich das Fleisch und zog sich zum Fressen zurück. »Hast du das gesehen?«, fragte das Mädchen. »Er hat mir aus der Hand gefressen!«

»Ja.« Doch Jo sah nicht nur das; sie sah auch ein Kind, das vielleicht große Probleme hatte. »Ist das eine Schlafanzughose, die du da anhast?«

Das Mädchen schaute auf seine dünne Hose hinunter. »Ich glaube, so heißt das auf der Erde.«

Jo schnitt eine Scheibe von der Hühnerbrust ab. »Wie heißt du?«

Das Mädchen ging auf die Knie und krabbelte langsam zum Hund hinüber. »Ich habe keinen Erdennamen.«

»Und wie ist dein Alienname?«

»Der ist schwer auszusprechen.«

»Sag trotzdem!«

»Ungefähr so: *Eerpüd-na-asru.*«

»Er pü ...?«

»Nein, Eerpüd-na-asru.«

»Okay, Eerpüd, jetzt sag mir mal die Wahrheit: Warum bist du hier?«

Das Mädchen ließ den ängstlichen Hund in Ruhe und erhob sich. »Darf ich jetzt die Marshmallows aufmachen?«

»Erst isst du den Broccoli.«

Der kleine Alien schaute auf den Teller. »Das grüne Zeug?«

»Genau.«

»Auf meinem Planeten essen wir nichts Grünes.«

»Du hast gesagt, du sollst hier möglichst viel probieren.«

Schnell schob sich das Mädchen die drei Broccoliröschen in den Mund. Während sie kaute, riss sie die Plastiktüte mit den Marshmallows auf.

»Wie alt bist du?«, fragte Jo.

Mit großer Überwindung schluckte das Kind das letzte Stück Broccoli hinunter. »Mein Alter kann ein Mensch nicht verstehen.«

»Wie alt ist der Körper, in dem du steckst?«

Der Alien spießte einen Marshmallow auf. »Weiß ich nicht.«

»Ich muss wirklich die Polizei rufen«, sagte Jo.

»Warum?«

»Das weißt du doch. Du bist wie alt? Neun … zehn? Du kannst nicht nachts allein durch die Gegend laufen. Es muss sich doch jemand um dich kümmern!«

»Wenn du die Polizei rufst, laufe ich weg.«

»Warum? Die hilft dir doch.«

»Ich will nicht bei bösen Leuten landen, die ich nicht kenne.«

»Das war ein Witz. Man würde bestimmt eine nette Familie für dich finden.«

Das Mädchen drückte einen dritten Marshmallow auf den Spieß. »Glaubst du, Kleiner Bär mag Marshmallows?«

»Welcher kleine Bär?«

»Der Hund – ich nenne ihn nach Ursa Minor, dem Sternbild neben meinem. Findest du nicht, dass er wie ein kleiner Bär aussieht?«

»Nein, und gib ihm keine Marshmallows! Zucker ist nicht gut für Hunde.« Zu abgelenkt, um aufzuessen, warf Jo die letzten Stückchen Hühnerbrust dem Hund hin. Als der Köter das Fleisch verschlungen hatte, gab sie ihm auch noch die restlichen Gemüsestücke von den zwei Spießen.

»Du bist nett«, sagte das Mädchen.

»Nein. Ich bin dumm. Jetzt werde ich ihn nie wieder los.«

»Hui!« Die Kleine hielt sich brennende Marshmallows vors Gesicht und pustete.

»Warte, bis sie abgekühlt sind!«, mahnte Jo.

Doch der kleine Alien hörte nicht, sondern stopfte sich die zähe weiße Masse in den Mund. Ein süßer Klumpen nach dem anderen verschwand, anschließend röstete das Mädchen noch einen Spieß, während Jo die Soßen und das Geschirr in die Küche brachte. Beim Abwaschen überlegte sie sich eine neue Strategie. »Böser Bulle« funktionierte offenbar nicht. Jo musste das Vertrauen des Mädchens gewinnen, um etwas aus ihm herauszubekommen.

Als Jo wieder nach draußen ging, saß das Kind im Schneidersitz im Gras und ließ sich vom Hund hingebungsvoll die geschmolzenen Marshmallows von den Fingern lecken. »Ich hätte nie gedacht, dass dieser Hund einem Menschen aus der Hand frisst«, sagte Jo.

»Es ist zwar eine Menschenhand, aber er weiß, dass ich von Hedareh komme.«

»Ist das was Besseres?«

»Wir haben besondere Kräfte. Wir haben die Macht, Gutes zu bewirken.«

Das arme Kind. Wahrscheinlich suchte es Zuflucht in seiner blühenden Phantasie, weil es in schlimmen Verhältnissen lebte. »Kann ich deinen Stock haben?«

»Für Marshmallows?«

»Nein, um dich von meinem Grundstück zu vertreiben!«

Das Mädchen grinste. Ein tiefes Grübchen bildete sich in

ihrer linken Wange. Jo spießte zwei Marshmallows auf und hielt sie übers Feuer. Das Kind setzte sich wieder in den Gartenstuhl, und der Hund legte sich daneben, als hätte das Mädchen ihn wie von Zauberhand gezähmt. Als die Marshmallows von allen Seiten gebräunt und ausreichend abgekühlt waren, aß Jo sie direkt vom Stock.

»Ich wusste nicht, dass auch Erwachsene Marshmallows mögen«, bemerkte das Mädchen.

»Das ist ein Geheimnis, das Erdenkinder nicht kennen.«

»Wie heißt du?«

»Joanna. Joanna Teale. Aber die meisten nennen mich Jo.«

»Wohnst du ganz allein hier?«

»Nur den Sommer über. Ich habe das Haus gemietet.«

»Warum?«

»Wenn du hier aus der Gegend bist – und das bist du mit Sicherheit –, dann weißt du, warum.«

»Ich komme doch nicht von hier. Erzähl!«

Jo ermahnte sich, den guten Bullen zu spielen und nicht wieder auf der Lügengeschichte herumzureiten. »Dieses Haus und knapp dreißig Hektar drumherum gehören einem Biologieprofessor namens Kinney. Er vermietet es an andere Professoren und Doktoranden, die hier wohnen, wenn sie ihre Feldstudien betreiben.«

»Warum wohnt er nicht selbst hier?«

Jo legte den Stock auf den steinernen Rand der Feuerstelle. »Als er das Haus gekauft hat, war er Mitte vierzig. Er hat es mit seiner Frau als Ferienhaus genutzt und unten am Fluss Wasserinsekten erforscht, aber seit sechs Jahren kommen die beiden nicht mehr her.«

»Warum nicht?«

»Sie sind jetzt über siebzig, und seine Frau ist krank. Deshalb müssen sie immer in der Nähe eines Krankenhauses sein.

Mit dem Haus verdienen sie ein bisschen Geld, aber sie vermieten es nur an Leute aus der Wissenschaft.«

»Bist du eine Wissenschaftlerin?«

»Fast. Ich bin noch nicht fertig. Ich bin Doktorandin.«

»Was heißt das?«

»Das heißt, dass ich die ersten vier Jahre Studium hinter mir habe und jetzt weitere Seminare besuche, selbst unterrichte und forsche, um zu promovieren.«

»Was heißt ›promovieren‹?«

»Einen Doktortitel erlangen. Wenn ich den habe, kann ich eine Professorenstelle an einer Universität bekommen.«

Das Mädchen leckte sich die schmutzigen, vom Hund abgeschleckten Finger ab und rieb über die schwarzen Marshmallowreste an seiner Wange. »Eine Professorin unterrichtet Studenten, oder?«

»Ja, und die meisten in meinem Fachgebiet forschen auch.«

»Was ist das für ein Fachgebiet?«

Unerschöpfliche Neugier. Das Mädchen würde eine hervorragende Wissenschaftlerin abgeben. »Also, mein Fachgebiet ist Vogelschutz und -ökologie.«

»Was machst du da genau?«

»Jetzt ist es aber mal gut, Erpu...«

»Eerpüd!«

»Es wird Zeit, dass du nach Hause gehst. Ich muss früh aufstehen, deshalb muss ich jetzt ins Bett.« Jo holte den Wasserschlauch und zog ihn zum Feuer.

»Musst du es ausmachen?«

»Der Feurige Bär sagt, dass es besser ist.« Sie drehte den Schlauch auf, die Flammen zischten und qualmten.

»Das ist traurig«, bemerkte das Mädchen.

»Was?«

»Der Geruch von nasser Asche.« Das Gesicht der Kleinen

wirkte bläulich im Schein der Neonröhre aus der Küche. Fast so, als sei sie wieder zum Feenkind geworden.

Jo drehte den quietschenden Wasserhahn zu. »Warum verrätst du mir nicht, weshalb du dich hier rumtreibst?«

»Hab ich dir doch gesagt!«

»Hör doch mal auf damit! Ich gehe jetzt ins Haus, aber ich habe kein gutes Gefühl dabei, wenn du hier draußen bist.«

»Schon in Ordnung.«

»Gehst du heim?«

»Komm, Kleiner Bär«, sagte das Mädchen, und unglaublicherweise folgte ihr der Hund.

Jo sah zu, wie das Alienkind mit dem Köter davontrottete, und das Bild, wie die beiden im dunklen Wald verschwanden, hatte etwas so Trauriges an sich wie der Geruch von nasser Asche.

2

Um vier Uhr morgens wurde Jo vom Wecker aus dem Schlaf gerissen – ihre normale Aufstehzeit an Tagen, wenn sie lange Strecken zu ihren Beobachtungsgebieten zurücklegen musste. Im Licht der Nachttischlampe zog sie ein T-Shirt, ein Hemd, eine Cargohose und Stiefel an. Erst als sie die Neonröhre über dem Herd anknipste, fiel ihr das Mädchen wieder ein. Seltsam, wo sie doch in der unruhigen halben Stunde vor dem Einschlafen an fast nichts anderes gedacht hatte. Jo schaute durch die Hintertür auf die leeren Stühle an der Feuerstelle. Dann machte sie das Außenlicht vorne an und trat auf die Veranda. Keine Spur von dem Mädchen. Wahrscheinlich war sie wirklich nach Hause gegangen.

Während der Porridge kochte, machte sich Jo ein Thunfisch-Sandwich und packte es zu ihrem Studentenfutter und dem Wasser in die Tasche. Zwanzig Minuten später verließ sie das Haus und erreichte das erste ihrer neun Untersuchungsgebiete bei Sonnenaufgang. In der kühlen Morgenluft suchte sie an der Church Road, dem Standort mit dem wenigsten Schatten, nach Nestern von Indigofinken. Zwei Stunden später fuhr sie zur Jory Farm, dann zur Cave Hollow Road.

Um fünf Uhr nachmittags machte Jo Schluss, früher als gewöhnlich. In den letzten beiden Jahren, seit ihrer Diagnose und dem kürzlichen Tod ihrer Mutter, hatte sie sich an die

Schlafstörungen gewöhnt, doch aus irgendeinem Grund war die Beklemmung in den letzten drei Nächten besonders schlimm gewesen. Jo wollte spätestens um neun im Bett sein, um ein wenig Schlaf nachzuholen.

Obwohl sie vorher bei einem Hofladen vorbeigefahren war, kam sie früh genug zur Turkey Creek Road, um noch den Eiermann anzutreffen, einen bärtigen jungen Mann, der immer an der Kreuzung der Turkey Creek Road mit der Landstraße unter einer blauen Plane saß. An Jos seltenen freien Tagen – meistens, wenn es regnete – hatte sie festgestellt, dass er einen regelmäßigen Turnus hatte; er verkaufte seine Eier montagabends und donnerstagvormittags.

Als sie um die Kurve bog, nickte der Mann ihr zu. Sie winkte zurück und hätte gerne Eier gekauft, um ihn zu unterstützen, hatte aber noch mindestens vier im Kühlschrank.

Turkey Creek Road war eine fünf Meilen lange Schotterstraße, die bis zum Kinney-Grundstück und einem Flüsschen namens Turkey Creek führte. Die Strecke nahm eine Weile in Anspruch, selbst mit einem SUV. Nach der ersten Meile wurde die Piste schmaler, wand sich voller Schlaglöcher und Bodenwellen durch die Landschaft. Zum Ende hin wurde sie an den Stellen, wo der Fluss sie bei starkem Regen unterspülte, mehrmals gefährlich steil. Das letzte Stück der Heimfahrt über die Turkey Creek Road war für Jo immer das Highlight des Tages. Sie wusste nie, was sie hinter der nächsten Kurve erwartete – ein Truthahn, eine Familie Virginiawachteln oder sogar ein Rotluchs. Zum Schluss bot die Straße einen herrlichen Blick auf den klaren Fluss in seinem steinigen Bett und brachte Jo nach einer Linkskurve zu ihrem malerisch gelegenen Cottage auf der Anhöhe.

Als Jo an diesem Tag auf den Kiesweg zum Cottage abbog, erblickte sie jedoch keine wilden Tiere, sondern den Ursa-

Major-Alien nebst dem Ursa-Minor-Hund. Das Mädchen trug dieselbe Kleidung wie am Vortag und war immer noch barfuß. Jo parkte und stieg in ihrer kompletten Feldmontur aus. »Was willst du denn wieder hier?«

»Habe ich doch gesagt«, antwortete das Mädchen. »Ich komme von …«

»Du musst nach Hause!«

»Ja! Ich verspreche, dass ich zurückkehre, wenn ich fünf Wunder gesehen habe.«

Jo holte ihr Handy aus der Hosentasche. »Tut mir leid. Ich rufe jetzt die Polizei.«

»Wenn du das machst, laufe ich weg. Dann suche ich mir ein anderes Haus.«

»Das würde ich nicht tun! Es gibt sonderbare Menschen, böse Menschen …«

Das Mädchen verschränkte die Arme vor der Brust. »Dann ruf nicht die Polizei!«

Gute Idee. Das erledigte Jo besser, wenn die Kleine es nicht mitbekam. Jo steckte das Handy ein. »Hast du Hunger?«

»Bisschen«, sagte das Kind.

Wahrscheinlich hatte es seit dem Vorabend nichts mehr gegessen. »Magst du Eier?«

»Rührei soll lecker sein.«

»Unten an der Straße ist ein Stand, da gibt es Eier. Ich besorge welche.«

Das Mädchen beobachtete, wie Jo zu ihrem Auto ging. »Wenn das gelogen ist und du die Polizei holst, laufe ich weg.«

Die Verzweiflung in den Augen des Kindes berührte Jo, als sie vom Auto aus zurückblickte. Sie wendete und bog wieder auf die Turkey Creek Road ab. Ungefähr eine Meile weiter hielt sie auf einer Anhöhe, weil sie vermutete, dass der Empfang dort einigermaßen gut war, und rief die Auskunft an, um die

Nummer vom Vorzimmer des Sheriffs zu bekommen. Nach drei erfolglosen Versuchen legte sie das Handy auf die Konsole. Sie hatte eine bessere Idee.

Gerade noch rechtzeitig erreichte Jo die Nebenfahrbahn des Highways. Der Eiermann hatte seine Dachplane und das Schild mit der Aufschrift »FRISCHE EIER« schon abgebaut, den Tisch und seinen Stuhl mit drei übrig gebliebenen Eierkartons aber noch nicht im Auto verstaut. Jo hielt am Straßenrand und nahm sich ihr Portemonnaie. Sie wartete hinter dem Eiermann, der sich über den Tisch beugte, um die Beine einzuklappen. Jo hatte den Mann noch nie in voller Größe gesehen, weil er immer hinter seinem Tisch hockte. Er war ungefähr eins achtzig groß und kräftig, jedoch nicht wie jemand, der Gewichte stemmt, sondern mit gleichmäßig aufgebauten Muskeln von harter körperlicher Arbeit.

Er drehte sich um, lächelte und hielt Jos Blick länger als sonst. »Spontan Lust auf ein Omelett bekommen?«, fragte er, als er das Portemonnaie in ihrer Hand bemerkte.

»Schön wär's«, sagte sie, »aber ich hab keinen Käse mehr. Muss mich mit Rührei begnügen.«

»Tja, ohne Käse ist es kein richtiges Omelett.«

In den fünf Wochen seit ihrer Ankunft hatte Jo dreimal Eier gekauft. So viel hatte der Mann noch nie mit ihr gesprochen. Normalerweise bestand sein Beitrag zur Kommunikation in einem Nicken, dem Annehmen des Geldes mit seiner schwieligen Hand und einem »Danke, Ma'am«, wenn sie sagte, er könne das Wechselgeld behalten. Der Eiermann war ihr ein Rätsel. Sie hätte angenommen, dass ein Typ, der am Straßenrand Eier verkaufte, ein bisschen schwer von Begriff sei, doch seine Augen, die in dem bärtigen Gesicht hervorstachen, waren schneidend wie blaue Glasscherben. Außerdem war er noch recht jung, schätzungsweise in Jos Alter. Sie verstand nicht, warum ein aufgeweckter Kerl in dem Alter mitten im Nirgendwo Eier verkaufte.

Der Eiermann legte den Klapptisch im Gras ab und drehte sich zu ihr um. »Einen kleinen oder einen großen Karton?«

Jo hörte bei ihm nicht den für die Einwohner von Süd-Illinois typischen langgezogenen Akzent. »Einen großen«, sagte sie und reichte ihm einen Fünfer aus ihrem Portemonnaie.

Er nahm einen Karton vom Stuhl und tauschte ihn gegen den Geldschein.

»Stimmt so«, sagte sie.

»Danke, Ma'am«, erwiderte er und stopfte sich das Geld in die Gesäßtasche. Dann hob er den Tisch an und trug ihn zu seinem alten weißen Pick-up.

Jo folgte ihm. »Darf ich Sie etwas fragen?«

Er hievte den Tisch auf die offene Ladefläche seines Wagens und drehte sich zu ihr um. »Dürfen Sie.«

»Ich habe da ein Problem...«

Seine Augen leuchteten auf, eher aus Neugier denn vor Sorge.

»Sie wohnen doch an dieser Straße, oder?«

»Ja. Auf dem Grundstück neben den Kinneys.«

»Oh, das wusste ich gar nicht.«

»Was ist denn das Problem, Frau Nachbarin?«

»Ich nehme mal an, dass Sie die Leute hier in der Gegend kennen. Wahrscheinlich kaufen die auch ihre Eier bei Ihnen.«

Er nickte.

»Gestern Abend ist ein Mädchen bei mir aufgetaucht. Haben Sie gehört, dass irgendwo ein Kind vermisst wird?«

»Nein.«

»Sie ist ungefähr neun Jahre alt, dünn, hat lange dunkelblonde Haare, große braune Augen ... ein hübsches, interessantes Gesicht, eher oval. Ein Grübchen in der Wange, wenn sie lächelt. Kommt Ihnen das bekannt vor?«

»Nein.«

»Sie muss aber hier aus der Gegend sein. Sie war barfuß und hatte nur eine Pyjamahose und einen Kapuzenpullover an.«

»Sagen Sie ihr, sie soll nach Hause gehen.«

»Hab ich ja, aber sie will nicht. Ich glaube, sie hat Angst. Sie hatte den ganzen Tag nichts gegessen.«

»Dann rufen Sie vielleicht besser die Polizei.«

»Sie sagt, wenn ich das tue, würde sie weglaufen. Hat mir eine abstruse Geschichte aufgetischt, sie käme von einem anderen Planeten und hätte sich den Körper eines toten Mädchens geliehen.«

Der Eiermann hob die Augenbrauen.

»Ja, ziemlich abstrus. Aber ich halte sie nicht für verrückt. Sie ist intelligent …«

»Viele Verrückte sind intelligent.«

»Aber es kommt mir vor, als wüsste sie genau, was sie tut.«

Seine blauen Augen wurden noch stechender. »Warum sollte ein psychisch kranker Mensch nicht genau wissen, was er tut?«

»Darauf will ich ja hinaus.«

»Worauf?«

»Was ist, wenn sie intelligent genug ist, um zu wissen, was sie tut?«

»Will sagen?«

»Dass sie weiß, wie gefährlich es ist, nach Hause zu gehen.«

»Sie ist erst ungefähr neun. Sie muss nach Hause.« Der Eiermann öffnete die Beifahrertür und stellte die zwei verbliebenen Eierkartons in den Fußbereich.

»Also rufe ich die Polizei, und wenn das Mädchen das merkt, läuft es weg. Wer weiß, was dann passiert …«

»Dann sagen Sie der Polizei, sie soll sich anschleichen.«

»Wie denn? Sie ist doch längst im Wald, bis die Polizisten ausgestiegen sind.«

Er wusste auch keine bessere Lösung.

»Mist! Ich hab keinen Bock darauf!«

Verständnisvoll musterte der Eiermann Jo, den Arm auf der offenen Beifahrertür. »Sie sehen aus, als hätten Sie einen langen Tag hinter sich.«

Jo schaute auf ihre schmutzige Kleidung. »Tja. Und er wird noch länger, als ich mir vorgenommen habe.«

»Wie wäre es, wenn ich mitkomme und mir das Mädchen mal angucke? Vielleicht kenne ich sie ja...«

»Würden Sie das tun?«

»Ja. Aber ich kann nichts versprechen.«

Jo hielt ihm die Eierpackung hin. »Bringen Sie die hier mit. Ich sage dem Mädchen, dass Sie keine Eier mehr hatten und erst welche von zu Hause holen mussten. Sonst wird sie vielleicht misstrauisch.«

»Das kleine Mädchen hat Sie ja ganz schön im Griff.«

Der Mann stellte die Eier zu den anderen in den Fußraum vorm Beifahrersitz. »Und, wozu forschen Sie genau?«

Diese Frage hatte Jo vom Eiermann nicht erwartet. Im ersten Moment wusste sie nichts zu sagen.

»Letzten Sommer haben ein paar Studenten im Cottage gewohnt, die haben Fische untersucht«, sagte er. »Im Sommer davor waren es Libellen und Bäume.«

»Ich forsche zu Vögeln«, antwortete Jo.

»Welche Art?«

»Ich untersuche den Bruterfolg von Indigofinken.«

»Davon gibt's hier viele.«

Jo war überrascht, dass er die Vogelart kannte. Viele Menschen kannten höchstens den Kardinal, und selbst der wurde oft nur »roter Vogel« genannt.

»Ich habe Sie ein paarmal herumlaufen sehen«, sagte der Eiermann. »Sind die orangen Markierungsbänder, die überall rumflattern, von Ihnen?«

»Ja. Die Turkey Creek Road gehört zu meinen Beobachtungsgebieten.« Jo verriet ihm nicht, dass die Bänder Nester markierten. Wenn das die Kinder in der Gegend spitzbekämen, würden sie vielleicht Blödsinn machen und das Ergebnis verfälschen. Jo sah zu, wie der Mann den Klappstuhl zusammenfaltete. »Ist Ihnen vielleicht zufällig ein Hund entlaufen?«, fragte sie.

»Ich habe keinen Hund, nur ein paar Scheunenkatzen. Warum fragen Sie?«

»Ein hungriger Junghund ist mein zweites Problem.«

»Wenn es kommt, dann dicke, was?«

»Sieht so aus«, sagte Jo und ging zu ihrem Auto zurück. Als sie auf die Zufahrt zum Cottage bog, konnte sie weder Mädchen noch Hund entdecken. Sie lud ihre Forschungsausrüstung sowie den Einkauf mit Obst und Muffins aus. Entweder versteckte sich das Mädchen, oder es hatte den Ärger gerochen und war verduftet.

Als Jo ihre Einkäufe verstaute, klopfte es dreimal an der Küchentür. Jo machte auf. Vor der ramponierten Fliegengittertür stand das Mädchen.

»Machst du jetzt Rührei?«, fragte die Kleine.

»Der Mann hatte keine Eier mehr«, erwiderte Jo. »Er bringt welche vorbei.«

»Wie kann er welche bringen, wenn er keine mehr hat?«

»Er fährt nach Hause und holt Nachschub. Er wohnt auf dem Hof nebenan. Da drüben.«

Jo wies nach Westen, das Mädchen schaute hinüber.

»Magst du einen Blaubeermuffin?«

»Ja!«

Jo drückte das Gebäck in die schmutzige Hand.

»Danke«, sagte das Mädchen und stopfte sich den Muffin in den Mund.

Das Essen lockte den Hund um die Hausecke, das Kind hatte jedoch zu viel Hunger, um ihm etwas abzugeben. Als der weiße Pick-up des Eiermanns eine halbe Minute später über die Schotterauffahrt rumpelte, hatte die Kleine den Muffin bereits verputzt. Jo ging nach draußen, nahm ihr die Papiermanschette aus der Hand und warf sie in die kalte Asche der Feuerstelle. »Dann wollen wir mal die Eier holen«, sagte sie und gab dem Mädchen ein Zeichen, ihr um das Haus herum zu folgen.

»Oh, nein!«, rief die Kleine.

»Was ist?«

»Kleiner Bär hat das Muffinpapier gefressen!«

»Der hat bestimmt schon Schlimmeres verschlungen. Komm!«

Der Eiermann stand vor seinem Pick-up. Als er Jo den Eierkarton reichte, musterte er das Kind von den schmutzigen nackten Füßen bis zu den fettigen Haaren. Es sah deutlich ungepflegter aus als am Vorabend. »Wohnst du hier in der Gegend?«, fragte er.

»Sie hat dir gesagt, dass du mich das fragen sollst, oder?«, mutmaßte die Kleine. »Deshalb bringst du die Eier vorbei, die waren gar nicht ausverkauft.«

»Aah, eine ganz Gewiefte«, sagte der Eiermann.

»Was heißt das?«, fragte das Mädchen.

»Das ist jemand, der ein bisschen zu vorlaut ist. Und wo wir schon mal dabei sind: Wieso läufst du eigentlich halb im Pyjama herum?«

Die Streunerin schaute auf ihre mit Sternen bedruckte lavendelfarbene Hose hinunter. »Die hatte das Mädchen an, als es starb.«

»Welches Mädchen?«

»Das Mädchen, dessen Körper ich übernommen habe. Hat Jo dir das nicht erzählt?«

»Wer ist Jo?«

»Ich«, meldete sich Jo.

Der Eiermann hielt ihr die Hand hin. »Freut mich. Ich bin Gabriel Nash.«

»Joanna Teale.« Sie drückte seine warme raue Hand, und ihr war sehr bewusst, dass sie seit zwei Jahren keinen Mann mehr berührt hatte. Jo hielt die Hand ein bisschen länger fest als üblich, aber vielleicht ging das auch von ihm aus.

»Und wie heißt du, kleines Zombiemädchen?«, fragte er und reichte dem Kind die Hand.

Es wich ihm aus, hatte Angst, er könne zupacken. »Ich bin kein Zombie. Ich bin auf Besuch von Hedareh.«

»Wo ist das?«, fragte der Eiermann.

»Das ist ein Planet in der Feuerradgalaxie.«

»In der Feuerradgalaxie? Echt?«

»Kennst du die?«

»Ich hab sie schon gesehen.«

Das Mädchen legte den Kopf schräg. »Nee, hast du nicht.«

»Doch. Durch ein Teleskop.«

Da strahlte die Kleine vor Glück. »Die ist total schön, oder?«

»Das ist eine von meinen Lieblingsgalaxien.«

Also gab es sie tatsächlich. Immerhin hatte das Mädchen damit nicht gelogen.

Der Eiermann lehnte sich gegen die Motorhaube seines Pick-ups, die Hände in den Jeanstaschen. »Und warum bist du auf die Erde gekommen?«

»Das ist für uns so, als würden wir zur Schule gehen. Ich bin so was Ähnliches wie Jo – ich studiere.«

»Aha ... Und wie lange willst du hierbleiben?«

»Bis ich genug gesehen habe.«

»Genug wovon?«

»Genug, um die Menschen zu verstehen. Wenn ich fünf Wunder gesehen habe, gehe ich zurück.«

»Fünf *Wunder*?«, wiederholte Gabriel. »Das dauert ja ewig.«

»Mit Wundern meine ich Dinge, die mich zum Staunen bringen. Wenn ich fünf habe, gehe ich zurück und erzähle meinem Volk davon. Das ist so ähnlich, als würde ich promovieren und Professorin werden.«

»Dann wirst du eine Expertin für Menschen?«

»Nur für den kleinen Teil der Welt, den ich kenne. So wie Jo eine Expertin für Vogelschutz ist, aber nicht für alle Naturwissenschaften.«

»Wow«, sagte Gabriel und schaute Jo an.

»Schlauer kleiner Alien, was?« Jo hielt dem Mädchen den Eierkarton hin. »Könntest du die in den Kühlschrank stellen?«

»Du lässt mich ins Haus?«

»Ja.«

»Nur weil du mit ihm über mich reden willst.«

»Bring die Eier jetzt rein!«

»Sag nichts Gemeines über mich.«

»Komm, los!«

Das Mädchen lief zur Haustür. »Sei vorsichtig!«, rief Jo ihr nach. »Sonst liegt dein Rührei gleich auf dem Boden!« Sie drehte sich zu Gabriel um. »Und, was meinst du?«

»Ich habe sie noch nie gesehen. Bin mir ziemlich sicher, dass sie nicht an dieser Straße wohnt.«

»Sie muss aber aus der Nähe sein. Wenn sie weit gelaufen wäre, sähen ihre Füße ganz anders aus.«

»Vielleicht hat sie unterwegs ihre Schuhe verloren? Hat die Füße im Fluss gewaschen und vergessen, wo sie die Schuhe ausgezogen hat.« Er löste sich von seinem Wagen und rieb sich den Bart. »Nach ihrem Akzent zu schließen, würde ich sagen, sie ist aus der Gegend, aber das ganze Gerede über Promotion und Professoren ...«

»Das hat sie von mir.«

»Schon klar, aber sie scheint mir zu klein zu sein, um das alles zu verstehen und zu verarbeiten.«

»Ich weiß, das denke ich ja auch die ganze Zeit ...«

Das Mädchen schlug die Verandatür hinter sich zu und kam zu ihnen zurück, die nackten Füße klatschten auf den rissigen Asphalt. »Was redet ihr da?«, fragte es atemlos.

»Wir haben gerade gesagt, dass es Zeit für dich wird, nach Hause zu gehen«, sagte Gabriel. »Soll ich dich mitnehmen? Ich kann dich nach Hause fahren.«

»Du willst mich in den Weltraum zu meinem Planeten bringen?«

»Du bist zu intelligent, um zu glauben, dass wir dir die Geschichte mit dem Alien abkaufen«, sagte Gabriel. »Und du weißt, dass ein Mädchen in deinem Alter nicht allein unterwegs sein sollte. Sag uns die Wahrheit!«

»Tu ich doch!«

»Dann hat Jo keine andere Wahl, als die Polizei zu rufen.«

»*Toidi nie tsibud!*«, rief das Mädchen.

»Toidi nie – *was*?«, fragte er.

Das Kind begann, in seiner Aliensprache zu schimpfen, es sprach so flüssig wie am Vorabend, nur richtete es seine Tirade diesmal mit wild fuchtelnden Armen an den Eiermann.

»Was war das?«, fragte er, als die Kleine fertig war.

»Ich habe dir in meiner Sprache gesagt, dass du nett zu einer Doktorandin sein solltest, die den langen Weg von den Sternen auf sich genommen hat, um euch zu besuchen. Wenn ich nicht hierbleiben darf, werde ich nie eine Professorin sein.«

»Du weißt, dass du hier nicht bleiben kannst.«

»Promovierst du vielleicht auch?«, fragte das Mädchen.

Perplex sah der Eiermann sie an.

»Dann wüsstest du nämlich, dass es falsch ist, mich nicht promovieren zu lassen«, sagte sie.

Er ging zu seinem Pick-up und öffnete die Tür.

»Warte!«, rief Jo.

Er setzte sich hinters Lenkrad und schlug die Tür zu. »Ich bin raus«, sagte er durchs Fenster.

»Und was wäre, wenn sie bei dir aufgetaucht wäre?«

»Ist sie aber nicht.«

Mit spritzendem Schotter fuhr er zur Straße.

»Der hat's aber eilig«, sagte Jo. »Steht sein Hühnerstall in Flammen?«

»Was steht in Flammen?«, fragte das Mädchen.

»Schon gut.«

Der Nachbar war offensichtlich verärgert. Vielleicht verunsicherte ihn Jos Bildungsniveau. Warum sonst hatte er so heftig auf die Frage des Mädchens reagiert?.

»In der Küche steht ein Kuchen. Darf ich ein Stück davon haben?«

Jo starrte in Richtung der leeren Straße. Das Brummen des Pick-ups wurde leiser. Warum konnten die Leute in dieser Gegend nicht selbst aufeinander aufpassen? Warum überließen sie das ihr, einer Fremden, die den üblichen Umgang und die ungeschriebenen Gesetze hier nicht kannte?

»Darf ich?«, fragte das Mädchen.

Jo drehte sich um und versuchte, sich zu beruhigen. »Ja, du kannst ein Stück Kuchen haben. Aber zuerst musst du etwas Vernünftiges essen.« Und davor musste Jo die Polizei rufen, ohne dass das Kind es merkte.

»Ist Rührei was Vernünftiges?«

»Ja«, antwortete Jo. »Aber ich möchte, dass du dich vor dem Essen wäschst. Du musst duschen.«

»Kann ich nicht erst essen?«

»Ich habe gesagt: erst duschen, dann essen. Halt dich dran oder geh.«

Wie ein hungriger Welpe folgte das Mädchen Jo ins Haus.

3

Nachdem Jo selbst kurz geduscht hatte, schickte sie das Mädchen mit einem frischen Handtuch ins Bad. Sie schloss die Tür und lauschte auf das Wasserrauschen. Als sie sicher war, dass das Kind nichts mitbekam, eilte sie mit dem Handy nach draußen.

Der Wald war grau, es war genauso dämmerig wie am Vorabend, als das Feenkind zum Cottage gefunden hatte. Jo ging die Auffahrt hinunter und wedelte die Mücken fort. Schweißtropfen mischten sich mit dem Wasser, das aus ihren nassen Haaren rann. Kleiner Bär schlich um Jo herum und folgte ihr, wie ein Spion, den der kleine Alien auf sie angesetzt hatte.

Sich ins Internet einzuwählen und die normale Nummer des Sheriffs herauszufinden, dauerte über sieben Minuten. Als sich die Frau aus dem Vorzimmer des Sheriffs meldete, sprach Jo so schnell wie möglich, aus Angst, das Mädchen könne nach draußen kommen und etwas mithören. Sie erklärte der Frau, es müsse jemand wegen eines Mädchens vorbeikommen, das vielleicht obdachlos sei. Sie nannte ihre Adresse und beschrieb, wie man das Haus am besten erreichte. Die Frau stellte weitere Fragen, doch Jo hatte nur noch Zeit zu sagen, dass sie sich große Sorgen um das Mädchen mache und sofort jemand herkommen solle. Dann steckte sie das Handy in die Tasche und ging schnell ins Haus zurück.

Gerade noch rechtzeitig. Das Mädchen stand ins Handtuch gewickelt im Wohnzimmer, aus den langen Haaren tropfte es auf ihre schmalen Schultern. Ihre dunklen Augen musterten Jo. »Wo warst du?«, fragte sie.

»Ich hatte draußen was gehört«, erwiderte Jo. »War aber nur der Hund.« Sie näherte sich dem Kind und hoffte, dass das, was sie sah, nur Schmutz war, den das Mädchen nicht abgewaschen hatte. Doch die Flecken waren echt. Das Kind hatte violette Blutergüsse am Hals und am linken Oberarm; der rechte Oberschenkel war voller Kratzer und Schrammen. Der hohe Kragen des Kapuzenpullovers hatte den blauen Fleck an ihrer Kehle verdeckt. Die Hämatome am linken Arm schienen von Fingern zu stammen. Als hätte sie jemand mit Gewalt festgehalten. »Woher hast du diese Verletzungen?«

Das Mädchen wich zurück. »Wo sind meine Sachen?«

»Wer hat dir weh getan?«

»Ich weiß nicht, woher das kommt. Das war am Körper des toten Mädchens. Vielleicht wurde sie von einem Auto angefahren oder so.«

»Hast du deshalb Angst, nach Hause zu gehen? Weil dir jemand weh tut?«

Das Mädchen kniff die Augen zusammen. »Ich dachte, du wärst nett, aber das bist du gar nicht.«

»Warum bin ich nicht nett?«

»Weil du mir nicht glaubst.«

Jo atmete aus. Sie hatte befürchtet, das Mädchen hätte ihr Gespräch mit dem Sheriff mitbekommen. In dieser Situation war auf jeden Fall die Polizei gefragt. Jo hoffte, man nahm ihren Anruf ernst und kam schnell, doch bis dahin musste sie das Kind ablenken.

»Dann wollen wir mal was zum Anziehen für dich suchen und dir ein Rührei machen«, sagte sie.

Die schmutzigen Sachen konnte das Mädchen auf keinen Fall wieder tragen. Sie hatte aber nichts dagegen, ein T-Shirt und Leggings von Jo anzuziehen, die sie bis zu den Waden hochrollte. Die Kleine half ihr in der Küche, wusch sogar zwei Teller ab. Beim Kochen und Essen versuchte Jo, das Kind zum Reden zu bringen, fragte wieder nach, woher es kam, doch es hielt an seiner haarsträubenden Geschichte fest. Trotz des »Grünzeugs«, ein wenig Babyspinat, verputzte das Mädchen Rührei aus drei Eiern. Anschließend futterte sie noch ein großes Stück Apfelkuchen und verkündete dann, sie habe Bauchschmerzen.

Nach dem Aufräumen und Spülen bettelte das Mädchen so lange, Kleiner Bär etwas zu essen geben zu dürfen, dass Jo ihr erlaubte, den Hund mit den Resten von Bohnen, Reis und Huhn zu füttern, die schon zu lange im Kühlschrank lagen. Sie gaben das Essen auf einen Teller und stellten ihn auf die betonierte Fläche vorm Haus. Der Hund schlang alles fast noch schneller hinunter als seine außerirdische Fürsprecherin. »Ich wasche den Teller ab«, verkündete das Mädchen.

»Nein, lass ihn draußen stehen. Komm, wir gehen ins Wohnzimmer und reden.« Jo wollte nicht, dass das Mädchen in der Nähe der Tür war, wenn der Sheriff kam.

»Worüber?«, fragte die Kleine.

»Setz dich zu mir!« Jo führte das Mädchen zu dem abgewetzten blauen Sofa. Sie hoffte, dass das Kind ihr noch vor dem Eintreffen des Deputys verriet, warum es im Wald unterwegs war. Solange es ihr noch ein bisschen vertraute. »Ich wüsste gerne deinen Namen«, sagte Jo.

»Hab ich dir doch schon gesagt.«

»Sag mir bitte deinen richtigen Namen!«

Das Mädchen legte den Kopf auf ein Kissen und rollte sich zusammen wie eine Raupe.

»Es gibt Menschen, die dir helfen können, egal, was passiert ist.«

»Darüber spreche ich nicht mehr mit dir. Ich finde es doof, dass du mir nicht glaubst.«

»Du musst darüber sprechen.«

Das Mädchen zog sich eine feuchte Locke über die Nase. »Dein Shampoo riecht gut.«

»Wechsel nicht das Thema!«

»Welches Thema?«

»Du kannst dich nicht ewig verstecken.«

»Ich will mich auch gar nicht ewig verstecken. Nach fünf Wundern bin ich weg.«

»Meine Güte, bist du stur!«, stieß Jo aus. Dann überlegte sie. Das Mädchen musste entsetzliche Angst haben. Was hatte das arme Kind erlebt?

»Kann ich hier schlafen?«

Der kleine Alien sah nicht gut aus: Die Wangen waren hohl und leichenblass, dunkle Ringe unter den Wimpern ließen die Rehaugen noch größer erscheinen. Sie erinnerten Jo an die Augen ihrer Mutter kurz vor dem Tod. Vom Morphium hatten sie so fremd geglänzt. »Ja, du kannst hier schlafen«, sagte sie, breitete eine Decke über das Mädchen und steckte sie um den schmalen Körper fest.

»Gehst du auch ins Bett?«

»Ich lese noch ein bisschen, aber ich bin so müde, dass ich bestimmt nicht weit komme.«

Das Mädchen drehte sich auf den Rücken. »Was tust du den ganzen Tag, dass du so müde bist?«

»Ich suche Vogelnester.«

»Wirklich?«

»Ja.«

»Das ist komisch.«

»Nicht für eine Vogelbiologin.«

»Das ist ja gerade das Komische. Ich habe gehört, die meisten Frauen auf der Erde sind Kellnerinnen, Lehrerinnen oder so.«

»Dann falle ich wohl nicht in die Kategorie ›die meisten Frauen auf der Erde‹.«

»Kann ich mithelfen, Nester zu suchen? Das hört sich an, als würde es Spaß machen.«

»Macht es auch, aber jetzt musst du erst mal schlafen.« Jo stand auf und ging zum vorderen der beiden Schlafzimmer.

Das Mädchen setzte sich auf. »Wo willst du hin?«

»Ich hole mein Buch. Dann setze ich mich zu dir und lese.« Jo verschwand kurz im dunklen Schlafzimmer, nahm die alte Ausgabe von *Schlachthof 5* und kehrte ins Wohnzimmer zurück. Sie setzte sich ans Ende des Sofas, wo das Mädchen seine Füße hatte.

»Was ist das für ein Buch?«, fragte das Kind.

»Es heißt *Schlachthof 5*. Darin kommen Aliens vor.«

Das Mädchen machte ein skeptisches Gesicht.

»Doch, echt. Sie heißen Trafalmadorianer. Kennt ihr Hedarehner die?«

»Nimmst du mich auf den Arm?«

»Ich ...«

Eine Faust schlug gegen die äußere Gittertür. Die Polizei. Wahrscheinlich hatte es schon vorher geklopft, und Jo hatte es nicht gehört. Um den eintreffenden Polizeiwagen zu übertönen, hatte sie die Klimaanlage im Fenster auf die höchste Stufe gestellt.

Das Kind erstarrte wie ein Reh im Scheinwerferlicht und sah mit wildem Blick zur Eingangstür. »Wer ist das?«

Jo legte dem Mädchen die Hand auf den Arm. »Du brauchst keine Angst zu haben! Hör zu, ich möchte wirklich gerne wissen, was pass...«

»Du hast die Polizei gerufen?«

»Ja, aber ...«

Das Mädchen sprang auf und warf die Decke auf Jo. Dann sah sie ihr mit einem verletzten Blick und voller Verachtung in die Augen und verschwand in der Küche. Die Hintertür wurde geöffnet, die Fliegengittertür fiel hinter der Kleinen zu.

Jo befreite sich von der Decke und legte sie in die warme Kuhle, wo das Alienmädchen gelegen hatte. Sie hätte es nicht gegen seinen Willen festgehalten. Niemand hatte das Recht, das von ihr zu erwarten.

Wieder schlug die Faust gegen die Tür. Jo ging auf die Veranda und erkannte durch das Gitter einen Mann in Uniform. »Danke, dass Sie gekommen sind«, sagte sie. »Ich bin Joanna Teale.«

»Haben Sie wegen eines Mädchens angerufen ... das angeblich obdachlos ist?«, fragte der Mann im breiten Dialekt der Gegend.

»Ja, habe ich. Kommen Sie herein!« Sie ließ den Deputy auf die Veranda. Er sah zur offenen Eingangstür hinüber, das Gesicht fahl im Schein der violetten Insektenlampe. »Ist sie im Haus?«

»Kommen Sie herein!«, wiederholte Jo.

Der Deputy folgte ihr ins Wohnzimmer und machte die Tür hinter sich zu, damit es im Haus kühl blieb. Auf seinem Namensschild stand »K. DEAN«. Er sah aus wie Mitte dreißig, hatte schütteres Haar und war ein bisschen dicklich. Sein schlichtes rundes Mondgesicht wurde von einer dicken Narbe durchteilt, die sich von seinem linken Kiefer die Wange hochzog. Aus beiläufiger Gewohnheit fiel sein Blick auf Jos Oberkörper. Da es dort nichts zu sehen gab, wartete Jo, bis er wieder bei ihren Augen angekommen war. Es dauerte zwei Sekunden, vielleicht weniger. »Als Sie geklopft haben, ist das Mädchen weggelaufen«, erklärte sie.

Er nickte und sah sich um.

»Wissen Sie von irgendwelchen ausgerissenen Kindern, oder gibt es Vermisstenmeldungen hier aus der Gegend?«, fragte sie.

»Nein.«

»Es werden keine Kinder vermisst?«

»Kinder werden immer vermisst.«

»Hier in der Gegend?«

»Nicht dass ich wüsste.«

Sie erwartete, dass er ihr Fragen stellte, doch er schaute sich immer noch um, als hätte er es mit einem Tatort zu tun. »Sie ist gestern hier aufgetaucht. Ist ungefähr neun Jahre alt.«

Der Deputy sah Jo an. »Wieso dachten Sie, das Mädchen sei obdachlos?«

»Sie hatte eine Pyjamahose an …«

»Ich glaube, die sind bei den Kids gerade groß in Mode«, bemerkte er.

»Außerdem war sie schmutzig und hatte einen unglaublichen Hunger. Und sie war barfuß.«

Obwohl der Deputy schwach lächelte, bewegte sich seine Narbe nicht. »Könnte ich mit neun Jahren sein.«

»Sie hatte auch Blutergüsse.«

Endlich wirkte er besorgt. »Im Gesicht?«

»Am Hals, am Bein und am Arm.«

Argwohn verdunkelte seine grünen Augen. »Woher wissen Sie das, wenn das Mädchen lange Kleidung trug?«

»Ich habe sie duschen lassen.«

Er kniff die Augen fester zusammen.

»Wie gesagt, sie war schmutzig. Und ich musste sie irgendwie beschäftigen, während ich auf Sie gewartet habe. Ich habe ihr auch etwas zu essen gegeben.«

Dass er Jo ansah, als hätte sie etwas falsch gemacht, brachte sie auf die Palme.

»Ich verstehe immer noch nicht, wie Sie auf die Idee kommen, das Mädchen könnte obdachlos sein«, bemerkte er.

»Mit ›obdachlos‹ meine ich, dass sie Angst hat, nach Hause zu gehen.«

»Also ist sie doch nicht obdachlos.«

»Ich weiß es nicht!«, rief Jo. »Sie hat blaue Flecken. Sie wurde vielleicht misshandelt. Ist das etwa egal?«

»Hat sie gesagt, dass ihr jemand weh getan hat?«

Die Alien-Geschichte würde die ohnehin vertrackte Situation nur noch komplizierter machen. »Sie wollte mir nicht sagen, woher sie die Blutergüsse hat. Sie wollte mir gar nichts sagen, nicht mal ihren Namen.«

»Haben Sie sie gefragt?«

»Ja, allerdings.«

Der Deputy nickte.

»Brauchen Sie eine Personenbeschreibung?«

»Na gut.« Er zückte jedoch keinen Notizblock, sondern nickte nur, während Jo das Mädchen beschrieb.

»Werden Sie morgen nach ihr suchen, wenn es hell ist?«

»Wenn sie weggelaufen ist, will sie nicht gefunden werden.«

»Ja, und? Sie braucht Hilfe.«

Der Deputy sah Jo an, als hätte er sich längst eine Meinung gebildet. »Welche Hilfe braucht sie denn Ihrer Ansicht nach?«

»Sie kann ja wohl nicht in einem gewalttätigen Umfeld bleiben!«

»Soll sie vielleicht in eine Pflegefamilie?«, fragte der Deputy.

»Wenn nötig.«

Er überlegte kurz, rieb sich die Narbe, als würde sie jucken. »Ich sag Ihnen mal was«, begann er, »was Sie vielleicht falsch verstehen, aber ich erzähl's trotzdem. Auf der Mittelschule wurde ein Freund von mir seiner Mutter weggenommen, weil sie trank und sich praktisch nicht um ihn kümmerte. Er kam zu Leuten, die mehrere Pflegekinder hatten, weil sie dafür Geld vom Staat bekamen – das gibt es öfter, als Sie glauben –, und am Ende war mein Freund viel schlimmer dran als bei seiner Mutter. Der Pflegevater hat ihn verprügelt, die Pflegemutter machte ihn psychisch fertig. Mit fünfzehn starb mein Freund an einer Überdosis.«

»Was wollen Sie damit sagen? Dass das Kind besser in einem Umfeld bleibt, in dem es misshandelt wird?«

»Das habe ich nicht gesagt, oder?«

»Sie haben es angedeutet.«

»Nein, *angedeutet* habe ich nur, dass das Mädchen nicht vom Regen in die Traufe kommen soll. Sie kann die Blutergüsse auch haben, weil sie über einen Zaun geklettert oder von einem Baum gefallen ist, und wenn man sie darauf anspricht, wird sie das wahrscheinlich auch behaupten, selbst wenn es nicht stimmt. Kinder sind schlauer, als wir meinen. Sie wissen oft besser als Sozialarbeiter, die keinen blassen Schimmer von ihrem Leben haben, wie sie mit der Scheiße umgehen sollen, mit der sie jeden Tag zu tun haben.«

Waren das die ungeschriebenen Gesetze in dieser Gegend? Oder war es nur die verbitterte Meinung eines Mannes, der seinen Jugendfreund verloren hatte?

»Das heißt wahrscheinlich, dass Sie nicht nach ihr suchen werden, oder?«, fragte Jo.

»Was sollen wir tun? Hunde auf das Kind ansetzen?«

Jo brachte den Deputy zur Tür.

4

Jo ging mit einer Taschenlampe nach draußen, um das Mädchen zu suchen. Eine Wetterfront war aufgezogen, die am nächsten Tag Regen bringen sollte. Die Wolken verdeckten Mond und Sterne. In der schwülen Luft roch Jo bereits eine Ahnung von Regen. Von dem Mädchen sah sie keine Spur.

Ein paar Stunden später kam der Regen, ein heftiges Trommeln auf dem Dach, das Joe aus einem tiefen Schlaf riss. Sie dachte an das Mädchen, das jetzt ganz allein im dunklen Wald sein musste, und bereute, den Sheriff gerufen zu haben. Sie schaute auf ihr Handy: 2.17 Uhr. Heute war der Geburtstag ihrer Mutter. Sie wäre einundfünfzig geworden.

Jo ging ins Bad, eher zur Ablenkung als aus einem Bedürfnis heraus. Während sie sich Wasser ins Gesicht spritzte, beugte sie sich vor und betrachtete im Spiegel ihre gesund schimmernde Haut und die sonnengebleichten Strähnen in ihrem Haar. Ihr Gesicht war schmaler, und die Haare waren noch nicht wieder lang genug, um sie zu einem Pferdeschwanz zu binden, doch sie sah fast wieder wie sie selbst aus.

Fast. Ihre graugrünen Augen verspotteten sie im Spiegel. Wen sah sie dort – die alte Jo oder die *fast* neue? Sie umklammerte das Waschbecken, senkte den Kopf und starrte in das schwarze Loch des Abflusses. Vielleicht würde es von jetzt an immer so sein: zwei Versionen von ihr in einem Körper. Mit

Blick auf die Frau im Spiegel knipste Jo das Licht aus. Die Dunkelheit verschluckte die beiden Versionen von ihr.

Das Unwetter dauerte den ganzen Vormittag an. Bei Regen konnte Jo nicht arbeiten. Sie schlief länger als sonst, erwachte eine Stunde nach Sonnenaufgang. Nachdem sie sich angezogen, Kaffee getrunken und Müsli gegessen hatte, suchte sie für ihr Ritual an Regentagen die Wäsche zusammen. Die Kleidung des kleinen Aliens lag auf dem Wäschekorb. Jo stopfte sie mit ihren eigenen dreckigen Klamotten, den Handtüchern und einer Flasche Waschmittel in ihren Seesack.

Sie packte ihren Laptop und Datenmaterial für eine Stunde Dateneingabe in ihre Kuriertasche. Als sie die Haustür hinter sich zuschloss, nahm sie eine Bewegung am Rand ihres Blickfelds wahr. Die alte Decke, die immer auf dem Rattansofa auf der Veranda lag, war über eine Gestalt gebreitet, die genau die Größe des Mädchens hatte. Die Kleine hatte sich die Decke über den Kopf gezogen.

Jo versuchte, ihre unglaubliche Erleichterung in Wut umzuwandeln. Es gelang ihr nicht. »Du hast wohl noch nicht gelernt, wie man einen menschlichen Körper richtig versteckt, was?«, sagte sie zur Decke.

Das blasse Gesicht des Mädchens kam zum Vorschein. »Nein, hab ich noch nicht«, sagte es.

»Wie sieht denn der Körper von Hedarehnern aus?«

Das Mädchen überlegte kurz. »Wie Sternenlicht. Wir haben keinen richtigen Körper.«

Kreative Antwort. Jo überlegte, was sie tun sollte. Wenn sie wieder beim Sheriff anrief, würde das Mädchen erneut türmen. Die einzige Möglichkeit wäre, sie in einem Raum einzusperren, bis der Deputy eintraf. Aber dazu war Jo nicht bereit. Selbst wenn, hätte es kein Zimmer im Haus gegeben, das man nicht von innen aufbekommen würde.

Das Mädchen erriet Jos Gedanken. »Ich gehe jetzt. Ich bin gestern Nacht nur zurückgekommen, weil ich nichts sehen konnte.«

Auch wenn das Kind es zu verbergen suchte, spürte Jo ansatzweise die Not, die es durchgestanden hatte, als es in den Wald geflohen war. Da Mond und Sterne von Wolken verdeckt gewesen waren, hatte es nicht die Hand vor Augen sehen können. Deshalb war die Kleine in der Nähe des Lichts geblieben.

Das Mädchen setzte sich auf und schob die Decke zur Seite. »Normalerweise schlafe ich in dem alten Schuppen da drüben, aber da hat es reingeregnet.«

»Da warst du auch an dem Abend, als wir uns zum ersten Mal begegnet sind?«

Das Mädchen nickte. »Da liegt eine Matratze. Die teile ich mir mit Kleiner Bär.«

Als Jo ins Cottage gezogen war, war die einzige große Matratze, die den Winter über im Haus geblieben war, von Mäusen zum Nisten benutzt worden. Viele Biologen hätten wohl trotzdem auf der nach Urin stinkenden Matratze geschlafen, doch so abgebrüht war Jo nicht. Sie hatte das versiffte, angeknabberte Teil nach draußen in den Schuppen geschleppt und sich von ihrem Forschungsbudget eine günstige kleinere Matratze gekauft.

»Geh besser nicht mehr in den Schuppen«, sagte Jo. »Der sieht aus, als würde er jeden Moment einstürzen.«

»Ich weiß. Im Dach sind große Löcher. Und jetzt ist unser Bett auch noch durchweicht.« Den letzten Satz sprach das Mädchen mit besonderer Tragik, als sei die dreckige Matratze die letzte Sicherheit gewesen, die sie noch gehabt hatte.

»Hast du Hunger?«, fragte Jo.

Das Mädchen beäugte sie argwöhnisch.

»Wie wär's mit Pfannkuchen?«

»Du willst mich bestimmt wieder austricksen.«

»Nein. Ich will los, aber möchte dich nicht hungrig zurücklassen.«

Traurig sah das Mädchen in den verregneten Wald und überlegte, was es tun sollte. *Das Mädchen soll nicht vom Regen in die Traufe kommen*, hatte der Deputy gesagt. Gab es wirklich nur die beiden Möglichkeiten? Plötzlich verspürte Jo den Wunsch, das Kind in die Arme zu nehmen und an sich zu drücken. »Ich habe Sirup da«, sagte sie.

Das Mädchen sah zu ihr auf. »Sirup auf Pfannkuchen soll gut schmecken.«

»Unfassbar, dass du nicht vergisst, so zu tun, als hättest du das noch nie gegessen.«

»Hast du doch versucht, mich auszutricksen?«

»Nein.« Jo steckte den Schlüssel in die Tür und drehte ihn. »Dann komm!«

Nachdem sich das Mädchen an Pfannkuchen und Orangensaft satt gegessen hatte, bettelte es Jo an, Kleiner Bär aus dem Regen reinzuholen und ihm auf der Veranda einen Pfannkuchen zu geben. Jo ließ sich unter der Bedingung darauf ein, dass der Köter mit seinen Flöhen nicht ins Haus kam.

In Jos Regenmantel ging das Mädchen mit einem Pfannkuchen zum Schuppen, um den Hund anzulocken. Das hungrige Tier stahl sich erst auf die Veranda, als Jo sich ins Haus zurückgezogen hatte. »Wenn er da hinpinkelt oder -kackt, machst du das weg!«, sagte Jo.

»Ja. Kann ich ihm eine Schüssel mit Wasser hinstellen?«

»Klar. Ich fahre aber jetzt in den Waschsalon.«

»Warum ist denn hier keine Waschmaschine?«

»Ich schätze, Kinney will kein Geld dafür ausgeben, da das Haus jedes Jahr immer nur ein paar Monate vermietet ist.«

»Gibt es deshalb auch keinen Fernseher?«

»Wahrscheinlich.«

»Du könntest deinen mitbringen.«

»Hier gibt es weder Kabel noch Internet«, erklärte Jo.

»Warum nicht?«

»Weil Kinney zu einer Generation von Biologen gehört, die der Ansicht sind, draußen in der Natur gibt es nichts anderes zu tun als arbeiten, essen und schlafen.«

»Wie lange bleibst du im Waschsalon?«

»Ein paar Stunden.« Jo hatte überlegt, ob sie das Haus abschließen sollte, so lange sie fort war. Stattdessen packte sie das Fernglas zu ihrem Laptop in die Tasche. Zusammen mit ihrem Portemonnaie war das ihr einziger Besitz, den es sich zu stehlen lohnte.

»Lass den Herd aus, solange ich weg bin«, sagte sie.

»Darf ich drinnen bleiben?«

»Ja, fürs Erste. Wenn ich zurückkomme, unterhalten wir uns darüber, wie es weitergeht, ja?«

Das Mädchen antwortete nicht.

»Geh nicht an den Schreibtisch, wenn ich weg bin«, sagte Jo.

Das Mädchen betrachtete den Tisch voller Bücher, Zeitschriften und Unterlagen. »Was ist das alles?«

»Meine wissenschaftliche Arbeit. Lass die Finger davon!«

Das Kind begleitete Jo auf die Veranda. Kleiner Bär lag zusammengerollt auf dem Teppich und verfolgte Jo mit argwöhnischem Blick, als sie zur Verandatür ging.

»Denk dran: Der Hund bleibt draußen!«, wiederholte sie.

»Ja.«

Jo schlug die Kapuze hoch und kämpfte sich durch den prasselnden Regen zur Auffahrt. Das Mädchen sah zu, wie Jo ihre Sachen ins Auto lud und einstieg; durch das regengetränkte Insektengitter der Veranda wirkte die kleine Gestalt dahinter geisterhaft verzerrt.

Während der vierzigminütigen Fahrt in die Kleinstadt Vienna wurde der Regen zu einem Nieseln, auch wenn der dunkle Himmel mit weiterem Unheil drohte. Vienna selbst sah aus wie in einem altem Film, und irgendwie war das seltsam tröstlich. Die Straßen waren so gut wie leer, und zwei Rentner, die unter einer Ladenmarkise saßen, hoben grüßend die Hand. Jo grüßte zurück. Auf dem Weg zum Waschsalon kam sie an der Dienststelle des Sheriffs vorbei.

Während ihre Wäsche in zwei Maschinen gewaschen wurde, saß Jo auf ihrem angestammten blauen Plastikstuhl mit Blick zum Fenster. In ihren Telefonkontakten rief sie ihre Freundin Tabby auf. Tabby war mit einem Foto abgespeichert, auf dem sie getigerte Katzenohren trug und einen Plastikgoldfisch wie eine Zigarette zwischen den Lippen hatte. Seit die beiden im zweiten Jahr an der Uni zusammen im Labor gearbeitet hatten, war Tabby Jos engste Freundin. Tabby war für ihren Master ebenfalls an der University of Illinois geblieben und hatte es an die Tierärztliche Hochschule geschafft, eine sehr gute Adresse, doch sie beschwerte sich oft, dass sie nicht auf eine andere Uni in einer schöneren Umgebung als inmitten von Mais- und Sojabohnenfeldern gewechselt hatte.

»Hey, Jojo!«, meldete sich Tabby beim dritten Klingeln. »Was machen die Leute in Vienna?«

»Woher weißt du, dass ich hier bin?«, fragte Jo.

»Weil du dich immer nur meldest, wenn du deine Wäsche machst. Ich weiß auch, dass es bei dir gerade regnet, denn du würdest deine dreckigen Sachen so lange anziehen, bis sie von allein stehen, bevor du an einem schönen Tag in den Waschsalon gehst. Da kann man schließlich arbeiten.«

»War mir nicht klar, dass ich so durchschaubar bin«, sagte Jo.

»Doch, bist du. Das heißt, du arbeitest dir einen Wolf, obwohl deine Ärzte gesagt haben, du sollst es langsam angehen lassen.«

»Ich habe es zwei Jahre langsam angehen lassen. Ich muss was tun.«

»Die zwei Jahre waren aber nicht gerade Pillepalle, Jo«, sagte Tabby leise.

Jo starrte durch das beschlagene Schaufenster auf eine Pfütze, auf deren Oberfläche Regentropfen einprasselten. »Heute hätte meine Mutter Geburtstag gehabt«, sagte sie.

»Wirklich?«, fragte Tabby. »Und wie geht es dir?«

»Ganz okay.«

»Du lügst.«

Tabby hatte recht. Eigentlich hatte Jo sie angerufen, um sie nach einem Rat bezüglich des Mädchens zu fragen. Stattdessen war ihr der Satz über ihre Mutter herausgerutscht.

»Schnapp dir mal deine Wasserflasche!«, sagte Tabby.

»Warum?«

»Um anzustoßen.«

Jo griff zu ihrer zerdrückten blauen Wasserflasche, die wie immer neben ihr stand.

»Fertig?«, fragte Tabby.

»Fertig.«

»Herzlichen Glückwunsch zum Geburtstag, Eleanor Teale! Auf die Blumenflüsterin, die alles und jeden um sich herum zum Blühen brachte. Ihr Licht ist immer noch bei uns und vergrößert die Liebe im ganzen Universum.«

Jo hielt ihre Flasche dem grauen Himmel entgegen und trank. »Danke!«, sagte sie und wischte sich unter den Augen entlang. »Das war ein guter Spruch.«

»Eleanor war einer der coolsten Menschen, die ich kannte«, sagte Tabby. »Und sie war wirklich eine Ersatzmama für mich.«

»Sie hat dich sehr gern gehabt«, sagte Jo.

»Ich weiß. Scheiße ... Jetzt muss ich weinen, dabei wollte ich dich doch aufmuntern.«

»Hast du geschafft«, versicherte Jo ihr. »Und jetzt rat mal, wer mich heute besuchen kommt?«

»Sag nicht ...«

»Doch: Tanner.«

»Da wäre ich gerne dabei, um ihm ordentlich in den Hintern zu treten!«

»Das wäre schon zu viel Aufmerksamkeit für ihn.«

»Was um alles in der Welt will er bei dir?«

»Ich glaube nicht, dass es seine Idee war. Er hat mit zwei anderen Doktoranden an einem Seminar von Shaw Daniels in Chattanooga teilgenommen. Auf der Rückfahrt zur Uni übernachten sie bei mir.«

»Ist im Cottage genug Platz für vier Gäste?«

»Betten habe ich nicht genug, aber die meisten Biologen können ja überall schlafen.«

»Dann schick Tanner in den Wald. Oder auf einen Ameisenhügel.«

Was sollte Jo mit dem Mädchen machen? Unterwegs war ihr nur eine mögliche Lösung eingefallen. Aber falls die nicht funktionierte ...

»Bist du noch da?«, fragte Tabby.

»Ja«, erwiderte Jo. »Mir ist da vor zwei Tagen etwas sehr Seltsames passiert ...«

»Was denn?«

»Am Haus ist ein Mädchen aufgetaucht, das nicht mehr verschwinden will.«

»Wie alt ist es?«

»Will es mir nicht sagen. Ich schätze es auf neun oder zehn.«

»Herrje! Sag ihr, sie soll nach Hause gehen, Jo!«

»Das habe ich natürlich gemacht. Bis ich die blauen Flecken gesehen habe.«

»Blaue Flecken im Sinne von Kindesmissbrauch?«

»Glaub schon.«

»Dann musst du die Polizei holen!«

»Was glaubst du, was ich gemacht habe? Aber als der Deputy da war, ist sie weggelaufen.«

»Die Arme!«

Bevor Jo erzählen konnte, was dann passiert war, klopfte jemand in der Leitung an. Sie schaute aufs Display. Es war Shaw Daniels, ihr Doktorvater. »Ich muss auflegen. Shaw ruft gerade an.«

»Alles klar, bis dann«, sagte Tabby. »Und melde dich auch mal, wenn es nicht regnet, ja?«

»Mach ich.« Jo nahm den Anruf an. »Ich wollte Ihnen gerade schreiben.«

»Ich bin ganz überrascht, dass ich Sie erwische«, sagte Shaw. »Sind Sie gerade zwischen zwei Beobachtungsgebieten?«

»Nein, es regnet. Bin im Waschsalon.«

»Gut, dann machen Sie mal eine Pause.«

Gab es Menschen, die Jo so sein ließen, wie sie vor ihrer Diagnose gewesen war? Sie nahm an, dass Shaw sich hauptsächlich meldete, um ihren Gesundheitszustand zu überprüfen. Er war dagegen gewesen, dass Jo allein im Kinney-Cottage wohnte, und hatte versucht, ihr einen Assistenten aufzuschwatzen.

»Ist es noch okay, wenn wir heute Abend vorbeikommen?«, fragte er.

»Natürlich. Wann sind Sie ungefähr da?«

»Wir machen uns nach der letzten Veranstaltung auf den Weg, das wird so gegen drei Uhr sein. Dann müssten wir gegen halb acht bei Ihnen sein, spätestens um acht. Wenn Sie so lange durchhalten, gehen wir mit Ihnen essen.«

»Wäre es auch okay, wenn wir bei mir essen? Ich wollte Burger grillen. Ich muss sie bloß im Haus braten, wenn es weiterhin so regnet.«

»Wollen Sie sich wirklich so viel Mühe machen?«

»Das ist keine Mühe«, entgegnete Jo.

»Wenn Sie meinen«, sagte Shaw. »Dann bis später!«

Nach Abstechern zum Supermarkt und dem Hofladen kehrte Jo am frühen Nachmittag zum Cottage zurück. Das Mädchen war nicht da. Jo hoffte, es sei nach Hause gegangen. Doch als Jo sich vorstellte, was das Kind dort vermutlich erwartete, schämte sie sich für ihren Wunsch. Sie schaute sich um und stellte fest, dass das Mädchen nichts mitgenommen hatte. Der einzige Gegenstand, der nicht an seinem Platz war, war das Lehrbuch *Ornithologie*, das nicht mehr auf dem Schreibtisch, sondern jetzt auf der Couch lag.

Jo verdrängte das Mädchen aus ihren Gedanken. Bevor ihre Gäste kamen, hatte sie noch viel zu erledigen. Nachdem sie aufgeräumt hatte, fing sie an, Kuchen zum Nachtisch vorzubereiten, einen Pfirsichkuchen und einen mit Erdbeeren und Rhabarber, das Obst dafür hatte sie im Hofladen gekauft. Normalerweise verschwendete sie ihre wertvolle Arbeitszeit draußen nicht mit solchen Beschäftigungen, doch es regnete immer noch heftig, und sie wollte Shaw ein gutes Abendessen vorsetzen – vielleicht ging es auch um Tanner Bruce. Tanner, ebenfalls ein Doktorand von Shaw, war Jo ein Jahr voraus gewesen, als sie mit ihrem Master begonnen hatte, jetzt war er schon drei Jahre weiter und fast fertig. Kurz bevor Jo mit dem Studium ausgesetzt hatte, damit sie sich um ihre sterbende Mutter kümmern konnte, hatte sie mit Tanner geschlafen.

Dreimal. Die einzige Kommunikation mit ihm hatte seitdem in einer Unterschrift auf einer Beileidskarte von Shaw und seinen Doktoranden bestanden.

Geistesabwesend rollte Jo den Teig kreisförmig aus, während ihre Gedanken zu dem letzten Tag zurückwanderten, den sie mit Tanner verbracht hatte. Es war ein warmer Juliabend gewesen, zu warm, um im Zelt zu schlafen, und sie hatten sich ausgezogen und in einem tiefen Becken im Fluss nahe ihres Zeltplatzes Sex gehabt. Ohne Tanner Bruce wäre die Erinnerung eine der besten ihres Lebens gewesen.

»Für wen backst du?«

Jo erschrak und richtete ihre Aufmerksamkeit wieder auf ihre Hände. Das Mädchen war lautlos ins Haus geschlichen, Haare und Kleidung völlig durchnässt.

»Wo bist du gewesen?«, fragte Jo.

»Im Wald.«

»Und was hast du da gemacht?«

»Ich dachte, du würdest mit dem Polizisten wiederkommen.«

Jo legte den ausgerollten mehligen Teig in eine der beiden neuen Backformen. »Ich habe beschlossen, dass wir das allein schaffen. Meinst du, das geht?«

»Okay«, sagte das Mädchen.

»Dann sag mir, wo du wohnst und warum du nicht zurück willst. Ich helfe dir, egal, was ist.«

»Das habe ich dir alles schon erzählt. Darf ich was von dem Kuchen haben, wenn er fertig ist?«

»Die sind für später, für meine Gäste.«

»Wer kommt denn?«

»Der Professor, der mein Projekt betreut, und drei Doktoranden.«

»Alles Ornithologen?«

»Ja. Woher kennst du das Wort?«

»Aus deinem Ornithologie-Buch. Ich habe die Einleitung und die ersten beiden Kapitel gelesen«, erklärte das Kind.

»Wirklich?«

»Ich habe die Stellen übersprungen, die Leute von Hedareh eh nicht verstehen würden, aber nicht viele. Mir hat das Kapitel über Diversität gefallen: dass die Schnäbel zur Nahrung passen und die Füße zum Lebensraum. Darüber habe ich noch nie nachgedacht.«

»Da verstehst du aber schon komplizierte Texte.«

»Das tote Mädchen war intelligent. Ich benutze sein Gehirn.«

Jo wischte ihre mehligen Hände an einem Geschirrtuch ab. »Wasch dir die Hände, dann darfst du ein bisschen von den Rändern essen.«

Der kleine Alien stürzte zur Spüle. Als das Kind fertig war, sagte Jo: »Ich brauche einen besseren Namen als Eerpüd für dich. Fällt dir kein normaler ein?«

Das Mädchen stützte das Kinn in die Hand und tat, als denke es nach. »Wie wär's mit Ursa? Weil ich aus dem Sternbild komme, das hier Ursa Major heißt.«

»Ursa gefällt mir.«

»So kannst du mich nennen.«

»Und der Nachname?«

»Major.«

»Leuchtet ein. Hast du schon mal einen Mürbeteig gemacht, Ursa?«

»Auf Hedareh gibt es keinen Kuchen.«

»Komm, ich zeig's dir!«

Ursa meisterte den Mürbeteig ebenso schnell, wie sie den Text auf Universitätsniveau verstanden hatte, und während die Kuchen im Ofen waren und die Küche mit ihrem süßen

Duft erfüllten, half das Mädchen Jo bei einem Kartoffelsalat. Sie nahmen das Rezept von Jos Mutter, der einzige Kartoffelsalat, der nach Jos Meinung wirklich schmeckte. Anschließend verarbeiteten sie das Hackfleisch zu Pattys, und zwar so, wie Jos Mutter es immer gemacht hatte: mit Worcestersoße, Paniermehl und diversen Gewürzen. Für sich selbst hatte Jo im Cottage nie aufwendig gekocht, doch ihr gefiel die Vorstellung, am Geburtstag ihrer Mutter etwas nach deren Rezepten zuzubereiten. So erwies sie ihr die Ehre, und das Kochen lenkte sie von der wachsenden Unruhe ab, Tanner wiederzusehen. Da war nicht mal das Mädchen Ablenkung genug.

Als Ursa die Butter in den Kühlschrank stellte, beäugte sie das Bier, das dort lag. »Sind die Ornithologen Alkoholiker?«

»Wieso fragst du?«

»Das ist viel Bier.«

»Ist ja auch für vier Personen«, erwiderte Jo.

»Du trinkst nichts?«

»Doch, vielleicht eins.«

»Trinkst du nicht gerne Alkohol?«

»Nein.« Jo sah Misstrauen im Blick des Alienmädchens. »Hast du schlechte Erfahrungen mit Menschen gemacht, die viel trinken?«

»Wie sollte ich? Ich bin doch gerade erst hergekommen.«

5

Nachdem sie Sandwiches gegessen und die Kuchen aus dem Backofen geholt hatten, schickte Jo Ursa ins Schlafzimmer, damit sie wieder ihre eigenen, nun sauberen Sachen anzog. Als Ursa zurückkam und sah, dass Jo am Laptop arbeitete, setzte sie sich aufs Sofa und las weiter im Lehrbuch *Ornithologie*.

Jo drehte ihr Display so, dass Ursa nicht sehen konnte, wie sie mit Hilfe ihres Handys versuchte, eine Verbindung zum Internet herzustellen. Als sie drin war, googelte sie »vermisstes Kind Ursa«, aber bekam keinen Treffer. Da der Deputy des Sheriffs von keinen vermissten Kindern in der Gegend gewusst hatte, versuchte Jo es mit der Suche »vermisstes Kind Illinois«, was sie zur Website des »Nationalen Zentrums für vermisste und ausgebeutete Kinder« führte, wo sie eine erdrückend lange Liste vermisster Kinder in Illinois fand. Viele von ihnen waren wahrscheinlich längst tot, ihre Leichen an Orten, die nie jemand finden würde. Manche Fotos zeigten Mädchen oder Jungen, die schon seit 1960 vermisst wurden, es gab auch ein paar computergestützte Rekonstruktionen von Kinderleichen, die nie identifiziert worden waren. Bei einem Bild kamen Jo fast die Tränen. Es zeigte lediglich ein Paar Schuhe – alles, was von einem Jugendlichen übrig geblieben war.

Auf dieser Seite fand Jo Fotos von Kindern aus dem benachbarten Kentucky sowie aus den Anrainerstaaten Missouri, Iowa, Wisconsin und Indiana. Ursa Major tauchte auf keiner dieser Listen auf, obwohl sie seit mindestens zwei Nächten nicht zu Hause gewesen war. Jo legte das Handy zur Seite. »Wie gefällt dir das Buch?«

»Systematiken mag ich nicht so gern«, sagte Ursa.

»Ich auch nicht.« Jo nahm ihre Schlüssel vom Schreibtisch. »Es hat aufgehört zu regnen. Ich fahre mal die Straße ab, um ein paar Nester zu kontrollieren. Willst du mitkommen?«

»Ja!« Das Mädchen sprang von der Couch und schlüpfte in Jos viel zu große Flipflops. »Wie kontrolliert man ein Nest?«

»Ich gucke es mir an und prüfe, wie es aussieht.«

»Und so bekommt man einen Doktor?«

»Nein, dazu gehört noch sehr viel mehr. Ich notiere die Gegebenheiten bei jedem Nest, das ich finde, und aus den Daten kann ich den Nisterfolg der Indigofinken an jedem einzelnen Standort berechnen.«

»Was meinst du mit Gegebenheiten?«

»Alles, was passiert, nachdem das Nest gebaut wurde. Ich kontrolliere, wie viele Eier gelegt und wie viele ausgebrütet werden, wie viele geschlüpfte Vögel flügge werden. ›Flügge werden‹ heißt, dass sie das Nest von selbst verlassen. Es kann vorkommen, dass die Eltern das Nest verlassen, bevor das Weibchen Eier legt, oder dass die Eier von einem Raubtier gefressen werden. Manchmal werden die Eier ausgebrütet, aber die geschlüpften Küken werden von einem Raubtier gefressen, bevor sie flügge werden.«

»Warum passt du nicht auf, dass kein Raubtier die Küken fressen kann?«

»Das kann ich nicht verhindern, und selbst wenn ich es könnte: Einzelne Vogelbabys zu retten ist nicht der Zweck meiner Studie. Das Forschungsprojekt soll Wege aufzeigen, wie wir Vogelpopulationen in größerem Umfang schützen können.«

»Was sind das für Raubtiere?«

»In meinem Beobachtungsgebiet vor allem Schlangen, Krähen, Blauhäher und Waschbären.« Jo warf sich ihre Feldtasche über die Schulter. »Dann komm, bevor das Wetter wieder schlechter wird. Ich scheuche die Vögel nicht gerne bei Regen von ihren Nestern auf.«

»Weil die Eier nicht nass werden dürfen?«

»Ich möchte weder, dass Eier noch geschlüpfte Vögel nass oder kalt werden. Forschung sollte den Nisterfolg so wenig wie möglich beeinflussen.«

Als sie das Cottage verließen, kam Kleiner Bär vom Schuppen herübergetrottet. Er war schon viel zahmer, ließ sich von Ursa den Kopf streicheln. »Bleib hier!«, sagte sie zu dem Hund. »Hast du gehört? Ich bin bald wieder da.«

Es gefiel Ursa nicht, dass sie hinten sitzen und sich anschnallen musste. Sie hatte also normalerweise unangeschnallt vorne sitzen dürfen. Jo erklärte ihr, warum der Gurt so wichtig war und dass der vordere Airbag ein Kind töten konnte, wenn er sich öffnete.

»Wenn ein Kind durch den Airbag sterben kann, warum baut man ihn dann ein?«, fragte Ursa.

»Weil die Leute, die Autos bauen, davon ausgehen, dass Kinder hinten sitzen, wo es am sichersten ist.«

»Und was ist, wenn ein Lkw einem Auto hinten reinfährt, und ein Kind sitzt drin?«

»Hältst du dich jetzt an meine Regeln oder nicht?«

Ursa kletterte auf den Rücksitz und schnallte sich an.

Der Hund lief dem Auto nach, als Jo auf die Straße abbiegen wollte. »Jo, bleib stehen! Stopp!«, rief Ursa. »Er will mit!«

»Und deshalb soll ich anhalten?«

Ursa lehnte sich aus dem Fenster und sah zu, wie der Hund hinter einer Kurve verschwand. »Er kommt nicht so schnell hinterher!«

»Soll er auch nicht. Er kann nicht zu den Nestern mitkommen. Ein Raubtier wie er würde die Vögel völlig verunsichern.«

»Jo! Er ist immer noch da!«

»Zieh den Kopf ein! Die Straße ist so schmal, sonst bekommst du noch einen Ast ins Gesicht.«

Kläglich sah Ursa in den Rückspiegel auf der Beifahrerseite.

»Er kennt diese Straße. Er wurde hier geboren«, erklärte Jo.

»Vielleicht auch nicht. Könnte doch sein, dass er aus einem Auto gesprungen ist.«

»Eher hat ihn jemand, der ihn nicht haben wollte, aus dem Auto geworfen.«

»Fährst du zurück?«

»Nein.«

»Du bist gemein.«

»Ja.«

»Wohnt hier Gabriel Nash?« Ursa wies auf einen unbefestigten Weg mit tiefen Spurrillen, neben dem ein Schild mit der Aufschrift »ZUTRITT VERBOTEN« stand.

»Ich glaube, ja«, sagte Jo.

»Vielleicht läuft Kleiner Bär ja zu ihm.«

»Das wird dem Eiermann nicht gefallen. Er hat Hühner und Katzen.«

»Warum nennst du ihn Eiermann, wenn er Gabriel heißt?«

»Weil ich ihn vom Eierkaufen kenne.«

»Ich fand ihn nett.«

»Habe nichts anderes behauptet.«

Jo fuhr zu dem am weitesten entfernten Nest, um sicherzustellen, dass der Hund ihnen nicht folgte. Am Ende der Straße wendete sie und blieb bei der ersten Markierung stehen. Sie holte das Datenblatt aus dem Ordner mit der Aufschrift »TURKEY CREEK ROAD« und zeigte es Ursa. »Das hier ist ein Nestprotokoll. Ich führe eins für jedes Nest, das ich finde, und jedes bekommt eine Nummer. Das hier ist TC10, das heißt, es ist das zehnte Nest, das ich im Beobachtungsgsgebiet Turkey Creek Road gefunden habe. Oben notiere ich, wo und wann ich das Nest entdeckt habe, und in die Zeilen darunter schreibe ich jedes Mal, was mir auffällt, wenn ich es kontrolliere. Als ich das Nest gefunden habe, lagen zwei Eier drin, beim nächsten Mal vier. Beim letzten Nachsehen waren es immer noch vier, und ich habe aufgeschrieben, dass ich das Weibchen vom Nest vertrieben habe.«

»Sind die Küken schon geschlüpft?«

»Nein, dafür ist es zu früh. Das Weibchen bebrütet die Eier ungefähr zwölf Tage.«

»›Bebrüten‹ heißt, dass es sie warm hält?«

»Genau. Dann wollen wir mal sehen, was sie macht.« Die beiden stiegen aus dem Auto, und Jo zeigte Ursa, wie sie auf dem orangefarbenen Markierband Informationen vermerkte, die sie zum Nest führten. »INFI ist die Abkürzung für Indigofink, der Vogel, den ich hauptsächlich untersuche, und dies ist das Datum, an dem ich das Nest gefunden habe. Die anderen Zahlen und Buchstaben bedeuten, dass das Nest vier Meter in südsüdwestlicher Richtung und ungefähr anderthalb Meter über dem Boden ist.«

»Wo? Ich will es sehen!«

»Warte. Ich zeig's dir. Komm mit!« Während die beiden sich einen Weg durch die nasse Vegetation am Straßenrand bahnten, war von den Finken nichts zu hören. Kein gutes Zeichen. Normalerweise stießen sie Alarmsignale aus. Jos Verdacht bestätigte sich, als sie das zerstörte Nest entdeckte.

»Was ist passiert?«, wollte Ursa wissen.

»Das muss man erforschen wie ein Detektiv, der ein Verbrechen anhand von Indizien löst. Unerfahrene Vögel bauen ihr

Nest manchmal so instabil, dass es runterfällt. Wenn es instabil war, kann es durch einen Schauer wie heute runtergespült werden.«

»Und das ist passiert?«

»Die Indizien, die ich sehe, sagen mir etwas anderes.«

»Was meinst du damit?«

»Zuerst mal weiß ich, dass dieses Nest sehr gut gebaut war. Zweitens sehe ich keine Eier auf dem Boden. Drittens sind die Eltern nicht mehr zu sehen und zu hören, was wahrscheinlich heißt, dass es vor dem Regen passiert ist. Und das wichtigste Indiz ist, dass das Nest regelrecht zerfetzt ist. Ich nehme an, dass ein Waschbär es geplündert hat. Wäre es eine Schlange oder eine Krähe gewesen, wäre es nicht so stark beschädigt.«

»Ein Waschbär hat die Eier gefressen?«

»Welches Tier auch immer das Nest zerstört hat, hat die Eier gefressen. An manchen Nestern stelle ich Kameras auf, damit ich genau weiß, welches Raubtier es war.«

»Warum ist hier keine Kamera?«

»Weil ich nicht so viele habe. Kameras sind teuer. Komm, wir fahren zum nächsten Nest.«

»Ob der blöde Waschbär die anderen wohl auch gefressen hat?«, fragte Ursa, als sie zurück zum Auto gingen.

»Glaube ich nicht. Aber ich stelle die Hypothese auf, dass Finken in von Menschen angelegten Randgebieten, also am Rand einer Straße oder eines bestellten Felds, weniger Nisterfolg haben als in natürlichen Randgebieten, zum Beispiel an einem Fluss oder neben einem großen umgekippten Baum. Kennst du das Wort ›Hypothese‹?«

»Ja, aber auf Hedareh benutzt man ein anderes Wort.« Ursa krabbelte auf den Rücksitz. »Ich habe heute eine Hypothese über dich aufgestellt.«

»Ach, ja? Und welche?«

»Wenn du nicht mit der Polizei nach Hause kommst, holst du sie gar nicht mehr.«

Sie formulierte ihre These mit erstaunlicher Klarheit. Und deutlich zu selbstsicher. Jo drehte sich zu Ursa um.

»Was willst du damit sagen? Dass deine Hypothese bewiesen wurde und du bei mir bleiben kannst?«

»Nur bis ich fünf Wunder gefunden habe.«

»Wir wissen beide, dass das nicht geht. Du musst heute Abend verschwinden. Mein Doktorvater kommt in ein paar Stunden, und ich kriege richtig Ärger, wenn er herausfindet, dass du seit zwei Tagen bei mir wohnst.«

»Dann erzähl es ihm nicht.«

»Und wie soll ich ihm erklären, dass ein kleines Mädchen in meinem Haus schläft?«

»Ich schlafe woanders.«

»Genau. Bei dir zu Hause nämlich. Deshalb sind wir hier. Du zeigst mir gleich, wo du wohnst, dann bringe ich dich bis zur Tür. Und der Frau oder dem Mann, die oder der für dich verantwortlich ist, werde ich klarmachen, dass ich jeden Tag nach dir sehen werde. Glaub mir das. Versprochen.«

Tränen stiegen in die braunen Augen des Mädchens. »Du hast mich angelogen? In Wirklichkeit wolltest du mir gar nicht die Vogelnester zeigen?«

»Doch. Aber danach musst du nach Hause. Mein Doktorvater kommt ...«

»Bitte sehr! Fahr zu jedem Haus hier und frag die Leute, ob sie mich kennen! Kannst du gerne machen!«

»Du musst nach Hause!«

»Ich verspreche dir, dass ich nach Hause gehe, wenn ich fünf Wunder gesehen habe. Wirklich!«

»Ursa ...«

»Du bist der einzige nette Mensch, den ich kenne! Bitte!« Das Mädchen schluchzte, sein Gesicht wurde puterrot.

Jo öffnete die Hecktür, löste Ursas Gurt und nahm sie in die Arme. Das erste Mal, dass sich ein Kopf an ihre flache Brust drückte. Doch das Mädchen merkte nicht, was fehlte. Ursa umklammerte Jo und weinte noch heftiger.

»Es tut mir leid«, sagte Jo. »Wirklich, aber du musst verstehen, dass ich in einer echt schwierigen Lage bin. Ich kann großen Ärger bekommen, wenn ich dich bei mir wohnen lasse.«

Ursa löste sich aus ihren Armen und fuhr sich mit dem Handrücken über die laufende Nase. »Können wir uns bitte ein anderes Nest angucken?«

»Es gibt noch vier Stück, die zeige ich dir. Aber danach muss ich dich nach Hause bringen.«

Ursa weigerte sich. Das sturste Wesen im ganzen Universum. Jo fuhr weiter. Als sie am nächsten orangefarbenen Band anhielten, wies nichts mehr auf Ursas Weinkrampf hin, abgesehen von den roten Wangen. »Hoffentlich hat der Waschbär diese Eier nicht auch gefressen«, sagte sie.

»Hier müssten wir Küken finden. Sie dürften gestern geschlüpft sein.«

Ursa sprang aus dem Wagen und las die Informationen auf dem Band, das an eine kleine Sykomore gebunden war. »Ein Indigofinkennest sieben Meter nordöstlich und einen Meter über dem Boden.«

»Gut! Jetzt gucken wir mit meinem Kompass, wo Nordosten ist.« Jo zeigte Ursa, wie man das Gerät benutzte, und schickte sie in die entsprechende Richtung. Als Ursa sich dem Nest näherte, begannen die Elternvögel, Warnrufe auszustoßen. »Hörst du diese schrillen, abgehackten Laute? So rufen Indigofinken, wenn man ihrem Nest zu nah kommt.« Das aufgeregte Männchen saß auf einer Wolfsmilchpflanze. Seine saphirblauen Federn strahlten im Licht der untergehenden Sonne, die endlich hinter den dahinziehenden Regenwolken hervorgekommen war. »Das Männchen ist direkt vor dir. Siehst du es?«

»Das ist ganz blau!«, sagte Ursa staunend. »Es hat ganz viele verschiedene Blautöne!«

Ihre Aufregung war echt. Wenn Ursa an dieser Straße oder in der Nähe lebte, hätte sie irgendwann schon mal Indigofinken gesehen. An den Straßenrändern im südlichen Illinois kamen sie zuhauf vor.

»Da ist das Nest!«, flüsterte Ursa. »Darf ich reingucken?«

»Ja.«

Ursa teilte das bauchhohe Gestrüpp und spähte in das Nest. »Oh, wie süß!«, sagte sie. »Sind die süß!«

»Sind sie geschlüpft?«

»Ja! Die sind ganz klein und rosa! Und sie reißen den Schnabel ganz weit auf.«

»Sie haben Hunger. Durch den Regen hatten es die Eltern heute schwer, Insekten zu fangen.« Jo schaute sich die vier frisch geschlüpften Finken an. »Wir müssen sie in Ruhe lassen. Hörst du, wie sich die Eltern aufregen?«

Ursa konnte den Blick nicht von den winzigen Vögelchen abwenden. »Das ist ein Wunder! Da ist es, mein erstes Wunder!«

»Hast du noch nie Vogeljunge in einem Nest gesehen?«

»Wie denn? Auf meinem Planeten gibt es keine Nester und keine Vogelbabys.«

»Wir gehen«, sagte Jo. »Die Eltern müssen die Küken füttern, solange es noch hell ist.«

Am Auto angekommen, fragte Jo: »War das wirklich der erste Indigofink, den du je gesehen hast?«

»Ja! Es war der schönste Vogel, den ich bis jetzt auf der Erde gesehen habe.«

Sie kontrollierten das nächste Nest, in dem vier Eier lagen. Dann kamen sie zum Nest eines Weißaugenvireos. Vireos waren nicht Jos Untersuchungsobjekt, dennoch notierte sie die Daten von jedem Nest, das sie fand. Darin saßen drei Vireojungen und ein kleiner Kuhstärling. Auf dem Rückweg zum Wagen erklärte Jo ihrer jungen Helferin, dass Braunkopfkuhstärlinge ihre Eier in die Nester fremder Vögel legten, sogenannter Wirte, und ihre Jungen von ihnen ausbrüten und aufziehen ließen.

»Warum kümmert sich denn der Kuhstärling nicht selbst um seine Babys?«, wollte Ursa wissen.

»Weil er deutlich mehr Nachkommen produziert, wenn er seine Eier in die Nester anderer Vögel legt. Die übernehmen ja die gesamte Arbeit. In der Natur setzt sich derjenige durch, der die meisten Nachkommen hervorbringt.«

»Sind denn die Vireos nicht sauer, weil sie die Kinder vom Kuhstärling großziehen müssen?«

»Sie wissen nicht, dass es Kuhstärlinge sind. Sie werden überlistet. Oft ist es sogar so, dass die Küken der Wirtsvögel nicht genug zu fressen bekommen, weil kleine Kuhstärlinge größer sind, schneller wachsen und lauter schreien. Manchmal sterben die Nestlinge des Wirtsvogels sogar.«

»Diese Vireoküken auch?«

»Nein, sie machen einen guten Eindruck. Ihre Eltern strengen sich sehr an, alle sattzubekommen.«

Ursa bummelte, um nicht ins Auto steigen zu müssen und das letzte Nest zu kontrollieren. Sie betrachtete Blumen, fragte Jo nach einem Käfer und tat so, als interessiere sie sich brennend für einen Stein, den sie auf dem Boden entdeckt hatte. Als sie zum letzten Nest fuhren und die Zufahrt zum Eiermann passierten, beschäftigte Ursa sich mit dem Stein in ihrer Hand. Sie stiegen aus, doch bevor Ursa das Markierband lesen konnte, kam ein weißer Chevrolet Suburban mit einem Universitätskennzeichen um die Ecke. Hinter dem Lenkrad saß der weißhaarige Dr. Shaw Daniels und winkte Jo zu. Er parkte hinter ihrem Honda und öffnete die Tür. Beim Aussteigen musste er seinen langen Körper regelrecht zusammenklappen. »So spät noch am Arbeiten?«

»Ist doch nicht spät«, erwiderte Jo. »Sechs Uhr. Ich habe erst gegen acht mit Ihnen gerechnet.«

»Die letzte Veranstaltung wurde wegen einer Lebensmittelvergiftung abgesagt.«

»Ist das ein Witz?«

Shaw schüttelte den Kopf. »Die Leute müssen am Vorabend auf dem Empfang irgendwas Komisches gegessen haben.«

Jo schaute durch die offene Fahrertür in den Suburban. Tanner saß mit Carly Aquino auf der Rückbank. Die Schuldgefühle in seinem Gesicht sprangen sie regelrecht an, ebenso ersichtlich war sein Versuch, sie hinter einem breiten Lächeln zu verbergen. Was hatte Jo je an ihm gefunden, abgesehen davon, dass er gut aussah? Sie schaute zu Leah Fisher auf dem Beifahrersitz hinüber. »Euch ist aber nicht schlecht?«

»Uns geht's gut«, erwiderte Leah.

»Zum Glück waren wir nur kurz auf dem Empfang«, erklärte Shaw, »weil wir uns abends mit John Townsend und zwei Studenten zum Essen getroffen haben.« Er warf Ursa einen kurzen Blick zu. »Und wer ist das?«, fragte er.

»Ursa wohnt hier in der Nähe. Ich habe ihr gezeigt, wie ich Nester kontrolliere.«

»Freut mich, Ursa«, sagte der Professor. »Ich bin Shaw. Was hast du denn da?«

»Einen Stein mit rosa Kristallen«, sagte Ursa.

»Cool.« Shaws Blick fiel auf die Flipflops, die an den kleinen Füßen des Mädchens sehr groß wirkten.

»Sie war barfuß«, erklärte Jo. »Ich habe ihr meine Flipflops geliehen, damit sie nirgendwo reintritt. Habt ihr Hunger?«

»Ja, total«, sagte Shaw. »Zum Mittagessen haben wir nur ein paar Chips im Auto gegessen.«

»Das ist gut. Fahrt schon mal zum Haus und nehmt euch ein Bier. Ich gucke noch schnell nach dem letzten Nest.«

»Habe ich gerade was von Bier gehört?«, rief Tanner aus dem Auto.

»Allerdings«, sagte Jo. »Ist genug da. Die Haustür ist offen.«

Als Shaw weiterfuhr, ging Jo zum Finkennest. Kurzfristig überdeckten Tanners offensichtliche Schuldgefühle ihre Sorge um Ursa. Vor ihr lag ein Abend voller befangener Gespräche, und da Tanner ein großer Feigling war, würde die Atmosphäre die ganze Zeit angespannt sein.

Lautes Gebell hallte von der Straße herüber. Noch nie hatte Jo Kleiner Bär so bellen gehört. »Oh, Mann, der Hund geht noch auf sie los«, stieß sie aus.

»Er tut ihnen nichts«, sagte Ursa.

»Woher willst du das wissen? Er verteidigt das Haus, als wäre es seins. Ich hätte dir nicht erlauben dürfen, ihn auf die Veranda zu holen.«

»Ich bringe ihm bei, nicht zu bellen.«

»Du nimmst ihn mit ... wenn du gehst.«

Der Hund kläffte noch immer. Jo beeilte sich, zum letzten Nest zu gelangen.

»Shaw ist nett«, sagte Ursa hinter ihr.

»Ja, aber deshalb kann er dich trotzdem nach Hause schicken.«

»Ich habe kein Zuhause auf der Erde!«

Jo blieb stehen und drehte sich um. »Komm bloß nicht auf die Idee, ihm zu erzählen, du wärst von einem anderen Planeten! Das erzählst du keinem von denen, hast du mich verstanden?«

6

Blitze schossen durch ferne Wolken im Süden. »Hoffentlich ist das Wetterleuchten«, sagte Jo. »Ich will nicht noch einen Tag Feldarbeit verlieren.«

»Legen Sie doch mal eine Pause ein«, schlug Shaw vor.

Wieder ihre Krankheit. Alle vier hatten sich bei Jo erkundigt, wie es ihr ging. Carly und Leah hatten ihr sogar noch mal nahegelegt, sich zur Unterstützung einen Assistenten oder eine Assistentin zu nehmen. Sie wollten nicht mal zulassen, dass Jo die Burger auf den Grill legte. *Setz dich, Joanna. Wir kümmern uns ums Essen. Ruh du dich aus.*

»Ich mache mal besser die Fensterscheiben im Auto hoch, nur für den Fall«, sagte Jo und entfernte sich.

»Ich gehe Bier holen. Wer will noch eins?«, fragte Tanner hinter ihr.

»Nein, danke«, sagte Shaw.

»Hab noch«, rief Carly.

»Das hier ist mein letztes«, verkündete Leah.

Ursa fing Glühwürmchen und sammelte sie in einem Glas, das Jo ihr gegeben hatte. Als sie sah, dass Jo die Gruppe um das Feuer verließ, folgte sie ihr in gewissem Abstand. Jo hatte ihr erlaubt, mit ihnen zu essen und sich die Gespräche am Lagerfeuer anzuhören, aber bald würde sie das Mädchen wegschicken müssen. Die anderen hatten bereits gefragt, warum das Mädchen noch da sei, und vor einer Viertelstunde hatte Shaw gesagt: »Muss die Kleine nicht bald nach Hause?«

Jo saß in der Auffahrt im dunklen Auto, drückte auf den Anlasserknopf und schloss die Fenster, die sie offen gelassen hatte in ihrer Eile, den Besuch vor Kleiner Bär zu retten. Als Jo und Ursa dazukamen, hatte sich der Hund sofort beruhigt, aber Jo hatte erklärt, er sei ein Streuner, der einfach nicht verschwinden wolle. »Wahrscheinlich haben Sie ihn gefüttert, und jetzt haben Sie ihn an der Backe«, hatte Shaw vorwurfsvoll gesagt.

Wenn der wüsste.

»Schönes Auto«, kam Tanners Stimme aus der Dunkelheit.

Er hatte mindestens sechs Bier getrunken, genug Mut für seine Rechtfertigung, vor der sich Jo den ganzen Abend gefürchtet hatte. Sie schloss den Wagen ab, und Tanners hübsches Gesicht löste sich aus dem Schatten der Verandalampen. »Finde ich auch«, sagte sie. »Einen Neuwagen hatte ich noch nie. Aber ehrlich gesagt wäre mir mein alter Chevy hier lieber. Diese Buckelpisten machen dem Honda schwer zu schaffen.«

Tanner legte die Hand auf die glänzend rote Motorhaube des Wagens. »Hat der deiner Mutter gehört?«

»Sie wollte unbedingt, dass ich ihn übernehme, und mein Bruder wollte ihn nicht.«

»Ich hab noch ein Glühwürmchen gefangen, Jo! Jetzt habe ich vier«, rief Ursa vom Hickorybaum herüber.

»Du musst sie aber gleich alle fliegen lassen«, sagte Jo.

»Mach ich!«

»Süß, die Kleine«, bemerkte Tanner. »Machen sich die Eltern keine Sorgen, dass sie noch so spät abends unterwegs ist?«

»Ich glaube, die Situation zu Hause ist ein bisschen schwierig«, sagte Jo.

»Ach, du Scheiße.«

»Ja.«

»Jo...«

Sie verschränkte die Arme vor der Brust und wartete. Tanner trat näher, in den Schatten eines Baums. Seine gesichtslose Nähe in der schwülen Dunkelheit erinnerte an einen Beichtstuhl in der Kirche.

»Es tut mir leid, dass ich dich in Chicago nicht im Krankenhaus besucht habe«, sagte er. »Aber ich dachte...«

»Was?«

»Ich dachte, du willst nicht, dass ich dich so sehe.«

»Wie: so?«

»Na ja ... krank. Ohne Haare und so.« Als Jo nicht reagierte, reckte Tanner den Hals nach links und rechts, bis es knackte, eine nervöse Angewohnheit von ihm. »War das falsch...?«

»Nein, du lagst richtig. Ich wollte niemanden sehen.« Wenn sie in den letzten zwei Jahren eins gelernt hatte, dann dass das Leben schon ohne kleinliches Nachtragen anstrengend genug war.

Tanner trank einen Schluck Bier, um auch den letzten Rest seiner Sünde hinunterzuspülen. »Willst du auch eins?«, fragte er und hielt Jo die Flasche hin. »Soll ich dir eins holen?«

»Nein, danke.«

Noch ein langer Schluck. »Du siehst übrigens super aus.«

»Super für eine, die Krebs hatte?«

»Nein, einfach so.«

»Danke.«

»Lässt du dir die Brust machen, wenn es dir besser geht?«

»Es geht mir besser.«

»Aber wahrscheinlich muss man eine Zeitlang warten, oder?«

Jo ließ die Arme sinken. »Ich lasse es so. Seit ich weiß, wie frei sich Männer ohne Brüste fühlen, will ich es nicht mehr anders.«

Er grinste schwach, glaubte wohl, sie sei verbittert und habe einen Witz gemacht. »Ich verstehe, warum du das so machen willst nach allem, was passiert ist. Wenigstens wurde es bei deiner Mutter so früh entdeckt, dass du noch gerettet werden konntest.« Er reckte den Kopf zur Seite, es knackte im Nacken. »Ich meine …«

»Ich weiß, was du meinst, und du hast recht. Das hat meine Mutter sogar selbst gesagt. Unter dreißig macht keine Frau von sich aus eine Mammographie. Wenn meine Mutter nicht krank geworden wäre und nicht erfahren hätte, dass sie diese Genmutation hat, wäre der Krebs bei mir vielleicht auch zu spät entdeckt worden.«

»Hoffentlich stört es dich nicht, dass ich es weiß, aber ich habe gehört, dass du dir alles hast rausnehmen lassen.«

»Sie haben nicht alles rausgenommen. Die Gebärmutter habe ich noch. Den Großteil von meinem Gehirn auch, meine ich.«

Diesmal grinste Tanner nicht. »Vielleicht hättest du mit der Entscheidung noch warten sollen.«

Wahrscheinlich sprach er nur aus, was in den letzten zwei Jahren an der Uni diskutiert worden war. »Meine Großmutter und meine Tante sind mit unter fünfundvierzig an Eierstockkrebs gestorben«, sagte sie. »Ich wollte nicht rumsitzen und warten, bis die Zeitbombe explodiert.«

»Hast du denn Eizellen einfrieren lassen oder so?«

»Warum, damit ich das Elend an eine Tochter vererben kann?«

»Ah, verstehe. Und was ist mit den Hormonen?«

»Was soll damit sein?«

»Kommt man nicht in die Wechseljahre, wenn man keine Eierstöcke mehr hat?«

Vor Jos Diagnose hatte Tanner das Wort »Wechseljahre« wahrscheinlich noch nie ausgesprochen. »Ich mache eine Hormonersatztherapie«, erklärte sie.

»Und damit fühlst du dich normal?«

Ihm jetzt in die Eier zu treten, würde wohl nicht sehr normal wirken, überlegte sie. Laut sagte Jo: »Ja, ich fühle mich super.«

Er nickte, hielt die Flasche an die Lippen und leerte sie in einem Zug. »Kennst du diese Schauspielerin …« – er versuchte, sich an den Namen zu erinnern, aber seine Gehirnzellen waren gelähmt – « … die hatte auch so eine Mutation und hat sich alles rausnehmen lassen. Die hat eine Rekonstruktion machen lassen und soll jetzt echt schöne … also …«

»Sie hat jetzt schöne Titten, weil sie reich genug ist, um ihren Körper so gestalten zu lassen, wie sie es möchte. Sie hatte aber nie Krebs. Bei ihr konnten die Brustwarzen, das Gewebe und die Haut, die nicht gefährdet war, erhalten werden.«

Er war mutig genug, Jo auf die Brust zu schauen. »Aber meinst du nicht, dass du irgendwann …«

»Nein! Und jetzt hör auf! Wenn ich mit meinem Aussehen zufrieden bin, solltest du froh sein! Kapierst du das, Tanner? Siehst du überhaupt noch einen vollständigen Menschen in mir?«

»Scheiße, Jo … tut mir leid …«

»Geh wieder zu Carly! Und ihr könnt aufhören, aus Rücksicht auf mich so zu tun, als wärt ihr nicht zusammen. Ihr könnt mir gar nicht weh tun.« Jo trat in eine ohrenbetäubend laute schwarze Wolke aus Grillen und Heuschrecken. Es war, als würde sie in eine Narkose eintauchen. Je weiter sie hineinging, desto dunkler wurde es. Als sie die Wolke hinter sich ließ, stand sie am Fluss. Sie hatte geweint.

»Jo?«

Sie drehte sich um. Im Mondlicht sah das Mädchen wieder wie ein Feenkind aus. Ein Aderwerk von Zweigen zog sich über ihr blasses Gesicht.

»Ist alles in Ordnung?«, fragte Ursa.

»Klar.«

»Das glaube ich dir nicht.«

Das Geräusch des Hundes, der Wasser aus dem Fluss trank, drang zu ihnen herüber.

»Ursa, du musst…«

»Ich weiß. Ich gehe«, sagte das Mädchen.

»Gehst du nach Hause?«

Das Kind schraubte den Deckel vom Glas und hielt es hoch. Ein Glühwürmchen nach dem anderen entdeckte die Freiheit, ein sich ausdehnendes Sternbild im dunklen Wald. Ursa drehte den Deckel wieder drauf und gab Jo das Glas zurück. »Komm, Kleiner Bär!«, sagte sie.

Jo sah zu, wie das Mädchen und der Hund den Hang zur Straße hochmarschierten. »Wo gehst du hin?«

»Wo ich hingehen soll«, erwiderte Ursa.

7

Am nächsten Tag arbeitete Jo im Shawnee Forest fünfzehn Stunden bis zur Erschöpfung, zum einen, um Tanner Bruce aus ihrem Kopf zu vertreiben, zum anderen, um die verlorene Zeit nach dem Regentag aufzuholen. Vielleicht tat sie es auch, um zu beweisen, dass sie nicht mehr krank war. Sie kontrollierte und suchte Nester in den natürlichen Randgebieten, die am schwersten zu erreichen waren, so weit entfernt waren sie von menschlichen Einflüssen. In Flussauen musste Jo sich mehrmals durch ein Dickicht aus Stechwinden und Brennnesseln kämpfen.

Als sie mit verschwitzter, kribbelnder Haut in den Honda stieg, war die Sonne bereits hinter den Baumwipfeln versunken. Die anstrengende Arbeit und das Grün hatten wie immer eine belebende Wirkung auf Jo. Noch spukten ihr Tanner und seine unverschämten Äußerungen durch den Kopf, doch es gelang ihr, sie zu ignorieren, wie eine kaputte Kontrollleuchte am Armaturenbrett des Autos.

Den kleinen Alien bekam sie jedoch nicht aus ihren Gedanken. Kaum war Jo aufgewacht, hatte sie sich Vorwürfe gemacht, weil sie das Mädchen nicht weggebracht hatte, auch wenn sie bezweifelte, dass das Kind nach Hause gegangen war. Wie hatte Ursa zum Abschied gesagt, als Jo fragte, wohin sie ginge? *Wo ich hingehen soll.* Je länger Jo versuchte zu deuten, was Ursa damit gemeint hatte, desto unergründlicher klang es. Dennoch hatte sie einfach zugesehen, wie das Mädchen in der Nacht verschwand.

Jo bog auf die Turkey Creek Road, überzeugt, dass das Mädchen am Cottage auf sie wartete. Gleichzeitig wusste sie, dass sie sich dann wünschen würde, Ursa wäre verschwunden. Im letzten Licht der Dämmerung bog Jo auf die Schotterzufahrt und schaute zum Hickorybaum vor dem Haus hinüber. Kein Mädchen. Kein Hund.

Sie warf ihre Ausrüstung auf die Veranda und ging zur Feuerstelle. »Ursa?«, rief sie. Die einzige Antwort war der hohe Ruf eines Nachtfalken, der über dem Feld hinter dem Haus nach Futter suchte.

Ein Auto kam näher. Normalerweise verirrte sich niemand an dieses Ende der Straße, es sei denn, er hatte sich verfahren. Ein Sackgassenschild am Anfang sorgte dafür, dass die meisten Leute die Straße nicht mit einer anderen verwechselten. Jo marschierte nach vorne. Der weiße Pick-up des Eiermanns, in der späten Dämmerung kaum zu erkennen, bog um die Kurve. Knirschend kamen die Reifen hinter Jos Wagen zum Stehen, der Motor verstummte. Was auch immer Gabriel zu sagen hatte, es würde wohl etwas Zeit in Anspruch nehmen.

Jo ging zu ihm hinüber, er stieg aus.

»Ich habe dich auf der Straße gehört«, sagte er. »Hab gewartet, dass du nach Hause kommst.«

Jo blieb auf Abstand. »Was ist denn los?«

Er trat näher. »Das weißt du doch genau! Du hast mir den Alien aufs Auge gedrückt!«

»Ich hab ihr nicht gesagt, dass sie zu dir gehen soll!«

»Warum warst du nicht mit ihr bei der Polizei?«

»Hast du das gemacht?«

Er kam näher, so nah, dass Jo Essensgerüche wahrnahm.

Was er gegessen hatte, roch gut genug, um ihr Appetit zu machen.

»Du musst den Strahler mal reparieren lassen.« Er schaute zum Strommast hoch.

»Der ist vor zwei Wochen kaputt gegangen. Ich finde es schöner so.«

»Es ist aber nicht mehr schön, wenn irgendwelche Langfinger dahinterkommen, weil ein dunkles Haus ein leichteres Ziel ist als ein beleuchtetes.«

Langfinger – wer benutzte noch so ein Wort?

Der Eiermann rieb sich die bärtige Wange. »Das Mädchen ist eine echt harte Nuss. Weißt du, was sie gerade macht?«

»Keine Ahnung. Liest *Krieg und Frieden*?«

»Dann weißt du es also.«

»Was?«

»Wie schlau sie ist.«

»Das habe ich dir schon gesagt, als wir das erste Mal über sie gesprochen haben.«

»Ja, aber jetzt habe ich es selbst gesehen. Meine Mutter findet auch, dass sie total intelligent ist.«

»Deine Mutter?«

»Ja, ich pflege sie. Sie ist krank.«

»Das tut mir leid,« wiederholte Jo den Satz, den sie selbst von so vielen Menschen gehört hatte.

Er nickte.

»Hat der Alien dir verraten, wie er heißt?«, wollte Jo wissen.

»Sie nennt sich Ursa Major, weil sie daher kommt.«

»Das hat sie mir auch erzählt. Ich vermute, Ursa ist ihr richtiger Name.«

»Glaube ich auch«, sagte der Eiermann. »Habe stundenlang im Internet nach einem vermissten Mädchen namens Ursa gesucht.«

Jo machte einen Schritt auf ihn zu. »Warst du auch auf der Website des NCMEC?«

»Ja.«

»Hast du da das Bild mit den Schuhen gesehen?«

»Du auch? Wie kann so was sein? Wie kommt es, dass niemand diesen toten Jungen vermisst?«

»Hört sich an, als hättest du dasselbe gemacht wie ich«, bemerkte Jo.

»Fast fünfmal hätte ich beinahe beim Sheriff angerufen. Dann habe ich mir überlegt, erst mal mit dir zu reden.«

»Ich weiß genauso wenig, wie es weitergehen soll«, erwiderte Jo. »Du müsstest schon bereit sein, sie mit Gewalt festzuhalten.«

»Was soll das heißen?«

»Genau das, was ich gesagt habe. An dem Abend, als wir uns unterhalten haben, habe ich die Polizei gerufen. Hat sie dir das nicht erzählt?«

»Nein. Was ist passiert?«

»Sie ist abgehauen, wie sie es angedroht hatte. Der Deputy hat sie nicht zu Gesicht bekommen.«

»Verdammt«, sagte Gabriel. »Hab mir schon gedacht, dass so was passiert, wenn ich anrufe. Was hat der Deputy gesagt? Wusste er was von vermissten Kindern?«

»Nein. Er hat so getan, als würde ich ihm seine Zeit stehlen. Hat auch nicht versprochen, dass er sie suchen würde – nicht mal, als ich ihm von den blauen Flecken erzählt habe.«

Der Eiermann erstarrte. »Sie hat blaue Flecken?«

»Am Hals, an den Armen und Beinen. Alles von ihrer Kleidung verdeckt.«

»Du liebe Güte! Sehen die Flecken nach Misshandlungen aus?«

»Einige sehen aus wie Fingerabdrücke.«

»Hast du das dem Deputy gesagt?«

»Ich habe deutlich gemacht, dass jemand das Kind meiner Meinung nach verletzt hat. Aber der Deputy hatte seine eigene Meinung zu Kindern, die aus ihren Familien genommen werden. Hat mir eine Geschichte über einen Schulfreund erzählt, der zu den falschen Pflegeeltern kam, wo er misshandelt wurde. Am Ende hat er sich umgebracht.«

»Er hat dir geraten, das nicht zu melden?«

»Nicht ausdrücklich. Aber er meinte, viele Leute würden nur wegen des Geldes Pflegekinder nehmen. Selbst wenn Ursas Blutergüsse von Misshandlungen stammten, würde sie nicht verraten, wer ihr das angetan hat. Eine Pflegefamilie wäre manchmal genauso schlimm wie die eigentliche, und das wüsste das Mädchen.«

»Was ist das denn für ein verkorkster Ratschlag von einem Polizisten?«

»Findest du?«

»Du nicht?«

»Ich weiß nicht«, sagte Jo. »Hatte noch keine Zeit, darüber nachzudenken. Gestern hatte ich Besuch …«

»Hat Ursa erzählt.«

»Weißt du, was ich gestern gedacht habe? Dass sie nicht aus dieser Gegend ist.«

»Komisch, dass du das sagst …«

»Warum?«

»Ich hatte heute denselben Gedanken. Als ich ihr unsere neugeborenen Katzen gezeigt habe, ist sie ausgeflippt. Sie meinte, das wäre ein Wunder. Offenbar hat sie noch nie Katzenbabys gesehen, obwohl Kinder auf dem Land so was doch alle Nase lang erleben.«

»Sie hat ihr zweites Wunder gefunden?«

»Jetzt würden nur noch drei fehlen, meinte sie.«
»Das erste Wunder waren Vogeljunge.«
»Hat sie erzählt.«
»Du hast recht: Ein Landkind in ihrem Alter hätte auf jeden Fall schon Vogelküken gesehen. Ich glaube, sie kommt aus der Stadt. Vielleicht wurde sie hier zurückgelassen.«
»Ihr Akzent klingt aber so, als käme sie von hier.«
»Dann vielleicht aus Saint Louis?«, schlug Jo vor.
»Da reden sie nicht ganz so breit.«
»Paducah?«
»Ich bin alle Südstaaten durchgegangen, wo so ein Akzent hinpasst, bis runter nach Florida«, sagte Gabriel. »Sie ist nirgends vermisst gemeldet.«
»Wenn jemand sie absichtlich hier gelassen hat, wird sie wohl kaum vermisst gemeldet werden.«
»Vielleicht ist sie weggelaufen«, sagte Gabriel. »Sie ist zu schlau für die Idioten, die ihr das angetan haben. Ich habe eben gar nicht erzählt, was sie gerade macht.«
»Was denn?«
»Sie hat bei uns im Regal Bücher von Shakespeare gesehen und gefragt, ob ich ihn mag. Als ich sagte, dass ich Shakespeare liebe ...«

Die Offenbarung überraschte Jo derart, dass sie gar nicht richtig zuhörte.

»... dass sie die sechs kleinen Kätzchen nach Figuren aus Shakespearestücken benennen will. Sie hat mich gefragt, ob sie meinen Computer benutzen könne, um sich über die Figuren zu informieren. Sonst könne sie nicht entscheiden, welcher Name zu wem passt. Das macht sie gerade: Shakespearestücke lesen.«

»Das hat sie bei mir auch gemacht, also, sich auf mein Interesse an Vögeln gestürzt. Sie hat sogar in meinem Ornithologiebuch gelesen. Ich glaube, das tut sie, um eine Bindung aufzubauen.«

»Vielleicht hat sie mit dieser Methode ihre verkorkste Familie überlebt.«

»Zu der hat sie offensichtlich keine Bindung.«

»Nee, null.«

Jo lehnte sich gegen die Motorhaube des Pick-ups und legte die Hand auf die Stirn.

»Alles in Ordnung?«, fragte der Eiermann.

»Ich bin zu müde, um mich jetzt damit zu befassen.«

»Du siehst aus, als müsstest du dich mal hinsetzen.«

Jo löste sich vom Pick-up. »Ich habe heute fünfzehn Stunden gearbeitet. Ich will nur noch duschen, essen und schlafen.«

»Könntest du denn vorher noch mit ihr reden?«

»Worüber?«

Der Eiermann verschränkte die Arme vor der Brust. »Ich muss etwas beichten. Ursa und ich waren heute Nacht zweimal da, um nach dir zu sehen.«

»Warum?«

»Sie macht sich Sorgen. Sie sagt, du hättest Krebs.«

»Verdammt nochmal! Posten wir es doch gleich im Internet!«

Er ließ die Arme hängen. »Das wäre vielleicht ein bisschen übertrieben.«

»Stimmt, aber die Doktoranden und mein Doktorvater haben schon gut vorgearbeitet.«

»Bist du auf dem Weg der Besserung?«

»So nennt man das wohl.«

»Könntest du Ursa zeigen, dass es dir gut geht und es ihr vielleicht auch sagen? Sie hat Angst, dass du stirbst.«

»Wir müssen alle sterben.«

»Formulier es so, dass eine Neunjährige damit klarkommt.«

»Okay. Ich muss eh mit ihr reden. Hatte ein schlechtes Gewissen, weil ich sie gestern Abend weggeschickt habe.«

»Ging ja nicht anders. Sie meinte, sonst würdest du Ärger mit deinem Doktorvater bekommen.«

»Gibt es irgendwas aus meinem Leben, über das ihr zwei nicht gesprochen habt?«

»Bis zur Wahl deiner Nachtwäsche sind wir nicht gekommen.«

Nachtwäsche. Wieder so ein altbackenes Wort. Wahrscheinlich war sein Vokabular von seiner Mutter beeinflusst.

»Ich kann dich im Pick-up mitnehmen«, schlug Gabriel vor.

»Guck mal, wie ich aussehe!«

»Mein Auto sieht nicht besser aus.«

Jo wusste nichts über den Eiermann beziehungsweise Gabriel Nash. Sie wusste nur, dass ein Mann, der Shakespeare verehrte, eigentlich zu gebildet war, um Eier an der Landstraße zu verkaufen. Sie erinnerte sich an seine heftige Reaktion, als Ursa ihn gefragt hatte, ob er promovieren würde. Und von seiner angeblichen Mutter hatte Jo noch keine Spur gesehen. Vielleicht hatte er Ursa umgebracht und versuchte, Jo nun mit dem Mädchen zu ködern, damit sie in dieselbe Falle ging. Zum hundertsten Mal an diesem Tag machte sich Jo Vorwürfe, die Neunjährige allein in den Wald gelassen zu haben.

Gabriel sah, dass sie zögerte. »Du kannst auch in deinem Auto hinter mir herfahren, wenn dir das lieber ist.«

»Ja, das mache ich.«

»Klug von dir, vorsichtig zu sein«, bemerkte er.

»Was soll das heißen?«

Er überlegte sich seine Antwort genau. »Wenn ich dir etwas hätte antun wollen, hätte ich schon viele Möglichkeiten gehabt, seit du hier wohnst.«

»Ich auch, wenn ich dir was hätte antun wollen«, gab Jo zurück, denn er hatte kein Recht, eine allein im Wald wohnende Frau als Einladung zu einem Verbrechen zu verstehen.

Er lächelte schwach, seine weißen Zähne blitzten in der Dunkelheit. »Normalerweise mieten immer mehrere zusammen dieses Haus. Warum bist du allein?«

»Hat sich so ergeben«, erwiderte Jo.

Tatsächlich gab es einen Doktoranden, der sich mit Trockensteppeninsekten befasste und auch in diesem Sommer im Kinney-Haus hatte wohnen wollen –, bis er gehört hatte, dass er es sich mit Jo teilen müsste. Mit seinem Forschungsbudget nahm er sich ein anderes Haus unter dem Vorwand, er wolle näher an seinen Beobachtungsgsgebieten wohnen. Aber Jo vermutete, dass er nicht auf engem Raum mit einer Frau sein wollte, die keine richtige Frau mehr war. Seit ihrer Rückkehr an die Uni waren einige männliche Doktoranden in ihrer Gegenwart befangen gewesen, besonders diejenigen, die früher mit ihr geflirtet hatten. Ihre Therapeutin hatte sie auf solche Reaktionen von Männern vorbereitet, doch auch noch so viele Sitzungen machten die Verletzungen nicht weniger schmerzhaft. Den Schmerz zu ertragen war eine ständige Prüfung. Die Natur und die Forschungsarbeit waren fast Jos einzige Lichtblicke.

»Das ist schade«, sagte der Eiermann. »Ist bestimmt ziemlich einsam da.«

»Nein, ist es nicht«, gab Jo zurück. »Bei meinen Exkursionen bin ich eh lieber allein. Andere Menschen lenken da nur ab.«

Er öffnete die Tür seines Pick-ups. »Das verstehe ich mal als Wink mit dem Zaunpfahl. Fährst du mir hinterher?«

8

Die tiefen Rillen in dem unbefestigten Weg, der zum Grundstück des Eiermanns führte, waren seit Jahren nicht mehr mit Schotter aufgefüllt worden. Nur die regelmäßige Durchfahrt des Pick-ups hielt den Wald davon ab, den Weg zu erobern. Jo fuhr langsam, der Honda schaukelte und knarrte, wenn die Reifen in die tiefen Rinnen gerieten. Sie hörte lautes Bellen, dann funkelten die Augen von Kleiner Bär im Scheinwerferlicht. Der Hund lief bellend zwischen dem Pick-up und dem SUV hin und her, während der bedrohlich dunkle Wald sich zu einem Grundstück öffnete, das von einem Scheinwerfer an einem Mast erleuchtet wurde.

Der Eiermann sprang aus dem Wagen und versuchte, den Hund zum Schweigen zu bringen.

»Wie ich sehe, hast du nicht nur Großer Bär, sondern auch Kleiner Bär geerbt.« Jo stieg aus ihrem Honda.

»Ich habe Ursa gesagt, dass er nicht hierbleiben kann.«

»Viel Glück dabei, sie zu überzeugen!«

»Ich weiß«, erwiderte der Eiermann. »Ich habe ihr erlaubt, ihn zu füttern.«

»Erkenne ich da vielleicht ein Muster?«

»Es ging nicht anders. Ich wollte nicht, dass er mit leerem Magen um meine Hühner und Ferkel herumschleicht.«

»Hast du Schweine?«

»Hast du die noch nicht gerochen?«

»Ich kann den Geruch von Schweinen nicht von dem von Pferden unterscheiden.«

»Wie die meisten Stadtmenschen.«

Jo horchte auf. »Isst du die Schweine auch?«, fragte sie.

»Normalerweise lese ich ihnen Shakespeare vor.« Gabriel grinste sie an. »Ja, ich esse sie. Wir versuchen, uns so gut wie möglich selbst zu versorgen. Ich gehe nicht gerne in den Supermarkt.«

»Problematische Abneigung.«

»Du hast ja keine Vorstellung«, sagte er. Sie verstand nicht genau, wie er das meinte.

Gabriel schaute zum beleuchteten Fenster des Blockhauses hinüber. »Die Sache mit Ursa ist die: Sie muss hier aus der Gegend kommen, aber ihre Eltern haben Probleme. Glaubt jedenfalls meine Mutter, trotzdem ist sie nicht begeistert davon, dass die Kleine hier ist.«

»Hat Ursa ihr nicht die Geschichte mit den Aliens erzählt?«

»Doch, aber danach tat sie meiner Mutter nur noch mehr leid. Sie meint, Ursa erschafft sich eine Phantasiewelt als Flucht vor der Wirklichkeit.«

»Was wohl stimmt.«

»Nein, tut es nicht«, erwiderte Gabriel. »Ursa selbst glaubt den Blödsinn nämlich nicht.«

»Warum hält sie dann daran fest?«

»Weil sie pfiffig ist.«

»Wieso ist es pfiffig, so zu tun, als sei sie ein Alien?«

»Keine Ahnung. Ich bin zu blöd, um das rauszufinden.«

Ursa kam aus dem Haus gelaufen, rannte über die Veranda und sprang die drei Stufen hinunter, als machte sie es schon seit Jahren so. »Er hat dich gefunden!« Sie schlang die Arme um Jos Taille und legte den Kopf an Jos Oberkörper. »Du hast mir gefehlt, Jo! Und weißt du was? Es ist noch ein Wunder geschehen!«

»Hab's schon gehört: Kätzchen.«

»Darf ich sie ihr zeigen?«, fragte das Mädchen Gabriel.

»Nachts stören wir sie lieber nicht, und Jo muss etwas essen.« An Jo gewandt, sagte er: »Es ist noch jede Menge vom Abendessen übrig.«

»Ähm, danke ...«, sagte Jo, »aber ich ...«

»Du würdest uns einen Gefallen tun. Ich habe zu viel gekocht.«

»Koteletts, Apfelmus, grüne Bohnen und Kartoffelpüree«, zählte Ursa auf. »Gabe baut alles selbst an! Er macht sogar das Apfelmus selbst! Hier gibt es Apfelbäume, Jo! Ich bin heute draufgeklettert!«

»Kätzchen, Ferkel, Apfelbäume – das ist für ein Kind ja das reinste Paradies«, sagte Jo.

»Sie war echt glücklich heute.«

»Das sehe ich.«

Ursa zog Jo an der Hand die Stufen zum Haus hoch. Über der Treppe hing ein Holzschild mit der Aufschrift: »HOF NASH«. Über die überdachte Veranda, auf der mehrere Schaukelstühle standen, ging es ins Haus. Von innen war das Blockhaus gemütlich gestaltet: Wände aus Baumstämmen, Holzböden, ein steinerner Kamin und Holzmöbel. Die Einrichtung war schicker, als Jo sich vorgestellt hätte, besonders angesichts der zugewucherten Zufahrt und dem klapprigen »ZUTRITT-VERBOTEN«-Schild. Die Küchengeräte waren modern, die Arbeitsflächen aus edlem Granit. Und im Gegensatz zum Kinney Cottage, das veraltete Klimageräte in den Fenstern hatte, besaß das Blockhaus eine zentral gesteuerte Klimaanlage.

Eine gut aussehende weißhaarige Frau, wahrscheinlich Gabes Großmutter, saß am Küchentisch, neben ihr ein Gehstock mit einem vierbeinigen Fuß. »Ich bin Katherine Nash«, stellte sie sich vor und musterte Jo mit stechenden azurblauen Augen.

Sie hielt Jo eine zittrige Hand hin, vielleicht ein Symptom von Parkinson.

Jo ergriff die Hand. »Freut mich. Ich heiße Joanna Teale, aber Sie können mich Jo nennen.«

»Ursa hat schon den ganzen Tag von Ihnen erzählt.«

»Das tut mir leid«, sagte Jo, und Katherine lächelte. Gabe richtete bereits Essen aus Töpfen und Pfannen vom Herd an. Er stellte den Teller auf den Tisch und zog einen Stuhl hervor.

»Ist das wirklich in Ordnung?«, fragte Jo. »Meine Stiefel machen alles dreckig.«

»Blödsinn«, sagte Katherine. »Mein Mann hat immer gesagt, eine Blockhütte ist erst dann eine Blockhütte, wenn der Boden dreckig ist.«

»Für mich als Kind ein guter Grundsatz; ich war nämlich ein richtiger Schmutzfink«, warf Gabe ein.

Jo fragte sich, ob er von seinen Großeltern aufgezogen worden war. Er hatte doch erzählt, seine Mutter sei krank. Vielleicht war sie schon sehr lange krank, so dass sie sich nicht um ihn hatte kümmern können.

Jo setzte sich, schnitt in das zart gebratene Fleisch und aß ein Stück vom leckeren Schweinekotelett. »Diese Blockhütte ist wunderschön«, lobte sie Katherine. »War sie schon auf dem Grundstück, als Sie es gekauft haben?«

»Nein, die hat mein Mann Arthur mit ein paar Freunden gebaut«, sagte die alte Frau. »George Kinney, der Besitzer von dem Haus, in dem Sie zurzeit wohnen, hat auch geholfen. Er war eng mit meinem Mann befreundet, wissen Sie.«

»Das wusste ich nicht«, sagte Jo.

»Die beiden waren Zimmergenossen an der University of Illinois. Nach dem Studium blieben sie in Illinois. Mein Mann unterrichtete Englische Literatur an der Universität von Chicago, und Sie wissen bestimmt, dass George Entomologe an der University of Illinois ist.«

»Ja«, sagte Jo und schielte zu Gabe hinüber. Er beobachtete sie aus der Küche. Jetzt verstand sie so einige Rätsel, die er ihr aufgegeben hatte. Der Großvater, der ihn aufgezogen hatte, war Professor für Literatur. Das erklärte die Vorliebe für Shakespeare und war vielleicht der Grund, warum er so seltsam auf Ursas Frage nach der Promotion reagiert hatte. Peinlich berührt wandte Gabe den Blick ab und stellte einen Plastikbehälter in den Kühlschrank. »Wer hat denn zuerst das Grundstück hier gekauft, Dr. Kinney oder Ihr Mann?«, fragte Jo Katherine.

»Arthur und ich. Wir wünschten uns schon lange einen Zufluchtsort auf dem Land, und Arthur schwärmte seit seiner Kindheit von einem Blockhaus. Als das Nachbargrundstück einige Jahre später zum Verkauf stand, schlugen George und seine Frau zu. George war begeistert davon, dass er seine Wasserinsekten im Turkey Creek studieren konnte, wenige Schritte von seiner Haustür entfernt.«

»Wie alt war Gabe, als die Blockhütte gebaut wurde?«, wollte Jo wissen.

»Sie war schon fertig, bevor Gabe geboren wurde. Seine Schwester war damals auf der Highschool.« Katherine lächelte über die Verwirrung in Jos Gesicht. »Sie haben wahrscheinlich gedacht, ich sei Gabes Großmutter, was?«

Jo schämte sich zu sehr, um es zuzugeben.

»Ich habe Gabe sehr spät bekommen«, erklärte Katherine. »Bei seiner Geburt war ich sechsundvierzig, mein Mann achtundvierzig. Seine Schwester ist neunzehn Jahre älter als er.«

»Lebt dein Vater noch?«, fragte Jo in Gabes Richtung.

Katherine kam der Antwort ihres Sohnes zuvor. »Arthur ist vor zwei Jahren gestorben.«

»Das tut mir leid«, sagte Jo.

»Er war fit wie ein Turnschuh«, erklärte Katherine. »Starb ganz plötzlich an einer Gehirnblutung.«

Ursa hatte das Gespräch stumm verfolgt. Als Jo weiteraß, lief das Kind plötzlich in ein anderes Zimmer und kam mit einem Blatt Papier zurück. »Bis jetzt habe ich drei Namen«, verkündete sie Gabe. »Willst du wissen, welche?«

»Unbedingt.« Er setzte sich ihr gegenüber auf einen Stuhl.

»Einer von den kleinen Katern muss auf jeden Fall Hamlet heißen.«

»Den könnte ein trauriges Schicksal ereilen«, bemerkte Gabe.

»Ich weiß. Ich habe gelesen, was mit Hamlet passiert ist«, erwiderte Ursa. »Aber er ist eine wichtige Figur.«

»Das stimmt«, pflichtete Gabe ihr bei. »Und welcher soll Hamlet sein?«

»Der kleine Graue, weil grau irgendwie eine traurige Farbe ist.«

»Aha.«

»Das weiße kleine Kätzchen soll Julia wie in *Romeo und Julia* heißen. Den Namen finde ich total schön!«

»Ich auch«, sagte Gabe. »Aber Julia hat auch ein trauriges Schicksal.«

»Ist doch egal! Das sind nur Namen!«

»Du hast recht. Schließlich gibt es den Spruch: Name ist Schall und Rauch?«

»Macbeth.«

»Okay, ich erspare mir einen Spruch zu seinem Schicksal. Welches Kätzchen soll so heißen?«

»Das schwarz-weiße.«

»Du warst fleißig. Das sind drei der besten Shakespearestücke.«

»Ich habe nachgeguckt, welche Stücke die wichtigsten sind. Das nächste ist *Julius Cäsar*. Aber findest du nicht, dass Julius zu sehr wie Julia klingt?«

»Hm. Du könntest den kleinen Kater ja Cäsar nennen.«

»Vielleicht. Aber zuerst muss ich was über Cäsar lesen, damit ich weiß, zu welchem Kater der Name passt.«

»Sieht nicht gut aus ... vom Schicksal her, meine ich.«

Genervt presste Ursa die Lippen aufeinander, und Gabe versteckte sein Grinsen hinter seiner Hand.

Jo war entzückt. Die beiden waren wie alte Freunde, neckten einander mit ihren Schwächen.

»Vielleicht wäre es besser, wenn du mal bei den Komödien guckst«, schlug Gabe vor.

»Sie sollte besser mal zu Hause vorbeigucken«, warf Katherine ein. »Bringst du sie zurück, oder macht Jo das?«

Besorgt schaute Gabe zu Jo hinüber. »Hatten wir noch nicht besprochen.«

»Ihre Eltern müssen doch außer sich vor Sorge sein«, sagte Gabes Mutter.

»Sind sie nicht«, verkündete Ursa. »Sie freuen sich, dass ich hier bin, weil ich promoviere.«

Katherines stechenden blauen Augen bohrten sich in die ihres Sohns.

»Ja«, sagte er. »Ich rede mit Jo darüber.«

»Das Abendessen war super lecker, vielen Dank!« Jo erhob sich von ihrem Stuhl. Gabe brachte sie zur Haustür, und als Ursa hinterherkommen wollte, fragte er sie: »Tust du mir einen Gefallen? Könntest du Jos Geschirr abräumen und spülen?«

»Das sagst du nur, damit ihr über mich sprechen könnt«, erwiderte Ursa.

»Das sage ich, weil ich nicht gerne abwasche. Los!«

Gabe führte Jo nach draußen über die Veranda die Treppe hinunter, um in Ruhe reden zu können. »Sie kann nicht bei uns bleiben. Meine Mutter weiß nicht, dass sie letzte Nacht hier geschlafen hat.«

»Wie habt ihr das geschafft?«

»Weiß ich auch nicht. Als ich die Kuh melken wollte, kam der Hund aus der Scheune und hat mich angebellt.«

»Ursa hat in der Scheune geschlafen?«

»Nehme ich an.«

»Das arme Kind. Sie hat auch bei mir im Schuppen übernachtet.«

»Ich habe das Gefühl, dass sie schon Schlimmeres mitgemacht hat«, bemerkte Gabe.

»Danke, dass du ihr geholfen hast. Sie ist heute ein ganz anderes Kind.«

»Ja, gut, aber sie kann nicht hierbleiben. Wenn meine Mutter herausfindet, dass wir gar nicht wissen, wo sie hingehört, zwingt sie mich, mit Ursa zur Polizei zu gehen.«

»Wir müssen uns überlegen, wie wir das aus ihr herausbekommen. Aber morgen habe ich keine Zeit. Ich muss zu viele Nester kontrollieren.«

»Also, von mir kannst du das nicht erwarten! Ich werde sie nicht einschließen wie ein Tier.«

»Verstehe ich. Die Vorstellung ist furchtbar, oder?«

Gabe betrachtete Kleiner Bär, der so zahm, wie Jo ihn noch nicht erlebt hatte, die Kotelettreste von Jos Fingern leckte. »Und wenn wir noch ein bisschen warten?«, fragte Gabe.

»Worauf denn?«

»Findest du es nicht seltsam, dass sie sich dieses Ziel mit den fünf Wundern gesetzt hat? Warum macht sie das?«

»Um Zeit zu schinden natürlich.«

»Ja, aber vielleicht gibt es noch einen anderen Grund. Vielleicht wartet sie darauf, dass jemand zu ihr nach Hause kommt, dem sie vertraut, oder irgend so was.«

»Waren wir uns nicht einig, dass sie nicht aus der Gegend kommt?«

»Es könnte doch sein, dass sie letzte Woche hergezogen ist.« Gabe schielte zur Tür hinüber, um sich zu vergewissern, dass Ursa nicht lauschte. »Vielleicht wird sie von ihrer Großmutter versorgt, die gerade im Krankenhaus ist. Vielleicht wurde sie von den falschen Verwandten aufgenommen, weil ihre Großmutter krank wurde und ins Krankenhaus musste. Und von da ist Ursa dann weggelaufen.«

»Ich male mir auch die ganze Zeit solche Geschichten aus.«

»Würde doch passen.«

»Was ist, wenn sich die Großmutter nicht mehr erholt?«, fragte Jo.

»Was ist, wenn sie sich erholt, und wir haben zugelassen, dass das arme Kind in eine Pflegefamilie kommt?«

»Wie lange sollen wir denn warten, bis eine theoretische Großmutter auftaucht?«

»Ich meine nur, dass wir ein paar Tage drüber nachdenken sollten. Vielleicht vertraut sie uns irgendwann und sagt uns die Wahrheit.«

Ursa schob den Kopf durch die Haustür. »Seid ihr fertig mit Reden?«

»Nein. Geh mal wieder rein!«, rief Gabe.

Die Tür fiel zu.

»Ich glaube, wir können Ärger bekommen, wenn wir noch länger warten«, meinte Jo.

»Sie wurde nicht vermisst gemeldet. Niemand kümmert sich einen Scheißdreck um sie, nicht mal der Deputy, mit dem du gesprochen hast. Und wie er schon sagte, sie könnte in einer miesen Pflegefamilie landen, und ich sehe keinen Grund, etwas zu überstürzen, wenn es vielleicht eine bessere Lösung gibt.«

»Wenn wir sie zur Polizei bringen, könnten wir dafür sorgen, dass sie einen guten Pflegeplatz bekommt.«

»Wie denn?«

Darauf hatte Jo keine Antwort.

»Wenn du sie melden willst, dann mach das«, sagte Gabe.

»Tu ich nicht.«

»Dann nimm sie mit zu dir.«

»Und wenn ich morgen früh arbeiten gehe, lasse ich sie allein zu Hause?«

»Setz sie bei mir ab. Ich versorge morgens die Tiere.«

»Das ist aber früh.«

»Ich weiß. Ich höre dich immer vorbeifahren. Damit kommt sie schon klar.«

»Wie willst du das deiner Mutter erklären?«

»Ich sage, dass sie von hier ist und gerne bei uns mithilft.«

»Das kommt mir irgendwie nicht richtig vor«, sagte Jo.

»Aber schlimmer wäre es doch, sie im Schrank einzuschließen und die Bullen zu holen, oder?«

»Ja, klar, natürlich.«

9

Vier Tage lang fuhren Jo und Gabe das Mädchen hin und her. Manchmal kamen sie sich vor wie ein geschiedenes Paar, das sich zur Kindesübergabe trifft. Doch meistens war es, als wickelten sie ein verbotenes Geschäft ab, denn sie sahen sich in den dunklen Stunden vor und nach der Dämmerung. Jeden Abend, wenn Jo nach Hause kam, prüfte sie die Anzeigen von vermissten Kindern und erwartete, beim nächsten Scrollen in Ursas eindringliche braune Augen zu schauen. Doch auch nach über einer Woche gab es keine Vermisstenmeldung.

Am dritten Tag fuhr Gabe mit Ursa zu einem Garagenverkauf, um ihr ein paar Kleidungsstücke zu besorgen. Es endete mit einer Kollektion, die erheblich ins Violette tendierte und eine Schwäche für großäugige Tierbabyprints offenbarte. Am vierten Tag sah Ursa in normaler Kleidung, nach der ausgewogenen Ernährung und dem stundenlangen Spielen an der frischen Luft, nicht mehr wie ein Feenkind aus. Die dunklen Ringe unter ihren Augen verschwanden, ihre Haut bekam einen gesunden rosigen Ton, sie nahm ein wenig zu.

Jeden Abend nach dem Duschen erzählte Ursa Jo, was sie Tolles auf Gabes Hof erlebt hatte, und manchmal war Jo sogar ein wenig eifersüchtig, weil Ursa so gern bei Gabe im Wunderland war. Dann kam sie sich wieder wie eine geschiedene Mutter vor, obwohl sie Gabe ja kaum kannte.

Am fünften Abend traten die Spannungen zwischen den beiden »Elternteilen« deutlicher hervor, als Ursa sagte: »Rat mal, was ich heute bei Gabe gemacht habe!«

»Eine Kuh gemolken?«

»Das hab ich schon längst getan.«

»Bist du auf einem kleinen Einhorn geritten?«

»Das wäre toll! Nein, aber es hat fast genauso viel Spaß gemacht: Ich habe mit einem Gewehr geschossen.«

Jo legte ihre Gabel beiseite.

»Ich habe die Zielscheibe dreimal fast in der Mitte getroffen!«

Jo schob ihren Stuhl nach hinten. »Warte mal kurz. Bin gleich wieder da.« Sie nahm ihre Schlüssel und schlüpfte in die Sandalen.

»Wo willst du hin?«

»Zu Gabe. Mit ihm sprechen.«

»Bist du sauer?«

»Wie kommst du darauf?«

»Deine Augen sehen aus wie ein Gewitter.«

»Ich bin nicht böse auf dich. Warte hier!«

Jo sperrte Kleiner Bär auf der Veranda ein, damit er ihr nicht nachlief. Jedes Mal, wenn der gute Honda ihrer Mutter mit dem Boden auf der Buckelpiste aufsetzte, verfluchte Jo den Eiermann.

Gabe öffnete die Tür in einer rosa Schürze. Wenn Jo nicht so wütend gewesen wäre, hätte sie über den bärtigen Bauern im Hausfrauenoutfit lachen müssen.

»Du müsstest mal was an dem Grand Canyon da draußen tun, den du Straße nennst«, fuhr sie ihn an.

»Und um mir das zu sagen, bist du hergekommen?«

»Nein.«

»Alles in Ordnung mit Ursa?«, fragte er.

»Ja«, sagte Jo, »und es wäre schön, wenn das so bliebe, also halte von jetzt an bitte deine Waffen von ihr fern!«

»Wer ist da?«, rief Gabes Mutter von drinnen.

»Jo. Sie fragt, ob wir Zucker haben. Warte kurz«, sagte er zu Jo. Keine Minute später war er zurück, ohne Schürze, in der Hand eine Tüte Zucker. »Bist du eine militante Waffengegnerin?«, fragte er mit unterdrücktem Grinsen.

»Ich habe etwas dagegen, einem kleinen Mädchen, das die Gefahr von Feuerwaffen überhaupt nicht einschätzen kann, ein Gewehr in die Hand zu drücken.«

»Sie hatte einen Ohren- und einen Augenschutz auf, und ich habe ihr alle Sicherheitsmaßnahmen gezeigt.«

»Sie ist ein Kind, und Kinder sind unberechenbar. Es gibt welche, die schleichen sich zum Waffenschrank ihres Vaters und erschießen ihren kleinen Bruder.«

»Da unterschätzt du Ursa aber. Und keiner weiß, wo sie mal landen wird. Vielleicht könnte es eines Tages nützlich für sie sein, sich mit Waffen auszukennen.«

»Um sich an ihren fiesen Pflegeeltern zu rächen?«

»Ich bin nun mal gerne vorbereitet«, sagte Gabe.

»Für den Weltuntergang, oder was?«

»Vielleicht.«

»Bist du so ein durchgedrehter Prepper, der ständig mit einer Katastrophe rechnet? Wie kann jemand, der Shakespeare liest, so hohl im Kopf sein?«

»Also sind alle Waffenbesitzer dumme Menschen, die keinen Shakespeare lesen? Ist das ernsthaft deine Meinung?«

»Ich hab jetzt keinen Bock auf so eine Diskussion. Schließ deine Waffen einfach ein und lass Ursa nicht in die Nähe.« Jo wollte die Treppe runtergehen, drehte sich aber noch mal um und nahm Gabe die Tüte mit dem Zucker ab. »Den brauche ich tatsächlich für meinen Kaffee. Hab keinen mehr.«

Auf der Rückfahrt nach Hause kamen alle Vorbehalte wieder hoch, die sie gegen Ursas Besuch bei den Nachbarn gehabt hatte, vor allem ihre Zweifel an Gabe. Sie wusste ja eigentlich gar nichts über ihn.

Ursa kam ihr auf der Zufahrt entgegen. »Hast du Gabe fertiggemacht?«, fragte sie.

»Natürlich nicht.«

»Darf ich trotzdem noch zu ihm rüber?«

Die Situation beschäftigte das Mädchen mehr als erwartet. Jo hockte sich hin und nahm Ursas Hände in ihre. »Es ist alles in Ordnung. Ich hatte nur eine kleine Diskussion mit Gabe.«

»Wegen des Schießens?«, fragte das Mädchen.

»Ja. Ich wurde anders erzogen als er. Für mich sind Waffen noch nie Spaß oder Zeitvertreib gewesen. Mir wurde beigebracht, dass sie nur einen Zweck haben, und das ist das Töten.«

»Wir haben nur auf eine Zielscheibe geschossen.«

»Und warum macht man so was? Um zu lernen, wie man mit der Waffe auf das Herz oder den Kopf zielt. Gabe hat dir beigebracht, wie man jemanden erschießt.«

»So war das gar nicht.«

»Tja, darum geht's dabei aber, um das Töten von Menschen oder Tieren, und ich kann mir nicht vorstellen, dass du ein Reh jagst.«

»Das würde ich niemals tun!«

»Siehst du? Also keine Schießübungen mehr, verstanden?«

»Okay.«

Jo wärmte sich ihr Essen in der Mikrowelle auf, doch als sie sich an den Tisch setzen wollte, begann Kleiner Bär auf der Veranda zu bellen. »Was ist denn jetzt schon wieder?«, stöhnte Jo. Sie ging zur Tür und sah, dass Gabes Pick-up hinter ihrem

Honda quietschend zum Stehen kam. »Das glaube ich jetzt nicht«, sagte sie. »Kommst du rüber, um weiterzustreiten?«

»Das war von meiner Seite aus kein Streit«, sagte er.

»Du hast dein Vorgehen verteidigt.«

»Das ist nicht dasselbe wie streiten.«

»Ich würde gerne endlich etwas essen.«

»Mach das!« Er kam herübergeschlendert.

»Was willst du dann hier?«

»Frieden schließen. Es gibt nichts Besseres als die Sterne, um zu begreifen, dass unsere Meinungsverschiedenheiten bedeutungslos sind. Ich habe mein Teleskop mitgebracht.«

»Die Feuerradgalaxie!«, jubelte Ursa hinter Jo. »Das hat er mir versprochen! Er hat gesagt, er würde sie uns irgendwann mal zeigen.«

»Und heute ist der perfekte Abend dafür«, sagte Gabe. »Neumond, klarer Himmel, dein kaputter Außenstrahler, der die Einbrecher in dein ungeschütztes Heim lockt ...«

Jo wollte genervt aussehen, doch Gabes Grinsen machte es ihr unmöglich.

»Iss du zu Abend. In der Zeit baue ich alles auf«, sagte er. »Willst du wissen, wie man ein Teleskop aufstellt?«, fragte er Ursa.

»Ja!«

Jo öffnete die Insektentür, und das Kind flitzte hinaus. »Das ist die einzige Situation, bei der du mit Gabe durch ein Fernrohr gucken darfst, hast du verstanden?«

»Ja«, sagte Ursa, und Gabe salutierte.

Als Jo mit dem Essen fertig war und abgewaschen hatte, gesellte sie sich zu den beiden am Feldrand und musste Gabe zugestehen, dass sein Teleskop deutlich besser war als erwartet. Es hatte seinem Vater gehört, einem Hobbyastronomen, der seinen Kindern beigebracht hatte, wie man sich am Nachthimmel zurechtfand. Gabe hatte auch ein Fernglas dabei. Er zeigte

Ursa, wie man mit Hilfe der Sterne des Großen Wagens die Feuerradgalaxie fand. Jo verfolgte alles von einem Gartenstuhl aus. Sie war nach dem langen Tag im Freien zu müde, um eine verschwommene Galaxie am Nachthimmel zu suchen.

Selbst mit dem eindrucksvollen Teleskop dauerte es eine Weile, die Feuerradgalaxie zu finden, weil sie laut Gabe eine »geringe Flächenhelligkeit« hatte. Das sagte Jo gar nichts, sie ahnte höchstens, dass sie auf dem Stuhl einschlafen würde, bevor er den Spiralnebel entdeckt hätte.

»So, da ist sie«, sagte er. »Messier 101, auch bekannt als Feuerradgalaxie.«

Ursa stellte sich auf die Kiste, die Gabe mitgebracht hatte, und schaute durch das Fernrohr. »Ich kann sie sehen!« Stumm betrachtete sie die Galaxie. »Weißt du, wie sie aussieht, Jo?«

»Wie ein Feuerrad?«

»Nein, wie das Nest eines Indigofinken. Und die weißen Sterne sind die Eier.«

»Das muss ich sehen.« Jo stand auf und schaute durchs Teleskop. Ursa hatte recht. Der Strudel im All glich einem himmlischen Nest mit weißen Finkeneiern. »Wow, das ist das Coolste, was ich je gesehen habe. Als würde man von oben auf das Gelege eines Indigofinken sehen. Die sind an den Seiten auch oft so ausgefranst.«

Gabe sah wieder durch das Teleskop. »Ja, genau. Und die Mitte des Nests dreht sich spiralförmig ins Unendliche. Der Vergleich passt viel besser als das Feuerrad: das unendliche Nest. Ab jetzt nenne ich es so.«

»Und ich komme von dort«, sagte Ursa. »Ich komme aus dem unendlichen Nest.«

»Du Glückliche«, sagte Jo und fuhr dem Mädchen mit den Fingern durchs Haar.

Ursa hüpfte ausgelassen herum, als würde sie jeden Moment

wie eine Rakete in die Sterne schießen. »Darf ich Marshmallows rösten?«

»Ursa ... ich bin zu müde, um ein Feuer zu machen.«

»Dann übernehme ich das«, sagte Gabe. »Hol du die Marshmallows, Ewige vom Nest.«

Ursa lief zur Hintertür.

»Ist das in Ordnung?«, fragte er Jo.

»Ich bin seit halb fünf auf den Beinen«, meinte sie. Ursa war ebenfalls so lange wach, doch Gabes unerwarteter Besuch hatte ihr Auftrieb gegeben.

»Setz dich und ruh dich aus«, sagte Gabe. »Ich überwache die Marshmallows mit einem besseren Urteilsvermögen, als ich heute Nachmittag an den Tag gelegt habe.« Er warf Zweige auf die Feuerstelle. »Das war übrigens eine Entschuldigung.«

»Okay.« Jo setzte sich wieder auf den Gartenstuhl. »Und ich entschuldige mich dafür, dass ich gesagt habe, du wärst ein hohlköpfiger Shakespeareleser.«

»Ich bin ein Shakespeareleser, der Eier am Straßenrand verkauft – kommt ungefähr auf dasselbe raus.« Er beobachtete ihre Reaktion genau. »Du fragst dich bestimmt, warum ich das mache und keinen richtigen Job habe.«

»Das geht mich nichts an«, erwiderte Jo, obwohl sie sich diese Frage tatsächlich schon öfter gestellt hatte.

»Ich verkaufe Eier, weil meine Hennen viel mehr legen, als ich brauche.« Er wandte den Blick ab und legte noch mehr Stöcke auf die Feuerstelle. »Aber der Eierverkauf ist auch eine Art Therapie.«

»Wieso das?«

Gabe sah ihr in die Augen. »Wegen Sozialphobie, Depressionen und leichter Platzangst.«

Jo richtete sich auf dem Stuhl auf, weil sie nicht wusste, wie ernst er es meinte.

»Keine Sorge, mit Ursa komme ich gut klar. Ich tue ihr nichts oder so.«

Das Mädchen kam nach draußen gelaufen und legte die Tüte mit den Marshmallows auf einen freien Gartenstuhl.

»Könntest du bitte auch ein Feuerzeug holen?«, fragte Gabe. Ursa rannte wieder ins Haus.

»Wieso sollte ich Angst haben, dass du Ursa was tust, nur weil du Depressionen hast?«, fragte Jo.

Er zuckte mit den Schultern. »Nicht jeder kennt sich mit psychischen Krankheiten aus.«

»Wo ist das Feuerzeug, Jo?«, rief Ursa aus der Hintertür.

»In der Schublade unter dem Toaster!«

»Da ist es nicht!«

»Dann haben Shaw und die anderen es falsch eingeräumt. Du musst es suchen.« Sie wandte sich wieder an Gabe. »Nimmst du Medikamente?«

»Als die Ärzte mich mit Medikamente volldröhnen wollten, habe ich sie weggejagt.«

»Wann war das?«

»Vor ein paar Jahren. Als ich im zweiten Jahr an der Uni Chicago war, hatte ich etwas, das meine Eltern blumig als ›Nervenzusammenbruch‹ bezeichneten. Seitdem habe ich nichts mehr auf die Reihe bekommen.«

»Du warst an der University of Chicago? Wo dein Vater unterrichtet hat?«

»Ja, total peinlich, oder? All seine tollen Pläne für den einzigen Sohn gingen den Bach runter.« Gabe brach einen Ast über dem Knie entzwei und warf die Stücke auf das Häuflein in der Feuerstelle.

»Das tut mir leid, Gabe.«

»Warum? Daran ist doch niemand schuld. Man kann sich seine Gene nicht aussuchen.«

»Brauchst du mir nicht zu erzählen. Der Brustkrebs wurde bei mir von der Mutante BRCA1 ausgelöst, falls du weißt, was das heißt.«

»Oh Mann, ja, weiß ich.«

Ursa kam mit dem Feuerzeug zurück. »Weißt du, wo sie es hingelegt haben? In die Schreibtischschublade!«

»Komisch«, sagte Jo. »Hoffentlich war das kein Wink mit dem Zaunpfahl, was meine Doktorarbeit betrifft.«

Gabe machte das Feuerzeug an und grinste. »Ich verspreche, dass ich mich von deinen Daten fernhalte.«

»Kann ich dir nur raten!«, knurrte Jo.

Während er die Zweige zum Brennen brachte, zog Ursa los, um einen Stock für ihre Marshmallows zu suchen.

»War blöd, über den Krebs zu sprechen«, sagte Jo. »Ich wollte nicht relativieren, was du mir erzählt hast.«

»Wäre schön, wenn man das könnte …«

»Du kommst mir gar nicht so zurückhaltend vor. Du bist geselliger als viele, die ich kenne.«

»Ja? Wahrscheinlich hilft das Eierverkaufen. Aber wenn ich aus meinem gewohnten Umfeld raus bin, ist es vorbei mit mir.«

»Hast du deshalb Probleme mit dem Supermarkt?«

Er nickte. »Wenn die Schlange zu lang ist, muss ich manchmal umkehren.«

»Warum?«

»Der furchtbare Ansturm des Menschlichen auf meine Seele. Kennst du das gar nicht?«

»Doch, ich glaube, so was habe ich auch schon mal erlebt. In einem Walmart.«

»Ja! Da ist es am schlimmsten!«

Ursa kam mit einem Stock zurück und spießte drei Marshmallows auf.

»Schön!«, sagte Gabe. »Einer für mich, einer für Jo und noch einer für mich!«

»Alle für mich!«, rief sie.

Während Ursa mit Gabe Marshmallows röstete, betrachtete Jo die beiden und freute sich darüber, wie nett sie miteinander umgingen. Dabei schlief sie ein. Sie wachte auf, als Gabe ihr über die Wange strich. »Da saß eine Mücke«, sagte er.

»Wahrscheinlich hat sich der halbe Wald an mir bedient.«

»Nein, nein. Ich habe aufgepasst.«

Jo versuchte, ihre Schläfrigkeit abzuschütteln. »Auf mich?«

»Ja, auf dich.« Er sah sie an, als ob er sie gerne küssen würde. Der Adrenalinrausch kurz nach dem Aufwachen machte Jo ein seltsames Gefühl. Fast wie Schwindel. Das Herz klopfte in ihrer Brust, als wollte es flüchten.

Sie setzte sich auf, weil sie sehen wollte, ob Ursa Gabes zärtliche Berührung mitbekommen hatte. Doch das Kind schlief im Gartenstuhl auf der anderen Seite des Feuers, am Kinn einen Rest geschmolzenen Marshmallows.

Mit wackligen Beinen stand Jo auf. »Ursa gehört ins Bett. Sie muss früh aufstehen.«

»Ich weiß«, sagte Gabe und erhob sich ebenfalls. »Ich wollte sie schon ins Bett bringen, wusste aber nicht, in welches. Wo schläft sie?«

»Auf der Couch.«

Er hob sie hoch. »Gabe?«, murmelte Ursa.

»Schlaf weiter«, sagte er. »Ich bringe dich ins Bett.«

Als er ging, löschte Jo das Feuer.

»Das hätte ich auch machen können«, sagte Gabe, als er wieder in der Hintertür erschien. Er kam zu ihr, nahm Jo den Schlauch ab und rollte ihn über dem Wasserhahn auf.

»Wo ist das Teleskop?«, fragte sie.

»Habe ich weggeräumt.«

»Wie lange habe ich geschlafen?«

»Ungefähr fünfzehn Grad Verschiebung.« Gabe stand dicht neben ihr, das Gesicht von der Neonröhre über dem Herd beleuchtet. Jo sah, was er wollte. Er wollte mit ihr schlafen.

Das stakkatoartige Klopfen in ihrer Brust war wieder da. Kam das von Hormonen, die sich durch die Operation verändert hatten? Warum löste ein Mann, der sie anmachte – und zwar ein netter, gut aussehender Mann –, in ihrem Körper Reaktionen aus, als stände sie vor einem gereizten Grizzlybären?

Jo versuchte sich zu erinnern, wie sie früher reagiert hatte, wenn ein Mann, zu dem sie sich hingezogen fühlte, zu direkt wurde oder die Sache übereilte. Sie hätte einen Witz gemacht, um der Situation den Druck zu nehmen. Entspannt und selbstsicher, wie sie gewesen war, wäre ihr ein lustiger Spruch eingefallen. Wahrscheinlich hätte sein Interesse sie auch leicht angetörnt. Doch sie war nicht mehr da, die selbstbewusste Frau, die sie gewesen war, und das Bewusstsein, dass sie fort war, ließ Jo erschaudern, als würde sie von einem Fieberschub geschüttelt. Sie musste die Arme um sich schlingen, damit es aufhörte.

Jo hatte keine Ahnung, wie ihr Verhalten auf Gabe wirkte. Er schreckte zurück. In seinen Augen schimmerte neonhelle Panik.

»Ich glaube, du gehst besser …«, sagte Jo.

Er verschwand so schnell, dass sie fast geglaubt hätte, nur geträumt zu haben, dass er da war, hätte sie nicht gehört, wie sein Pick-up in der Ferne leiser wurde.

10

Weil Ursa so lange aufgeblieben war, wartete Jo bis fünf Uhr, bevor sie das Kind weckte. »Darf ich heute mitkommen?«, fragte Ursa bei einer Schüssel Vollkornflocken.

»Warum?«

»Ich möchte sehen, was du machst.«

»Hast du doch schon gesehen.«

»Aber ich würde gerne die Stellen tief im Wald sehen. Fährst du da heute hin?«

»Ja.«

»Bitte!«

»Das macht aber nicht so viel Spaß, wie Gabe zu helfen.«

»Doch, macht es.«

»Wenn es dir nicht gefällt, können wir nicht zurückfahren. Du musst so lange durchhalten, bis ich fertig bin.«

»Ich verspreche dir, dass es mir gefällt!«

Jo fiel nichts ein, was dagegen sprach, außerdem wäre es ganz nett, mal wieder Gesellschaft zu haben. »Wir müssen es Gabe aber sagen, er rechnet mit dir.«

»Machen wir«, erwiderte Ursa.

»Ich habe keine Handynummer von ihm.«

»Wir müssen rüberfahren. Ich weiß gar nicht, ob er überhaupt ein Handy hat.«

Jo bereitete zwei Sandwiches zu und packte Wasserflaschen und Snacks ein. Sie riet Ursa, eine lange Hose und das langärmelige Oberteil anzuziehen, das Gabe ihr beim Garagenverkauf besorgt hatte. Nachdem Ursa ihre geliebten violetten Turnschuhe angezogen hatte, zeigte Jo ihr, wie man die Hose in die Socken und den Pulli in die Hose steckte, damit keine Zecken unter die Kleidung krabbeln konnten.

Bevor Jo die Tür abschloss, stellte Ursa dem Hund eine große Schüssel mit Futter hin. Jo hatte nachgegeben und das Futter gekauft, nachdem sie und Gabe beschlossen hatten, mit weiteren Schritten noch ein wenig abzuwarten, was Ursa anging. Jeden Morgen brachten sie dem Hund das Futter an die Hintertür, um ihn abzulenken, und fuhren dann schnell zur Turkey Creek Road.

Jo hielt mit dem Honda an der Stelle, wo Gabes Huckelpiste abging. Nachtaktive Insekten schossen durch das Licht ihrer Scheinwerfer. »Ich hasse diesen Weg. Er reißt mir noch den Wagen von unten auf.«

Ursa löste ihren Sicherheitsgurt. »Du kannst hier warten. Du weißt eh nicht, wo er gerade ist.« Sie sprang aus dem Auto, lief über die dunkle Zufahrt und war verschwunden. Einige Minuten später kehrte sie atemlos zurück und stieg wieder ein.

»Was hat er gesagt?«

»Ist in Ordnung.«

»Mehr nicht?«

»Er war am Arbeiten.«

»Was hat er gemacht?«

»Das Gatter vom Schweinepferch repariert. Aber könnte sein, dass er sauer ist«, sagte Ursa und schnallte sich an.

»Wie kommst du darauf?«

»Weil er sich normalerweise freut, wenn ich morgens komme, aber heute nicht. Glaubst du, er ist böse, weil ich mit dir unterwegs bin und nicht bei ihm bleibe?«

»Nein, er war bestimmt nur mit diesem Gatter beschäftigt.«

Doch es steckte wohl mehr dahinter. Nun, da Jo ausgeruht war und klar denken konnte, ließ sie sich die Ereignisse der vergangenen Nacht durch den Kopf gehen und kam zu dem Schluss, dass sie Gabes Verhalten falsch gedeutet haben musste. Wenn er tatsächlich unter einer Sozialphobie litt, hatte er mit Sicherheit nicht mit einer Frau schlafen wollen, die er kaum kannte. Wahrscheinlich hatte sie sich auch einfach nur eingebildet, dass er sie küssen wollte. Vielleicht hatte Jo Panik bekommen, weil sie sich zu ihm hingezogen fühlte – das erste Mal seit ihren Operationen, dass sie so etwas empfand. Schlimmer noch, vielleicht dachte er nun, sie hätte ihn abgewiesen, weil er ihr die Depression gestanden hatte. Wenn sie einem Mann von ihrer Krebsgeschichte erzählt und er sie kurz darauf nach Hause geschickt hätte, wäre sie sicher ebenso verletzt gewesen.

»Scheiße«, murmelte sie vor sich hin.

»Was ist?«, fragte Ursa.

»Nichts.«

Sie begannen am North Fork Creek, dem am weitesten entfernten natürlichen Randgebiet. Wie immer war Ursa unbeeindruckt von der neuen Umgebung. Egal wie dicht, nass oder stachelig das Gestrüpp am Ufer war, sie beschwerte sich nicht. Selbst penetrante Mücken und Zecken auf ihrer Kleidung störten sie nicht.

Jo erklärte ihr die drei Aufgaben. Erstens: die Nester überprüfen, die sie schon kannten, zweitens: neue Nester finden, drittens: die Daten von den Überwachungskameras auf den Laptop runterladen. Sie zeigte Ursa, wie man Ausschau nach Nestern hielt, indem man die Bewegungen der Vögel beobachtete und auf Alarmrufe lauschte, die möglicherweise ein nahe gelegenes Nest schützen sollten. Ursa verstand sofort, wie sich Alarmrufe vom normalen Gesang der Vögel unterschieden, und wenn sie etwas Auffälliges hörte, marschierte sie mehrmals allein los, um das Nest zu suchen.

Nach dem North Fork Creek fuhren sie zum Beobachtungsgebiet Jessie Branch, anschließend zum Summers Creek, der schönsten von Jos Forschungsstätten. Ursa fand kein neues Nest, bekam aber viele Gelege und geschlüpfte Vögel zu sehen. Außerdem entdeckte sie ein Reh mit Kitz, fing einen Leopardfrosch und sah, wie ein Kolibri Nektar aus Kardinalslobelien trank. Und sie schwamm mit kleinen Fischen in einem natürlichen Becken des Flusses, um sich abzukühlen.

Das Becken war Jos Lieblingsort für eine Pause. Während Ursa im Wasser spielte, machte Jo ihr Handy an und fand drei Nachrichten von Tabby. Die erste von halb zehn am Morgen lautete: *OMG, das Haus mit den Pfingstrosen und Iris ist zu vermieten!*

Die zweite Nachricht war um Viertel nach eins eingetroffen: *Hab mit Besitzerin gesprochen. Sieht gut für uns aus. Muss aber schnell gehen.*

In der dritten Nachricht – eine Minute später abgeschickt – stand: *Antworte mal!!! Und beweg deinen Hintern hier hoch!*

Seit Jahren wohnten Jo und Tabby zusammen. Als Jo nach ihrer Krebstherapie an die Uni zurückgekehrt war, hatten die beiden beschlossen, sich ein Haus zum Mieten zu suchen, möglichst eins mit Garten. Das Haus mit den Pfingstrosen und Iris lag auf ihrer Joggingrunde in Urbana, die sie seit dem dritten Studienjahr zusammen liefen. Es war ein weißes holzverschaltes Häuschen mit Veranda, und als sie es zum ersten Mal gesehen hatten, blühte ein Meer aus Pfingstrosen und Iris im Vorgarten. Das Haus hatte die ideale Lage in einer malerischen Gegend östlich vom Campus, die als »State Streets« bekannt war, weil die Straßen dort nach amerikanischen Bundesstaaten benannt waren.

Kannst du es klarmachen?, schrieb Jo.

Nach ungefähr zwanzig Sekunden ging die Nachricht raus. Tabby hielt offenbar am Handy Wache, denn sie antwortete umgehend: *Vermieterin will, dass wir beide unterschreiben. Will schnell vermieten. Muss dringend nach Maine, kranke Freundin.*

Jo wusste nur zu gut, wie es war, wenn plötzlich alles auf den Kopf gestellt wurde.

Bitte komm her!, schrieb Tabby. *Ich liebe das Haus! Du musst es von innen sehen! Und der Garten OMG!*

Als Jo Empfang hatte, prüfte sie, wie das Wetter am nächsten Tag sein sollte: siebzig Prozent Regenwahrscheinlichkeit. Dementsprechend würde es vermutlich eh nur ein kurzer Feldtag werden.

Komme morgen gegen 12. Kann sie so lange warten?

Tabby schrieb zurück: *Ich frag nach. Treffen uns am Haus. HDL!*

Jo steckte das Handy ein und beobachtete, wie Ursa versuchte, mit den Händen Fische zu fangen. »Dazu brauchst du ein Netz!«, rief sie ihr zu.

»Hast du eins?«

»Ja, im Cottage. Vielleicht können wir es mal mit zum Turkey Creek nehmen und gucken, was wir finden.«

»Au ja! Hier ist ein richtig schöner, aber er lässt mich nicht nah genug ran, um ihn richtig zu sehen!«

»Komm besser raus! Du musst trocken sein, wenn du wieder ins Auto steigst.«

Ursa watete aus dem brusttiefen Wasser und durchquerte das trockene Flussbett bis zu den großen vermoosten Steinen, wo sie vor einer Weile Mittag gegessen hatten. Über ihre Nase und Wange zog sich ein Schmutzstreifen. Ein kleiner Dreckspatz, wie Jo in dem Alter. So hatte ihr Vater sie immer genannt.

»Wo fahren wir jetzt hin?«, wollte Ursa wissen.

»Der beste Teil ist leider vorbei. Nun kontrollieren wir Nester am Rand von Maisfeldern, bis es dunkel wird.«

»Das macht bestimmt auch Spaß.«

»Vor allem wird es heiß. Gut, dass du dich abgekühlt hast.«

»Warum warst du nicht im Wasser?«

»Wenn man Datenblätter halten muss, hat man besser keine nassen Sachen an.«

Ursa hob einen Stein hoch, der ihr aufgefallen war.

»Hör mal, Ursa … Morgen muss ich in die Stadt fahren, wo ich wohne.«

Das Mädchen hielt inne und sah auf. »Nach Champaign-Urbana?«

»Genau.«

»Kann ich mitkommen?«

Ein fremdes Kind mit auf eine längere Autofahrt zu nehmen, war in vielerlei Hinsicht falsch. Aber Ursa konnte nicht bei Gabe bleiben, weil Jo vielleicht erst sehr spät zurückkäme. Was sollte Ursa in der Zwischenzeit tun? Gabes Mutter stellte bereits störende Fragen über das Kind und wollte wissen, warum es jeden Tag da war.

»Darf ich?«

»Willst du das wirklich?«

»Ja!«

»Aber das wird langweilig. Ich muss mir ein Haus ansehen.«

»Warum?«

»Weil ich es wahrscheinlich mieten werde. Meine Freundin und ich wollen im August aus unserer Wohnung ausziehen, weil dann der Mietvertrag ausläuft.«

»Ist das ein richtiges Haus?«

»Ja, das ist ja das Tolle. Es gibt sogar eine Schaukel auf der Veranda.«

Ursa drehte sich ab und warf den Stein, den sie gefunden hatte, ins Wasser zurück. »Ich will nicht, dass du in das Haus ziehst.«

»Das weiß ich, aber wenn ich mit der Feldarbeit fertig bin, muss ich zurück nach Urbana. Deshalb musst du mir auch sagen, warum du weggelaufen bist. Bevor ich zurück muss, müssen wir uns überlegen, was wir machen.«

Ursa sah sie an. »Ich habe dir gesagt, warum ich hier bin.«

»Es wäre schön, wenn du mir vertrauen würdest!«

»Ich vertraue dir ja, aber das ändert nichts.«

»Was ändert es nicht? Sag es mir!«

»Ich bin wahrscheinlich eh weg, wenn du in deine Stadt zurückgehst. Bis dahin habe ich fünf Wunder erlebt.«

11

Jo parkte ihren Honda hinter Tabbys rotem VW-Käfer im Schatten der Eiche. Tabby stieg aus. Sie trug violette Doc Martens, eine abgeschnittene Jeans und ein orangenes T-Shirt der University of Illinois, das eigentlich Jo gehörte. Trotz des Amethysts in der Nase und den blauen wie violetten Strähnen in den braunen Haaren hatte Jo ihre Freundin selten in einem so konservativen Aufzug gesehen. Die beiden nahmen sich zwischen ihren Autos in die Arme.

»Du siehst super aus – ganz braun gebrannt und so«, sagte Tabby. »Aber vor allem siehst du normal aus. Wenn die Vermieterin dich sieht, gibt sie uns das Haus bestimmt sofort.«

»Ist das der Grund, warum du mein T-Shirt anhast?«

»Das ist nur ein Zeichen meiner Verbundenheit mit meiner Alma Mater. Der Vater der Vermieterin hat da unterrichtet.«

»An dir kommt es nicht richtig rüber.«

»Nur weil ich dieses Laber-rhabarber nicht draufhabe.« Tabby schaute zu Jos Honda hinüber. »Weißt du, dass in deinem Auto ein kleines Mädchen sitzt?«

»Ja, weiß ich.«

Tabby sah genauer hin. »Ach, du Scheiße …« Sie drehte sich zu Jo um. »Ist das das Mädchen, das nicht nach Hause wollte? Das mit den blauen Flecken?«

»Ja. Nicht so laut!«

»Du hast doch gesagt, sie wäre weggelaufen!«, flüsterte Tabby.

»Tja, aber dann ist sie wiedergekommen.«

»Was will sie bei dir?«

»Das ist kompliziert.«

»Was heißt das?«

»Was es heißt.«

Wieder schielte Tabby zu Ursa hinüber. »So läuft das also im Banjo-Land? Man sucht sich einfach ein Kind und nimmt es mit?«

»Red nicht so! Banjo-Land liegt viel weiter südlich als Illinois.«

»Du musst die Polizei verständigen!«, flüsterte Tabby.

»Hab ich doch längst! Dann läuft sie weg. Ich überlege noch, was ich mit ihr mache.«

»Du hast doch genug um die Ohren.«

»Ich weiß, aber irgendwas musste ich tun. Sei nett zu ihr!« Jo ging um die Motorhaube herum zur Beifahrertür. Normalerweise wäre Ursa längst ausgestiegen, aber sie war schon den ganzen Vormittag störrisch, wahrscheinlich weil sie sich wegen der Besichtigung des Hauses Sorgen um ihre Zukunft machte. Jo öffnete die Autotür. »Ursa, das ist Tabby! Tabby, das ist meine Freundin Ursa.«

»Komm mal raus, du kleiner Mensch mit großem Namen!«, sagte Tabby, streckte die Hand aus und zog das Mädchen nach draußen. »Hast du Glück, dass dein Name übersetzt ›Bär‹ bedeutet.«

»Ich weiß«, sagte Ursa. »Und du hast Glück, dass dein Name der Spitzname für eine Tigerkatze ist. Gabe hat eine Tabby, die habe ich Cäsar genannt.«

»Das ist cool, aber daran hat meine verrückte Mutter damals gar nicht gedacht. Sie hat mich nach einer Hexe aus dem Fernsehen benannt.«

»Echt?«

»Ja, echt, und darum schlage ich jedem ein Muster in die Brille, der mich mit meinem richtigen Namen anspricht«, sie beugte sich vor und flüsterte Ursa »Tabitha« ins Ohr.

Ursa lächelte zum ersten Mal an diesem Tag.

»Das meint sie ernst«, sagte Jo und schaute zum Haus hinüber, das so bezaubernd war wie eh und je. »Wie hoch ist die Miete? Hast du noch nicht gesagt.«

»Gar nicht mal so hoch«, wich Tabby aus, »besonders wenn man bedenkt, dass wir keine Möbel kaufen müssen. Aber sie will es sofort vermieten, weil sie ja weg muss.«

»Jetzt direkt? Dann müssten wir ja bis August doppelt Miete zahlen.«

Tabby fiel auf die Knie und streckte Jo flehend die Hände entgegen. »Könntest du nicht bitte, bitte, bitte ein bisschen von deinem wunderbaren geerbten Geld investieren, damit wir das Haus bekommen? Ich bitte dich!«

Ursa hatte wahrscheinlich noch keine Erwachsene gesehen, die sich so albern aufführte. Sie amüsierte sich köstlich. In der linken Wange bildete sich ein Lachgrübchen.

»Steh auf, du Spinnerin!«, sagte Jo.

»Bitte!«

»Ich will mir erst mal das Haus ansehen und mit der Vermieterin sprechen.«

Tabby sprang auf. »Das ist unser Traumhaus! Wie oft haben wir uns schon ausgemalt, hier zu wohnen, wenn wir vorbeigelaufen sind?«

Jo ging zu dem Häuschen hinüber und betrachtete den Weg zur Haustür, der von Bartiris in allen Farben des Regenbogens gesäumt wurde. »Stell dir vor, wie wir mit einem Gläschen Wein auf der Verandaschaukel sitzen und über die Geheimnisse des Universums diskutieren!«, schwärmte Tabby.

»Könnten wir uns dann überhaupt noch Wein leisten?«

»Hängt ganz von den Prioritäten auf unserer Einkaufsliste ab.«

Die Hausbesitzerin Frances Ivey, eine Physiotherapeutin im Ruhestand, empfing die Freundinnen an der Tür und warf einen argwöhnischen Blick auf Ursa. »Wer ist denn das?«, fragte sie.

»Jo passt heute auf sie auf«, erklärte Tabby.

»Gut«, sagte Ms. Ivey. »Keine Kinder, keine Hunde, keine Raucher.«

»Aber Katzen sind in Ordnung«, warf Tabby ein. »Ms. Ivey hat selbst zwei.«

Ursa hockte sich hin, um die Kalikokatze zu streicheln, die sich um ihre Beine wand.

»Ich hoffe, Sie sind nicht allergisch gegen Katzen?«, fragte Ms. Ivey.

»Wäre nicht ratsam für eine angehende Tierärztin«, bemerkte Tabby.

»Allerdings«, erwiderte Ms. Ivey mit einem angedeuteten Lächeln. »Natürlich nehme ich die Katzen mit nach Maine.« Sie schloss die Haustür hinter den dreien. »Tabby hat mir erzählt, Sie forschen für Ihre Promotion unten im Shawnee Forest«, sagte sie zu Jo. »Sie beschäftigen sich mit Vögeln?«

»Ja, mit Vogelschutz und -ökologie.«

»Ich bin ein großer Vogelfan. Hinten im Garten habe ich mehrere Futterstationen. Wenn Sie das Haus mieten, wäre ich Ihnen dankbar, wenn Sie die Stationen nachfüllen würden. Die Vögel haben sich daran gewöhnt, hier das ganze Jahr über Futter zu bekommen.«

»Ja, natürlich! Vögel im eigenen Garten beobachten zu können, wäre großartig.«

Ms. Ivey führte Jo im Haus herum. Es ging eine Holztreppe

mit Säulengeländer hinauf. Oben befanden sich drei Schlafzimmer, eins kleiner als das andere, dazu ein Badezimmer mit Nostalgiefliesen und einer Wanne mit Löwenfüßen. Im Wohnzimmer unten gab es einen Kamin mit einem wunderschönen alten Eichensims. Es öffnete sich zum Esszimmer, das in ein Lesezimmer umgewandelt worden war. Die Küche mit einer Essecke schloss ebenfalls an. Das kleine Bad unten war ebenso hübsch wie das große oben. Die schlichten Teppiche und Möbel unterstrichen den Charme des frühen neunzehnten Jahrhunderts mit den Schnitzereien im Holz, polierten Eichenböden und Bleiglassprossenfenstern.

Eine Holzterrasse vor der Balkontür in der Küche ging auf einen kleinen Garten mit Blumenbeeten im Landhausstil, dazu Judasbäume, Forsythien und Rhododendren. Eine große Schwarzbirke spendete dem westlichen Teil des Gartens Schatten. Inmitten von Farnen, blühenden Funkien und Astilben stand eine Bank. Ein Zaunkönig trällerte sein Liedchen neben seinem Nistkasten und mehreren Futterstationen.

»Wunderschön natürlich, Ihr Garten«, sagte Jo.

»Danke«, erwiderte Ms. Ivey. »Kennen Sie sich mit Pflanzen aus?«

»Ja, auf jeden Fall. Meine Mutter hatte einen großen Garten.«

»Wir hatten keinen Garten, aber ich liebe Pflanzen«, sagte Tabby. »Deshalb haben wir Ihr Haus auf unserer Joggingrunde immer so bewundert.«

»Dann wollen wir mal reingehen und uns den Mietvertrag ansehen«, sagte Ms. Ivey.

»Das heißt, wir kriegen das Haus?«, rief Tabby.

»Wenn Sie mit den Bedingungen einverstanden sind.«

»Wir sind mit allem einverstanden«, sagte Tabby. »Ich überschreibe Ihnen mein Erstgeborenes.«

Ms. Ivey lächelte. »Freut mich, dass es Ihnen so gut gefällt.«

Während sie sich im Wohnzimmer über den Mietvertrag beugten, brachte die Vermieterin ihnen Eistee. Ursa bekam am Küchentisch Milch und Kekse, dazu gab Ms. Ivey ihr Wachsmalstifte und Papier. Wahrscheinlich war das Mädchen zu groß dafür, doch Ursa machte sich pflichtschuldig ans Malen, während die drei Erwachsenen nebenan das Geschäftliche regelten.

Bald stellte sich heraus, dass die Frauen noch mehr gemeinsame Interessen hatten als Botanik, Vögel und Katzen. Mit der Zeit war die Vermieterin so entspannt, dass sie den Freundinnen das Du anbot und ihnen erzählte, warum sie ihr geliebtes Haus verlassen wollte. Ihre Ex-Freundin Nancy war nach der Trennung vor zwei Jahren weggezogen und hatte nun einen schlimmen Autounfall gehabt. Es gab niemanden, der ihr helfen konnte. Nancy hatte sich Arm und Bein gebrochen, der Fuß auf der heilen Seite war ihr abgenommen worden. Frances musste sofort los. Sie würde mindestens ein Jahr lang in Maine bleiben, so war es am einfachsten für den Mietvertrag.

Obwohl die Miete hoch war und Jo nur ungerne bis August zwei Mieten zahlte, unterschrieb sie und übernahm den Teil, den Tabby sich nicht leisten konnte. Wie Tabby gesagt hatte: Warum sollte sie nicht etwas von ihrem Erbe dafür verwenden? Ihrer Mutter hätte das Haus gefallen. Immer wenn Jo im Garten säße, würde sie sich ihr nah fühlen.

Nachdem der Mietvertrag unterschrieben war, wollte Tabby zur Feier des Tages Pizza essen gehen. Jo fuhr ihr zur Pizzeria hinterher, und als sie neben ihrer Freundin parkte, stieg Tabby aus ihrem Käfer und zog sich auf dem voll besetzten Parkplatz ihr T-Shirt aus.

»Dir ist wohl nichts peinlich, was?«, bemerkte Jo.

»Wen interessiert das?«, gab Tabby zurück. »Auf keinen Fall lass ich mich öffentlich in diesem grässlichen T-Shirt sehen!«

»Vielen Dank auch.«

»Klar, du hängst natürlich an dem Teil.« Tabby zog sich ein Shirt mit einer Rolling-Stones-Zunge über ihren schwarzen Spitzen-BH.

Wieder erschien das Grübchen auf Ursas Wange. Sie nahm die Wachsmalstifte von Frances mit in die Pizzeria, um ihr Bild fertigzustellen. Die drei entschieden sich für einzelne Pizzastücke, Tabby nahm dazu ein Bier. Jo trank Wasser und erlaubte Ursa, sich eine Sprite zu bestellen. Als die Getränke serviert wurden, hob Tabby ihr Bier zu einem Trinkspruch. »Auf unser Wahnsinnshaus!« Jo und Ursa stießen mit ihr an. »Es muss Schicksal sein, dass das geklappt hat«, sagte Tabby. »Ich meine, ist doch abgefahren, dass wir das Haus schon so lange toll fanden, und jetzt können wir darin *wohnen*!«

»Das liegt an mir«, bemerkte Ursa.

»Wieso das?«, fragte Tabby.

»Ich komme von einem anderen Planeten. Unser Volk kann Gutes bewirken.«

»Echt?«, staunte Tabby.

»Ursa hat eine blühende Phantasie«, sagte Jo.

»Das ist keine Phantasie«, widersprach Ursa. »Und das Haus ist der Beweis dafür.«

»Wie macht dein Volk das denn: Gutes bewirken?«, fragte Tabby.

»Das ist schwer zu erklären«, antwortete Ursa. »Wenn wir Erdenmenschen finden, die wir mögen, passieren denen gute Sachen. So belohnen wir sie dafür, dass sie nett zu uns sind.«

»Aber das hieße ja, dass Nancy wegen dir einen Autounfall hatte«, sagte Tabby.

»Das wollte ich nicht«, sagte Ursa. »Manchmal muss aber

etwas Schlimmes passieren, damit etwas Gutes herauskommen kann.«

»Weißt du, was ich hoffe?«, fragte Tabby. »Ich hoffe, dass Nancy merkt, dass sie Frances noch liebt, denn Frances ist auf jeden Fall immer noch total verliebt in sie.«

»Vielleicht kommt es so – ich mag Frances nämlich«, sagte Ursa. »Sind Frances und Nancy lesbisch?«

Tabby grinste. »Ja, sie sind lesbisch. Ist das in Ordnung für dich?«

»Ich unterstütze die Rechte von Homosexuellen«, verkündete Ursa.

»Wow!«, sagte Tabby zu Jo. »Und so was aus dem Banjo-Land!«

»Ich komme von Hedareh«, sagte Ursa.

»Ist das der Name deines Planeten?«, fragte Tabby.

Ursa nickte. »Er gehört zur Unendlichen-Nest-Galaxie.«

»Aha«, sagte Tabby. »Woher kennst du dich als Alien denn mit den Rechten von Homosexuellen aus?«

»Davon habe ich bei Gabe im Internet gelesen. Ich muss nämlich so viel wie möglich über die Erde lernen, das ist so ähnlich wie bei einer Promotion.«

»Wahnsinn«, bemerkte Tabby. »Und wer ist dieser Gabe, von dem du da sprichst?«

»Ihm gehört der Hof neben meinem Cottage«, erklärte Jo.

»*Das* ist Gabe«, sagte Ursa und zog ein Blatt unter der Zeichnung eines Hauses hervor.

Tabby studierte das Bild, das einen bärtigen Mann mit blauen Augen zeigte. »Das ist gut, Ursa. Wie alt bist du?«

»Mein Alter ergibt für Erdenmenschen keinen Sinn.«

Tabby schaute Jo fragend an, die mit den Schultern zuckte.

Nach dem Essen bestellte Tabby noch ein Bier, und die Frauen besprachen, wie der Umzug vonstattengehen sollte.

Ursa malte an einem zweiten Bild, einer Außenansicht des Hauses. Als sie zur Toilette musste, sagte Tabby zu Jo: »Erzähl mir mehr über das Mädchen!«

»Ich weiß ungefähr so viel über sie wie du.«

»Hast du eine Ahnung, wo sie wohnt?«

»Nein.« Jo sah Ursa nach, die zur Toilette auf der anderen Seite der Pizzeria ging. »Und sie wurde nicht vermisst gemeldet. Ich gucke fast jeden Tag im Internet nach.«

Tabby beugte sich über den Tisch und flüsterte: »Du hättest sie nicht mit hernehmen dürfen. Was ist, wenn ihr etwas passiert?«

»Ich wollte sie nicht den ganzen Tag allein lassen.«

»Du könntest großen Ärger bekommen, Jo!«

»Denkst du, mir ist nicht klar, was für ein Mist das alles ist? Aber ich weiß nicht, was ich tun soll. Soll ich sie buchstäblich fesseln und zur Polizei schleppen? Dann kommt sie zu Leuten zurück, die ihr was antun.«

»Scheiße.«

»Ich hoffe die ganze Zeit, dass es sich irgendwie von allein klärt.«

Tabby trank einen Schluck Bier. »Was meinst du, ist sie … normal?«

»So normal, wie man unter den Umständen sein kann.«

»Aber denkt sie wirklich, dass sie ein Alien ist?«

»Das glaube ich nicht.«

Tabby nahm Ursas Zeichnung in die Hand. »Das ist schon irgendwie auffällig.«

»Was?«

»Schau doch mal, wie sie Tiefe und Perspektive ins Bild bringt. Sie hat das Haus nur ein paar Minuten von außen gesehen, trotzdem hat sie sich an all die Kleinigkeiten erinnert. Selbst an das Muster im Bleiglasfenster.«

»Sie ist wirklich intelligent.«

»Und wie passt dieser Gabe da rein?«

»Sie ist gerne bei ihm auf dem Hof.«

»Und das ist okay für ihn?«

»Es läuft ein bisschen nach dem Motto: Ein ganzes Dorf erzieht das Kind.«

»Kennst du den Typen? Ist er auch kein Spinner?«

»Er scheint ganz okay zu sein.«

»Er scheint …«

»Sein Vater war Professor für Literatur an der Universität von Chicago. Gabe hat da auch eine Zeitlang studiert.«

»Trotzdem könnte er schräg sein.«

»Das würde Ursa mir erzählen.«

»Seit wann wohnen Literaturprofessoren im Banjo-Land?«

»Schon lange bevor du dir Vorurteile zugelegt hast.«

»Ich habe keine Vorurteile!«

»Wenn du glaubst, dass jeder Bewohner des ländlichen Amerikas ein rückständiger Trampel ist, dann hast du schon welche.«

»Gut, also vielleicht nicht *jeder*.« Tabby nahm das Bild von Gabe in die Hand. »Vielleicht ist der Typ nicht seltsam, auch wenn sein Bart in der Maisgrütze auf dem Teller hängt.«

»Er liest Shakespeare.«

»Ohne Scheiß?«

»Alle seine Scheunenkatzen sind nach Shakespearefiguren benannt.«

Tabby brach in Lachen aus.

»Ernsthaft!«

Sie musste noch mehr lachen, wischte sich Tränen aus den Augenwinkeln.

Ursa kam zurück an den Tisch. »Was ist denn so lustig?«

»Shakespeare«, antwortete Tabby.

»Normalerweise nicht«, entgegnete Ursa. »Die meisten Figuren haben ein trauriges Schicksal.«

»Ich fasse es nicht!«, rief Tabby. »Selbst sie liest Shakespeare! Ich nehme alles zurück, was ich über Banjo-Land gesagt habe.«

»Was ist Banjo-Land?«, fragte Ursa.

»Das ist das Land, wo violette Schuhe wachsen.« Tabby zog ihren Fuß im violetten Stiefel unter dem Tisch hervor und stellte ihn neben Ursas gleichfarbige Turnschuhe. »Wir haben denselben Geschmack bei unserer Fußbekleidung.«

»Violett ist meine Lieblingsfarbe«, sagte Ursa.

»Das sehe ich.« Tabby blickte bedeutungsschwer auf Ursas fliederfarbenes T-Shirt mit dem Welpenaufdruck und auf ihre violetten Shorts. Dann sah sie Jo an. »Sie muss es sich anhören.«

»Nein«, sagte Jo.

»Was muss ich mir anhören?«, fragte Ursa.

»Siehst du das Teil da drüben, kleiner Alien?«, fragte Tabby.

»Welches Teil?«

»Diesen Automaten mit den bunten Lichtern.«

»Was ist das?«, fragte Ursa.

»Das ist eine Jukebox. Damit kann man Musik der gesamten Menschheitsgeschichte hören, bis zurück zu den Ägyptern und ihrem großen Hit ›Walk Like an Egyptian‹.«

Ursa schaute zu dem Automaten hinüber.

»In dieser Jukebox ist das tollste Lied, das je geschrieben wurde«, sagte Tabby.

»Bitte nicht!«, flehte Jo.

»Was für ein Lied ist das?«, fragte Ursa.

»Es heißt ›The Purple People Eater‹. Kennst du es?«

»Nein«, sagte Ursa.

»Es handelt von einem Alien«, erklärte Tabby.

»Echt?«

»Ja. Von einem violetten Menschenfresser.« Tabby kramte in ihrer Handtasche herum.

»Wir sind hier beim Mittagessen«, sagte Jo.

»Ja, und?«

»Nur Betrunkene finden dieses Lied lustig.«

»Jetzt stell dich nicht so an!« Tabby nahm Ursas Hand und führte sie zur Musikbox. Nachdem sie dem Kind erklärt hatte, wie der Automat funktionierte, ließ sie Ursa Geld einwerfen und das Lied auswählen. Als der verrückte Song anlief, tanzte Tabby los und sang laut mit. Das machte sie, seit sie das Lied im zweiten Studienjahr entdeckt hatte, doch normalerweise hatte sie dann mehr als zwei Bier intus. Die anderen Gäste lachten, als Tabby nach Ursas Hand griff und ihr vormachte, wie man sich zu dem Lied bewegte. »Guck mal, wie der Alien abgeht!«, rief Tabby zu Jo hinüber. »Los, Jojo, komm her!«

»Tanz mit uns!«, rief Ursa.

Alle drehten sich erwartungsvoll zu Jo um, wodurch es peinlicher wurde, sitzen zu bleiben als zu tanzen. Jo nahm Ursas andere Hand und versuchte, so zu tun, als tanzte sie mit. Ursa störte das alles nicht. Sie lachte, hüpfte und wackelte herum. Das Kind strahlte, wie Jo es noch nicht gesehen hatte. Als schiene das Sternenlicht aus ihrer Hedarehnerseele.

12

Zu Beginn der Rückfahrt nach Süd-Illinois nahm Ursa das dritte und letzte Blatt Papier, um ein Bild von Tabby zu malen. Eine Stunde später saß sie noch immer an dem Porträt.

»Wie kannst du in einem fahrenden Auto zeichnen, ohne dass dir schlecht wird?«, fragte Jo.

»Weil ich an Sternengeschwindigkeit gewöhnt bin«, erwiderte Ursa.

»Meinst du Lichtgeschwindigkeit?«

»Wir nennen es Sternengeschwindigkeit. Das ist etwas anderes als Lichtgeschwindigkeit.«

»Du malst sehr gern, oder?«

»Ja.«

»Mal sehen, vielleicht kann ich dir Buntstifte besorgen. Diese Wachsmalstifte sind zu dick für feinere Linien.«

»Ich weiß«, sagte Ursa. »Deshalb ist der lila Stecker in Tabbys Nase auch so groß geworden.«

»Kunst soll zeigen, wie du die Welt siehst, sie soll sie nicht eins zu eins abbilden.«

»Aber ich würde Tabby gerne eins zu eins abbilden.«

»Warum?«

»Damit ich sie immer bei mir haben kann.«

»Geht mir auch so. Sie ist der verrückteste Mensch, den ich kenne. Selbst als ich schwer krank war, hat sie mich zum Lachen gebracht.«

»Fertig!« Ursa reichte Jo die Zeichnung nach vorne.

Beim Fahren schielte Jo darauf. »Das ist gut geworden! Hat wirklich Ähnlichkeit mit Tabby.«

»Tabby ist mein drittes Wunder.«

»Echt? Tabby steht auf einer Stufe mit kleinen Vögeln und Katzenbabys?«

»Sie ist irgendwie wie ein kleines Kind. Sie hat nicht gemerkt, dass sie erwachsen werden muss, deshalb ist sie lustiger als die meisten Erwachsenen.«

»Gute Erklärung.«

Ursa schaute nach draußen auf die Abfahrt vom Highway. »Warum fährst du hier raus?«

»Ich muss tanken.«

Sie sah sich in alle Richtungen um. »Moment ... wo sind wir?«

»In Effingham. Das ist die Stadt, wo ich immer abfahre. An der Tankstelle kann man günstig tanken.«

»Ich will nicht anhalten.«

»Der Tank ist leer, ich muss.«

»Kannst du nicht woandershin fahren?«

»Warum?«

»Mir gefällt es hier nicht.«

Jo sah in den Rückspiegel. »Warst du schon mal hier?«

Ursa antwortete nicht.

»Ursa!«

»Ich habe gesagt, es gefällt mir nicht, weil es hässlich ist.«

»Kann sein, aber es dauert ja nur zehn Minuten. Du musst auch mal zur Toilette. Die ist sauber hier.«

»Ich muss nicht.«

»Du hast zwei Sprite getrunken.«

Ursa machte sich auf ihrem Sitz klein. »Ich schlafe jetzt.«

Jo tankte und ging zur Toilette. Dann kaufte sie zwei Packungen Necco, bunte Waffelplätzchen, die nur selten zu finden waren. Das war der andere, noch wichtigere Grund, warum sie immer zu dieser Tankstelle fuhr.

Als Jo zum abgeschlossenen Wagen zurückkehrte, glaubte sie, Ursa würde schlafen, doch nach einigen Kilometern auf dem Highway setzte sich das Mädchen auf. »Willst du ein Necco?«, fragte Jo.

»Was ist das?«

»Kleine Waffeln, die ich gerne esse.« Sie reichte die geöffnete Packung zu Ursa nach hinten.

»Kann ich eine in Lila essen?«

»Wie weit musst du die Packung dafür aufmachen?«

»Nur drei Kekse weit.«

»Dann ja, aber lila ist nicht Weintraube, falls du das meinst. Das ist Gewürznelke, und viele mögen das nicht.«

Ursa zog die lilafarbene Waffel aus der Packung und legte sie sich auf die Zunge. »Ich mag's!«

Als die Packung halb leer war, verkündete Ursa, sie müsse zur Toilette.

»Warum bist du nicht in Effingham gegangen?«

»Da musste ich noch nicht.«

Jo hielt in Salem und ging mit Ursa zur Toilette. Dann schafften sie es ohne weitere Pause bis zur Abfahrt auf die Turkey Creek Road. Als sie auf die Straße bogen, fragte Ursa, ob sie die Kätzchen sehen dürfe. Am Morgen waren sie bei Gabe vorbeigefahren, um ihm zu sagen, dass sie nach Urbana wollten, doch vor dem Blockhaus hatte ein silberner SUV gestanden, und Jo hatte ihn und seine Mutter nicht stören wollen, wenn Besuch da war.

Als sie sich dem Grundstück näherten, bettelte Ursa wieder, sie wolle Gabe besuchen. Es war zehn nach sieben, noch nicht zu spät für eine Stippvisite. Und Jo wollte sich überzeugen, dass Gabe nicht in den falschen Hals bekommen hatte, was zwei Tage zuvor geschehen war. Am Ende der holprigen Zufahrt stand noch immer der silberne SUV. »Vielleicht fahren wir besser«, sagte Jo.

»Gabe stört das nicht.« Bevor Jo Ursa aufhalten konnte, war das Kind schon aus dem Auto gesprungen. Eine Frau mit teils ergrautem Pferdeschwanz kam aus der Eingangstür. Sie war etwa Ende vierzig, eine bullige Erscheinung. Die Kilos wirkten an ihrer großen Gestalt eher einschüchternd als dick. Doch wahrscheinlich lag es an ihren kalten blauen Augen, dass Ursa zurückwich und nach Jos Hand griff. Die Frau schien wütend auf die beiden zu sein, ohne dass Jo sich einen Grund dafür denken konnte.

»Wir wollten kurz Gabe besuchen«, sagte sie. »Ich bin Joanna Teale, und dies ist meine kleine Freundin Ursa. Ich wohne momentan im Nachbarhaus.«

»Ich weiß, wer Sie sind«, brummte die Frau.

»Wo ist Gabe?«, fragte Ursa.

»Dem geht's nicht gut«, erwiderte die Frau.

»Ist er krank?«, wollte Ursa wissen.

Die Frau machte ein genervtes Gesicht.

»Kann ich ihn sehen?«, fragte Ursa.

»Nein, das geht nicht.«

»Wer sind Sie?«

Jo dachte dasselbe: Was bildest du dir eigentlich ein, wer du bist?

»Ich bin Gabriels Schwester.«

Darauf wäre Jo niemals gekommen. Die Frau hatte keinerlei Ähnlichkeit mit ihm.

»Darf ich die Kätzchen sehen?«, fragte Ursa.

»Es ist wohl das Beste, wenn ihr jetzt geht«, sagte Gabes Schwester.

»Hat er was Schlimmes?«, wollte Jo wissen.

Die Frau zog sich ins Haus zurück. »Ich sage ihm, dass Sie nach ihm gefragt haben.« Die Tür wurde geschlossen.

»Die ist gemein«, sagte Ursa, als sie ins Auto stieg.

Vielleicht war die Frau in Wirklichkeit nicht gemein, sondern in großer Not. Vielleicht war Gabes Schwester so mürrisch, weil es ihm tatsächlich nicht gut ging.

Am nächsten Tag nahm Jo Ursa mit zu den Vogelnestern. Es war unerträglich heiß, und die meisten Nester lagen an nicht durch Bäume geschützten Straßen, doch das Kind beschwerte sich nicht ein Mal. Es fand ein neues Nest mit zwei Eiern vom Kardinal. Jo scherzte, sie müsse ihr nun ein Assistentinnengehalt zahlen.

Nachdem sie die Nester an der Turkey Creek Road kontrolliert hatten, fuhr Jo wieder zum Grundstück der Nashs und parkte neben dem silbernen SUV. Zusammen mit Ursa klopfte sie an die Haustür, erst leise, und als niemand kam, immer lauter. Schließlich öffnete Gabes Mutter langsam die Holztür, in der Hand die Krücke mit den vier Beinen.

»Wir wollten fragen, wie es Gabe geht«, sagte Jo durchs Insektengitter.

»Lacey hat gesagt, dass ihr gestern Abend hier wart.«

So also hieß Gabes Schwester. Ein fröhlicher Name, der gar nicht zu dem missmutigen Gesicht passte.

»Wie geht es Gabe?«, fragte Jo.

»Nicht so gut«, erwiderte Katherine.

»Das tut mir leid. Können wir ihn vielleicht sehen, und wenn auch nur ein paar Minuten?«

»Das würde er nicht wollen.«

»Fragen Sie ihn doch kurz! Vielleicht können wir ihn aufheitern.«

»Das glaube ich nicht«, erwiderte Katherine. »Tut mir leid.«

Jo und Ursa mussten zusehen, wie Gabes Mutter die Tür mit zitternden Händen schloss. Auf dem Weg zu den Nebengebäuden tauchte Lacey auf. Sie hatte schmutzige Arbeitskleidung an, ihre Gummistiefel waren kotverschmiert. Wahrscheinlich hatte sie Gabes Arbeit übernommen.

»Was wollt ihr schon wieder?«, fragte sie.

»Wir wollten Gabe besuchen«, sagte Jo.

»Ist meine Mutter an die Tür gekommen?«

»Ja, wir haben mit ihr gesprochen.«

»Verdammt«, brummte Lacey.

»Tut mir leid. Wenn wir gewusst hätten, dass Sie hier draußen sind, hätten wir ...«

»Schon gut so«, unterbrach Lacey Jo. »Ich muss mich um allen möglichen Mist kümmern, und das meine ich wörtlich.« Sie stapfte auf die Scheunen zu.

Jo wollte ihr etwas hinterherrufen, doch alles, was ihr einfiel, hätte zu aggressiv geklungen. Sie stieg zu Ursa ins Auto.

»Warum lassen die uns nicht zu Gabe?«, fragte das Mädchen.

»Keine Ahnung. Irgendwas stimmt hier nicht.« Jo fuhr zum Cottage, aber musste die ganze Zeit grübeln. Vielleicht hatte Gabe wieder einen Zusammenbruch gehabt. Jo befürchtete, dass er von ihrer ablehnenden Reaktion ausgelöst worden sein könnte.

Während sie sich am nächsten Tag mit Ursa um die Nester kümmerte, beschloss Jo, Lacey am Abend entschiedener entgegenzutreten. Sie hörten ein wenig früher mit der Arbeit auf und erreichten das Grundstück der Nashs ungefähr eine

Stunde vor Sonnenuntergang. »Heute lassen wir uns nicht mit einem Nein abspeisen, okay?«, sagte Jo.

»Genau«, bekräftigte Ursa.

Sie klopfte an die Tür des Blockhauses. Lacey öffnete und wischte sich die Hände an einem Geschirrtuch ab. »Ihr gebt nicht so schnell auf, was?«

»Er ist unser Freund, wir machen uns Sorgen um ihn«, sagte Jo ernst.

»Und wie lange ist er noch Ihr Freund, wenn Sie am Ende des Sommers wieder weg sind?«

Jo war zu baff, um darauf zu antworten. Sie ärgerte sich, besonders als Lacey hinzufügte: »Tun Sie ihm den Gefallen und vergessen Sie ihn besser jetzt als später.« Gabes Schwester drückte die Tür zu.

Offenbar glaubte sie, dass zwischen Jo und Gabe etwas lief. Und sie ging davon aus, dass Jo ihren Bruder fallenlassen würde. Jo bezweifelte, dass Gabe seine Schwester auf diese Idee gebracht hatte. Also musste Lacey die Grenzen schwesterlicher Sorge deutlich überschritten haben. Jo hatte schon von Kontrollsucht unter Geschwistern gehört – zum Beispiel von Frauen, die etwas gegen die Freundinnen ihres Bruders hatten –, aber das war wirklich die Höhe. Lacey versuchte eine Beziehung zu zerstören, die es gar nicht gab.

Erst als Jo am Auto war, merkte sie, dass Ursa noch auf der Veranda stand. »Komm, Ursa, wir fahren!«

Das Mädchen kam zur obersten Treppenstufe. »Du hast gesagt, wir lassen uns nicht mit einem Nein abspeisen.«

»Das sagt man nur so.«

»Sagt man nicht.«

»Er will uns nicht sehen.«

»Vielleicht doch, nur erlauben die Frauen es nicht«, sagte Ursa.

»Kann sein, aber daran können wir nichts ändern.«

»Doch.«

»Was denn?«

»Sie hat die Haustür nicht abgeschlossen, und ich weiß, wo sein Zimmer ist.«

»O Gott! Ursa, komm sofort hierher!«, zischte Jo.

»Ich muss nicht auf dich hören, weil ich von einem anderen Planeten bin! Wir haben unsere eigenen Gesetze.« Das Kind schlich zur Tür zurück.

»Ursa!«

Sie schob die Innentür auf und schlüpfte durch den Spalt. Jo überlegte, ob sie Ursa folgen sollte, und kam zu dem Schluss, dass kein Kind sich allein mit Lacey auseinandersetzen sollte. Als Jo das Haus betrat, sah sie gerade noch, wie Ursa hinter einer Holzwand verschwand. Lacey war in der Küche und spülte ab, Katherine saß am Tisch und redete mit ihrer Tochter. Beide hatten der Haustür den Rücken zugewandt. Durch ihr Gespräch und das laufende Wasser hatten sie Ursa nicht gehört.

Gebückt schlich Jo durch Wohnzimmer und Flur, wo Ursa am Ende des Gangs eine Tür öffnete. »Erst anklopfen!«, flüsterte Jo, doch es war zu spät. Ohne Ankündigung riss das Kind die Tür auf.

Jo und Ursa standen im Türrahmen und musterten Gabe, der in einer grauen Pyjamahose und einem hellblauen T-Shirt mit dem Rücken zu ihnen zusammengerollt im Bett lag. Überall stapelten sich Bücher. Die einzige Dekoration war eine Sternenkarte an der Wand.

»Gabe?«, sagte Ursa. »Ist alles in Ordnung?«

Er drehte sich auf den Rücken, seine verquollenen Augen schauten erschrocken. »Ursa?«

»Bist du krank?«

»Wer hat das gesagt?«

»Deine gemeine Schwester.«

Er schnaubte leise, setzte sich auf und strich sich die Haare aus dem Gesicht. Als er Jo ansah, bekamen seine Augen die vertraute blaue Schärfe. »Hat sie euch reingelassen?«

»Ähm ... nein«, gestand Jo.

»Meine Mutter?«

»Das ist hier eher ein Such- und Rettungseinsatz.«

»Ist das ein Witz?«

»Nein.«

»Die wissen nicht, dass ihr hier seid?«

Jo schüttelte den Kopf. »Der Alien hat mich überredet.«

Gabes Grinsen verschwand. »Herrje, ich muss schlimm aussehen«, sagte er und fuhr sich mit den Händen über den Bart und durch die Haare.

»Du siehst gut aus«, sagte Ursa. »Überhaupt nicht krank.«

»Tja, also, es gibt verschiedene Arten von Krankheiten.« Er rückte an die Kante, um die Beine auf den Boden zu stellen. Offensichtlich hatte er sich länger nicht bewegt. Sein Blick ruhte auf Jos Gesicht. »Wie seid ihr auf die Idee gekommen, dass ich gerettet werden müsste?«

»Sie haben uns nicht zu dir gelassen.«

»Was wolltet ihr denn von mir?«

»Wir brauchen Eier.«

Gabe lächelte.

»Du warst nicht zum Eierverkauf an der Straße. Das hat eine Eierkrise im gesamten County ausgelöst.«

»Keinen nationalen Notfall?«

»Deine Wahnvorstellungen machen aber vor gar nichts halt, was?«, sagte sie.

»Sieht so aus.«

»Darf ich die Kätzchen sehen?«, fragte Ursa.

Leicht unsicher kam Gabe auf die Beine. »Möge Mylady Ihren Shakespearekatzen einen Besuch abstatten.«

»Du musst nicht aufstehen«, sagte Jo. »Wir wollten nur wissen, ob es dir halbwegs gut geht.«

»Ich will aber aufstehen. Ich will Laceys Gesicht sehen, wenn sie euch entdeckt.«

»Davor habe ich ein bisschen Angst«, sagte Jo.

»Ich halte euch den Rücken frei. Aber ich warne dich, sie nimmt ihren angeknacksten kleinen Bruder nicht besonders ernst.«

»Angeknackst wie ein Ei?«, fragte Ursa.

»Hey, guter Vergleich!« Gabe schob die Füße in alte rehbraune Pantoffeln. »Kommt, wir gehen zu den Kätzchen.«

»Haben die schon die Augen auf?«, wollte Ursa wissen.

»Keine Ahnung. Hab sie auch ein paar Tage nicht gesehen.« Er führte die beiden durch den Flur. Als sie in den Raum zwischen Küche und Wohnzimmer traten, winkte er seiner Schwester und seiner Mutter zu. »Beachtet uns gar nicht«, sagte er. »Wir müssen hier nur kurz durch.«

»Gabe!«, rief Lacey.

»Was ist?«

»Wie sind die hier reingekommen?«

»Wer?«

»Na, die!«

»Moment mal ... Kannst du sie auch sehen? Ich dachte, ich würde halluzinieren.«

Lacey marschierte zu Jo hinüber. »Sie haben den Nerv, sich einfach in unser Haus zu schleichen?«

»Das kann man so nicht sagen«, erwiderte Jo. »Die Nerven hatte jemand anders.«

»Und wir schreien hier keine kleinen Mädchen an, verstanden, Lace?«, sagte Gabe.

»Also geht's dir jetzt wieder gut? Einfach so?«, fauchte Lacey. »Hätte das nicht passieren können, bevor ich hergekommen bin und deine ganze Arbeit übernommen habe?«

»Ich habe dich nicht gebeten zu kommen.«

»Wer soll sich denn sonst bitte um Mom kümmern?«

»Können wir diese Nummer später noch mal abspielen? Meine Gäste haben kein Interesse daran. Kommt, wir gehen!«, sagte er zu Jo und Ursa.

»Wo wollt ihr hin?«, fragte Lacey.

»Ursa möchte die Kätzchen sehen«, sagte Gabe.

»Genau, die Katzen! Hatte ich nicht gesagt, es gibt keine Jungen mehr?«

»Meine Katzen sind alle kastriert. Die Mutter war eine Streunerin, die kam schon trächtig hier an.«

»Ich habe sie noch nicht gefunden, aber wenn, dann bringe ich sie zum Fluss.«

Gabe stürzte sich erstaunlich aggressiv auf seine Schwester. Sie wich ihm aus und stieß mit dem Hintern gegen einen Küchenstuhl. »Wenn du diesen Kätzchen auch nur ein Haar krümmst, landest *du* unten im Fluss! Das ist mein Ernst, Lacey!«

»Du hast sie doch nicht mehr alle!«, rief Lacey.

»Genau, deshalb nimm dich vor mir in Acht! Und sag so was nie wieder vor diesem kleinen Mädchen!«

Laceys verbitterter Blick fiel auf Ursa. »Wer ist das? Mom sagt, du fütterst sie durch.«

Damit Ursa nicht noch mehr hören musste, nahm Gabe sie auf den Arm und trug sie zur Tür. »Tut mir leid«, raunte er ihr ins Ohr. »Hör einfach nicht hin.«

Jo schob ihn von hinten, um so schnell wie möglich nach draußen zu kommen. Die drei hasteten über den Schotter auf der Westseite des Hauses. Auf halbem Weg zur Scheune setzte

Gabe das Kind ab. »'Tschuldigung«, sagte er. »Du bist zu alt, um getragen zu werden.«

»Schon gut«, sagte Ursa.

Jo schaute sich über die Schulter um, ob Lacey ihnen folgte. Doch es kam ihnen niemand nach. Das Blockhaus war hinter den Bäumen verschwunden, die es im Kreis umstanden.

»Es tut mir leid, dass ihr das miterleben musstet«, sagte Gabe an der Scheune. »Meine Schwester ist ... Wir haben uns nie gut verstanden. Als ich geboren wurde, war sie schon auf dem College. Sie war immer eher wie eine böse Stiefmutter als meine Schwester.«

»Du musst dich nicht für sie entschuldigen«, sagte Jo.

»Kann ich die Kätzchen jetzt sehen?«, fragte Ursa.

»Ja, lauf schon«, sagte Gabe.

Ursa flitzte in die Scheune. Gabe und Jo folgten ihr zu den Heuballen am hinteren Ende. »Die Katzenmama ist erstaunlich zahm«, sagte Gabe und nahm die orangefarbene Tigerkatze auf den Arm, die ihm miauend entgegengekommen war. Er drückte sie an seine Brust und kraulte sie hinter den Ohren. Die Katze schmiegte ihr Köpfchen an seine Hand.

»Die ist wohl nicht in der Wildnis geboren«, bemerkte Jo.

»Ja. Ich schätze, als klar war, dass sie trächtig ist, wurde sie auf unserem Grundstück ausgesetzt. Die Leute hier in der Gegend wissen, dass ich Scheunenkatzen halte.«

Jo streichelte das Tier auf seinem Arm.

»Das erste Baby hat sie vor meinem Werkzeugschuppen bekommen, aber dann hat sie sich von mir in die Scheune tragen lassen. Da drin sind die Kleinen besser vor Raubtieren geschützt, weil ich das Tor nachts zumache.«

»Vor Raubtieren wie deiner Schwester zum Beispiel?«, fragte Jo nur im Halbwitz.

»Tja, schlimmer als eine Ratte, oder?«

»Müssen wir die Babys besser verstecken?«, fragte Ursa.

Gabe hockte sich vor sie. »Ich passe auf, dass Lacey ihnen nichts tut.«

»Aber sie hat gesagt ...«

»Ich denke, sie fährt morgen. Sie hasst die Arbeit auf dem Hof.«

Ursa nahm Jos Hand und führte sie zu dem Nest mit den bunt gefleckten Kätzchen zwischen zwei großen Heuballen. »Ich würde sagen, die haben mehr als einen Vater«, bemerkte Jo.

»Sie hat dein dunkelstes Geheimnis entdeckt«, flüsterte Gabe der Katzenmutter ins Ohr.

Jo musste grinsen. Im Bett hatte er schlecht ausgesehen, doch in den letzten zehn Minuten war er viel munterer geworden. Der kleine Alien hatte offenbar bessere Instinkte als Jo.

»Sie haben die Augen offen!«, rief Ursa mit einem weißen Kätzchen in den Händen. Es maunzte leise, versuchte, mit zusammengekniffenen Augen zu begreifen, was das für ein Gesicht vor ihm war. »Das ist Julia«, erklärte Ursa. »Willst du sie mal halten?«

Jo kuschelte das Katzenbaby an ihrer Brust.

»Der Graue ist Hamlet.« Ursa wies auf das Tierchen. »Die braune Tigerkatze heißt Cäsar. Die Schwarz-weiße ist Macbeth, und die Orangefarbene da ist Olivia.«

»Aus welchem Stück ist die denn?«, fragte Jo.

»Aus *Was ihr wollt*«, erwiderte Gabe.

»Ah, doch noch eine Komödie.«

»Und das schwarze kleine Katerchen ist natürlich Othello«, verkündete Ursa. »Das war Gabes Idee.«

Ursa nahm Jo die Katze wieder ab. »Julia und Hamlet mag ich am liebsten.« Sie holte Hamlet aus dem Nest und lehnte sich mit den beiden Kätzchen gegen einen Heuballen.

Mit der Katzenmutter auf dem Arm griff Gabe nach Olivia und reichte sie Jo. »Hier. Ein bisschen Komödie für dich. Können wir gebrauchen.«

Jo wärmte das winzige orangefarbene Tierchen, bis es ruhig geworden war. Gabe beobachtete sie lächelnd.

»Wie geht es dir denn?«, fragte sie ihn, bereute die Frage aber sofort, weil sie sich seit ihrer Diagnose davon verfolgt fühlte. »Bist du so fit, dass du mit uns essen kannst?«

Er schien zu überlegen, was ihr Beweggrund war.

»Ursa und ich wollen Burger machen, dazu Süßkartoffelpommes und Salat. Aber ich muss dich warnen: Wir machen Putenburger. Ich esse nicht viel rotes Fleisch.«

»Hab nichts gegen Putenburger«, erwiderte Gabe.

»Hast du schon was gegessen?«

»Nein.«

»Dann komm doch zu uns.«

»Ich muss erst duschen.«

»Wir können ja schon mit dem Kochen anfangen.«

»Ist das wirklich okay?«

»Aber sicher.«

»Wisst ihr was?«, fragte Ursa.

»Nein, was denn?«, antwortete Gabe.

Das Mädchen setzte sich auf, in der einen Hand das weiße, in der anderen das graue Kätzchen. »Ich schreibe ein Theaterstück über Julia und Hamlet.«

»Handelt es von Katzen oder Menschen?«

»Von Menschen. Julia und Hamlet treffen sich in einem Zauberwald, *bevor* die ganzen schlimmen Dinge passieren, und das verändert ihr Schicksal. Es wird eine Komödie, und am Ende sind alle glücklich.«

»Gefällt mir«, sagte Gabe.

»Mir auch, sehr«, sagte Jo. »Kann man schon Karten vorbestellen?«

13

Mit einer Taschenlampe leuchtete Ursa am Rand des Graslands herum, während Jo das Feuer für die Burger entfachte.

»Was machst du da?«, rief sie hinüber.

»Ich pflücke Blumen für den Tisch.«

»Ich dachte, wir essen draußen, so wie sonst auch, wenn wir grillen.«

»Nein! Wenn Gabe zum Essen kommt, ist das etwas Besonderes.«

Das war Jo nicht recht. Vielleicht käme wieder Befangenheit zwischen Gabe und ihr auf; am Küchentisch im Neonlicht zu sitzen, würde das nur schlimmer machen. Als Jo ins Haus ging, um nach den Kartoffeln zu sehen, stellte sie fest, dass das Neonlicht ausgeschaltet war: Ursa hatte zwei halb heruntergebrannte Stumpenkerzen links und rechts neben ihren Blumenstrauß auf den Tisch gestellt. Es war eindeutig zu romantisch, doch bevor Jo etwas daran ändern konnte, bellte Kleiner Bär und verkündete Gabes Ankunft. Jo eilte hinaus, um den Hund zu beruhigen.

»Ein guter Wachhund«, lobte Gabe und schlug die Tür seines Pick-ups zu.

»Das ist nicht gut. Das nervt.«

Gabe tätschelte den Hund und kam über den Betonweg auf sie zu. Er hielt Jo einen Eierkarton entgegen. »Brauchst du die wirklich?«

»Allerdings. Danke.« Sie nahm ihm den Karton ab und bemerkte den warmen Seifengeruch seiner Haut. »Ich warne dich vor: Ursa hat aus dem Ganzen ein sternereifes Ambiente gemacht.«

»Hat sie im Fluss Kaviar gefunden?«

»Das Menü ist unverändert, aber sie hat versucht, eine etwas gediegenere Atmosphäre zu schaffen.«

»Hört sich gut an. Ich hoffe, ich bin schick genug angezogen für ein Gourmetrestaurant.«

Im gelben Schein der Außenleuchte betrachtete Jo Gabes Kleidung: ein blaues Oberhemd und eine helle Hose, deutlich feiner als das T-Shirt und die ausgefranste Jeans, die er sonst trug. Er sah aus, als hätte er ein Date. Jo unterdrückte ihre aufkommende Panik. »Das ist perfekt«, sagte sie. »Ein Smoking wäre etwas zu viel gewesen.«

Sie ging ihm voran ins Haus, wo Ursa bereits am Küchentisch saß und Papiertücher zu Servietten faltete. »Ich hatte Angst, dass Lacey dich nicht gehen lässt.«

»Sie hat ihr Bestes getan, aber ich habe die Ketten abgestreift«, sagte Gabe.

Das war vielleicht gar nicht so weit von der Wahrheit entfernt.

»Brauchst du Hilfe?«, fragte Gabe.

»Nein, danke, ich muss nur noch das Fleisch grillen«, sagte Jo. »Bleib besser im klimatisierten Haus –, falls man es so nennen kann.« Als Ursa beschlossen hatte, drinnen zu essen, hatte Jo die Klimaanlage im Fenster des Wohnzimmers auf höchste Stufe gestellt, doch das alte Gerät hatte die Temperatur noch nicht merklich gesenkt.

Jo blieb draußen, während die vier Putenburger und die Brötchen auf dem Rost grillten. Als sie mit dem Essen ins Haus kam, brannte das Licht im Wohnzimmer. Gabe und Ursa saßen auf der Couch und betrachteten die Zeichnungen von Gabe, Tabby und Frances Iveys Haus.

»Ursa sagt, ihr wart vorgestern in Urbana und habt da ein Haus gemietet.«

»Ja, stimmt. Tut mir leid, dass ich keine Möglichkeit hatte, dir Bescheid zu sagen, dass wir gefahren sind. Wenn meine Freundin Tabby und ich nicht so schnell reagiert hätten, wäre das Haus weg gewesen.«

»Schon gut.« Gabe hielt ihrem nachdrücklichen Blick stand. Ihm war klar, dass ihre Entschuldigung noch mehr umfasste. »Tabby muss ganz schön eindrucksvoll sein, wenn sie als Ursas drittes Wunder durchging.«

»Tabby ist so unglaublich wunderbar, dass ich es nicht in Worte fassen kann«, sagte Jo. »Ich kenne sie seit dem zweiten Jahr am College, und seit dem dritten Jahr wohnen wir zusammen.«

»Ursa sagt, sie studiert Veterinärmedizin.«

»Und ihr Name ist der Spitzname von Tigerkatzen!«, rief Ursa. »Ist das nicht komisch?«

»Ja«, sagte Gabe.

Jo stellte die Schüssel mit den Süßkartoffelpommes neben die Burger auf den Tisch. »Essen ist fertig!«

Ursa machte alle Lichter im Wohnzimmer und in der Küche aus. »Uh, wie gruselig!«, sagte Gabe, um die Anspannung ein wenig zu lockern. Ursa setzte sich neben ihn an den von Kerzen beleuchteten Tisch, Jo nahm ihm gegenüber Platz.

»Den Salat habe ich gemacht!«, verkündete Ursa.

»Klasse!«, sagte Gabe.

»Der Extra-Burger ohne Käse ist für dich«, erklärte Jo.

»Weiß nicht, ob ich den schaffe«, sagte er. »Hab in den letzten Tagen nicht viel gegessen.«

»Weil dir schlecht war?«, fragte Ursa.

»Nein, ich hatte einfach keinen Appetit.«

Jo hatte damit gerechnet, aber trotzdem einen vierten Burger auf den Grill gelegt. Es war wie mit den Mahlzeiten, die sie für ihre sterbende Mutter zubereitet hatte: Die Portionen waren immer zu groß, als hätte sie ihre Mutter gesund füttern wollen. Manchmal, wenn sie selbst nicht genug Appetit hatte, befürchtete Jo, es könne ein Zeichen dafür sein, dass ihr Krebs zurückgekommen war.

Zum Glück musste sie sich bei Ursa keine Sorgen um den Appetit machen. Das Kind war wie ausgehungert; fürs Erste war sie mit dem dicken Burger beschäftigt.

»Ich habe gehört, dass Ursa eine richtige Ornithologin geworden ist«, bemerkte Gabe.

»Das stimmt«, sagte Jo. »Sie hat zwei Gelege gefunden!«

Gabe hob die Hand und klatschte sich mit Ursa ab. Er gab sich fitter, als ihm zumute war. Den Burger hatte er beiseitegelegt, bevor er die Hälfte gegessen hatte. Während Jo und Ursa weiterfutterten, stocherte er in seinem Salat herum, um nicht untätig herumzusitzen. »Wie läuft die Forschungsarbeit?«, erkundigte er sich.

»Besser als erwartet, für die erste Feldsaison.«

»Wie viele gibt es noch?«

»Mindestens eine.«

»Das heißt, nächsten Sommer bist du wieder hier?«

»So ist der Plan.«

Er senkte den Blick auf die Gabel, bevor er Jo wieder in die Augen sah. »Warum untersuchst du ausgerechnet Indigofinken?«

»Es ist eine Studie über Nistverhalten, und Finkennester sind zahlreich und leicht zu finden. Früher haben sie in Wäldern genistet, in denen es Brände und Überschwemmungen gab. Heutzutage bauen sie ihre Nester gerne am Rand von

Straßen und Getreidefeldern, was ziemlich gefährlich für sie ist. Dadurch schrumpft die Population vieler Vogelarten, die in so einem Umfeld nisten.«

»Das ist interessant.«

»Ich vergleiche den Nisterfolg in unterschiedlichen Habitaten, die natürlichen beziehungsweise menschlichen Einflüssen unterliegen.«

Gabe nickte. »Wie bist du überhaupt in die Welt der Vögel geraten?«

»Ich würde sagen, durch meine Eltern«, antwortete Jo. »Mein Vater war Geologe, meine Mutter Botanikerin. Als ich klein war, sind meine Eltern mit mir durch die gesamten USA gefahren, und wir haben überall gezeltet. Da habe ich die ersten Vogelarten kennengelernt, hauptsächlich durch meine Mutter.«

»Jos Mom und Dad sind tot«, warf Ursa ein.

Gabe hatte nicht besonders erstaunt gewirkt, als Jo von ihren Eltern in der Vergangenheit sprach. Doch anders als die meisten Menschen fragte er nicht, was mit ihnen geschehen war.

»Mein Vater hat in den Anden geforscht«, sagte Jo. »Als ich fünfzehn war, ist er mit einem Flugzeug über den Bergen abgestürzt. Außer ihm sind noch zwei andere Geologen und der Pilot gestorben.«

»Mein Gott! Wie alt war er da?«

»Einundvierzig.«

»War deine Mutter dabei? Hat sie auch dort geforscht?«

»Nein, sie war mit meinem Bruder und mir zu Hause. Nachdem mein Bruder da war, hat sie ihre Promotion in Botanik nicht weiterverfolgt. Mein Vater war immer auf langen Forschungsreisen, und Mom wollte meinen Bruder nicht in eine Betreuung geben, um weiterstudieren zu können.«

»Jos Mutter ist an Brustkrebs gestorben«, sagte Ursa. »Sie hat Jo das Leben gerettet.«

»Wie du siehst«, warf Jo ein, »hat Ursa mir viele Fragen zu meiner Familie gestellt.« Mit Blick auf das Mädchen fügte sie hinzu: »Es wäre schön, wenn sie auch so viel von sich erzählen würde.«

»Wenn ich dir von meiner Familie auf Hedareh erzählen würde, würdest du das gar nicht verstehen«, gab Ursa zurück.

»Doch. Das weißt du genau.«

»Erzähl Gabe mal, wie dir deine Mutter das Leben gerettet hat.«

»Das Thema zu wechseln hilft überhaupt nichts«, meinte Jo.

»Du hast es gewechselt«, sagte Ursa. »Weil du nicht über deine Mutter sprechen wolltest.« Sie rückte ihren Stuhl nach hinten und ging ins Bad.

»Wieder mal überlistet«, bemerkte Jo.

Gabe grinste.

Sie schob ihren leeren Teller beiseite. »Du fragst dich aber wahrscheinlich wirklich, was Ursa damit meinte, dass meine Mutter mir das Leben gerettet hat.«

»Ich schätze, ihre Krebsdiagnose führte dazu, dass es auch bei dir entdeckt wurde.«

Jo nickte.

»Wie lange ist das her?«

»Knapp zwei Jahre. Sie ist letzten Winter gestorben.«

»Und in der Zeit hattest du mit deiner eigenen Erkrankung zu kämpfen? Warst du schon Doktorandin, als du die Diagnose bekamst?«

»Ja, aber ich habe zwei Jahre verloren, weil ich für meine Mutter da sein wollte und selbst operiert und nachbehandelt wurde.«

»Hattest du mehr als eine OP?«

Dass Jo keine Brüste hatte, war offensichtlich, doch eigentlich hatte sie nicht von ihrer Ovarektomie sprechen wollen. Schon gar nicht mit einem Mann ihres Alters. Nun musste sie es hinter sich bringen.

»Bei mir wurde der Krebs in einem sehr frühen Stadium entdeckt«, erklärte sie. »Trotzdem hatte ich eine komplette Mastektomie, und meine Eierstöcke wurden auch entfernt, weil das Risiko für mich sehr groß ist, noch mal an Brustkrebs oder an Ovarialkrebs zu erkranken.«

Gabe beugte sich vor, das Gesicht im Schein der Kerze.

»Du musst gar nichts dazu sagen.«

Er lehnte sich zurück. »Tu ich auch nicht. Wenn man krampfhaft nach den richtigen Worten sucht, kommt oft etwas Falsches heraus.«

»Die Leute meinen immer, dass sie irgendwas sagen müssen, aber es hat noch nie geholfen.«

»Ich weiß. Ich bin zu dem Schluss gekommen, dass die Sprache längst nicht so weit entwickelt ist, wie wir immer glauben. Wir sind immer noch Affen, die ihre Gedanken mit Brüllen auszudrücken versuchen, doch der Großteil von dem, was wir mitteilen wollen, bleibt in unserem Kopf eingeschlossen.«

»Und das sagt der Sohn eines Literaturprofessors?«

»Vielleicht habe ich sein literarisches Gen ja nicht geerbt.«

Jo stand auf, um die Teller abzuräumen, damit Gabe sich nicht verpflichtet fühlte, mehr zu essen. Er half ihr, stellte seinen Teller auf den von Ursa.

»Was hat deine Mutter beruflich gemacht?«

»Sie war eine Zeitlang Grundschullehrerin, aber hat dann dasselbe getan wie deine. Als Lacey geboren wurde, hörte sie auf zu arbeiten. Außerdem ist sie Dichterin.« Gabe folgte Jo in die Küche. »Sie hat zwei Gedichtbände veröffentlicht.«

»Echt? Schreibt sie noch?«

»Kann sie nicht mehr. Durch den Parkinson zittern ihre Hände zu sehr, um zu schreiben oder zu tippen.«

»Sie könnte dir doch was diktieren, und du schreibst es auf.«

»Habe ich ihr auch vorgeschlagen, aber sie meint, das würde den kreativen Prozess zerstören.«

»Kann ich verstehen.«

»Parkinson zerstört wahrscheinlich eh die Lyrik.«

»Das ist traurig.«

»Tja.«

Ursa kam zurück, die Tüte mit den Marshmallows in der Hand.

»Von denen kannst du nie genug bekommen, was?«, fragte Jo amüsiert.

»Wir haben doch sonst nichts zum Nachtisch, und das Feuer brennt noch. Bitte!«

»Okay.«

»Kommst du mit?«, fragte Ursa Gabe.

Er schaute Jo an. »Vielleicht sollte ich langsam gehen?«

»Bleib noch ein bisschen«, sagte sie.

»Wirklich?«

»Je länger du nicht angekettet bist, desto besser, oder?«

14

Während Ursa ihre Marshmallows röstete, machten es sich Jo und Gabe in den Liegestühlen bequem. Gabe war still, missmutig schaute er ins Feuer. Ursa sagte auch nicht viel; sein Schweigen drückte auf ihre sonst übliche Ausgelassenheit.

»Fährt Lacey morgen wieder?«, fragte Jo.

»Da ich nicht mehr liege, denke ich schon«, erwiderte Gabe mit Blick ins Feuer.

»Wo wohnt sie?«

»In Saint Louis.«

»Das ist gut.«

Er sah Jo an. »Warum?«

»Weil es nicht so weit ist.«

»Wäre besser, es wäre weiter weg.«

»Kommt sie zu oft?«

»Ja, aber nicht freiwillig. Sie kommt, wenn meine Mutter sie anruft.«

»Macht deine Mutter das häufig?«

»Wenn ich mal etwas länger im Bett liege, ruft meine Mutter Lacey. Wenn ich nicht viel rede, ruft sie Lacey. Wenn ich meine Arbeit morgens nicht mache, ruft sie Lacey.«

»Warum?«

»Weil sie dann denkt, dass ich mich hängen lasse.« Gabe schielte zu Ursa hinüber, um zu prüfen, ob sie die Bedeutung seiner Worte verstand. »Sie hat Angst, dass ich mich nicht mehr um sie und die Tiere kümmere.«

»Ist das schon mal passiert?«

Gabe gab ein verächtliches Geräusch von sich. »Kann ich nicht behaupten.«

»Was soll das heißen?«

»Ich hatte noch nicht die Möglichkeit zu sehen, ob ich es so weit kommen lassen würde. Bevor es so weit ist, taucht Lacey immer auf.«

»Und dann ziehst du dich zurück, weil du es kannst und sie das von dir erwarten.«

In seinen Augen glänzte mehr als der Widerschein des Feuers. »Genau!«

»Das ist doch total verkorst. Wenn Lacey auf dem Hof ist, würde sich jeder zurückziehen. Es wirkte ja fast so, als wäre sie sauer, dass du überhaupt aufstehen konntest.«

»War sie auch. Sie beschwert sich darüber, dass sie herkommen muss, wenn es mir schlecht geht, aber ich glaube, eigentlich gefällt es ihr. Das ist so ein Machtspiel von ihr.«

»Deshalb hat sie uns auch nicht zu dir gelassen. Dass du Freunde hast, ist eine Bedrohung für sie.«

»Freunde, die vielleicht ein Grund für mich sein könnten aufzustehen … So war es ja übrigens auch. Danke noch mal dafür.«

»Bedank dich bei Ursa! Ich war zu feige.«

»Danke, dass du nicht lockergelassen hast, Ursa!«

Gabe sah besser aus. Vielleicht ging es ihm auch besser, denn er röstete sich zwei Marshmallows und aß beide. Doch alles, was er an diesem Ort erreichen würde, wäre hinfällig, sobald er in die vergiftete Atmosphäre zu Hause zurückkehrte.

»Was hat deine Schwester gesagt, als du eben gegangen

bist?«, fragte Jo, während Ursa einem Glühwürmchen hinterherlief.

»Kannst du dir bestimmt vorstellen.« Er warf seinen Marshmallowstock ins Feuer. »Nein, kannst du wahrscheinlich nicht, weil du ein normaler Mensch bist.«

»Was hat sie denn nun gesagt?«

Er schielte zu Ursa hinüber, um sicherzugehen, dass sie ihn nicht hören konnte. »Als Erstes hat sie mich lang gemacht, weil ich Kleidung für Ursa gekauft habe. Meine Mutter hat ihr das erzählt, als wir in der Scheune waren. Als ich nicht darauf eingegangen bin, regte sie sich noch mehr auf, bis ich irgendwann wütend wurde. So ist das immer. Sie meinte, wenn ich Ursa weiterhin zu uns kommen ließe, könnte man mir vorwerfen, pädophil zu sein. Ich wollte wissen, ob das eine Drohung ist, und sie sagte: vielleicht. Lacey fand es unangemessen, dass ich Ursa auf den Arm genommen habe.«

»Das ist ja furchtbar!«

»Ja, es war schlimm. Und sie hat mich wegen dir gehänselt. Als dächte sie, wir wären zusammen oder so.«

Das hatte Jo also richtig eingeschätzt. »So was Mieses! Sie sollte sich doch für dich freuen, wenn du jemanden gefunden hättest.«

»Wenn ich glücklich bin, ist Lacey unglücklich und umgekehrt. Sie hat mich schon gehasst, bevor ich auf die Welt kam.«

»Weißt du, was sie zu mir gesagt hat?«

»Was?«, fragte Gabe alarmiert. Offensichtlich traute er seiner Schwester alles zu.

»Sie hat gesagt, ich solle besser jetzt mit dir Schluss machen als später, wenn ich mit meiner Feldarbeit hier fertig bin.«

»Dieses verfluchte Miststück!«, rief er in Richtung seines Hofs.

»Mach dir keine Gedanken! Ich habe sofort kapiert, was da läuft. Aber ich dachte, ich sag's dir besser.«

Er schaute Jo in die Augen. »Hat sie sonst noch was gesagt?«

»Das war es im Großen und Ganzen.«

Er wandte den Blick nicht ab, als suchte er die Wahrheit hinter ihrer Antwort.

»Was glaubst du denn, was sie gesagt hat?«

Gabe schaute auf seine Hände und rieb die Handflächen zwischen den Knien. »Meine Mutter und Lacey denken, dass du der Grund bist, warum ich so fertig war – weil ich bei dir war, kurz bevor es losging.«

Genau das hatte Jo auch vermutet, als er an dem Abend so schnell verschwunden war, aber sie würde Gabe nicht fragen, ob es stimmte. Das würde unweigerlich zu der Frage führen, warum sie selbst an dem Abend plötzlich so abweisend gewesen war. Jo sprach mit niemandem darüber, wie die Operationen ihren Blick auf den eigenen Körper verändert hatten. Dieses traurige Thema machte sie mit sich allein aus.

Gabe schaute wieder hoch. »Lacey hatte kein Recht, so was zu dir zu sagen. Es tut mir leid, dass sie dich in unseren privaten Mist reingezogen hat.«

»Schon gut. Tut mir leid, dass ich gesagt habe, sie wäre mies. Hätte ich nicht tun sollen.«

»Warum eigentlich nicht?« Er formte die Hände zu einem Trichter vor dem Mund und rief zu seinem Grundstück hinüber: »Du bist so mies!«

»Ich glaube nicht, dass das bei ihr angekommen ist.«

»Kann man nie wissen. Laute Geräusche hört man bis da rüber. Du kannst bestimmt unsere Kuh hören.«

»Das stimmt.«

»Ich meinte Lacey.«

»Ach, lass gut sein. Eigentlich müsste sie uns leidtun. Verbitterte Menschen haben meistens einen Grund, warum sie so sind. Hat sie was Schlimmes durchgemacht oder so?«

»Nein, aber stimmt, sie ist verbittert. Sie war immer süchtig nach der Anerkennung unseres Vaters und konnte es nicht ertragen, wenn er in meiner Kindheit von meiner Klugheit schwärmte. Sie hat Englisch studiert, hauptsächlich um ihm zu imponieren, und wollte Schriftstellerin werden, doch das funktionierte nicht. Da wurde sie so richtig fies. Sie hat mich immer so lange getriezt, bis ich an die Decke gegangen bin. Es hat ihr Spaß gemacht, mich vor unseren Eltern bloßzustellen, besonders vor unserem Vater.«

»Klingt nach normaler Rivalität unter Geschwistern.«

»Ja? Ist es auch normal, wenn eine Frau von Mitte zwanzig mit einem kleinen Jungen spielt, damit sie ihn besiegen und deshalb fertigmachen kann? In ihrer Nähe fühle ich mich wie der hässlichste, dümmste Mensch der Welt.«

»Das ist ja furchtbar. Tut mir echt leid.«

»Muss es nicht. Darüber bin ich schon lange hinweg«, sagte Gabe in einem feindseligen Ton, der seine Behauptung Lügen strafte. »An dem Tag, als sie mich im Wald allein gelassen hat, habe ich die Hoffnung aufgegeben, dass sie mich irgendwann mögen würde. Ich hatte damals Blumen für meine Mutter gepflückt. Lacey war dabei und haute einfach ab. Ich weiß bis heute noch gut, wie viel Angst ich hatte.«

»Wie alt warst du da?«

»Fünf. Meine Mutter hat mich eine Stunde lang gesucht. Lacey sollte mit mir rausgehen, weil meine Mutter an einem Gedicht arbeitete. Lacey log sie an und sagte, ich sei weggelaufen. Und anschließend behauptete sie, wenn ich etwas schlauer gewesen wäre, hätte ich von selbst nach Hause gefunden.«

»O Gott, ich hoffe, sie hat nie selbst Kinder bekommen!«

»Doch, hat sie, zwei Söhne, und sie sind total verwöhnt. Gehen aber beide schon aufs College.«

»Hat Lacey einen Job?«

»So lange sie Hausfrau und Mutter war, hat sie weiter versucht zu schreiben, aber keins ihrer Bücher hat je einen Verlag gefunden. Sie hatte das Gefühl, meinen Vater enttäuscht zu haben. Dabei hätte sie den Beruf nicht wählen sollen, nur um ihm zu gefallen – schon gar nicht, als ihr klar wurde, dass sie überhaupt nicht begabt ist.«

Ursa war zurückgekommen. »Sprecht ihr über Lacey?«

»Ja«, sagte Jo.

»Warum hast du das eben gerufen?«, fragte Ursa Gabe.

»Das war nur Spaß.«

»Ich dachte, Lacey wäre hier und wollte dich abholen.«

»Da käme sie umsonst«, antwortete Gabe.

»Bleibst du hier?«

»Ich gehe bald. Ihr beide seid bestimmt müde.«

»Du sollst hierbleiben!«, rief Ursa. »Wenn du rübergehst, halten sie dich wieder wie einen Gefangenen. Und diesmal schließen sie die Tür ab, so dass wir dich nicht retten können!«

»So schlimm sind sie auch nicht«, sagte Gabe.

»Bitte! Jo möchte auch, dass du bleibst, oder? Jo, sag ihm, dass er nicht gehen soll!«

»Vielleicht wäre das wirklich besser«, überlegte Jo. »Zeig deiner Schwester, dass du dein eigenes Leben hast. Und deine Mutter muss das auch verstehen. Warum fährt sie nicht mal eine Zeitlang zu Lacey nach Saint Louis, damit du eine Pause einlegen kannst? Man könnte auch jemanden einstellen, der deine Mutter pflegt. Wer hat bestimmt, dass du dich bis in alle Ewigkeit um sie kümmern musst? Du bist viel zu jung für diese Belastung.«

Gabe starrte sie sprachlos an.

»Entschuldigung«, sagte Jo. »Ich rede gerne mal zu viel, wenn ich sauer bin.«

»Du brauchst dich nicht zu entschuldigen. Alles, was du gesagt hast, ist ja richtig.«

»Dann zeig's den beiden mal und übernachte hier auf der Couch. Ursa kann bei mir im Bett schlafen, wenn sie will.«

»Ja!«, jubelte Ursa und riss die Arme hoch. »Und morgen kann Gabe mit uns zu Summers Creek fahren! Das ist so schön da, Gabe! Wie in einem Zauberwald!«

»Ich habe noch nie einen Zauberwald gesehen«, sagte er.

»Das ist ein ganz schön verzauberter Wald«, sagte Jo.

15

»Hey, Jo …«

Dreißig Meter entfernt stand Gabe brusthoch im Grün. »Was ist?«, rief sie zurück.

»Hier ist ein Nest, bei dem, glaube ich, die Markierung verschwunden ist.«

Jo stampfte durch das Buschwerk zu ihm hinüber. »Ich fasse es nicht«, rief sie. »Hast du wirklich schon in der ersten Stunde ein Nest gefunden?«

»Da liegen drei weiße Eier drin.«

»Das ist ein Indigofinkennest!«

Ursa bekam mit, was vor sich ging, und lief herbei. Gleichzeitig mit Jo erreichte sie Gabe und betrachtete das Nest im Schilf. »Glückwunsch zu deinem ersten Nest!«, sagte Jo. »Jetzt muss ich noch einen zweiten Assistenten bezahlen!«

»Verdient man wahrscheinlich mehr als beim Eierverkaufen«, sagte Gabe.

»Jetzt sind wir alle Ornithologen!«, rief Ursa.

Gabe berührte eins der winzigen Eier mit dem Finger.

»Macht süchtig, was?«, sagte Jo.

»Also, ich habe ja schon öfter ein Vogelnest gesehen, aber selbst eins zu finden, wenn man eins sucht, ist auf jeden Fall besser.«

»Pass auf, Nester suchen kann abhängig machen! Das hat so

was … Als ob man die kleinen Geheimnisse der Wildnis aufdeckt.«

Gabe lächelte.

»Hört sich das verrückt an?«

»Nein. Ich verstehe das total.«

Gabe verfolgte, wie Jo Standort, Datum und Status diktierte und Ursa alles auf einem neuen Datenblatt notierte. In die Zeile »GEFUNDEN VON« schrieb sie mit sorgfältigen Buchstaben *Gabriel Nash*.

»Dank mir ist die Wissenschaft um einen Datensatz reicher. Meine Existenz hat eine Bedeutung bekommen!«, witzelte er.

Jo lachte. »Wir müssen weiter«, sagte sie. »Die Eltern werden schon ganz nervös, und wir wollen kein Raubtier auf das Nest aufmerksam machen.«

»Wage sich ja kein Raubtier an mein Nest heran!«, rief Gabe in den Wald, als sie davongingen.

»Das könnte als Zauberspruch funktionieren«, überlegte Ursa.

»Ein ganz neuer Forschungsansatz«, sagte Gabe. »*Vermeidung von Nestraub durch Einsatz von Magie.*«

»Dafür bekommst du mit Sicherheit ein Stipendium von der National Science Foundation«, bemerkte Jo.

»Ursa Major wird meine Co-Autorin.«

»Ja, dann bekommst du auf jeden Fall Geld«, meinte Jo.

Am nächsten Standort war Gabes Anfängerglück leider nicht von Dauer, doch er setzte große Hoffnung auf das letzte Beobachtungsgebiet, Ursas Zauberwald. Sie erreichten Summers Creek am frühen Nachmittag. Sofort war Gabe regelrecht verzückt von den waldigen Schluchten, den moosüberzogenen Wasserfällen und farnbewachsenen Felsen entlang des glucksenden Stroms. Er versicherte Ursa, den Zauber zu spüren, und behauptete immer wieder, eine Nymphe, eine Fee oder ein

Einhorn gesehen zu haben. Da fing auch Ursa an, Fabelwesen zu entdecken, und bald investierten die zwei mehr Energie ins Ersinnen von Fabelwesen als in die Suche nach Nestern. Jo genoss es, auch wenn es sie ein wenig ablenkte.

Ungefähr nach der Hälfte der Arbeit machten sie wie immer Rast an dem großen natürlichen Becken im Fluss und aßen die zweite Hälfte ihres Proviants. Noch bevor sich Jo auf ihren Lieblingsfelsen setzte, stand Ursa barfuß im Wasser und versuchte, Fische zu fangen. »Du sollst erst dein Sandwich essen, bevor du deine ganzen Sachen nass machst!«, rief Jo ihr zu.

»Hab keinen Hunger!«, rief Ursa zurück und sprang mit einem Bauchklatscher ins tiefe Wasser.

»So viel zu meinen erzieherischen Fähigkeiten.« Jo reichte Gabe ein Sandwich mit Pute und Cheddar.

»Sie ist doch ein ganz liebes Kind. Du brauchst nicht so streng mit ihr zu sein.«

»Abgesehen davon, dass sie mir nicht sagen will, woher sie kommt, egal, wie oft ich frage.«

Gabe hockte sich neben Jo. »Sie hat dir gesagt, woher sie kommt.«

»Klar, aus dem unendlichen Nest im Himmel.«

»Manchmal will ich das fast glauben«, bemerkte er. »Ich kenne kein Kind, das so ist wie sie.«

»Ja. Und sie wurde immer noch von niemandem vermisst gemeldet.«

»Guckst du noch manchmal im Internet nach?«

»Schon, aber es fällt mir jedes Mal schwerer. Ich habe Angst, dass ich sie auf einer von diesen Seiten entdecke und sie dann zurück zu Menschen muss, denen sie wochenlang egal war.«

»Zu denen müsste sie nicht zurück. Sie käme in eine Pflegefamilie.«

Jo sah ihm in die Augen. »Wie lange warten wir noch, bis wir zur Polizei gehen? Es ist schon fast zwei Wochen her.«

Gabe ließ die Hand mit dem Sandwich sinken, als hätte er den Appetit verloren. »Darüber habe ich in den letzten Tagen auch oft nachgedacht.«

»Ich zerbreche mir ständig den Kopf darüber. Wir müssen uns überlegen, wie wir sie zum Sheriff bekommen.«

»Ja.«

Sie aßen den Rest ihrer Sandwiches in bedrücktem Schweigen und sahen zu, wie Ursa im Fluss spielte. Jo reichte Gabe eine Trinkflasche mit Wasser und machte sich selbst eine auf. »Was haben deine Schwester und deine Mutter heute Morgen gesagt, als du wiederkamst und dich umgezogen hast?«

»Lacey ist an die Decke gegangen, weil sie zurück nach Saint Louis will.«

»Und deine Mutter?«

»Hat nicht viel gesagt. Sie war zu perplex.«

»Warum?«

»Weißt du doch.«

»Nein, weiß ich nicht. Du hattest einen Zusammenbruch, als du auf eine angesehene Uni gehen solltest. Warum sollte dein Leben deshalb weniger wert sein als Laceys? Warum kannst du nicht mal einen Tag mit Freunden verbringen? Die beiden tun absichtlich alles dafür, dass du nicht gesund wirst und dich nicht weiterentwickeln kannst, weil es so schön bequem ist, dass du deine Mutter rund um die Uhr pflegst.«

»Da steckt noch mehr dahinter.«

»Das glaube ich nicht.«

Gabe sah Jo in die Augen. »Ich bin krank. Ich kann nicht einfach gesund werden und loslegen.«

»Wenn du davon überzeugt bist, kannst du das sicher nicht, nein.«

»Wie die meisten Menschen, die nie damit zu tun hatten, hast du eine völlig vereinfachte Sicht auf Depressionen.« Gabe stellte die Wasserflasche neben Jos Füßen ab und ging zu Ursa hinüber. Sie stand in knöcheltiefem Wasser nah am Ufer und versuchte, in den verschlungenen Wurzeln einer großen Sykomore etwas zu fangen.

»Hast du das gesehen?«, fragte sie. »Ich hatte einen großen Frosch geschnappt, aber er ist weggehüpft.«

»Tja, das war's mit dem schönen Prinzen.«

»Wer will denn schon einen dummen schönen Prinzen haben?«

»Wie wär's mit einem klugen schönen Prinzen?«

»In diesem Zauberwald gibt's keine Prinzen«, verkündete Ursa.

»Sehr moderne Einstellung.«

Sie watete in tieferes Wasser. »Kommst du mit rein?«

»Ich glaub schon«, erwiderte Gabe. »Mich juckt's wirklich am ganzen Körper.«

»Das kommt von den Brennnesseln.«

»Ich weiß. Das Wort ›gereizt‹ hat eine ganz neue Bedeutung für mich bekommen.« Gabe zog seine Stiefel und das langärmelige Shirt der University of Chicago aus, behielt die Jeans aber an. Ohne es zu wollen, starrte Jo auf seinen nackten Oberkörper, sehnig und kräftig von der Arbeit auf dem Hof. Nachdem Gabe tief in die Mitte des natürlichen Beckens gewatet war, tauchte er unter. Als er wieder hochschoss, stieß er einen Schrei aus und schüttelte sich das Wasser aus den Haaren. »Wow, ist das kalt!«, rief er Jo zu. »Komm mit rein!«

»Jo will nicht, dass ihre Datenblätter nass werden«, sagte Ursa.

Jo ging zum Ufer des Flusses.

»Komm doch auch rein!«, bettelte Ursa.

»Jetzt muss ich ja, nachdem du das gesagt hast.«
»Was habe ich gesagt?«
»Dass ich keine nassen Datenblätter haben will. Hört sich total bescheuert an.«

Jubelnd sprang Ursa Gabe auf den Rücken und klammerte sich an ihn wie ein kleines Äffchen.

Jo zog ihre Wanderstiefel aus und rollte ihre Feldhose bis zu den Knien hoch. Das Problem war, dass sie ihre Datenblätter wirklich nicht nass machen wollte. Aber die zwei Hemden, die sie wegen der Brennnesseln und Mücken übereinander trug, würden nicht so schnell am Körper trocknen, bis sie weitermachen musste.

Jo knöpfte beide auf und zog sie über den Kopf aus. Vielleicht tat sie es, weil sie Tanner gesagt hatte, sie sei mit ihrem Aussehen zufrieden. Vielleicht tat sie es, weil ihre Mutter zu ihr gesagt hatte: *Genieß das Leben für uns beide!* Vielleicht zog sie die beiden Hemden auch aus, um Gabe zu zeigen, dass er nicht der Einzige war, der gesund werden und zurück ins Leben musste. Aus welchem Grund auch immer, die Hemden waren ausgezogen, und das kalte Wasser, das sie sich auf den erhitzten Oberkörper spritzte, fühlte sich großartig an.

Ursa bekam es kaum mit. Sie hatte Jos Oberkörper schon ein paarmal gesehen, wenn sich die beiden umzogen. Gabe hingegen wusste offensichtlich nicht, wie er reagieren sollte. Zuerst fiel sein Blick auf Jos Narben. Dann wandte er die Augen ab. Schließlich schaute er ihr ins Gesicht.

»Wenn zufällig ein Förster vorbeikommt, ob ich dann wohl wegen Erregung öffentlichen Ärgernisses angezeigt würde?«, fragte Jo. »Ist es ein Ärgernis, wenn es nichts zu entblößen gibt?«

»Gute Frage.« Jos Witz nahm Gabe sichtlich die Befangenheit.

Sie fand es gut, dass sie ihren Oberkörper einem Mann zum ersten Mal in einem Fluss zeigte. Nicht in einem Schlafzimmer. Ohne Druck. Im Freien war sie locker, fühlte sie sich so vollständig wie sonst nirgends. Jo streckte die Arme aus und glitt durch das Becken. Sie wendete, tauchte unter und kam in der Mitte des Beckens wieder hoch. Ursa kletterte von Gabes Rücken auf Jos und hielt sich an deren Schulter fest. »Und, bist du froh, dass du reingekommen bist?«, fragte Ursa.

»Ja, total.«

Ursa schob ihre kalten, feuchten Lippen an Jos Ohr. »Komm, wir spritzen Gabe nass!«, flüsterte sie.

»Okay«, raunte Jo zurück. »Eins, zwei, drei ...« Ursa sprang von Jos Rücken und legte wie wild los. Jo machte etwas verhaltener mit.

»Das ist unfair!«, rief Gabe. »Zwei gegen einen!«

Mit den Armen schob er Wassermassen in Richtung der beiden. Ursa klammerte sich an Jos Schultern und strampelte wie wild mit den Beinen.

»Ich gebe auf! Ich gebe auf!«, rief Gabe.

»Die Mädchen haben gewonnen!«, jubelte Ursa.

»Klar. Tun sie ja immer. Ich hatte keine Chance.«

»He, habt ihr das gehört?«, fragte Jo. Alle hielten inne und lauschten dem Donner im Südwesten.

»Der ist noch weit weg«, sagte Gabe.

»Aber es ist auch ein weiter Weg zum Auto.« Jo stieg aus dem Wasser. Ihr gefiel nicht, dass kaum eine Pause zwischen dem Donnern zu hören war. Das ständige Grollen ließ auf ein Gewitter mit vielen Blitzen schließen.

»Kann ich das Sandwich haben?«, fragte Ursa.

»Ja, aber iss es schnell, während Gabe und ich uns anziehen.«

Als sie fertig waren und Ursa ihr Sandwich vertilgt hatte, war es dunkel geworden. Der Donner war deutlich lauter.

»Das Gewitter kommt schnell näher«, bemerkte Gabe.

»Das sind die schlimmsten«, sagte Jo.

Soweit es möglich war, wateten sie durch das steinige Flussbett, um nicht durch die dichte Vegetation am Ufer stampfen zu müssen, doch weiter flussaufwärts, wo der Strom mehr Wasser führte, mussten sie durch den Wald gehen. Der Wind rauschte in den Baumwipfeln, die Temperatur fiel um mindestens zehn Grad. Der Himmel verfärbte sich grünlich schwarz.

»Als wäre es mitten in der Nacht!«, staunte Ursa.

»Schutz suchen oder laufen?«, fragte Gabe an Jo gerichtet.

»Ich kann mich nie entscheiden, was besser ist.«

»Kommt, wir laufen!«, rief Ursa. »Das ist gruselig!« Sie flitzte los. Jo spürte, welchen Spaß Ursa am dröhnenden Donner und dem plötzlich prasselnden Regen hatte. Wind und Blitze wurden heftiger. Als Jo hörte, dass Äste knackten, sah sie sich nach Schutz um, konnte aber nirgends einen Unterschlupf entdecken.

»Wir sind sofort bei dir, Ursa!«, rief Gabe im tosenden Wind.

Dann schrie er plötzlich mit veränderter Stimme: »Jo!«

Sie drehte sich um. Ursa lag auf dem Boden, Gabe kniete neben ihr. Jo lief zu den beiden. Mit bebender Brust sah sie, dass Ursa alle viere von sich gestreckt hatte, das Gesicht war ausdruckslos, die Augen geschlossen. »Ist sie gestolpert?«

Gabe betastete Ursas nasse Haare und zeigte Jo das Blut an seiner Hand.

»Der Ast da hat sie getroffen.«

Er war so dick wie Jos Handgelenk. Sie kniete sich neben Ursa und tätschelte die Wangen der Kleinen. »Ursa! Ursa, hörst du mich?«

Das Mädchen öffnete die Augen, doch ihr Blick war nicht klar.

»Wir müssen sie ins Krankenhaus bringen«, sagte Gabe. Er schob die Arme unter Ursas Körper und hob sie hoch. Jo lief vor und schloss das Auto auf.

Gabe legte Ursa auf die Rückbank. »Setz dich zu ihr! Ich weiß, wo das nächste Krankenhaus ist.«

»Wo denn?«

»In Marion. Da war ich mal mit meinen Eltern.« Er nahm die Schlüssel und gab Jo das Wechsel-T-Shirt aus seinem Rucksack. »Drück das auf die Wunde!«

Jo legte Ursas Kopf auf ihren Schoß und presste das T-Shirt auf die Kopfwunde, während Gabe fuhr. Die Scheibenwischer peitschten wie wild hin und her. Regen, Donner und Blitze prasselten auf den Wagen ein. Für Jo fühlte sich der Tumult an wie ein Ausdruck ihrer Panik.

Ursa versuchte sich aufzusetzen. »Du bist verletzt«, sagte Jo. »Bleib liegen!«

»Mir geht's gut. Mich hat ein Ast getroffen.« Sie hob den Kopf und schaute zu Gabe nach vorn. »Warum fährt er?«

»Weil ich weiß, wo das Krankenhaus ist«, sagte er.

»Ich will nicht ins Krankenhaus!«, kreischte Ursa und schlug um sich. Jo hatte Schwierigkeiten, sie festzuhalten. »Ich will nach Hause! Ich gehe nicht ins Krankenhaus!«

»Du warst mindestens zehn Sekunden ohnmächtig«, sagte Gabe. »Wahrscheinlich hast du eine Gehirnerschütterung, und vielleicht muss die Wunde genäht werden.«

»Ich habe nur so getan! Ich war gar nicht ohnmächtig!«

»Warst du doch«, sagte Jo.

»Schon gut«, sagte Gabe.

»Gar nicht!«

Ursa hatte recht. Nichts würde gut sein, wenn sie ins Krankenhaus fuhren. Wie sollten sie erklären, dass Ursa mit ihnen im Wald gewesen war? Schlimmer noch: Sie wohnte seit fast zwei Wochen mit im Cottage. Wenn jemand an der Uni davon erfuhr, könnte Jo ernsthaft Ärger bekommen.

»Nimmt mich dann die Polizei mit?« Offenbar hatte Ursa ähnliche Gedanken.

»Ja, wahrscheinlich kommt die Polizei«, sagte Gabe.

»Die nehmen mich dir weg!«, rief Ursa unter Tränen. »Da will ich nicht hin!«

Jo wollte sie in den Arm nehmen, doch Ursa stieß sie von sich.

»Tut uns leid«, sagte Gabe, »aber wir müssen tun, was am besten für dich ist, auch wenn du das nicht willst.«

Ursa verstummte. Tränen liefen ihr über die Wangen. Der Regen und der Donner ließen nach, im Auto hörte man nur noch das regelmäßige Geräusch der Scheibenwischer. Am Stadtrand von Marion hielt Gabe an einem Stoppschild hinter einem anderen Auto. Noch bevor der Honda stand, öffnete Ursa ihren Gurt, stieß die Tür auf, sprang heraus und schlug sie hinter sich zu. Jo rutschte über die Rückbank und stürzte ihr nach, doch Ursa war bereits in einem Dickicht am Waldrand verschwunden. Als Jo die dichte Vegetation erreichte, war von Ursa nichts mehr zu sehen. »Ursa!«, rief sie. »Komm zurück, Ursa!«

Gabe kam zu ihr und schaute sich um. »Sie versteckt sich irgendwo. In der kurzen Zeit kann sie nicht weit gekommen sein.« Er lief ein kleines Stück in den Wald und blieb stehen. »Ursa, ich weiß, dass du mich hörst!«, rief er. »Komm raus, dann sprechen wir darüber, ja?«

»Bitte, Ursa!«, rief Jo. »Komm bitte her!«

Sie suchten hinter allen Bäumen, die so groß waren, dass sich ein Mädchen dahinter verstecken konnte.

»Sie ist längst über alle Berge«, sagte Jo. »Wir finden sie niemals wieder!«

»Ursa!«, brüllte Gabe, so laut er konnte. »Wenn du rauskommst, fahren wir nicht ins Krankenhaus!«

Sie warteten. Regen tropfte von den Blättern. Eine Meise schimpfte im Baum.

»Sie ist weg«, sagte Jo.

»Sieht so aus.« Gabe merkte, dass Jo den Tränen nahe war. »Wir finden sie. Los, wir fahren mit dem Auto in die Richtung, in die sie verschwunden ist.«

»War das ein Versprechen?«, ertönte Ursas Stimme hinter ihnen.

Sie drehten sich um. Das Mädchen stand vor dem Dickicht am Straßenrand.

»Ich laufe wieder weg, wenn ihr mir nicht versprecht, mich nach Hause zu bringen«, sagte sie.

»Aber ... wo ist denn dein Zuhause?«, fragte Gabe.

»Auf der Erde ist mein Zuhause bei Jo!«, rief Ursa.

»Ursa ...«

»Ihr seid nicht mehr meine Freunde, wenn ihr nicht tut, was ihr gesagt habt! Ihr habt gesagt, wir fahren nicht ins Krankenhaus!«

»Tun wir auch nicht«, lenkte Jo ein.

»Versprochen?«

»Ja.« Langsam ging Jo auf das Mädchen zu, um sie zu beruhigen. »Wie geht es deinem Kopf?«

»Gut.«

Als Jo Ursa erreichte, hob sie deren Haare an, um sich die Verletzung genauer anzusehen. »Es blutet nicht mehr«, sagte sie zu Gabe.

»Weil sie den größten Dickkopf hat, den ich je gesehen habe. Wo bist du gewesen, verdammt nochmal?«

»In einem Rohr«, antwortete Ursa. »Da!« Sie führte die beiden in das Dickicht und zeigte ihnen das Ende eines Wasserrohrs, aus dem das Regenwasser sprudelte. Niemals hätten sie das Mädchen dort gefunden.

»Ich gebe auf«, sagte Gabe. »Der Alien ist eindeutig zu schlau für mich.«

»Können wir nach Hause fahren?«, fragte Ursa.

»Ja, wir fahren nach Hause«, sagte Jo.

16

Jo hatte noch nicht richtig geparkt, da sprang Ursa schon aus dem Honda, nahm sich einen Stock und warf ihn weg, damit Kleiner Bär ihn holte. Auf dem gesamten Heimweg war sie ganz aufgedreht gewesen, wohl um Jo und Gabe zu beweisen, dass ihre Kopfverletzung keinen bleibenden Schaden hinterlassen hatte.

Jo schloss die Haustür auf. »Ursa, geh in die Badewanne!«

»Du meinst, unter die Dusche, oder?«, fragte das Mädchen.

»Nein, ich möchte nicht, dass du stehst.«

»Mir geht's gut.«

»Du musst doch mindestens Kopfschmerzen haben. Tu, was ich gesagt habe. Ich komme gleich ins Badezimmer und helfe dir.«

»Brauche keine Hilfe!«, verkündete Ursa, aber verschwand gehorsam im Bad.

Gabe in seinem blutbefleckten T-Shirt legte seinen Rucksack auf die Ladefläche des Pick-ups. »Sie macht einen guten Eindruck.«

»Ich glaube, das ist größtenteils aufgesetzt.«

Er warf das blutige T-Shirt, das Jo auf Ursas Wunde gedrückt hatte, auf seinen Rucksack.

»Kommst du zurück, wenn du dich umgezogen hast?«, fragte Jo geradeheraus.

»Soll ich?«

»Ja. Was ist, wenn ich sie auf einmal nicht mehr wach bekomme oder so?«

»Das Risiko gehen wir ein, wenn wir nach ihrer Pfeife tanzen.«

»Ach, komm ... Mir geht's schon schlimm genug.«

Gabe strich Jo liebevoll über den Arm. »Bin gleich wieder da.«

»Du kannst gerne mit uns zu Abend essen.«

»Hast du denn genug da? Als ich gestern die Sachen in deinen Kühlschrank gestellt habe, sah er ziemlich leer aus.«

»Ja, stimmt. Wir könnten nur Omeletts aus den Eiern machen, die du mitgebracht hast.«

»Ich bringe was zum Kochen mit. Ich kümmere mich ums Essen. Du siehst kaputt aus.«

»Dir kann es doch nicht besser gehen.«

Sein müdes Lächeln bestätigte ihre Vermutung. »Das schaffen wir schon. Bis gleich!«

Jo befahl Ursa, sich auszuziehen und in die warme Wanne zu steigen. Nachdem sie die Wunde an Ursas Kopf gesäubert hatte, gab sie ihr den Waschlappen, um sich am ganzen Körper zu schrubben. Anschließend kam Ursa in dem rosa Hello-Kitty-Schlafanzug aus dem Bad, den sie mit Gabe bei dem Garagenverkauf gekauft hatte. Sie wollte sich nicht auf die Couch legen, so lange Jo duschte, doch Jo bestand darauf.

Jo zog sich Shorts und ein T-Shirt an. Als sie aus dem Bad kam, stand Gabe bereits in der Küche und kochte. »Ist hoffentlich kein Problem, dass Ursa mich reingelassen hat«, sagte er. »Ich wollte so schnell wie möglich mit dem Essen anfangen.« Er würzte ein Hähnchen auf dem Backblech und hatte eine Brotfüllung mitgebracht, die er auf dem Herd anbraten wollte.

»Das sieht super aus«, sagte Jo.

»Ich wollte die Füllung machen, aber er lässt mich nicht«, beklagte sich Ursa.

»Weil du dich ausruhen sollst«, sagte Gabe. »Leg dich wieder auf die Couch.«

»Ich bin nicht malade«, sagte sie auf dem Weg ins Wohnzimmer.

»*Malade*«, wiederholte Gabe. »Solche Wörter würde nicht mal meine Schwester gebrauchen, und die ist quasi Schriftstellerin.«

»Wie geht's Lacey?«

»Die spuckt Nägel, wie man hier sagt.« Gabe gab die Füllung in eine Mischung aus Wasser und geschmolzener Butter. »Sie denkt wahrscheinlich, wir hätten einen Mord begangen.«

»Ach ja, das Blut! Wie hast du es erklärt?«

»Ich habe ihr gesagt, dass Ursa sich verletzt hat. Da kam gleich die nächste Predigt, dass ich nicht mit einem fremden Kind durch die Gegend ziehen soll. Sie hat gedroht, zur Polizei zu rennen.«

»Tut sie das wirklich?«

»Weiß man bei Lacey nie.«

»Was hat sie gesagt, als du wieder gegangen bist?«

»Sie hat mein Verhalten kindisch genannt und meinte, ich soll zu Hause bleiben. Sie will morgen früh fahren, egal, was ist.«

»Musst du heute Abend wieder nach Hause?«

Gabe hörte auf zu rühren und sah Jo an. »Du hast mich gebeten, heute hier zu schlafen, also mache ich das auch.«

»Nur wenn du willst.«

»Ja, das will ich. Ich mache mir genauso Sorgen um Ursa wie du.«

»Kann ich irgendwie beim Kochen helfen? Sieht aus, als bräuchten wir noch Gemüse.«

»Habe alles im Griff. Lacey und meine Mutter hatten noch Reste im Kühlschrank: grüne Bohnen und Mais. Muss nur noch aufgewärmt werden.«

Eine Stunde später setzten sie sich zu gefülltem Hähnchen und Gemüse an den Tisch. Gabe hatte sogar eine Packung Toffee-Eis zum Nachtisch mitgebracht. Jo war zu satt zum Probieren, doch Ursa und Gabe aßen jeweils ein Schälchen voll. »Der Schlag auf den Kopf hat deinem Appetit jedenfalls nicht geschadet«, sagte Gabe zu Ursa.

»Ich wusste doch, dass ich nicht ins Krankenhaus muss!«

»Aber du hast uns einen ganz schönen Schreck eingejagt. So viel zum Thema Zauberwald.«

»Das war doch nicht die Schuld des Walds«, sagte Ursa. »Das war ich.«

»Du hast dafür gesorgt, dass dir ein Ast auf den Kopf fällt und dich fast umbringt?«

»Der hätte mich nicht umgebracht. Aber wie ich schon zu Tabby und Jo gesagt habe: Manchmal muss was Schlimmes passieren, damit etwas Gutes zustande kommt.«

»Und was ist das Gute, das daraus entstanden ist?«, fragte Gabe.

»Du schläfst heute hier.«

»Du hast also gewusst, dass ich hier schlafen würde, wenn du dich verletzt?«

»Nein, richtig *gewusst* habe ich das natürlich nicht. Das passiert alles so. Wir von Hedareh geben eine Art unsichtbarer Wellen ab, so ähnlich wie Quarks, nur anders, und die sorgen dafür, dass um uns herum Gutes geschieht, wenn wir Erdlinge treffen, die wir mögen.«

Gabe legte den Löffel in sein leeres Schälchen. »Dann sind diese Quarks-Teile wohl so was Ähnliches wie gute Schwingungen.«

»Sie können das Schicksal der Menschen beeinflussen.«

»Was ist denn so gut daran, dass ich hier übernachte?«

»Jo und ich mögen dich.« Ursa führte ihr Schälchen zum Mund und ließ den Rest des geschmolzenen Eises in ihren Mund fließen. »Du wolltest doch eh nicht drüben bei deiner gemeinen Schwester sein, oder? Das ist auch noch ein Vorteil.«

»Was sagst du als Naturwissenschaftlerin zum Thema Quarks?«, fragte Gabe Jo.

»Möglich ist es. Die Schwerkraft können wir auch nicht sehen, und trotzdem hat sie eine starke Wirkung auf uns.«

»Stimmt.« Gabe stand auf und stellte Ursas Schälchen in seins. »Vielleicht finde ich morgen eine Million Dollar unter meinem Kopfkissen.«

»Eher nicht«, meinte Ursa.

»Warum nicht?«

»Weil diese Quarks-Teilchen wissen, was du dir wirklich wünschst.«

»Und ich will keine Million?«

»Glaube ich nicht.«

»Verdammt.« Er ging zur Spüle und wusch die Schälchen ab.

»Hast du diese Medizin, die auf der Erde Motrin heißt?«, fragte Ursa Jo.

»Hast du Kopfschmerzen?«

»Nur ein bisschen.«

»Sei ehrlich: Wie sehr tut es weh?«

»Schon doll.« Ursa merkte, dass Gabe und Jo einen Blick tauschten. »Es geht schon. Ich habe gehört, ein kalter Waschlappen und Motrin helfen sehr gut.«

Die Tabletten musste ihr schon mal jemand gegeben haben. Wer hatte sich um sie gekümmert, wenn sie krank war, und warum hatte der- oder diejenige sie nicht vermisst gemeldet?

Sie brachten Ursa zur Couch, gaben ihr eine Motrin und

überredeten sie dazu, sich mit einem kalten Waschlappen auf Augen und Stirn hinzulegen. Jo und Gabe dunkelten das Zimmer ab und zündeten die beiden Kerzen an. Fast umgehend schlief Ursa ein. Jo saß auf der Kante der Couch und betrachtete die Kleine.

»Du kannst nicht die ganze Nacht bei ihr wachen«, sagte Gabe.

»Ich will in ihrer Nähe sein.«

»Komm, ich trage sie in dein Bett.« Er hob Ursa hoch und brachte sie in das vordere Schlafzimmer, wo er sie auf das breite Bett legte und Jos Decke über sie zog, die er dann sorgfältig um Ursas Schultern feststeckte. Anschließend strich er ihr die Haarsträhnen aus dem Gesicht. Als er aufschaute, sah er Jo lächeln. »Willst du jetzt auch sofort ins Bett?«, fragte er.

»Ich bleibe so lange wie möglich wach, um auf sie aufzupassen.«

»Stört es dich, wenn ich mich hier neben das Bett setze?«

»Nein, natürlich nicht.« Jo holte die beiden Kerzen und stellte eine auf die Kommode, die zweite auf den Nachttisch. Sie setzte sich neben Ursa auf die Matratze, Gabe hockte sich neben dem Bett auf den Boden.

»Das war ein schöner Tag«, sagte er. »Also, jedenfalls bis Ursa sich verletzt hat.«

»Du hast der Hitze, den Mücken und dem Dickicht sehr gut die Stirn geboten.«

»Von den Brennnesseln ganz zu schweigen.«

»Ja, allerdings.«

Stille machte sich zwischen ihnen breit. Gabe nahm das Buch auf dem Nachttisch in die Hand. »*Schlachthof 5*«, las er und drehte es um. »Habe ich noch nie als Hardcover gesehen. Wie alt ist das?«

»1969 gedruckt, also im Erscheinungsjahr.«

Gabe sah Jo an. »Ist das das Originalcover? Das muss ja ein Vermögen wert sein.«

»Es ist in keinem besonders guten Zustand, aber es ist wirklich sehr wertvoll. Es ging von meinem Großvater an meinen Vater, von dem an meinen Bruder und dann an mich. Meine Mutter hat es auch mehr als einmal gelesen.« Jo griff über Ursa hinweg und nahm Gabe das Buch ab, um es auf ihre gekreuzten Beine zu legen. »Wir haben uns oft über das Buch unterhalten«, sagte sie und strich über den Einband. »Wir mochten es alle sehr gern.«

»Mein Vater wäre begeistert.«

»Wovon?«

»Dass du durch ein Buch noch eine Verbindung zu deinen Eltern hast.«

Das stimmte, und nicht nur durch dieses Buch. Die meisten Bücher, die früher ihren Eltern gehört hatten, waren bei Jo, und sie las jeden Abend, bevor sie einschlief oder wenn sie schlaflos im Bett lag. Wenn ihre Finger dieselben Seiten berührten, die ihre Eltern in der Hand gehabt hatten, fühlte sie sich ihrem Vater und ihrer Mutter ganz nah.

»Du scheinst eine interessante Familie gehabt zu haben, wenn alle so ein ungewöhnliches Buch mochten.«

»Wir waren schon ein verrückter Haufen«, sagte Jo. »Ein bisschen schräg, ehrlich gesagt, was es meinem Bruder und mir manchmal schwermachte, uns mit anderen Kindern anzufreunden.«

»Warum?«

Jo überlegte kurz, wie sie es erklären sollte. »Seit ich Feldbiologie mache, ist mir aufgefallen, dass viele Naturwissenschaftler, die draußen in der Natur arbeiten, ein bisschen anders sind als die meisten Menschen. Vielleicht liegt es daran, dass sie über einen längeren Zeitraum freiwillig auf Komfort verzichten. Es geht gar nicht darum, ohne die Gesellschaft anderer auszukommen, sondern diesen Rückzug geradezu zu brauchen. Wenn man so gestrickt ist, ist die Natur eine essentielle, spirituelle Erfahrung.«

Gabe sah sie an. In seinen Augen spiegelte sich der Kerzenschein.

»Genauso waren meine Eltern. Sie haben mit uns nur selten das gemacht, was andere Kinder so erleben: Vergnügungsparks, Strandurlaub. Am Wochenende sind wir gewandert, Kajak gefahren, haben Salamander und Fossilien gesucht. In den Ferien sind wir meistens zelten gegangen, manchmal oben in Maine, um Papageientaucher zu beobachten, oder im tiefsten Utah, wegen der Felsformationen. Und egal wo wir waren, wir sind immer losgezogen und haben Mineralien und Edelsteine gesammelt.«

»Cool.«

»Ja, schon. Du müsstest mal unsere Familiensammlung sehen. Die Begeisterung meines Vaters für Geologie war ansteckend, ja, fast manisch. Er hat uns immer die Landschaft um uns herum erklärt. Hört sich vielleicht langweilig an, war es aber nicht. Wenn er uns erzählt hat, wie Naturgewalten die Erde geformt haben –, das war beinahe schon poetisch.«

»Klingt nach einem interessanten Mann.«

»Ja. Und meine Mutter, die war auch eine Naturgewalt, nur auf eine entspanntere Art und Weise, wie ein ruhiger Fluss. Wenn ich in der Schule oder mit meinen Freunden Ärger hatte, überzeugte sie mich immer, dass es gar nicht so schlimm war. Sie konnte alles ins Positive wenden. Und unser Garten ... Der war so toll, ein Paradies aus Blumen, Teichen und Bäumen mitten in der Vorstadt. Meine Freundin Tabby hat immer gesagt, im Garten meiner Mutter lebten Feen. Er war wie verzaubert.«

»Wo bist du aufgewachsen?«, fragte Gabe.

»In Evanston. Mein Vater hat an der Northwestern University unterrichtet.«

»Echt? Gar nicht weit von meinem Vater entfernt.«

»Für Chicagoer ist das weit«, sagte Jo. »Hast du in der Stadt gewohnt, als dein Vater an der Uni von Chicago war?«

»Ja, in Brookfield. In dem Haus, in dem mein Vater aufgewachsen ist. Kennst du die Gegend?«

»Ja. Ich war ein paarmal im Zoo in Brookfield.«

»Unser Haus liegt ungefähr eine halbe Meile vom Zoo entfernt.«

Jo schaute auf das Buch auf ihrem Schoß. »Seltsam ...«

»Was denn?«

»Als ich das erste Mal bei dir Eier gekauft habe, hätte ich nie gedacht, dass wir so eine ähnliche Vergangenheit haben.«

»Du hast gedacht, ich wäre so ein dummer herumballernder Redneck, oder?«

»Ich habe gar nichts gedacht.«

Keiner von beiden wusste etwas zu sagen, doch das Schweigen war nicht unangenehm. Jo stand auf und legte das Buch auf den Nachttisch. Sie holte das Kopfkissen und die Decke von der Couch im Wohnzimmer und warf beides neben Ursa aufs Bett. »Du siehst müde aus«, sagte sie zu Gabe. »Leg dich doch hier hin.«

»Wirklich?«

»Wenn wir beide hier sind, können wir besser aufpassen. Wer aufwacht, guckt nach ihr.«

»Ich glaube, sie erholt sich.«

»Sie ist super schnell eingeschlafen, und obwohl wir die ganze Zeit reden, hat sie sich nicht gerührt.«

»Weil sie total kaputt ist.«

»Stimmt. Ich lasse sie morgen besser ausschlafen.«

»Gute Idee.«

Jo stellte ihr Handy auf sieben Uhr und blies die beiden Kerzen aus. Sie streckte sich auf der Matratze aus und hörte, dass Gabe auf der anderen Seite dasselbe tat.

»Hast du da genug Platz?«, fragte sie.

»Genug zum Schlafen.«

Im Fenster brummte und ratterte die Klimaanlage. Jo hoffte, dass Gabe sich dadurch nicht gestört fühlte. Sie bevorzugte nachts die Geräusche von Wald und Feld, doch wenn es so feuchtwarm im Schlafzimmer war, schlief sie schlecht.

»Tut mir leid, dass ich dir ein Ohr abgekaut habe mit meiner Familie«, sagte sie.

»Dafür musst du dich nicht entschuldigen«, erwiderte Gabe im Dunkeln. »War interessant.«

»Ich würde auch gerne irgendwann mehr über deine Eltern erfahren. Es muss spannend gewesen sein, mit einer Dichterin und einem Literaturprofessor groß zu werden, der eine Blockhütte im Wald baut.«

Nach einer Weile sagte Gabe: »Ja, es war spannend, aber anders, als du denkst.«

Jo stützte sich auf die Ellenbogen und versuchte, ihn in der Dunkelheit zu sehen. »Wie meinst du das?«

»Schon gut.« Er drehte ihr den Rücken zu.

17

Die Fenster klapperten. Jo öffnete die Augen und versuchte zu verstehen, was sie gehört hatte, bis ein weiteres langgezogenes Donnergrollen die Scheiben zum Beben brachte. Sie tastete nach Ursa, um sich zu vergewissern, dass das Mädchen atmete, und griff zu ihrem Handy. Es war 6.03 Uhr. Es dauerte ein wenig, bis Jo genug Signalstärke hatte, um nach dem Wetter zu sehen. Die Ausläufer eines Tropensturms im Golf trafen gerade auf das südliche Illinois, es sollte mindestens bis mittags regnen. Wieder grummelte es in der Ferne.

»Noch ein Gewitter. Das haben wir gerade noch gebraucht«, meldete sich Gabe zu Wort.

»Doch, das brauchen wir wirklich. Das heißt nämlich, dass ich im Bett bleiben kann. Was gut ist für Ursa.« Jo deaktivierte ihren Handywecker.

»Arbeitest du nicht, wenn es regnet?«

»Es ist nicht gut, Vögel im Regen von ihren Nestern zu vertreiben.«

»Leuchtet ein.«

»Gabe?« Ursa setzte sich auf und sah ihn verschlafen an.

»Leg dich wieder hin!«, sagte Jo. »Es regnet. Wir können nicht raus.«

»Gut.« Ursa drehte sich auf die Seite, den Arm um Gabe gelegt, und schlief wieder ein.

»Also, jetzt kann ich nicht mehr aufstehen«, bemerkte er.

»Auf keinen Fall«, sagte Jo. »Es geht nichts über einen verregneten Morgen.«

Sie blieben noch zwei Stunden liegen. Ursa erwachte als Erste. Sie suchte mit der einen Hand nach Jo, mit der anderen nach Gabe. »Das hier ist wie ein Nest. Ich bin ein kleiner Vogel.«

»Du hast bestimmt auch so viel Hunger wie ein kleines Vögelchen«, sagte Jo.

»Ja, aber ich will nicht aus dem Nest heraus.«

Gabe setzte sich auf. »Die Hälfte deines Nests geht jetzt ins Bad.«

»Gabe!«

»Tut mir leid, Piepmatz«, sagte er, und an Jo gewandt: »Ich koche uns Kaffee. Du kannst gerne liegen bleiben.«

»Nein«, sagte sie. »Ich muss in dieselbe Richtung.«

Die Bewohner von Ursas Nest wanderten in die Küche, wo das Küken mit Spiegeleiern, einem halben Muffin und Apfelsinenstücken gefüttert wurde. Nachdem sie zu dritt abgeräumt und gespült hatten, machte sich Gabe mit dem Werkzeug aus seinem Pick-up am verstopften Abfluss in der Spüle zu schaffen. Letztendlich musste er alle Rohre auseinandernehmen. Als er sie wieder zusammensetzte, bellte Kleiner Bär draußen. Von der Veranda aus verfolgte Jo, wie Lacey mit ihrem silbernen SUV neben Gabes Pick-up parkte. Unbeeindruckt von dem schweren Landregen und den Versuchen des Hundes, sie zu vertreiben, stapfte Gabes Schwester auf das Haus zu. »Ich muss mit Gabe reden!«, sagte sie und marschierte hinein.

»Komm doch herein!«, rief Jo ihr nach. In der Tür zur Küche blieb Gabes Schwester stehen und registrierte, wie Gabe auf dem Boden Rohre zusammensetzte und Ursa am Tisch mit ihren neuen Buntstiften einen Indigofinken malte. »Na, was für ein nettes Bild häuslicher Idylle«, bemerkte Lacey.

Ursa machte ein Gesicht, als sei ein Troll im Zimmer aufgetaucht. Gabe rappelte sich auf.

»Da war die kaputte Spüle wohl wichtiger, als sich von mir zu verabschieden«, sagte Lacey giftig.

»Kann sein«, erwiderte Gabe.

Lacey sah zu Ursa hinüber. »Hab gehört, du hattest gestern einen Unfall.«

Ursa nickte andeutungsweise.

»Was ist passiert?«

Nervös schielte das Mädchen zu Jo hinüber. »Das war beim Gewitter. Ein Ast ist abgebrochen ...«

»Und was haben deine Eltern dazu gesagt? Die haben sich bestimmt Sorgen gemacht.«

»Bist du aus einem bestimmten Grund hier?«, fragte Gabe.

»Nicht nur aus einem«, gab Lacey zurück. »Vielen Dank, dass du gestern Abend unseren Kühlschrank geplündert hast. Jetzt müssen wir einkaufen gehen.«

»Im großen Tiefkühler ist genug zu essen.«

»Tja, Toilettenpapier ist da aber leider nicht drin, das brauchen wir auch. Und Mom braucht die Salbe, die sie immer auf ihr Ekzem tut. Sie macht sich Sorgen, weil du sie noch nicht geholt hast.«

»Ich fahre los, sobald ich hier fertig bin.«

»Zu spät. Bin schon unterwegs«, sagte Lacey.

»Ich dachte, du wolltest nach Hause ...«

»Dachte ich auch, aber im Haus muss eine Menge erledigt werden, solange du dich hier bei Kinney rumtreibst.« Mit Blick auf die Spüle fügte sie hinzu: »George ist dir bestimmt dankbar, dass du die Sachen in seinem Haus reparierst. Vielleicht solltest du dich als Hausmeister bei ihm bewerben.«

Lacey lachte leise vor sich hin, dann ging sie, und Gabes Augen wurden seltsam glasig. Er wandte sich ab, starrte aus dem Fenster, und seine Hände umklammerten den Rand der Spüle. Kleiner Bär bellte so lange, bis Lacey verschwunden war, dann drehte sich Gabe wieder um, und alle Spuren von Wut, oder was es gewesen war, waren aus seinem Blick verschwunden.

»Was sollte dieser Spruch, du könntest der Hausmeister von George Kinney werden?«, fragte Jo.

»Einfach ein blöder Witz von Lacey.« Gabe setzte sich wieder auf den Boden, um weiterzuarbeiten.

In den nächsten zwei Stunden gab Jo Daten von ihren Blättern in den Laptop ein, und Gabe zeigte Ursa, wie man mit einem alten Kartenspiel Tod und Leben oder Solitaire spielte. Um halb eins regnete es immer noch wie aus Eimern. Jo entschied, die Feldarbeit für diesen Tag aufzugeben. Dafür wollte sie den freien Tag mit einer dringend nötigen Fahrt zum Waschsalon und zum Einkaufen nutzen.

Sie fragte Gabe, ob er bei Ursa bleiben würde. Sie wollte nicht mit dem Mädchen in die Nähe des Polizeireviers von Vienna kommen. Schließlich war es möglich, dass sie dort zufällig Deputy Dean begegnete. Falls sie Ursa jemals zur Polizei bringen sollte, würde die Übergabe zu Jos Bedingungen erfolgen. Doch ihr war sehr wohl bewusst, dass alles, was bisher geschehen war, zu den Bedingungen des kleinen Aliens gelaufen war.

Jo stopfte zwei schmutzige Geschirrtücher in den Wäschebeutel, der mit Ursas Kleidung schon mehr als voll war. Gabe und Ursa saßen am Küchentisch und warteten darauf, dass die Tomatensuppe kochte. Gabe brachte Ursa Poker bei. Als Einsatz benutzten sie kleine Cracker.

»Erst schießen, jetzt Glücksspiel«, sagte Jo. »Du hast keinen guten Einfluss auf das Kind.«

»Ist gleich vorbei«, gab Gabe zurück. »Wir futtern die ganze Zeit unser Geld.«

»Tut mir leid, dass nicht mehr zu essen im Haus ist«, sagte Jo. »Ich bringe ganz viel mit.«

»Makkaroni mit Käse!«, rief Ursa. Sie legte die fünf Karten in ihrer Hand auf den Tisch. »Ich hab drei Asse. Gewonnen!«

»Du schummelst doch mit deinen Quarks«, klagte Gabe.

In der Stadt angekommen, ging Jo ins Café neben dem Waschsalon und bestellte sich einen Chefsalat. Durch das Fenster beobachtete sie das Kleinstadttreiben. Sie entspannte sich in ihrer altbekannten Einsamkeit. In ruhigen Momenten des vergangenen Jahres hatte Jo oft über die Menschen nachgedacht, die nicht mehr da waren, über ihre Mutter und ihren Vater oder über ihr eigenes Ich vor der Operation. Heute dachte sie an die Lebenden, an Ursa und Gabe. Tief in sich war Jo erleichtert, dass sich das Kind von der Kopfverletzung erholt hatte. Sie fragte sich, was passiert wäre, wenn sie mit Ursa ins Krankenhaus gefahren wären und die Polizei sie und Gabe befragt hätte. Was auch immer geschehen wäre, eins war sicher: Ursa wäre jetzt nicht mehr bei Jo. Sie mochte nicht an den Moment denken, wenn Ursa sie verlassen musste. Zum Glück wurde der Salat serviert, bevor Jo sich an dem Gedanken festfressen konnte.

Jo mischte die oben aufliegenden Eierspalten unter den Salat. Vor ein paar Wochen noch hätte sie sich nicht im Traum vorstellen können, dass der rätselhafte Eiermann bei ihr aus- und eingehen würde. Etwas so Unwahrscheinliches konnte eigentlich nur durch die Einmischung eines Aliens passieren. Bei der Erinnerung daran, wie Ursa sich am Morgen voller Vertrauen an Gabe geschmiegt hatte, musste Jo lächeln.

Sie hörte kurz auf zu essen, weil sie ein ungewöhnliches Gefühl wahrnahm. Diese innere Wärme hatte sie früher immer gespürt, wenn sie sich zu einem Mann hingezogen fühlte. Sie war erleichtert, dass ihr Körper noch zu solchen Reaktionen fähig war. Doch vielleicht lag es auch an der Hormonersatztherapie.

Dieser ernüchternde Gedanke vertrieb die Wärme. So war das, wenn man eine doppelte Portion analytischer Gene vererbt bekommen hatte. Sich in Gabe zu verlieben wäre sowieso unpraktisch. Jos Forschungsprojekt war so einnehmend, dass man dafür normalerweise sogar mindestens einen Assistenten brauchte. Und warum sollte sie ihre emotionale Gesundheit aufs Spiel setzen, wenn Gabe kein weiteres Interesse an ihr gezeigt hatte? Er hatte schon zweimal bei ihr geschlafen und nicht den geringsten Annäherungsversuch unternommen.

Nicht mal ansatzweise. Vielleicht fühlte er sich von ihrem Körper abgestoßen. Oder von der Vorstellung, dass sie Krebs gehabt hatte. Mochte er auch ein noch so großes Herz haben – er wollte bestimmt keine Frau, der ein Körperteil fehlte. Jo legte die Gabel in den Rest ihres Salats, bezahlte und ging.

Als sie beim Cottage ankam, hatten sich die letzten grauen Regenwolken endlich verzogen. Der Wald rund um Kinney Cottage strahlte nur so. Auf jedem Blatt und jedem Zweig funkelten Regentropfen im Licht der goldenen Sonne.

Gabe und Ursa waren nicht da. Gabe hatte eine Nachricht hinterlassen:

Wir sind am Fluss und fangen mit einem löchrigen Netz Fische. Dementsprechend kann es etwas länger dauern. Komm rüber, wenn dich Enttäuschungen nicht abschrecken.

Daneben lag ein Zettel von Ursa, auf dem stand:

Hoffentlich hast du Kuchen mitgebracht!!!!

Jo hatte tatsächlich Kuchen gekauft, gedeckten Apfelkuchen, dazu Vanilleeis. Nachdem sie Einkauf und Wäsche verstaut hatte, beschloss sie, nicht zum Fluss zu gehen, sondern Spaghetti zu kochen. Gegen sieben platzte Ursa ins Haus und rief: »Hast du Kuchen mitgebracht? Wir haben tolle Fische gefangen. Sie heißen Darter! Und Gabe hat mir Wasserkäfer gezeigt! Sie haben eine Luftblase unter dem Bauch, mit der sie unter Wasser atmen.«

»Das ist ja cool«, sagte Jo.

»Und wir haben Larven gefunden. Daraus werden Köcherfliegen. Sie bauen sich ein Haus, das sie immer dabeihaben! Es ist ein kleines Röhrchen aus Seidenfasern, in das sie Sand, kleine Steinchen und Holz tun. So können sie nicht von Raubtieren gefressen werden.«

»Die kenne ich«, sagte Jo. »Echt unglaublich.«

Gabe kam in die Küche und stellte zwei schmutzige Gläser in die Spüle. Seine Kleidung war ebenso nass und dreckig wie Ursas. Jo wollte nicht darüber nachdenken, wie gut der Wald und der Fluss zu ihm passten. »Ich wusste gar nicht, dass du dich so gut mit Wasserinsekten auskennst«, sagte sie.

»Tue ich gar nicht.«

»Doch!«, rief Ursa. »Er kennt die Namen von jedem Tier!«

»Hast du dir das selbst beigebracht, oder hattest du einen Lehrer?«, fragte Jo.

»George Kinney war mein Lehrer. Das riecht ja wirklich super. Was ist das?« Er lugte unter den Deckel der Bratpfanne.

»Spaghettisoße mit Putenwurst«, erwiderte Jo.

»Yippie, Kuchen!«, jubelte Ursa und nahm das Gebäck von der Arbeitsfläche.

»Stell das zurück!«, sagte Jo. »Das gibt's zum Nachtisch. Aber nur, wenn du vorher dein Gemüse isst.«

Draußen fing Kleiner Bär wie wild an zu bellen.

»Verdammt. Schon wieder Lacey«, sagte Gabe. Die drei gingen zum vorderen Fenster und sahen, wie der Wagen des Sheriffs den Kiesweg entlangrollte. Ursa nahm sofort Reißaus. Als die Hintertür aufgezogen wurde und knallend ins Schloss fiel, hatte Jo so etwas wie ein Déjà-vu.

»Diese bescheuerte alte Kuh!«, zischte Gabe. »Ich wusste, dass sie etwas im Schilde führt, als sie hier aufgekreuzt ist.«

»Was sollen wir sagen?«

»Die Wahrheit, so weit möglich.«

Jo ging nach draußen und versuchte, Kleiner Bär vom Polizisten abzurufen. Gabe blieb auf dem Weg zum Haus stehen. Es war nicht K. Dean, sondern ein älterer Kollege von Mitte vierzig, schlanker und fitter als viele mit Mitte zwanzig. Der urteilende Blick seiner dunkelbraunen Augen war furchteinflößend.

»Sind Sie Joanne Teale?«, fragte er.

»Ja, *Joanna*«, korrigierte Jo. »Wie kann ich Ihnen helfen?«

Der Deputy kam auf sie zu, ohne sich an dem halbwüchsigen Mischling zu stören, der ihn anbellte. Er sah Gabe in die Augen.

»Gibt es irgendein Problem?«, fragte Jo.

»Das wüsste ich gerne von Ihnen«, erwiderte der Deputy im trägen einheimischen Dialekt. »Hier soll sich ein verletztes Mädchen aufhalten.«

»Wer hat das gesagt?«

»Warum fragen Sie? Ist die Meldung zutreffend oder nicht?«

»Ich bekomme öfter Besuch von einem Mädchen, ja«, antwortete Jo. »Deswegen habe ich schon vor ein paar Wochen den Sheriff benachrichtigt.«

Damit hatte er nicht gerechnet.

»Deputy Dean war hier«, erklärte Jo.

Der Beamte nickte, seine Miene wurde weicher. Offenbar kannte er Dean.

»Aber als das Mädchen ihn gesehen hat, ist es weggelaufen.«

»Warum?«

»Vielleicht hatte es Angst, dass er es nach Hause schickt. Es hatte blaue Flecken.«

»Haben Sie das Kyle – also Deputy Dean – gesagt?«

»Ja, habe ich.«

»Kommt das Mädchen immer noch her?«, fragte der Polizist.

»Ja. Wurde sie inzwischen vermisst gemeldet?«

»Nein, aber es gab eine Anzeige wegen Kindeswohlgefährdung. Als Sie das Kind zum letzten Mal gesehen haben, war es da verletzt?«

»Sie hatte gestern eine Platzwunde am Kopf. Ich habe sie versorgt.«

»Sah es so aus, als stamme die Wunde von einer Misshandlung?«

»Nein. Sie stammte von einem Ast, der bei dem Gewitter gestern vom Baum abgebrochen ist.« Jo spannte die Bauchmuskeln an. Hatte sie schon zu viel gesagt? Was sollte sie antworten, wenn der Deputy fragte, wie es dazu gekommen war?

»Kennen Sie ihre Familie?«, fragte der Beamte.

»Nein. Ich weiß nicht, wo sie wohnt, und sie will es mir auch nicht verraten.«

Der Deputy schaute zu Gabe hinüber.

»Das ist ein Freund von mir. Er wohnt nebenan«, erklärte Jo.

»Und Ihnen gehört dieses Grundstück hier?«, fragte er Jo.

»Nein, das ist nur gemietet. Ich bin zum Forschen hier.«

»Zu was forschen Sie?«

»Zu Vögeln.«

»Na, wem's Spaß macht.« Er grinste vor sich hin und wandte sich an Gabe. »Haben Sie das Mädchen auch schon gesehen?«

»Ja«, erwiderte er. »Es kommt manchmal auch zu mir«, fügte er hinzu, weil er ahnte, dass Lacey diese Information weitergegeben hatte.

»Und was will es?«, fragte der Deputy.

»Es mag die Tiere.«

»Wissen Sie, wo das Kind jetzt gerade ist?«

»Wahrscheinlich irgendwo in der Nähe.«

»Heißt das *Ja* oder *Nein*?« Der Deputy starrte Gabe streng an.

»Vor nicht langer Zeit war es noch hier, dann ist es verschwunden. Wir wissen nicht, wohin.«

Der Deputy nickte. »Darf ich mich vielleicht einmal im Haus umsehen?«, fragte er Jo.

Damit hatte sie nicht gerechnet. Sie hatte immer gedacht, die Polizei bräuchte einen Untersuchungsbeschluss, um ein Haus zu betreten. Gabe nickte ihr jedoch zu, ein Zeichen, dass er es für richtig hielt, den Polizisten hereinzulassen. »Kein Problem«, sagte Jo und öffnete die Verandatür.

Jo und Gabe folgten dem Deputy ins Haus. Zum Glück hatte Jo Ursas gewaschene Kleidung schon in der Kommode verstaut. Doch was war, wenn er in die Schubladen guckte?

Der Deputy ging von einem Raum zum nächsten und sah sich gründlich um. Als er in die Küche kam, wies er auf Ursas Zeichnung von dem Indigofinken, die mit einem Magnet am Kühlschrank befestigt war. »Von wem ist das?«

»Von dem Mädchen«, antwortete Jo.

»Lassen Sie es oft ins Haus?«

»Ich bin nur selten da. Meistens bin ich draußen unterwegs.«

»Ich habe gefragt, ob Sie es ins Haus lassen.«

»Ja, weil es mir leidtut. Ich glaube, dass es sehr vernachlässigt wird.«

»Hat dieses Mädchen auch einen Namen?«

»Sie nennt sich Ursa Major, aber das wird sie sich wohl ausgedacht haben ... Ist ja der Name eines Sternbilds.«

»Das weiß ich«, gab der Deputy nur zurück. Er ging durch die Hintertür nach draußen und sah sich am Rand des Graslands um, ehe er zu dem verlassenen Schuppen hinüberstapfte. Jo und Gabe blieben vor dem Haus unter dem Hickorybaum stehen, während der Deputy herumschnüffelte. Kleiner Bär folgte ihm wie ein Schatten. »Also, ich sehe kein Mädchen«, sagte der Deputy. »Aber man macht sich Sorgen um die Kleine, deshalb wäre ich Ihnen dankbar, wenn Sie den Sheriff rufen, falls das Kind noch mal auftaucht.« Er reichte Jo seine Visitenkarte. »Schönen Abend noch!«

»Ihnen auch«, sagten Jo und Gabe wie aus einem Munde.

Sie sahen zu, wie der Deputy in seinen Streifenwagen stieg und davonfuhr. Kleiner Bär begleitete seinen Abgang mit wildem Gekläffe.

Als er nicht mehr zu sehen war, sagte Gabe: »Ich fahre nach Hause. Ich trete Lacey so heftig in den Hintern, dass sie bis nach Saint Louis fliegt.«

»Reiz sie nicht noch mehr! Dann lässt sie sich noch was Schlimmeres einfallen.«

»Mache ich nicht. Aber wenn ich nach Hause komme, muss sie gehen.«

»Das ist doch der Grund, warum sie das getan hat! Ich kann echt nicht glauben, dass du mit dieser boshaften Frau verwandt bist!«

Gabe setzte sich in Bewegung. »Vorher will ich noch Ursa finden.«

Jo folgte ihm zur Rückseite des Hauses. »Beim letzten Mal war sie nicht weit weg. Aber das war auch nachts.«

Sie schauten über das Grasland und riefen Ursas Namen, jedoch nur leise, falls der Deputy auf dem Heimweg zufällig am Blockhaus der Nashs gehalten hatte. Sie folgten einer Spur aus zerknickten Stielen und Halmen und gelangten zum hinteren Ende des Felds, wo ein Hang steil zum Wald hin abfiel. Dort suchten sie eine Weile, aber die Sonne ging bereits unter, und sie hatten keine Taschenlampe dabei. Sie kehrten zum Haus zurück.

Von der Hintertür aus schaute Gabe auf das dunkler werdende Feld. »Sie hat sich irgendwo versteckt. Mit Sicherheit kommt sie erst im Dunkeln wieder, wenn sie sicher ist, dass das Auto des Sheriffs auch wirklich weg ist.«

Sie kochten Nudeln, aßen aber nicht viel. Den Kuchen rührten sie nicht an. Um zehn Uhr machten sie ein Feuer hinterm Haus, um Ursa ein Zeichen zu geben, sie könne zurückkommen. Sie saßen auf den Gartenstühlen und warteten, zu besorgt, um sich groß zu unterhalten. Um halb elf sagte Gabe: »Wie es ihr wohl geht? Entweder hat sie sich verirrt, oder sie will nicht zurück. Was glaubst du?«

»Sie hat mir schon zweimal genug vertraut, um zurückzukommen, und sie ist so klug, dass ich mir nur schwer vorstellen kann, dass sie sich verirrt haben soll. Um zurückzukommen, würde sie dem Turkey Creek folgen, und der Mond ist so hell, dass man draußen genug sieht.«

»Was das betrifft, hätte ich eine Theorie.« Gabe stand auf und schaute in die Prärie. »Als Ursa hintenraus gelaufen ist, ist sie wahrscheinlich durch das hohe Gras geradeaus nach Norden gerannt, damit das Haus zwischen ihr und dem Sheriff war. Wenn sie da hinten den Abhang runtergelaufen ist, kam sie irgendwann am Guthrie Creek aus.« Gabe wies nach Osten. »Der Turkey Creek gabelt sich vor diesem Hang. Wenn sie den Guthrie Creek überquert hat und im Dunkeln zurückgekommen ist, hat sie vielleicht die Abzweigung zum Turkey Creek verpasst. Dann ist sie auf dem Heimweg dem falschen Fluss gefolgt.«

»Du hast recht. Wo sich die Flüsse gabeln, ist der Turkey Creek total zugewachsen. Man kann ihn kaum sehen.«

»Kennt sie die Stelle da hinten?«

»Ich glaube nicht. Sie ist immer ziemlich nah am Haus und Schuppen geblieben.«

Gabe rieb sich den Bart und starrte auf das dunkle Feld.

»Du musst bestimmt an damals denken, als Lacey dich im Wald allein gelassen hat«, sagte Jo.

Gabe sah sie erstaunt an, als hätte er nicht mit diesem Gedanken von Jo gerechnet. »Genau daran hat mich das erinnert«, sagte er. »Hast du eine gute Taschenlampe? Ich will mal den Guthrie Creek entlanggehen.«

Jo wühlte so lange in ihren Sachen herum, bis sie eine Stirnlampe für Gabe und eine normale Taschenlampe für sich selbst fand. Sie riefen Kleiner Bär und zwangen ihn mitzukommen, weil sie hofften, dass er Ursa hörte oder roch.

Da Gabe in seiner Kindheit viel über das Grundstück der Kinneys gestreift war, kannte er den einfachsten Weg den Hang zum Guthrie Creek hinunter. Unterwegs riefen sie abwechselnd Ursas Namen. Im dunklen Flussbett kamen sie nur langsam voran, oft stolperten sie über Wurzeln und Steine. Kleiner Bär hatte Spaß an dem Ausflug; immer wieder rannte er in den düsteren Wald, um einer Spur zu folgen, kam aber stets zurück.

»Wenn sie so weit gelaufen ist, muss sie gemerkt haben, dass sie sich verirrt hat. Sie wäre umgekehrt«, sagte Jo nach einer knappen Dreiviertelstunde.

»Das stimmt. Sollen wir zurückgehen?«

»Ich will noch ein klein bisschen weiter. Irgendwie kann ich noch nicht aufgeben.«

Gabe nickte und blieb an Jos Seite.

»Ursa, ich bin's, Jo! Komm heraus!«, rief sie. Nach einer weiteren Viertelstunde beschlossen die beiden, nach Hause zu gehen. Jo musste sich zusammenreißen, um nicht zu weinen.

Spontan nahm Gabe sie in den Arm. »Alles wird gut«, sagte er. »Sie ist klug. Sie kommt klar.« Seit dem Baden im Fluss war sein T-Shirt getrocknet, doch er roch noch immer nach Wasser, feuchtem Sand und Fischen. Jo schloss die Augen und genoss das tröstliche Gefühl seiner unerwarteten Nähe. Gabe drückte sie fest an sich. Er schien Jo auch zu brauchen.

Bellend lief Kleiner Bär durch den Fluss dem Cottage entgegen. Jo und Gabe lösten sich voneinander und liefen ihm nach. Abrupt hörte das Gebell auf, und als die beiden um eine Kurve bogen, fiel das Licht ihrer Taschenlampen auf Ursa, die im Flussbett kniete und Kleiner Bär umarmte. »Jo!«, rief sie und watete durch eine seichte Stelle auf Jo zu. Sie sackte gegen sie und schluchzte auf. »Nimmt die Polizei mich mit?«

»Der Deputy ist weg«, sagte Gabe.

Ursa schlang die Arme um seine Taille.

»Geht es dir gut? Wieso hast du uns nicht gehört?«, fragte Gabe.

»Ich hab mich verlaufen«, erwiderte Ursa. »Ich habe den Weg gesucht, der hoch zur Straße führt, aber habe ihn nicht gefunden. Es war so dunkel, und alles sah anders aus. Irgendwann bin ich umgekehrt und ewig weit gelaufen, aber ich habe den Weg nicht gesehen.«

»Und dann bist du noch mal umgedreht«, mutmaßte Gabe.

Ursa nickte und wischte über ihre Wangen, wo die Tränen schmutzige Streifen hinterließen.

»Sie war südwestlich, als wir sie nordöstlich gesucht haben«, rekonstruierte Gabe, was passiert war.

»Es war klug von dir, dem Fluss zu folgen«, sagte Jo. »Es war nur leider der falsche Fluss. Das hier ist Guthrie Creek, nicht Turkey Creek.«

»Deshalb sah alles so anders aus«, sagte Gabe.

»Ich hatte Angst.« Wieder begann Ursa zu weinen. »Ich dachte, ich würde euch nie mehr wiedersehen.«

Gabe hockte sich hin. »Steig auf meinen Rücken. Ich trag dich zurück.« Ursa ließ sich Huckepack nehmen und schlang die Arme um seinen Hals. Er hielt ihre Beine fest.

»Bin ich zu schwer?«, fragte sie.

»Hat die kleine Köcherfliege auf meinem Rücken gerade etwas gesagt, Jo?«

»Ich meine, ich hätte ein Flüstern gehört«, sagte Jo.

»Gabe und ich haben heute eine Steinfliegenlarve gesehen«, verkündete Ursa. »Die fressen Detritus.«

»Gutes Wort«, sagte Jo.

»Das habe ich heute gelernt. Detritus ist der ganze Schlamm im Flussbett. Er besteht aus zersetzten Pflanzen und Tieren.«

»Hmmm, lecker.«

»Habt ihr schon den Kuchen gegessen?«

»Nein. Wir wollten auf dich warten.«

Als sie das Cottage erreichten, setzte Gabe Ursa in der Nähe seines Pick-ups ab. »Ich muss los«, sagte er. Er nahm die Stirnlampe herunter und reichte sie Jo. »Ich werde dafür sorgen, dass Lacey noch heute Abend packt und verschwindet.«

»Ich glaube, sie hat die Polizei gerufen«, sagte Ursa.

»Das glaube ich auch.« Gabe drehte sich zu Jo um. »Achte darauf, dass niemand Ursa sieht. Nimm sie besser eine Weile nicht mit an die Straße, um nach Nestern zu suchen.«

»Morgen bin ich nicht am Turkey Creek.«

»Gut.« Halb wandte er sich seinem Wagen zu. »Wir sehen uns …«

»Wann?«

»Keine Ahnung. Wir sollten warten, bis ein bisschen Gras über die Sache gewachsen ist.«

Jo machte einen Schritt auf ihn zu, dachte, sie würden sich zum Abschied umarmen. Doch Gabe stieg in seinen Pick-up und fuhr davon.

18

Am nächsten Tag weckte Jo Ursa erst einige Stunden später als sonst, damit das Kind den fehlenden Schlaf nachholen konnte. Dadurch geriet sie allerdings noch weiter in Rückstand mit ihrer Arbeit. Bis spätabends kontrollierten sie Nester, um so viel Zeit wie möglich gutzumachen. Sie erreichten die Turkey Creek Road erst nach Sonnenuntergang, zu spät, um Gabe an seinem Eierstand zu treffen. »Können wir bei Gabe vorbeifahren?«, fragte Ursa.

»Nein. Vielleicht ist Lacey noch da.«

»Ich könnte mich rüberschleichen und gucken, ob ihr Auto im Hof steht.«

»Wir schleichen nirgendwo mehr herum.«

Am nächsten Tag folgte ein ähnliches Gespräch, am Tag darauf ebenfalls. Drei Tage ohne ein Wort von Gabe. Jo bereute, dass sie ihn nicht nach seiner Handynummer gefragt hatte. Letztendlich war sie aber froh, dass sie sich keine Nachrichten schrieben. Aus irgendeinem Grund konnte sie sich nicht vorstellen, auf diese Weise mit Gabe zu kommunizieren.

Am nächsten Morgen ließ Jo Ursa schlafen, bis es hell wurde. »Regnet es?«, fragte die Kleine, als sie die Augen aufschlug und das graue Licht sah.

»Ich hab dich etwas länger liegen lassen. Wir fangen heute mit der Turkey Creek Road an.«

»Das finde ich gut.« Ursa setzte sich an den Küchentisch und knabberte verschlafen an einer Waffel.

Normalerweise verließen sie das Haus in stiller Dunkelheit. Doch als sie an der Turkey Creek Road anfingen, wurden sie von einem vielstimmigen Chor begrüßt, dem ausgelassenen Gesang der Vögel, die nach einer langen Nacht ihre Territorien verteidigten.

»Du hast das erste Nest vergessen«, sagte Ursa und wies durch die Scheibe auf ein orangenes Markierband.

»Ich stelle das Auto heute zwischen den Nestern ab, die wir kontrollieren müssen. Zuerst laufen wir an der Straße entlang und suchen nach neuen Nestern.«

Der frühe Morgen war ein guter Zeitpunkt, um Nester zu finden. Nach der langen Nacht waren die Nestlinge hungrig und wurden von den Altvögeln eifrig gefüttert. Manchmal führten sie Jo direkt zum Nest. Ungefähr eine Viertelmeile hinter der Zufahrt zu Gabes Haus verließ sie die Straße und parkte den Wagen im Grünen. Ursa hängte sich das kleine Fernglas um, das Jo ihr überlassen hatte, und sprang aus dem Auto. Sehnsüchtig schaute sie zu Gabes Haus hinüber. »Können wir Gabe heute besuchen?«

»Vielleicht sehen wir ihn ganz bald wieder«, sagte Jo. »Heute ist Donnerstag. Da verkauft er doch immer Eier.«

»Es sei denn, er ist wieder krank«, wandte Ursa ein.

Jo verschwieg, dass das einer der Gründe war, warum sie an diesem Morgen in der Nähe seines Hauses arbeitete. Sie wollte sichergehen, dass es ihm gut ging.

Im Gehen schaute Ursa zu Jo hoch. »Was macht Gabe krank?«

»Ich weiß es nicht genau.«

»Ich glaube, es liegt an Lacey.«

»Da steckt mehr dahinter. Das menschliche System ist sehr

kompliziert. Unsere Gene, die Hormone und chemische Verbindungen beeinflussen unsere Stimmung, und manchmal gibt es spezielle Kombinationen, die den Menschen traurig machen.«

»Die ganze Zeit?«

»Normalerweise nicht.«

»Gabe wurde erst traurig, als Lacey kam.«

»Unsere Umwelt – also alles, was um uns herum passiert – hat Einfluss auf das, was in unserem Körper vor sich geht.«

»Lacey hatte einen schlechten Einfluss auf die Chemie in meinem Körper«, sagte Ursa.

»Auf meine auch«, sagte Jo.

Sie kontrollierten das Nest am Ende der Straße, dann kehrten sie um in Richtung des Hofs der Nashs. Als sie auf dem Weg zu einem Kardinalsnest durch hohe Pflanzen stapften, hörten sie Gabes Pick-up. »Hey, Gabe! Gabe!«, rief Ursa und wedelte mit den Armen.

Der Wagen wurde langsamer, Gabe lächelte und winkte zurück, hielt aber nicht an.

»Warum ist er weitergefahren?«, fragte Ursa.

»Schätze, er wollte uns nicht bei der Arbeit stören. Er muss ja auch arbeiten.«

»Er hätte doch kurz anhalten können!«

Ja, hätte er.

Eine Stunde später machten Jo und Ursa Schluss und fuhren zu der Kreuzung, wo Gabe unter der blauen Plane mit dem Schriftzug »FRISCHE EIER« saß. Jo parkte hinter seinem Pick-up am Straßenrand. Ursa sprang heraus und lief zum Tisch. »Du hast uns gefehlt!«, rief sie. »Warum bist du nicht rübergekommen?«

»Ich dachte, es wäre am besten, wenn sich alles ein bisschen beruhigt«, sagte er und sah Jo an.

Sie blieb neben Ursa stehen. »Ist Lacey weg?«

»Sie ist vorgestern gefahren.«

Also war sie doch noch einen Tag länger geblieben. »Wie geht es dir?«

»Super«, sagte er brüsk, weil er wusste, was sie mit der Frage meinte.

»Kann ich heute bei Gabe bleiben, so wie sonst?«, bettelte Ursa. »Darf ich? Bitte!«

»Das muss Gabe entscheiden.«

»Das geht nicht mehr«, sagte er.

»Warum nicht?«, fragte Ursa.

»Das weißt du genau. Wenn meine Mutter meiner Schwester erzählt, dass du wieder auf unserem Hof bist, meldet es Lacey der Polizei.«

»Ich kann ja nur da rumlaufen, wo deine Mutter mich nicht sieht.«

»Keine gute Idee.« Gabe blickte einem Auto entgegen, das sich dem Stand näherte.

»Darf ich heute die Kätzchen besuchen? Wenn Jo und ich zurückkommen? Im Dunkeln sieht deine Mutter mich nicht.«

Aus dem Wagen stieg eine Frau mittleren Alters in einer Krankenschwesterkluft und ging auf Gabe zu. »Wie geht's dir, Jen?«, sagte er.

»Ich bin total kaputt und will nur noch ins Bett«, erwiderte die Frau. »Ein Dutzend, bitte.« Sie reichte Gabe einen Fünfer.

»Danke, Jen«, sagte er und gab ihr das Wechselgeld.

Sie nahm einen Eierkarton vom Tisch. »Schönen Tag noch, Gabe.«

»Dir auch.«

Als die Frau fort war, nahm Gabe ein abgegriffenes Exemplar von *Zen und die Kunst, ein Motorrad zu warten* in die Hand, das auf seinem Schoß gelegen hatte.

»Darf ich?«, fragte Ursa.

»Was?«

»Heute Abend die Kätzchen sehen.«

»Ich habe doch gesagt, warum du nicht mehr kommen kannst. Wenn der Sheriff wieder auftaucht, wird er dich dahin zurückbringen, wo du hingehörst.« Mit Blick auf Jo fügte Gabe hinzu: »Die Polizei muss sich an die Vorschriften halten.«

Ursa starrte ihn an, als sei er ein Fremder.

»Komm!«, sagte Jo. Als Ursa sich nicht rührte, nahm Jo ihre Hand und zog sie zum Honda. Gabe hob den Blick nicht von dem Taschenbuch in seinen Händen.

»Warum ist Gabe böse auf uns?«, fragte Ursa, als sie im Auto saßen.

»Böse ist vielleicht das falsche Wort.« Jo wäre lieber gewesen, er wäre einfach nur wütend. Denn was er jetzt tat, war viel schlimmer. Er leugnete seine Gefühle und ekelte die beiden weg.

Die Arbeit war wie immer, doch alles fühlte sich seltsam an. So ruhig wie an diesem Tag hatte Jo Ursa noch nicht erlebt. Sie reagierte nicht einmal, als ein Fuchs am Rand eines Maisfelds entlanglief. Am Ende des Tages war sie immer noch still. Jo hoffte, am Hof der Nashs vorbeifahren zu können, ohne noch mal über Gabe sprechen zu müssen.

Doch es sollte anders kommen. Als die Scheinwerfer des Hondas auf den dunklen Weg zu den Nashs fielen, streiften sie Gabe auf der Ladefläche seines Pick-ups. Er sprang herunter und winkte die beiden heran.

»Alles klar?«, fragte Jo durchs Fenster.

»Ich habe auf euch gewartet. Ihr seid spät dran.«

»Ich musste noch einkaufen.«

»Habt ihr zu viel Hunger, um die Kätzchen zu besuchen?«

»Nein!«, rief Ursa.

»Dann kommt mit!«

Vor der Scheune sprang Ursa aus dem Honda, Jo schloss die Tür. »Darf ich reingehen?«, fragte die Kleine.

»Immer langsam mit den jungen Pferden«, sagte Gabe.

»Au ja! Junge Pferde, die hätte ich gerne«, erwiderte Ursa.

In der Scheune war es düster, bis Gabe eine Laterne einschaltete, mit der er ihnen den Weg zu den Kätzchen leuchtete. Die Mutterkatze kam aus dem Nichts und miaute Gabe an, der die Laterne auf einen Heuballen neben dem Nest stellte.

»Guckt mal, wie groß sie geworden sind!«, staunte Ursa. »Und sie können fast schon laufen!« Sie sprach jedes Kätzchen mit Namen an und streichelte es. Julia und Hamlet nahm sie auf den Arm und rieb die Wangen an ihnen. »Habe ich euch gefehlt? Ich habe jedenfalls viel an euch gedacht.«

»Kommst du mal eben kurz mit nach draußen?«, sagte Gabe zu Jo.

Ursa legte sich auf den Bauch und verfolgte, wie Julia und Hamlet tapsig miteinander kämpften.

»Jo und ich sind gleich wieder da«, sagte Gabe.

Er schloss das Scheunentor von draußen und führte Jo außer Ursas Hörweite. »Ich möchte mich dafür entschuldigen, wie ich mich heute Morgen benommen habe.«

»Das solltest du besser bei Ursa machen.«

»War sie durcheinander?«

»Ich denke schon.«

Gabe sah zu Boden, wollte etwas sagen. Dann schaute er Jo an. »Ein Grund mehr, warum sie nicht mehr herkommen kann.«

»Ich weiß nicht genau, was du damit meinst.«

»Sie hat sich zu sehr daran gewöhnt. Und ich habe …« Kurz senkte er den Blick. »Das kann nicht gut gehen«, sagte er. »Jeder Tag, an dem du sie nicht zur Polizei bringst, macht es für uns alle nur schlimmer.«

Seine Wortwahl ärgerte Jo – *du* statt *wir* –, als würde er jede Verantwortung für Ursa von sich weisen.

»Denkst du überhaupt darüber nach, was du da machst?«, fragte Gabe. »Du baust ein Beziehung zu einem Kind auf, das völlig am Ende sein wird, wenn du in dein Leben an der Uni zurückgehst. Du fütterst einen Hund an, der hungern wird, wenn du gehst, und du hast zugelassen, dass Ursa sich an ihn gewöhnt. Ganz bestimmt kann der Hund nicht mit, wenn sie irgendwo untergebracht wird.«

Diesen Vortrag konnte Jo nicht gebrauchen. Genau diese Vorhaltungen machte sie sich schon ständig selbst.

»Ich kann da nicht mehr mitmachen«, sagte Gabe. »Am Ende werden alle leiden.«

»Mehr als jetzt schon, und du willst, dass es aufhört, bevor es schlimmer wird.«

»Ja, es tut jetzt schon weh – ihr vielleicht mehr als uns. Das Ganze ist aus dem Ruder gelaufen.« Er wartete auf Jos Reaktion. »Findest du nicht?«

»Doch. Es hat sich weiter entwickelt, als ich mir je hätte vorstellen können.« Mit dem Stiefel zog Jo einen Strich in den Schotter. »Als ich wusste, dass meine Mutter in ein paar Monaten sterben würde, hatte ich die Wahl.« Sie sah Gabe an. »Ich konnte den Schmerz an mich heranlassen oder ihn verdrängen. Vielleicht habe ich mich für die Konfrontation entschieden, weil ich meinen Vater verloren hatte, ohne dass ich ihm sagen konnte, was er mir bedeutet. Ich war meiner Mutter damals so nahe, dass ihre Schmerzen und Ängste zu meinen wurden. Wir haben alles miteinander geteilt und standen uns näher als vorher, als Tod und Sterben noch ganz weit weg waren. Am Ende starb mit meiner Mutter ein Teil von mir. Ich habe mich bis heute nicht davon erholt, aber ich habe die Entscheidung, sie nicht allein zu lassen, damals bewusst getroffen. Alle meine Bekannten, die jemand Nahestehenden verloren haben, haben sich hinterher Vorwürfe gemacht. Dass sie dies oder das nicht getan hätten. Ich bereue gar nichts. Null.«

Darauf wusste Gabe nichts zu sagen.

»Wahrscheinlich verstehst du das nicht.«

»Der Bauer ist nicht so blöd, wie du meinst«, gab er zurück. »Ich habe immer schon vermutet, dass das, was zwischen dir und Ursa abläuft, etwas mit dem zu tun haben muss, was du durchgemacht hast. Aber die Geschichte mit Ursa ist nicht so wie das mit deiner Mutter. Diesmal wirst du dir am Ende Vorwürfe machen. Die Gefühle für Ursa werden ihren Schmerz nur vergrößern.«

»Und wenn es ganz anders ausgeht, als du denkst?«

»Wie denn?«

»Ich überlege, ihre Pflegemutter zu werden.« Diesen Gedanken hatte Jo nie zuvor ausgesprochen. Jetzt war es heraus. Und es fühlte sich gut an.

Gabe starrte sie sprachlos an.

»Ich weiß, dass man dafür irgendeinen Nachweis oder so braucht, aber das kann ja nicht so kompliziert sein. Ich bin zwar allein, aber ich habe die finanziellen Mittel, die Pflegeeltern haben müssen. Mein Vater hatte eine dicke Lebensversicherung, weil seine Arbeit so gefährlich war. Einen Teil des Geldes, das meine Mutter nach seinem Tod bekam, hat sie in eine neue Lebensversicherung investiert, weil sie alleinerziehend war. Ich habe genug Geld, um Leute zu bezahlen, die auf Ursa aufpassen, wenn ich in der Uni bin. Und für Kleiner Bär habe ich auch schon einen Plan. Wo ich wohnen werde, darf ich keinen Hund halten, aber Tabby hat das große Talent, Streuner unterzubringen. Ich denke, eine Kollegin oder ein Kollege von ihr kann den Hund adoptieren, und dann bekommt Ursa Besuchsrecht.«

»Du kannst so viel Geld haben, wie du willst, und die tollsten Pläne für den Hund machen: dass du die Polizei angelogen hast, steht nun mal fest.«

»Ich habe aber kein Gesetz gebrochen.«

»Doch. Wir beide. Weißt du, was der Deputy zu Lacey gesagt hat? Wenn man ein fremdes Kind bei sich behält – besonders, wenn es Verletzungen hat –, ist das eine Gefährdung des Kindeswohls. Eventuell sogar Entführung. Glaubst du wirklich, dass du nach dem, was du getan hast, Ursas Pflegemutter werden kannst?«

»Ich habe sie doch immer gut behandelt! Ursa würde das bestätigen.«

»Und wenn sie erzählt, dass sie jeden Tag mit dir arbeiten gegangen ist – und zwar zwölf Stunden bei extremer Hitze?«

»Das will sie doch! Sie allein zu Hause zu lassen wäre viel schlimmer.«

Hohl klangen die Worte in der Stille nach.

»Ich sag dir mal was«, rief Jo. »Ich lasse nicht zu, dass Lacey mir das Leben versaut, so wie sie es bei dir getan hat!«

»Das hat doch nichts mit Lacey zu tun!«

»Nicht? An ihrem letzten Tag hier hat sie ganze Arbeit geleistet und auch noch den letzten Funken Freude in dir zerstört. Ursa und ich haben die Veränderung an dir sofort heute Morgen bemerkt. Wenn du so weitermachst, wenn du weiter Angst davor hast, dich auf Menschen einzulassen, bist du irgendwann genauso verbittert wie sie, und genau das ist ihr Ziel.« Jo ging zur Scheune, öffnete das Tor und rief: »Komm, Ursa! Wir müssen was essen, bevor wir zu müde zum Kochen sind.«

Das Mädchen tauchte hinter den Heuballen auf. »Kann Gabe mit uns essen?«

»Ich glaube nicht.«

Ursa lief zu Gabe, der zwischen den Wagen und der Scheune stand. »Willst du zum Abendessen zu uns kommen? Es gibt Chili con carne und Maisbrot.«

»Klingt super, aber ich muss zu meiner Mutter.« Er wuschelte ihr durch die Haare und sagte: »Guten Appetit, Kleine.«

Auf dem Heimweg war Ursa genauso still wie Jo. Als sie in der mondbeschienenen Auffahrt parkten, sprang Kleiner Bär um das Auto herum. »Seid ihr böse aufeinander, Gabe und du?«, fragte Ursa.

»Kann man so nicht sagen.«

»Was habt ihr dann?«

»Gabe hat beschlossen, dass er nichts mehr mit uns unternehmen will. Er mag dich immer noch sehr gern, das ist nicht die Frage, aber er hat Angst davor, was passieren könnte.«

»Was könnte denn passieren?«

»Zum einen hat er Angst, dass er Ärger mit der Polizei bekommt.«

»Er bekommt doch keinen Ärger! Ich sage der Polizei, dass meine Heimat in den Sternen ist.«

»Du weißt genau, dass dir das keiner glaubt.« Jo drehte sich zu Ursa um, ein dunkler Umriss in nicht ganz so tiefer Dunkelheit. »Ich hoffe, dass du mir bald die Wahrheit sagst. Inzwischen müsstest du mir doch vertrauen können. Du weißt, dass ich mich dafür einsetze, dass du glücklich bist.«

Ursa schaute aus dem Fenster. »Und was ist, wenn …«

Jo rührte sich nicht, traute sich fast nicht zu atmen, um dem Kind Ruhe und Raum zum Sprechen zu geben. Sie war überzeugt, dass Ursa kurz davor war, ihr etwas Wichtiges zu erzählen.

Doch dann starrte sie nur weiter in den dunklen Wald.

»Was wolltest du gerade sagen?«, fragte Jo.

Ursa schaute sie an. »Was ist, wenn ich wirklich aus einer

anderen Welt komme? Hast du mir nie geglaubt, nicht eine Sekunde lang?«

Sie hatte den Mut verloren. Oder nie vorgehabt, etwas zu verraten. Doch Jo verstand die Zwickmühle, in der sich das Kind befand. Ursa Major war nur eine Erfindung, nichts als Sterne, die den Umriss eines Bären am Himmel bildeten. Das Mädchen lebte in den engen Grenzen seines eigenen Sternbilds. Ursa durfte keinen unüberlegten Schritt tun, um nicht wieder in der furchtbaren Welt hinter dem schützenden Konstrukt zu landen, das sie errichtet hatte.

»Warum glaubst du mir nicht?«, fragte das Mädchen.

»Ich bin Wissenschaftlerin, Ursa.«

»Glaubst du überhaupt, dass es Aliens gibt?«

»Angesichts der Ausmaße des Universums ist es wahrscheinlich, dass irgendwo noch andere Lebensformen existieren.«

»Und ich bin eine davon.«

Manchmal war Jo überwältigt, wenn sie sich vorzustellen versuchte, welche Ereignisse dazu führen konnten, dass ein Kind kein Mensch mehr sein wollte. Jetzt war so ein Moment. Zum Glück konnte Ursa Jos Tränen im Dunkeln nicht sehen.

»Sprichst du irgendwann wieder mit Gabe?«, fragte Ursa.

»Wenn wir Eier kaufen.«

»Sonst nicht?«

Jo wollte sie nicht anlügen. »Nein, sonst wahrscheinlich nicht.«

19

Als Jo am nächsten Morgen ins Wohnzimmer ging, um Ursa zu wecken, lag sie nicht auf der Couch. Im Bad war sie auch nicht. Jo öffnete die Tür zur Veranda und sah, dass Kleiner Bär zusammengerollt auf dem Läufer lag. Müde schaute er zu ihr hoch. Neben ihm stand eine leere Schüssel.

Ursa wusste, dass sie den Hund nicht auf der Veranda füttern durfte. Sie musste ihn in der Nacht hochgeholt und ihm etwas gegeben haben, damit er leise war, während sie davonschlich. Jo hatte keinen Zweifel, wo das Kind war.

Sie ging zurück ins Haus und überzeugte sich, dass Ursas violette Schuhe nicht da waren. Die Sachen, die Jo ihr für den Morgen rausgelegt hatte, waren ebenfalls verschwunden. Schnell zog Jo sich an, aß etwas und bereitete den Proviant zu. Sie packte genügend Wasser für Ursa und sich ein, nahm alles mit nach draußen, scheuchte Kleiner Bär von der Veranda und stellte seinen Futternapf auf die Betonfläche hinterm Haus.

In der Dunkelheit vor Sonnenaufgang fuhr Jo zum Grundstück der Nashs. Sie ging davon aus, dass Gabe schon früh auf den Beinen war, die Kuh molk oder etwas anderes erledigte, das morgens anstand. Jo hoffte, dass sie nicht an die Tür des Blockhauses klopfen musste. Als der Honda über die zugewachsene Zufahrt Richtung Scheune rumpelte, stand plötzlich Gabe im Scheinwerferlicht. Mit einer Laterne in der Hand, die Jeans in den Gummistiefeln, sah er Jo entgegen. Er hatte sie kommen hören. Jo ließ die Fensterscheibe runter. »Ursa ist weg.«

»Verdammt! Gucken wir bei den Katzen nach.«

»Das war auch mein erster Gedanke.«

Er gab ihr ein Zeichen, zur Scheune zu fahren, und stapfte hinterher. Sie gingen hinein und schauten an der hinteren Wand nach. Das Licht von Gabes Laterne fiel auf Ursa. Sie schlief neben den sechs Kätzchen; ihr zusammengerollter Körper bildete die Begrenzung eines kuscheligen Nests. Auf der anderen Seite lag die Katzenmama. Jo und Gabe betrachteten die Szene schweigend, um die Schönheit des Bildes nicht zu zerstören.

Die Katzenmutter stand auf und kletterte über ihre Aushilfsmutter, die davon erwachte. Ursa schützte ihre Augen vor dem Licht der Laterne. »Gabe?«, fragte sie.

»Ja, und Jo.«

Ursa blinzelte zu ihnen hoch.

»Was machst du hier?«, fragte Jo.

Das Mädchen setzte sich auf, Heu in den zerzausten Haaren. »Ich will nicht, dass ich die Kätzchen und Gabe nie wiedersehe.«

»Müsste das nicht Gabe entscheiden?«

Ursa sah ihn fragend an.

»Tut mir leid«, sagte er, »aber Jo und ich sind in der Frage, wo das alles hinführt, unterschiedlicher Meinung.«

»Wo was hinführt?«, fragte Ursa.

»Das mit dir«, erwiderte er. »Ich finde, dass du ein zuverlässiges Zuhause brauchst, wo auch immer.«

»Ich habe ein zuverlässiges Zuhause oben im All.«

»Ich glaube, Gabe hat wirklich keine Lust, sich das wieder anzuhören«, sagte Jo. »Ich habe ein Eiersandwich für dich im Auto. Kommst du mit?«

»Ich möchte lieber hierbleiben.«

»Hier auf der Erde bekommt man nicht immer seinen Willen.«

»Aber Gabe und du, ihr wisst gar nicht, was ihr wollt.«

»Darauf habe ich keine Lust, Ursa.« Jo zog das Kind an der Hand aus der Scheune und ließ es los. »Du gehst jetzt zum Auto, oder du bleibst hier und musst damit rechnen, dass Gabe die Polizei verständigt.«

»Wirklich?«, fragte Ursa Gabe.

Er antwortete nicht.

»Ich fahre jetzt«, sagte Jo.

Ursa folgte ihr zum Auto und setzte sich auf die Rückbank. »Tschüs, Gabe«, sagte sie traurig.

»Viel Spaß heute!« Er drückte die Tür zu.

Wieder sprach Ursa nicht viel, während Jo die Nester kontrollierte und neue suchte, doch diesmal war das Schweigen Jo nur recht. Sie genoss die Stille. Ohne die Ablenkung von Ursas Geplapper konnte sie klarer denken, so wie früher, bevor sie Ursa und Gabe kennengelernt hatte. Sie kam zu dem Schluss, dass Gabe in fast jedem Punkt recht hatte. Sie würde nie im Leben die Pflegemutter von Ursa werden, wenn sie das Kind weiter heimlich bei sich behielt. Das bedeutete auch, dass Gabe mit seiner Einschätzung richtig lag, Ursa am besten so schnell wie möglich abzugeben, um das Leid aller zu verkürzen.

Während das Kind am Abend mit den Buntstiften ein Bild malte, recherchierte Jo wieder auf der Website, die sie einige Tage nicht aufgerufen hatte, nach vermissten Kindern. Obwohl es eine furchtbare Vorstellung war, hoffte sie irgendwie, dass Ursa dort auftauchte. Dann hätte Jo einen zwingenden Grund, Ursa zur Polizei zu bringen. Doch das außergewöhnliche Kind mit dem Grübchen in der Wange war immer noch nicht vermisst gemeldet.

Jo hängte Ursas Zeichnung eines Monarchfalters neben den Indigofinken an den Kühlschrank. Sie mahnte die Kleine, sich die Zähne zu putzen, nachdem sie ihren Pyjama angezogen hatte. Dann gingen sie schlafen, Ursa auf der Couch und Jo in ihrem Zimmer. Wie immer rief Ursa »Gute Nacht, Jo!«, nachdem Jo das Licht ausgemacht hatte.

Gabes Rückzug verschlimmerte Jos nächtliche Unruhe noch. Die Last der Verantwortung für Ursa ohne ihn zu tragen, quälte sie. Hellwach ging Jo um ein Uhr nachts ins Wohnzimmer, um nach dem Kind zu schauen.

Es war nicht da.

Jo starrte auf die leere Couch und überlegte, was sie tun sollte. Wenn sie Gabe wieder weckte, ließ sie sich von Ursa vorführen. Wenn sie zu Hause blieb und am nächsten Tag einfach arbeiten ging, konnte es sein, dass Gabe Ursa auf seinem Hof entdeckte und die Polizei rief.

Täte er das, würde Ursa weglaufen. Das wusste Jo genau. Das Kind würde wahrscheinlich versuchen, sich auf dem Grundstück der Kinneys zu verstecken. Und Jo, die Kinneys oder vielleicht sogar das Biologische Institut der Universität von Illinois, die die Miete übernahm, würden riesigen Ärger bekommen.

Falls Ursa sich nicht am Kinney Cottage versteckte, konnte sie überall sein. Sie war viel zu vertrauensselig, und es gab einfach zu viele gefährliche Menschen, die das ausnutzen mochten.

Jo schlüpfte in ihre Schuhe und nahm ihre Schlüssel und eine Taschenlampe mit. Wieder lag Kleiner Bär neben dem leeren Napf auf der Veranda. Jo ließ ihn dort, und er bellte ihr frustriert nach.

Als sie die Zufahrt der Nashs erreichte, schaltete sie die Scheinwerfer aus und ließ nur das Parklicht an. Um keinen

Lärm zu verursachen, rollte sie so langsam wie möglich durch die Furchen und stellte das Licht ganz aus, als sie sich dem Haus näherte. Bis auf die Verandabeleuchtung war es dunkel. Türen und Fenster waren geschlossen, damit die Klimaanlage nicht umsonst arbeitete. Wenn Jo vorsichtig war, würden Gabe und seine Mutter den Honda wahrscheinlich nicht hören.

Im Licht des Außenstrahlers rollte Jo über den Weg zu den Viehställen. Sie stieg aus und drückte die Autotür vorsichtig zu. Die Taschenlampe schaltete sie erst ein, als sie in der Scheune war. Jo ging um die Heuballen herum und richtete das Licht auf das Katzennest. Das Muttertier sah sie blinzelnd an und miaute, doch Ursa war nicht da. Jo suchte die gesamte Scheune ab, leuchtete in jede Ecke und Nische. Keine Ursa.

Draußen betrachtete sie die anderen Gebäude: ein Kuhstall mit zwei kleinen Weiden, ein schlammiges Feld für die Schweine, ein Hühnerstall mit einem großen umzäunten Freigehege und eine kleine Holzhütte, wahrscheinlich Gabes Werkzeugschuppen. Jo bezweifelte, dass Ursa in den Hühnerstall gehen würde. Blieben die Kuh und der Schuppen. Doch Jo hatte Angst, noch länger auf dem Grundstück eines Waffenbesitzers herumzuschleichen. Sie musste Gabe holen.

Jo ging zum Blockhaus. Im Schatten unter dem Strahler blieb sie stehen, betrachtete das Haus und rief sich den Abend in Erinnerung, als sie zu Gabe ins Zimmer gekommen waren. Hinter dem Wohnzimmer waren sie abgebogen: Gabes Raum war der zweite auf der linken Seite. Jo ging an der linken Außenmauer des Hauses entlang, vorbei am großen Wohnzimmerfenster und am kleinen Fenster des ersten Schlafzimmers. Vor dem nächsten blieb sie stehen. In der Hoffnung, dass Gabes Finger nachts nicht allzu locker am Abzug lag, klopfte sie vorsichtig an die Scheibe. Nichts geschah. Sie klopfte lauter, das Licht ging an. Die Vorhänge wurden geteilt, und Gabe erschien in dem hellen Rechteck.

Ihr Körper reagierte auf seinen Anblick. Heftiger, als sie erwartet hätte.

Jo trat näher ans Fenster und winkte. Gabe schob es hoch. »Schon wieder abgehauen?«

»Ja. Und bei den Katzen hab ich schon nachgeguckt.«

»Da ist sie natürlich nicht. Dafür ist sie zu gerissen. Wir treffen uns an der Haustür.«

Jo ging zur Veranda und wartete unten an der Treppe. Kurz darauf kam Gabe in einem dunklen T-Shirt, einer Arbeitsjeans und Lederslippern heraus. Er hatte eine Taschenlampe bei sich.

»Tut mir wirklich leid«, sagte Jo.

»Du siehst hoffentlich, dass die Sache aus dem Ruder läuft«, erwiderte Gabe.

»Ja. Habe ich deine Mutter geweckt?«

»Nein.« Gabe ging an ihr vorbei zu den Scheunen. Jo folgte schweigend. Zuerst sahen sie im Werkzeugschuppen nach, dann bei der Kuh. Gabe schaute in den Hühnerstall, was verstimmtes Geglucke auslöste. Dann blieb er stehen und dachte nach.

»Vielleicht ist sie doch weggelaufen«, sagte Jo. »Sie hat heute kaum ein Wort gesagt.«

»Sie merkt wahrscheinlich, dass sie den Bogen überspannt hat.«

»Meinst du, sie ist weg?«

»Nein. Sie spielt mit uns.«

»Wir dürfen nicht vergessen, dass sie ein Kind ist, das Angst hat.«

»Ja.« Gabe steuerte in eine andere Richtung.

»Wo willst du hin?«

»Zum Baumhaus.«

Jo folgte ihm ungefähr hundert Meter einen Pfad entlang, bis das Licht seiner Taschenlampe auf ein altes Schild fiel, auf dem in kindlichen Buchstaben »GABES BAUMHAUS« stand. Darunter hing am selben Pfahl ein abgebrochenes Schild, auf dem man noch »ZUTRITT VERB« erkennen konnte. Der Strahl der Lampe wanderte an einer gewaltigen Eiche empor, bis er auf ein unglaubliches Baumhaus fiel. Es war weit oben, in fünf, sechs Metern Höhe, und wurde von vier großen Balken getragen. Eine Wendeltreppe wie aus dem Märchen mit einem Geländer aus verdrehten Ästen führte empor.

»Das ist das beste Baumhaus, das ich je gesehen habe«, sagte Jo, deutlich beeindruckt.

»Ich habe es geliebt. Hab es mit meinem Vater gebaut, als ich sieben war. Wir haben es auf Holzstämme gesetzt, damit wir den Baum nicht verletzen mussten.« Gabe ging zu der Treppe, die sich um den Stamm wand, und stellte den Fuß auf die unterste Sprosse. »Ist immer noch in gutem Zustand.«

»Und Ursa kennt es?«

»Sie ist stundenlang da oben gewesen. Damit meine Mutter sie nicht sah, wenn ich Eier verkauft habe.«

»Wundert mich, dass sie dir nicht beim Eierverkauf helfen wollte.«

»Wollte sie.«

»Und warum hast du sie nicht helfen lassen?«

Gabe sah sie an. »Komisch, dass du so was nicht begreifst.«

»Was?«

»Ich hatte Angst, dass etwas passiert, wenn sie draußen an der Straße sitzt. Was wäre gewesen, wenn diejenigen, vor denen sie weggelaufen ist, sie dort gesehen hätten? Dann hätte ich sie vielleicht gehen lassen müssen, ohne zu wissen, was passiert.«

»Leuchtet ein.«

»Etwas mehr gesunder Menschenverstand könnte dir nicht schaden.«

Die kleine Spitze tat weh, doch Jo hatte keine Lust zu kontern. »Wie viel Verstand kann man noch haben, wenn man von einem Alien manipuliert wird?«

Das düstere Gesicht, das Gabe beim Verlassen des Hauses gemacht hatte, entspannte sich zu einem schwachen Lächeln.

»Vielleicht glaubst du es nicht«, sagte Jo, »aber bevor Sterntaler hier auftauchte, war ich ein rational denkender Mensch, fast schon langweilig vernünftig.«

»Das Gefühl kenne ich«, sagte er. »Seit ich sie das erste Mal gesehen habe, kämpfe ich ständig gegen Flutwellen von Quarks.« Gabe streckte den Arm aus. »Geh du vor! Ich bleib hinter dir, falls du abrutschst.«

Jo brauchte seine Hilfe nicht, nahm seine warme Hand aber als Friedensangebot an. Er ließ ihre Finger wieder los, berührte Jo dann aber erneut, um sie an der Taille die Treppe hochzuleiten. Wollte er ein Gentleman sein, oder suchte er die körperliche Nähe zu ihr, so wie sie es tat? Auf Grundlage der bisher gesammelten Daten erschien die erste Einschätzung wahrscheinlicher.

Der Handlauf war stabil und gab Sicherheit, weil sich die Stufen gefährlich hoch hinaufwanden. Oben angekommen, leuchtete Jo mit der Taschenlampe in einen Raum, der von zwei großen Eichenästen geteilt wurde. Eine kleine Hängematte hing zwischen der Wand und einem der Stämme. Ein Kinderstuhl und ein kleiner Schreibtisch, offenbar aus Paletten gebaut, standen auf der einen Seite des Raums. Man konnte in zwei Richtungen hinausschauen; von einem Balkon blickte man auf den Pfad, von der anderen Seite schaute man in eine hübsche bewaldete Schlucht. Jo richtete die Taschenlampe auf die Schlucht und stellte sich den kleinen Gabe vor, der sich hier wie ein König gefühlt haben musste.

»Seltsam«, sagte er hinter ihr.

Sie drehte sich um. Seine Taschenlampe fiel auf den kleinen Schreibtisch. Darauf lagen zwei Bleistifte mit Radiergummis, ein Bilderbuch mit Märchen und mehrere weiße Blätter Druckerpapier, die mit Steinen beschwert waren. In den Steinen glitzerten Kristalle; es war die Sorte, die Ursa gerne sammelte.

Zusammen mit Gabe betrachtete Jo Ursas Zeichnungen: ein comicartiger Frosch, die sehr realistische Wiedergabe eines neugeborenen Kätzchens und ein Bild, das er unter den anderen hervorgezogen hatte. Es zeigte ein schwarz ausgemaltes rechteckiges Grab. Ein weißes Kreuz ohne Inschrift stand darüber. Auf die eine Seite des Grabes hatte Ursa geschrieben *Ich liebe dich*, auf die andere *Es tut mir leid*.

»In dem Grab liegt jemand«, bemerkte Jo.

»Ich weiß.« Gabe hob das Blatt hoch, und gemeinsam untersuchten sie das schwarze Rechteck. Ursa hatte eine liegende Frau mit geschlossenen Augen und schulterlangen Haaren gezeichnet und sie dann übermalt. »Mein Gott«, sagte Gabe. »Denkst du dasselbe wie ich?«

»Jemand, der ihr wichtig war, ist gestorben, deshalb ist sie allein.«

Er nickte.

Jo nahm ihm das Bild aus der Hand. »Warum sie wohl *Es tut mir leid* geschrieben hat.«

»Ja. Das ist gruselig«, sagte Gabe.

»Sag mir bitte, dass du nicht denkst, dieses kleine Mädchen hätte jemanden umgebracht.«

»Wer weiß, was passiert ist? Deshalb hättest du sie sofort zur Polizei bringen sollen.«

Jo legte das Blatt wieder auf den Tisch. »Weißt du was? Ich

hab deine plötzliche Moralpredigt satt. Du hast wohl vergessen, dass *du* derjenige warst, der sie noch etwas länger bei uns lassen wollte, um mehr über sie herauszufinden.«

»Du machst es schon wieder«, sagte Gabe.

»Was?«

»Du greifst mich an, um dem Problem mit Ursa aus dem Weg zu gehen.«

»Wer geht dem Problem denn mehr aus dem Weg als du? Du hast uns wie streunende Katzen ausgesetzt, mit denen du nichts mehr zu tun haben wolltest –, wobei du jede Katze besser behandelst als uns!«

Gabe trat näher, sein Gesicht schob sich vor Jos. »Das ist echt mies von dir!«

»Es war echt mies von dir, uns so zu behandeln.«

»Irgendwas musste ich tun. Wir kriegen so schon großen Ärger. Verstehst du das nicht, Jo? Wir könnten wegen Kindesentführung verhaftet werden und ins Gefängnis kommen.«

Sie sah ihm in die Augen. »Das ist nicht der Grund, warum du uns fallengelassen hast.«

Es gelang ihm nicht, den Blickkontakt zu halten. Das verriet mehr über ihn, als er damit zu verbergen suchte. Weil er wusste, dass Jo ihn durchschaute, wandte er sich zum Gehen.

Instinktiv hielt sie ihn am Arm fest. »Nicht«, sagte sie.

Er drehte sich zu ihr um, seine Gesichtszüge wie versteinert. »Was?«

»Nicht dichtmachen! Wir müssen darüber reden, was zwischen uns passiert.«

Seine distanzierte Miene verzog sich zu einem Ausdruck purer Angst.

Immerhin wusste er, was sie meinte. »Können wir nicht ehrlich zueinander sein?«

Gabe machte einen Schritt nach hinten und entzog Jo seinen

Arm. »Ich bin ehrlich. Ich bin total verkorkst. Du weißt, dass ich das nicht kann.«

»Du bist nicht verkorkst.«

»Nein?« Er schlang die Arme um sich. »Ich war noch nie mit einer Frau zusammen. Das ist doch total verkorkst.«

»Clever«, sagte Jo.

Gabe ließ die Arme sinken. »Was?«

»Du erinnerst mich an Ursa: die Festungswälle immer weiter verstärken, selbst bei Menschen, die auf deiner Seite stehen.«

»Was hat das mit irgendwas zu tun?«

»Du denkst, jetzt wäre ich geschockt und wollte nichts mit jemandem in deinem Alter zu tun haben, der noch nie was mit einer Frau hatte. Das hast du extra gesagt, um mich loszuwerden. So wie du deine Krankheit benutzt, um mich auf Abstand zu halten.«

Gabe biss die Zähne aufeinander und schielte zur Treppe hinüber.

»Lauf jetzt bitte nicht wieder weg.«

»Wir müssen Ursa finden«, sagte Gabe.

»Ist das wirklich alles, was du zu sagen hast?«

»Was soll ich denn sonst noch sagen?«

Jo schaute auf Ursas Zeichnung des Grabs. Das dunkle Rechteck, in dem die Tote lag, erinnerte sie an das leere Kästchen, in dem die Asche ihrer Mutter gewesen war. Nachdem Jo den letzten Wunsch ihrer Mutter erfüllt hatte – ihre Asche in die kalten Wellen des Lake Michigan zu kippen –, hatte Jo das Kästchen nicht wegwerfen können. Schließlich haftete noch der Staub ihrer Mutter daran. Sie hatte es bis heute aufgehoben. Seine Leere war immer da, tief in ihr, eine Lücke, wo die Liebe ihrer Mutter gewesen war, und sie war dort fühlbar, wo nun etwas an Jos Körper fehlte.

Gabe betrachtete das Grab.

»Ich habe genauso viel Angst wie du, verstehst du?«, sagte sie.

Er hob den Blick von der Zeichnung und sah Jo an.

»Kannst du dich an das Gefühl erinnern, das du mir beschrieben hast? An diesen furchtbaren Ansturm des Menschlichen auf deine Seele? Vielleicht ist das eine andere Art zu sagen, dass du Angst hast, von jemandem verletzt zu werden, wenn du ihn zu nah an dich heranlässt.«

Gabe blieb stumm. Doch woher sollte er auch wissen, wie man in so einer Situation reagierte, wenn er noch nie Intimität erlebt hatte?

»Als du eben gesagt hast, du wärst noch nie mit einer Frau zusammen gewesen, meintest du damit auch küssen?«, fragte Jo vorsichtig.

»Ich wusste schon auf der Highschool nicht, wie ich mit Mädchen umgehen sollte. Ich hatte schon damals eine Sozialphobie.«

»Hast du noch nie jemanden geküsst?«

»Nein, noch nie.«

An diesem Ort zu stehen, hoch im dunklen Wald, war wie ein Wendepunkt, ein Gipfel der Ehrlichkeit, den sie gemeinsam erreicht hatten. Ursa hatte die beiden dorthingeführt, wo sie sie haben wollte, doch jeden Moment drohten sie in ihrem emotionalen Durcheinander den wackligen Halt zu verlieren. Natürlich mussten sie Ursa finden, doch Jo wusste, dass sie sicher versteckt und nicht wirklich in Gefahr war. Die einzige Gefahr bestand gerade darin, dass Jo – und Gabe – diese Sekunden verstreichen ließen, ohne sie so zu betrachten wie Ursa, nämlich als ihr kleiner Dreh am Schicksal in einem unendlichen, unglaublichen Universum – ein wundersames Geschenk, das sie den beiden machte.

Jo knipste ihre Taschenlampe aus und stellte sie neben sich

auf den Tisch. Sie nahm Gabe seine Lampe aus der Hand und machte sie ebenfalls aus. Er erschrak, ging in der plötzlichen Dunkelheit rückwärts. »Was soll das?«, fragte er.

»Ich mache es dir einfacher.«

»Was?«

»Deinen ersten Kuss.«

20

Es war nicht schwer, ihn im Dunkeln zu finden. Sein Körper strahlte Hitze aus – und vielleicht Angst. Als Jo die Hände auf seine Brust legte, zuckte er leicht zusammen. Sie streichelte ihn bis hoch zum Hals. Seine Haut war warm und feucht, wie die Sommernacht um die beiden herum. Jo streifte seinen Bart und berührte seine Lippen mit ihren. Als er den Dreh heraus hatte, erhöhte sie den Druck. Gabe hatte vor dem Schlafengehen geduscht, doch der Geruch seines muskulösen Körpers mit den Kopfnoten von Wald und Hofarbeit überdeckte das schwache Aroma seines Duschgels. »Du riechst so toll.«

»Ja?«

»Ich habe einen eigenwilligen Geruchssinn.« Jo tastete mit den Händen unter sein T-Shirt und schob es hoch. Sie legte ihr Gesicht an seine Brust und atmete seinen Duft ein. »Hmmm…«

»Jo…«

Er hob ihr Kinn an. »Was denn?«

Sein Mund suchte ihren. Ein unglaublicher Kuss.

Als sich ihre Lippen voneinander trennten, drückte Jo ihren Körper an seinen. Es gefiel ihm, er zog sie enger an sich. Sie ergänzten sich perfekt, als hätten ihre Körper es schon immer gewusst und sich darauf vorbereitet, seit sie sich zum ersten Mal begegnet waren. Sie verschmolzen miteinander in der Nacht. Jo hätte nicht gedacht, dass sie sich mit einem Mann im Wald so wohl fühlen konnte.

»Ist das zu viel Ansturm für deine Seele?«, fragte sie.

»Genau die richtige Dosis«, sagte Gabe.

Gefühlt war Ursa bei ihnen. Die Zeichnung des Grabes ließ Jo nicht los. »Ich würde gerne die ganze Nacht weitermachen«, sagte sie, »aber wir müssen Ursa finden.«

Gabe trat einen Schritt zurück, ließ aber die Hand auf Jos Taille. »Ich glaub, ich weiß, wo sie ist. Der einzige Ort, wo wir noch gucken können.«

»Dann ist sie hoffentlich da.«

Er tastete nach den Taschenlampen. Jo fand zuerst eine und knipste sie an. Oft wirkte ein Mann, dem sie zum ersten Mal körperlich näher gekommen war, danach anders auf sie – irgendwie weicher, besonders die Art, wie er sie ansah. Jo fragte sich, ob das bei Gabe auch so war. Intensiv schaute er sie an.

»Was glaubst du, wo sie ist?«

»Im kleinen Blockhaus. Das hat mein Vater damals gebaut, als unsere Familie immer größer wurde. Laceys Söhne haben da gerne übernachtet, als sie alt genug waren.«

»Und Ursa kennt es?«

»Ich habe es ihr mal gezeigt. Das Mädchen muss man immer beschäftigen.«

»Das stimmt.«

Als sie zur Treppe gingen, hielt Gabe Jos Hand und ließ sie nur widerwillig los, als er nach unten voranging. Sie stiegen aus der schwindelerregenden Höhe zwischen den Baumwipfeln hinunter zum weichen Boden des Waldes. »Hier entlang«, sagte er.

Sie kamen an dem Schild mit der Aufschrift »GABES BAUMHAUS« vorbei und bogen auf einen anderen Pfad ab. Nach wenigen Minuten entdeckte Jo im Schein von Gabes Taschenlampe die kleine Blockhütte. Das urige Häuschen mit dem Blechdach erinnerte sie an die Hütten im Ferienlager. Es war mit naturbelassenen Zedernholzschindeln verkleidet und stand auf rund ein Meter hohen Holzpfählen. »Das ist aber schön!«, sagte sie. »Wer hätte gedacht, dass ein Literaturprofessor so hübsche Häuser bauen kann?«

»Arthur Nash war das, was man ein Universalgenie nennt. Er konnte einfach alles.«

Jo folgte Gabe die Holztreppe hoch auf die mit Insektengitter verkleidete Veranda, auf der zwei Schaukelstühle in den Wald schauten. Langsam schob er die Holztür auf, deren verrostete Angeln quietschten. Sie gelangten in einen kleinen Wohnbereich mit einem Tisch und Stühlen, an den zwei Schlafzimmer anschlossen. Gabe leuchtete mit der Lampe in das linke Zimmer, während Jo im rechten nachsah. »Hier«, raunte Gabe. Jo ging zu ihm hinüber und entdeckte Ursa zusammengerollt und seitlich liegend auf der unteren Matratze eines Etagenbetts. Sie trug den blauen Schlafanzug mit dem Blumenmuster, mit dem sie ins Bett gegangen war, und hatte die Decke von dem Sofa auf der Veranda als Kopfkissen mitgenommen. Ihre Augenlider flatterten im Traum.

»Sprich sie noch nicht auf das Bild vom Grab an«, flüsterte Jo. »Nicht mehr heute Nacht.«

Gabe nickte.

Jo machte das Licht aus, setzte sich auf die untere Bettkante und strich Ursa übers Haar. »Komm, Großer Bär, wach auf!«, sagte sie.

Ursas seelenvolle braune Augen öffneten sich, und ihre ersten verschlafenen Worte verrieten den Grund für ihr Weglaufen. »Ist Gabe da?«

»Ja, ich bin hier«, sagte Gabe. Er kam herüber, die Taschenlampe auf den Boden gerichtet, um die Kleine nicht zu blenden. »Jo und ich haben beschlossen, dass du von jetzt an in einer Hundebox schlafen musst.«

Ursa setzte sich auf. »Nein, das mache ich nicht.«

»Du gewöhnst dich schon dran.«

Sie lächelte schläfrig.

Gabe hockte sich vor sie wie an dem Abend, als Ursa sich am Fluss verirrt hatte. »Komm auf meinen Rücken, dann trage ich dich nach Hause.«

»Das ist zu weit«, sagte Jo.

»Dann bringe ich sie zu deinem Auto und fahre mit euch rüber.«

»Ehrlich?«, rief Ursa.

»Ja. Komm an Bord! Der Gabriel-Express startet.«

Ursa kletterte auf seinen Rücken.

»Guck mal, wer jetzt nachgibt«, murmelte Jo. »Wie ist das denn passiert?«

Gabe trug Ursa nach draußen, ein verstohlenes Lächeln umspielte seine Lippen. Jo rollte die Decke zusammen, klemmte sie sich unter den Arm und folgte den beiden. Als sie das Auto erreichten, legte Gabe Ursa auf die Rückbank und setzte sich zu ihr.

»Kannst du deine Mutter wirklich allein lassen?«, fragte Jo. »Was ist, wenn sie zur Toilette muss?«

»Das schafft sie zum Glück noch allein. Aber ihr Gleichgewichtssinn wird immer schlechter, und sie weigert sich, die Gehhilfe zu benutzen, die Lacey ihr besorgt hat.«

Beim Fahren beobachtete Jo Gabe im Rückspiegel. Ursa hatte sich an seine Brust geschmiegt, er hatte die Arme um sie gelegt. Nur ungern wandte Jo den Blick von den beiden ab, doch sie musste sich auf die Schlaglöcher in der Straße konzentrieren. »Verdammt nochmal«, sagte sie, als sie mit dem Auto aufsetzte. »Deine Buckelpiste zerstört noch das Auto meiner Mutter.«

»Hat das ihr gehört?«, fragte Gabe.

»Ja.« Jo bog nach links auf die Turkey Creek Road und fuhr

zum Kinney-Grundstück, wo Kleiner Bär, eingesperrt auf der Veranda, wie von Sinnen kläffte.

Gabe trug Ursa ins Haus. Er wollte sie auf die Couch legen, sie setzte sich auf. »Du musst schlafen«, sagte er.

»Bleib hier!«, bat sie.

»Ich bleibe ja hier. Schlaf jetzt.« Er breitete die Decke über die Kleine, sie legte den Kopf aufs Kissen. Jo machte kein Licht an, nur die Beleuchtung vom Herd.

»Warum bist du wieder lieb?«, fragte Ursa.

»Ich bin immer lieb«, erwiderte Gabe.

»Manchmal nicht.«

»Mach die Augen zu.« Er setzte sich auf die Kante, einen Arm um das Kind gelegt, das schnell einschlief. Jo saß im Sessel daneben. Als Ursas Atem tief und gleichmäßig wurde, wies Gabe auf die Haustür. Sie traten aus dem gekühlten Cottage in die schwüle Nachtluft.

»Ich fahr dich nach Hause«, sagte Jo.

»Ich gehe lieber zu Fuß«, entgegnete Gabe.

»Musst du die vom ersten Kuss angestaute Energie loswerden?«

»Ach, daher kommt das? Um die Energie loszuwerden, müsste ich dreißig Meilen marschieren.«

»Ich auch. Vielleicht hilft ein Gutenachtkuss?« Jo schlang die Arme um ihn und küsste ihn hingebungsvoll.

»Ich glaube, jetzt ist es noch schlimmer.« Gabe nahm Jo in den Arm und schaute über ihre Schulter aufs Haus. »Echt komisch, dass ich jetzt so gern hier bin. Früher habe ich dieses Haus gehasst. Bis zu dem Tag letztens, als ich dir die Eier gebracht habe, war ich jahrelang nicht hier.«

Jo löste sich aus seiner Umarmung. »Warum hast du es gehasst? Ich dachte, ihr standet den Kinneys nahe.«

»Nicht richtig.«

»Du hast gesagt, George Kinney hätte dir viel über Wasserinsekten beigebracht.«

»Das stimmt auch.«

»Also, deine Mutter mag ihn auf jeden Fall. Demnach war es dein Vater, der ihn nicht mochte?«

»Zwischen Arthur und George war eine seltsame Hassliebe.«

»Warum?«

»Arthur hatte so eine selbstsichere Intelligenz, die er ständig zur Schau stellen musste. Er wollte immer jede Gesellschaft beherrschen, das letzte kluge Wort zu jedem Thema haben. George ist genauso intelligent und selbstsicher wie er, aber viel zurückhaltender. Keine Ahnung, wie er jetzt ist, aber als ich klein war, war George Kinney ... Man hatte das Gefühl, als wüsste er über die Geheimnisse des Universums Bescheid, sei aber zu entspannt, um sich die Mühe zu machen, sie einem zu erklären.«

»Stille Wasser sind tief?«

»Auf jeden Fall. Georges genügsame Selbstsicherheit war Arthur ein Dorn im Auge. Immer wieder hat er versucht, George zu provozieren, hat hinterlistig gestichelt und seine Spitzen als Witze verpackt. So hat er zum Beispiel im Scherz gesagt, George wäre Mistkäfer-Forscher an der Universität von Illinois, während er ja Literaturwissenschaftler an der Universität von Chicago war.«

»Ach, der arme George.«

»Der muss dir nicht leidtun. Das perlte alles an ihm ab. Er lachte einfach mit, und am Ende stand Arthur wie der letzte Angeber da. Irgendwie saß George immer am längeren Hebel. Arthur konnte ganze Gesellschaften mit seinen Anekdoten und intellektuellen Diskussionen unterhalten, aber George hat immer ganz nebenbei die klügsten Köpfe im Raum mit gewitzten Bemerkungen um sich geschart.«

»Er musste sich nicht anstrengen.«

»Richtig.«

»Und deshalb haben sich dein Vater und George Kinney zerstritten?«

»Nein, sie blieben Freunde, bis Arthur starb.«

»Warum hast du dieses Haus dann gehasst?«

Nachdenklich schaute Gabe in den Wald. »Kennst du den alten Friedhof zwischen den beiden Grundstücken?«

»Wieso? Dachtest du als Kind, da würde es spuken?«

Gabes Lippen verzogen sich zu einem schiefen Lächeln. »Ja, ich würde schon sagen, dass es dort spukt.«

»Echt? Wie heißt der Geist denn?«

Das Lächeln verschwand. »Hol deine Taschenlampe, dann zeige ich ihn dir.«

21

Jo brauchte Schlaf, aber sie wollte unbedingt wissen, was der Grund für Gabes rätselhaften Stimmungswandel war. Sie schaute nach Ursa im Wohnzimmer und nahm eine Taschenlampe, die sie anmachte, als sie sich mit Gabe auf dem Weg traf. »Hier entlang«, sagte er und führte sie in Richtung Wald. Kleiner Bär folgte ihnen schwanzwedelnd, selbst zu dieser späten Stunde erfreut über einen Spaziergang.

Gabe leuchtete auf die westliche Seite des Wegs. »Ist schon länger her, aber ich meine, wir müssen hier rein.« Sie arbeiteten sich durch hohes Dickicht am Rand der Schotterpiste, doch als sie etwas tiefer eingedrungen waren, öffnete sich der Wald, so dass sie besser vorankamen.

»Wenn keine Ferien waren, war ich mit meinen Eltern jeden Monat mindestens ein Wochenende hier, und den Sommer haben wir komplett hier verbracht«, erzählte Gabe im Gehen. »George und Lynne, seine Frau, waren nicht so häufig in ihrem Cottage, aber als ich klein war, habe ich sie schon öfter gesehen.«

Nach einer kurzen Pause fuhr er fort: »Als ich elf war, fiel mir auf, dass meine Mutter und George einen seltsamen Insiderwitz hatten. Meine Mutter fing meistens damit an. Sie sagte irgendwas mit *hoffen* oder *lieben*, wenn sie sich mit ihm unterhielt.«

»Ich weiß nicht genau, ob ich verstehe, was du meinst.«

»Sie sagte zum Beispiel: *Das kann man nur hoffen* als Antwort auf irgendwas, das George sagte. Oder: *Was für ein Sonnenuntergang, den muss man doch lieben.*«

»Komisch«, sagte Jo.

»Ja, das machte mich neugierig.« Die beiden stiegen über einen Holzstamm. »Ich fing an, meine Mutter und George genauer zu beobachten. Den meisten Erwachsenen ist nicht klar, wie genau Kinder zuhören und wie viel sie verstehen.«

»Das stimmt.«

Gabe blieb stehen und leuchtete mit der Taschenlampe hin und her, um sich zu orientieren. Dann steuerte er auf einen Felsen links von ihnen zu. »Je mehr ich die beiden belauert habe, desto mehr Dinge sah ich, die mich beunruhigt haben.«

»O-oh.«

»Genau: o-oh. Mit zwölf war ich überzeugt, dass sie eine Affäre hatten. In dem Sommer war ich irgendwann mit George unten am Fluss, wo wir Insekten beobachteten, und da meinte er, er wäre müde, weil er in der Nacht nicht geschlafen hätte.«

»Und?«

»Meine Mutter hatte auch Schlafstörungen, und sie sagte immer, das Einzige, was helfe, sei ein langer Spaziergang.«

»Das ist ja wohl kaum ein Beweis.«

»Nein, natürlich nicht. Aber ein paar Wochen später erkundete ich einen Teil des Waldes zwischen unseren Grundstücken, den ich noch nicht kannte. Wenn ich zu den Kinneys fuhr, meistens mit dem Rad, nahm ich normalerweise die Straße.«

»Meinst du diesen Teil, wo wir jetzt sind?«

»Genau. Und das hier habe ich gefunden.« Er leuchtete mit der Lampe nach links, wo mehrere Grabsteine standen. »Im neunzehnten Jahrhundert gab es hier eine kleine Kirche mit einem Friedhof, auf dem ein paar Leute begraben wurden, bevor sie 1911 niederbrannte.«

Sie gingen zu den Gräbern. Gabe richtete sein Licht auf den größten Stein. Er war weiß und hatte die Form eines Kreuzes, aber war stark verwittert. Er erinnerte an Ursas Zeichnung. Die Inschrift war gerade noch lesbar. In der Mitte des Kreuzes stand:

HOPE LOVETT
11. AUG. 1881 – 26. DEZ. 1899
UNSERE HOFFNUNG, UNSERE LIEBE

»Hoffen und lieben«, bemerkte Jo.
»Siehst du jetzt die Verbindung?«
»Schon, aber glaubst du wirklich, das hat was zu bedeuten? Das kann doch auch reiner Zufall gewesen sein.«
»Dachte ich zuerst auch, aber dann vermutete ich, es hätte vielleicht doch was mit den Bemerkungen meiner Mutter gegenüber George zu tun.«
»Haben sie sich …« Jo mochte es nicht aussprechen.
»Ob sie sich hier getroffen haben?«
»Ja, genau?«
»Das wollte ich unbedingt herausfinden«, sagte Gabe. »Anderthalb Wochen, nachdem ich diesen Ort entdeckt hatte, kamen George und Lynne her, wie immer haben sie uns im Blockhaus besucht, und wir haben zusammen gegessen und getrunken. Den ganzen Abend hielt ich mich in der Nähe von George und meiner Mutter auf, doch das, worauf ich wartete, hörte ich erst, als George und seine Frau nach Hause wollten. Meine Mutter ging mit George vor meinem Vater und Lynne nach draußen. Ich schlich ihnen nach und setzte mich auf die Verandaschaukel, um sie zu belauschen. George sagte irgendwas in der Richtung, wie heiß es sei, und meine Mutter meinte: ›Ich hoffe, es regnet heute Nacht, damit es abkühlt.‹ George hat

gelächelt, aber nichts gesagt. ›Liebst du nicht auch Gewitter in der Nacht?‹, fragte meine Mutter, und George antwortete: ›Ja.‹«

»Und du meinst, das war eine geheime Absprache, um sich an diesem Grab zu treffen?«

»Natürlich.«

»Das klingt weithergeholt. Bist du dir sicher, dass du dir diese Affäre mit deiner zwölfjährigen Phantasie nicht ausgedacht hast?«

»Ich habe sie beschattet.«

»Wie das?«

»Ich habe mein Zelt unten in der Schlucht aufgestellt. Damals waren mir die Hütte und das Baumhaus schon zu langweilig.«

»Und dann bist du aus dem Zelt hierhergeschlichen?«

»Ich brauchte gar nicht zu schleichen. Meine Eltern ließen mich frei auf dem Grundstück herumlaufen.« Gabe richtete die Taschenlampe auf einige Steinbrocken. »Diese Steine sind wahrscheinlich Reste vom Fundament der Kirche. Dahinter habe ich mich versteckt.« Er ging zu den Felsbrocken, Jo ihm hinterher. »Beste Sicht, was?«

»Ja. Und was kam dann? Die Spannung ist ja unerträglich!«

»Ich war kurz nach Sonnenuntergang hier und wartete. Ich hatte mir Wasser, Süßigkeiten und ein Heft mit Kreuzworträtseln mitgebracht, weil ich wusste, dass ich lange wach bleiben musste.«

»Kreuzworträtsel, während du deine Mutter mit ihrem Liebhaber belauerst?«

»Mein Vater und ich haben Kreuzworträtsel geliebt. Ich war voll der Nerd.«

»Und was geschah dann?«

»Um fünf vor zwölf kam ein Licht aus der Richtung unseres

Blockhauses. Es war meine Mutter. Sie hatte eine Decke dabei und trug das geblümte Kleid, das ich immer sehr gemocht hatte.«

»O Gott.«

»Sie breitete die Decke auf dem Grab von Hope Lovett aus und schaute zum Grundstück der Kinneys hinüber. Ungefähr fünf Minuten später erschien ein zweites Licht aus der Richtung. Meine Mutter stellte ihre Lampe auf den Boden, so dass das Licht auf das weiße Kreuz fiel. Dann ist George Kinney mit einer alten Paraffinlaterne aufgetaucht. Er hat sie abgestellt, und die beiden küssten sich.«

»Ach, Gabe, das tut mir furchtbar leid.«

Er hörte es nicht, sondern starrte zum weißen Kreuz hinüber. »Meine Mutter sagte: ›Wir haben Hopes Geist verpasst‹ und öffnete seinen Hosenknopf, und der gute George zeigte so viel Gefühl, wie ich es von ihm nicht kannte.«

»Wie hast du reagiert?«

»Was sollte ich schon tun? Ich saß in der Klemme. Eine Bewegung, und ich hätte mich durch die knackenden Zweige und raschelnden Blätter verraten. Ich konnte also nur zugucken.« Gabe sah wieder zum Kreuz hinüber. »In der Nacht habe ich viel über Sex gelernt. Die beiden probierten so ziemlich alles aus.«

Jo griff nach seiner Hand. »Komm, wir gehen!«

»Das Beste weißt du noch nicht«, sagte Gabe in einem sarkastischen Ton, der nicht zu ihm passte. »Anschließend unterhielten sich die beiden. Zuerst ging es um Kleinigkeiten, aber dann meinte George: ›Wusstest du, dass ich heute mit Gabe am Fluss war und Proben genommen habe? Seine Neugier auf die Natur ist unerschöpflich.‹ Meine Mutter erwiderte: ›Der Apfel fällt nicht weit vom Stamm, was? Ich bin so froh, dass du Zeit mit deinem Sohn verbringen kannst.‹«

Jo wollte Gabe in den Arm nehmen, doch sein Körper war ganz hölzern und abweisend. Er konnte den Blick nicht vom Kreuz abwenden. Sie versuchte, seinen Kopf zu sich zu drehen. Er rührte sich nicht. »Es stellte sich heraus, dass alle Bescheid wussten«, sagte er. »Ich sehe aus wie er. Deshalb habe ich mir den Bart wachsen lassen. Damit ich nicht jeden Tag seine verdammte Visage im Spiegel sehen muss. Seit ich sechzehn bin, habe ich mein Gesicht nicht mehr vollständig gesehen.«

»Dein Vater wusste es auch?«

»Musste er. Das Ganze war so offensichtlich. Ich war mit zwölf dahintergekommen, obwohl ich in dem Alter noch von nichts einen Schimmer hatte. Und wie gesagt, ich sehe genau aus wie George. Der einzige Mensch, der es wahrscheinlich nicht begriff, war Georges Frau. Sie war nicht die Hellste, was wahrscheinlich einer der Gründe dafür war, dass George sich in meine Mutter verliebte. Katherine ist klug, aber hinterhältig. Sie hat viel Ähnlichkeit mit Lacey.«

»Lacey weiß es auch?«

Endlich sah er sie an. »Natürlich. Deshalb hasst sie mich ja. Sie hat das Gesicht unseres Vaters, das mächtige Kinn, die große Nase, während ich Georges symmetrische Züge geerbt habe. In der Nacht wurde mir klar, warum sie mich quälte, seit ich auf der Welt war.«

»Da muss doch mehr als das Aussehen dahinterstecken.«

»Klar. Ich bin der Beweis für das Versagen von Katherine und Arthur. Lacey betete ihren Vater an und konnte nicht verstehen, dass er mit George befreundet blieb, obwohl der seine Frau vögelte. Es tat weh zu sehen, was für ein armseliger Mensch Arthur war.«

»Hast du mal mit Lacey darüber gesprochen?«

»Heute ist das erste Mal, dass ich überhaupt jemandem davon erzähle.«

»Nicht mal dem Therapeuten, als du den Nervenzusammenbruch hattest?«

»Warum sollte ich?«

»Um es zu verarbeiten? Bevor du wusstest, dass George dein Vater ist, mochtest du ihn doch. Er und deine Mutter wollten ja nicht, dass du es erfährst.«

»Ich hab's aber erfahren! Weißt du, dass ich kotzen musste, als es vorbei war? Zwei Tage lang habe ich im Bett gelegen. Die konnten sich einfach nicht erklären, was mit mir los war. Ich hatte ja kein Fieber oder so was.«

»Da fing es also an.«

»Was?«

»Dass du dich ins Bett zurückgezogen hast, um die Welt auszuschließen, wenn dich etwas durcheinandergebracht hat.«

Gabe sah sie an, sein Blick »wie ein Gewitter«, wie Ursa es ausgedrückt hätte.

»Vielleicht geht alles auf diese eine Nacht zurück«, sagte Jo.

»Klar. Und du hast bestimmt nie Krebs gehabt. Du hast dir die Brüste nur abschneiden lassen, damit du dich schlecht fühlen kannst.«

»Gabe!«

»Siehst du, wie sich das anfühlt?« Er ging davon.

»Ich behaupte doch nicht, dass du keine Depression hättest«, rief sie ihm nach. »Ich meinte den Auslöser. Eine Depression kann genetisch bedingt sein, durch die Lebensumstände entstehen, oder auch beides.«

Gabe lief weiter.

»Ich kann es nicht glauben! Du machst es schon wieder. Hast du mich deshalb hergebracht und mir diese Geschichte erzählt? Damit du noch einen Grund hast, mich von dir zu stoßen?«

Er verschwand zwischen den Bäumen und das Licht seiner

Taschenlampe mit ihm. Jo ging zum Grab von Hope Lovett und leuchtete das Kreuz an. Das Mädchen war mit achtzehn Jahren gestorben, am zweiten Weihnachtstag, kurz vor dem Beginn eines neuen Jahrhunderts. Was für eine traurige Geschichte. Ein seltsamer Ort, um sich mit dem oder der Geliebten zu treffen.

Vielleicht aber auch nicht. Katherine war Dichterin. Sie mochte es metaphorisch gesehen haben – die Erneuerung von Hoffnung und Jugend –, nachdem sie die Träume für ihre Ehe aufgegeben hatte.

Jo schwenkte die Taschenlampe über die anderen Grabsteine und wunderte sich, wie viele der Toten Säuglinge und Kinder waren, oft neben ihren Eltern begraben, die sie hatten sterben sehen müssen. Vielleicht hatte Katherine ihnen Anerkennung zollen wollen. Es konnte sein, dass Gabe genau hier gezeugt worden war, im Schatten von Hopes Geist.

Jo ging zurück zum Cottage, Kleiner Bär folgte ihr. Als sie ankam, war es 3.40 Uhr, und Ursa schlief tief und fest. Auf gar keinen Fall konnte Jo in einer Stunde aufstehen. Sie stellte sich den Wecker nicht.

Als sie zu schlafen versuchte, drehten sich ihre Gedanken um alles, das in den letzten Stunden geschehen war. Um halb fünf war sie wie im Wahn. Sie brauchte dringend Schlaf und eine Pause vom Grübeln. Gedanken an Gräber und Ursas Zeichnung überschatteten den schönen Moment mit Gabe im Baumhaus. Alles lief falsch. Sie hätte Gabe nicht küssen sollen. Sie hätte Ursa nicht bei sich aufnehmen dürfen. Warum hatte sie zugelassen, dass dieses ganze Tohuwabohu ihre Forschungsarbeit beeinträchtigte?

22

»Jo?«

Ursa stand im Schlafanzug vor ihr. Sie griff zum Handy und sah auf die Uhr. 9.16 Uhr!

»Bist du krank?«, fragte Ursa.

»Nein«, erwiderte Jo. »Bist du gerade erst aufgestanden?«

»Ja.«

»Du musst genauso müde gewesen sein wie ich.«

»Wo ist Gabe?«

»Zu Hause.«

»Er hat gesagt, er bleibt hier.«

»Konnte er nicht. Er muss sich auf dem Hof um alles kümmern. Du weißt ja, dass seine Mutter krank ist.«

»Sehen wir ihn heute?«

»Keine Ahnung.« Jo stand auf und machte Kaffee und Frühstück. Erst um zwanzig nach zehn gingen sie nach draußen. Als Jo Gabe mitten auf der Turkey Creek Road stehen sah, wurde sie langsamer. Er hatte einen Metallrechen in den behandschuhten Händen, seine Klamotten waren schweißgetränkt. Er schaute hoch und war überrascht, die beiden zu sehen. Jo hielt an. Ihr Blick wurde von seiner ungewöhnlich akkuraten Auffahrt angezogen. Die Schlaglöcher und Furchen waren mit weißem Schotter gefüllt. Jo öffnete das Fenster.

»Du bist aber spät dran«, sagte Gabe schnaufend und fuhr

sich mit dem Ärmel über die nasse Stirn. »Ich dachte, du wärst längst unterwegs.«

»Ich brauchte ein bisschen mehr Schlaf.«

»Das Gefühl kenne ich.« Gabe wies auf den Weg. »Und, was meinst du?«

»Das hast du alles heute Morgen gemacht?«

»Der Lieferant hat einen Großteil übernommen. Ich habe den Schotter verteilt und die Bäume zurückgeschnitten.«

»Du brauchst ein neues Durchfahrt-verboten-Schild, das zu der schicken Zufahrt passt.«

»Oder ein Willkommen-Schild«, erwiderte er und sah ihr kurz in die Augen. Dann entdeckte er Ursa auf dem Rücksitz. »Hey, Hoppelhäschen, wie geht's dir?«

»Gut«, sagte Ursa. »Deine Zufahrt gefällt mir.«

»Müsst ihr bald mal ausprobieren.«

»Können wir heute Abend mit Gabe essen?«, fragte Ursa.

Gabe und Jo sahen sich an. Er beugte sich vor. »Tut mir leid, dass ich weggelaufen bin«, sagte er.

»Mir auch – was ich gesagt habe.«

»Muss es nicht.« Er trat zurück und legte die Hände auf den Griff des Rechens. »Also, Abendessen?«

»Wir kommen heute spät zurück, weil wir viel nachholen müssen.«

»Ich kann vorher eine Kleinigkeit mit meiner Mutter essen.« Als Jo nicht sofort antwortete, nahm er sich noch weiter zurück. »Sag Bescheid, wenn du Lust hast. Du musst jetzt wohl los.«

Jo nickte und legte einen Gang ein. Zusammen mit Ursa arbeitete sie die Ufergebiete von North Fork und Jessie Branch ab. Als Nächstes war Summers Creek an der Reihe, doch als sie dort am späten Nachmittag ankamen, verdunkelte ein Gewitter den Himmel im Westen. »Das ist wie an dem Tag, als wir mit Gabe hier waren«, sagte Ursa.

»Stimmt. Man sagt ja, ein Blitz schlägt nirgendwo zweimal ein, aber das ist mir doch zu riskant.« Jo lenkte den Honda vom Straßenrand weg.

»Wo wollen wir hin?«

»Nach Hause. Das Gewitter gefällt mir nicht.«

Auf der Rückfahrt zum Cottage kam es herunter. Jo musste rechts ranfahren, weil sie die Straße vor lauter Regen nicht mehr sehen konnte. Ursa war begeistert. Während sie warteten, zeigte Jo dem Mädchen, wie man die Sekunden zwischen Blitz und Donner zählte, um einzuschätzen, wie weit das Gewitter noch entfernt war.

Um Viertel vor fünf kamen sie zur Turkey Creek Road, und das Wetter wurde wieder besser. Wie erwartet, fing Ursa an zu betteln, als sie sich dem Grundstück der Nashs näherten. »Können wir heute Abend mit Gabe essen? Er hat gesagt, wir sollen ihm Bescheid sagen.«

Jo hielt an und dachte an das blendende Weiß des Schotters auf seiner Zufahrt. Das war eine eindeutige Botschaft an sie. Doch Jo konnte immer noch nicht genau einschätzen, in welcher Beziehung sie nun zueinander standen. Wenn es mit ihr und Gabe weitergehen sollte, musste die Richtung ein bisschen klarer werden. Sie bog in die Zufahrt ein.

»Yippieh!«, rief Ursa.

Die Fahrt zur Blockhütte dauerte ohne die Furchen nur noch halb so lang. »Duck dich!«, sagte Jo, bevor sie neben Gabes Pick-up hielt.

»Warum?«, fragte Ursa.

»Das weißt du doch. Ich möchte nicht, dass Katherine dich sieht. Sie könnte es Lacey erzählen.«

Ursa kauerte sich unters Fenster.

»Ich bin in fünf Minuten zurück«, sagte Jo.

»So lange?«

»Mach dich klein!«

Sie ging die Treppe zur Veranda hoch und klopfte an die Tür. Gabe öffnete ihr. Der Duft von Rinderbraten zog nach draußen. Er hatte wieder die rosa Schürze an. »Darf ich den Koch küssen?«, fragte Jo. Gabe lächelte, aber schielte nervös nach hinten, bevor er zuließ, dass sie ihm einen Kuss auf die Lippen drückte.

»Das Gewitter hat dich wohl früher nach Hause geschickt, was?«, sagte er.

Sie nickte. »Wir waren gerade am Summers Creek, als es anfing.«

»Kein Wunder, dass du eingepackt hast.«

»Hast du schon gegessen?«, wollte sie wissen.

»Ich koche gerade, aber ich kann anschließend rüberkommen.«

»Gute Idee. Magst du gegrillten Mahi? Den wollte ich heute für Ursa machen, damit sie ihn mal probiert.«

»Ich liebe gegrillten Mahi.«

»Ist deine Mutter in der Küche?«

»Ja, warum?«

»Ich wollte ihr Hallo sagen.«

»Musst du nicht«, sagte Gabe und versperrte ihr mit seinem Körper die Tür.

Jo drängte sich an ihm vorbei und ging ins Haus. Seine Mutter saß am Küchentisch und lächelte, als sie Jo erblickte. »Wie geht es Ihnen, Katherine?«

»Gut, gut«, erwiderte die alte Frau. Sie musterte Jos Arbeitskleidung und ihr ungekämmtes Haar. »Wie kommen Sie mit ihrer Vogelforschung voran?«

»Gut. Hat Gabe Ihnen erzählt, dass er mal mitgekommen ist? Er hat sogar ein Nest gefunden.«

»Wirklich?« Sie schaute ihren Sohn an.

Als Jo den Arm nach Gabe ausstreckte, versuchte er, ihr auszuweichen, doch bevor er entkommen konnte, legte sie den Arm um seine Taille.

Katherines strahlend blaue Augen wurden schärfer.

»Darf ich mir Ihren Sohn heute Abend ausleihen?«, fragte Jo. »Ich habe ihn zum Essen eingeladen.«

»Oh ... natürlich ... kein Problem.«

Jo gab Gabe einen Kuss auf die bärtige Wange. »So gegen sechs, schaffst du das?«

»Klar«, sagte er nervös. Ihm war bewusst, dass seine Mutter Jos intime Gesten genau beobachtete. Als Jo ihn losließ, eilte er zum Herd und beschäftigte sich mit dem köchelnden Topf.

»Ich hätte noch eine Frage«, sagte Jo. »Und ich hoffe, sie ist nicht zu aufdringlich.«

Gabe drehte sich mit panischem Gesichtsausdruck um.

»Gabe hat mir erzählt, dass Sie Gedichte schreiben ...«

»Na, warum machst du denn so was?«, sagte Katherine zu ihrem Sohn.

»Ich würde gerne etwas von Ihnen lesen«, sagte Jo. »Haben Sie Exemplare von Ihren Büchern, die ich mir ausleihen könnte?«

Das Zittern in Katherines Hand wurde schlimmer, als sei sie aufgeregt. »Wahrscheinlich hat er mehr daraus gemacht, als es ist.«

»Ich als Biologin habe ja überhaupt keine Ahnung. Mich interessieren einfach Gedichte, die hier ihre Wurzeln haben. Haben Sie auch etwas über die Natur in Süd-Illinois geschrieben?«

»Ja«, sagte Katherine. »Es sind sogar ein paar Gedichte über Vögel dabei. Eins handelt von einem Nest, das ich gefunden habe.«

»Welche Vogelart?«

»Ein Gelbbrustwaldsänger.«

»Die liebe ich! Letzten Monat habe ich noch ein Nest von ihnen gefunden.«

»Na, das ist ja ein Ding!« An ihren Sohn gewandt, sagte Katherine: »Du weißt doch, wo die Belegexemplare liegen. Bring Jo bitte von jedem eins.«

Als Gabe die Bücher holte, fragte Katherine: »Was ist mit diesem kleinen Mädchen, das immer vorbeikam?«

»Die kommt und geht«, sagte Jo beiläufig.

Als Gabe zurückkehrte, reichte er Jo zwei Taschenbücher, eins mit dem Titel *Schweigende Kreatur*, das andere hieß *Hopes Geist*. Er beobachtete Jo, um zu sehen, wie sie auf den zweiten Titel reagierte. »Danke!«, sagte sie nur.

»Können Sie behalten«, sagte Katherine. »Die will keiner haben, ich schon gar nicht.«

»Tja, jeder ist sich selbst der härteste Kritiker. Jetzt lasse ich Sie besser in Ruhe, bevor noch etwas anbrennt. Schönen Abend noch, Katherine!«

»Ihnen auch!«

Gabe brachte Jo zur Tür. »Ich weiß genau, was du da machst, du gerissenes Ding«, sagte er an der Tür.

»Was denn?«

»Du ziehst sie auf deine Seite.«

»Ist das hier ein Boxkampf? Wer sind dann die Boxer?«

Er überlegte. »Hm, weiß ich nicht genau. Du bist aber genauso durchtrieben wie sie.«

»Warum nennen Männer kluge Frauen durchtrieben?«

»Okay, du bist genauso klug wie sie.«

Sie küsste ihn. »Spar dir dein Gesäusel für später.«

23

Gabe brachte einen Rest Blumenkohl in Käsesoße zum Essen mit.

»Oh nein, keinen Kotzikohl!«, stöhnte Ursa. »Den musste ich gestern Abend schon essen.«

»Aber hier ist geschmolzener Käse drauf«, sagte Gabe, »und mit geschmolzenem Käse schmeckt alles lecker, sogar Erde.«

»Darf ich stattdessen Erde essen?«

»Ich liebe Frauen mit rasiermesserscharfem Verstand«, bemerkte Gabe. »Auch wenn sie in letzter Zeit stark in der Überzahl sind.« Er stellte die Schüssel mit dem Blumenkohl auf den Küchentisch. »Wie kann ich helfen?«

»Du hast schon zu Hause gekocht«, antwortete Jo. »Du kannst nach draußen in die brütende Hitze gehen – die das Feuer nur unerheblich wärmer macht – und ein kaltes Bier und die Vorspeise mit Ursa genießen. Nur dass Bier für Ursa tabu ist.« Jo reichte dem Mädchen einen Teller mit Crackern, die mit Cheddar belegt waren.

»Die habe ich gemacht!«, verkündete Ursa.

»Super«, sagte Gabe.

Jo holte ein Bier aus dem Kühlschrank, öffnete es und drückte es Gabe in die Hand. »Geht schon mal raus! Ich komme sofort zum Grillen nach.«

»Ich soll heute etwas essen, das *Mahi-mahi* heißt«, sagte Ursa zu Gabe, als sie durch die Hintertür gingen.

»Schon gehört. Ich glaube, das sind Riesenraupen.« Gabe drückte die Tür hinter den beiden zu.

Jo schmolz gewürzte Butter und brachte sie mit dem Fisch und den Gemüsespießen nach draußen. Die Spieße legte sie als Erstes auf den Rost. Als sie fast fertig waren, kamen die Mahi-Filets dazu, die sie beim Grillen mit der Butter einpinselte. Obwohl es so warm war, aßen sie am Feuer auf den lädierten Gartenstühlen, die wahrscheinlich noch aus der Zeit stammten, als Kinney regelmäßig mit seiner Frau da gewesen war.

»Ich habe nach dem Duschen ein paar Gedichte von deiner Mutter gelesen«, sagte Jo anschließend.

»Aus welchem Buch?«

»*Schweigende Kreatur*. Ich wollte sie in der richtigen Reihenfolge lesen.«

»Das zweite kenne ich gar nicht«, erwiderte Gabe. »Das erste kam zwei Jahre vor meiner Geburt heraus.«

»Du kennst die Gedichte in *Hopes Geist* gar nicht?«

»Nein. Das ist erschienen, als ich dreizehn war. Gerade ein Jahr nach...«

»Wonach?«, fragte Ursa.

»Nachdem ich den Sinn des Lebens verstanden hatte«, antwortete Gabe.

Ursa betrachtete ihn und versuchte zu verstehen, was er damit meinte. Sie war so, wie Gabe als Kind gewesen war, nahm jede Nuance im Verhalten der Erwachsenen wahr. Der Versuch, die knospende Liebesbeziehung geheim zu halten, wäre sinnlos. Mit Sicherheit spürte Ursa bereits die Veränderung zwischen den beiden.

»Wow, ein leerer Teller!«, lobte Jo das Mädchen. »Selbst der Blumenkohl ist weg!«

»Durch den Käse war er okay«, sagte Ursa. »Musst du auch so machen, wenn du Kotzikohl kochst.«

»Vielen Dank auch«, sagte Jo zu Gabe. »Für meine einfachen Kochkünste hast du die Messlatte verdammt hoch gelegt.«

»Gern geschehen. Aber deine Kochkünste sind doch super. Der Fisch war köstlich.«

»Darf ich die Marshmallows holen?«, fragte Ursa.

»Warte noch ein bisschen«, sagte Jo.

Ursa fläzte sich auf ihren Stuhl.

»Ich wollte dich etwas fragen«, sagte Jo.

»Was denn?«

»Als Gabe und ich dich gestern Abend gesucht haben, waren wir im Baumhaus und haben deine Bilder gefunden.«

Ursa verzog keine Miene, sondern hing reglos auf dem Stuhl.

»Auf dem Bild mit dem Grab: Wer liegt da drin?«

»Ein toter Mensch«, erwiderte Ursa.

»Ja, aber wer ist das?«

Ursa setzte sich auf. »Ich.«

»Du?«, fragte Gabe.

»Also, ich meine diesen Körper. Den hab ich doch von einem toten Mädchen übernommen.«

Jo und Gabe warteten auf weitere Erklärungen.

Ursa fuhr fort: »Ich hatte ein schlechtes Gewissen. Die Menschen auf diesem Planeten werden doch eigentlich beerdigt, deshalb habe ich das gemacht. Ich habe das Mädchen gemalt, dann habe ich sie beerdigt und so ein Kreuzteil darübergemalt, wie sie immer auf Friedhöfen stehen.«

»Und warum stand da ›Ich liebe dich‹ und ›Es tut mir leid‹?«, fragte Jo.

»Weil ich sie liebhabe. Schließlich habe ich ihr diesen Körper zu verdanken. Und entschuldigt habe ich mich, weil sie ja nicht richtig beerdigt werden konnte.«

Gabe sah Jo mit erhobenen Augenbrauen an.

»Was dachtet ihr denn, wer das sein soll?«, fragte Ursa.

»Jemand aus deiner Vergangenheit«, antwortete Jo.

»Ich habe keine Vergangenheit auf diesem Planeten.« Ursa stand auf. »Kann ich noch Milch haben?«

»Klar«, antwortete Jo.

»Das war eine einleuchtende Antwort«, sagte Gabe zu ihr, als Ursa ins Haus ging.

»Ich fand aber, dass sie nervös wurde, als ich danach gefragt habe.«

»Gib's zu«, sagte Gabe, »sie ist zu clever, sie lässt sich kein X für ein U vormachen.«

»Sie muss auf jeden Fall mit mir reden, bevor ich hier die Zelte abbreche.«

»Wann ist das?«

»In ungefähr einem Monat, Anfang August.«

»Scheiße«, sagte Gabe.

»Ich weiß. Die ganze Geschichte ist purer Masochismus, oder?«

»Apropos Masochismus …« Er beugte sich vor und küsste Jo. »Es ist Folter, wenn man das die ganze Zeit tun will. Du sahst wirklich heiß aus, als du am Feuer standest.«

»Du bist voll der Neandertaler.«

»Klar!«

Sie gaben sich noch einen Kuss. »Der Fischgeruch bleibt jetzt in deinem Bart hängen«, sagte Jo.

»Dich als Neandertalerin sollte das nicht stören.«

»Ich bin keine Neandertalerin.«

»Magst du keine Bärte?«

»Ehrlich gesagt, nein. Ich mag glatt rasierte Gesichter.«

Gabe rieb sich über den Bart. »Ich könnte ihn stutzen.«

»Du könntest ihn abrasieren.«

»Nein.«

»Warte mal!«, sagte Jo.

»Warum?«

»Bleib sitzen.«

Gabe gehorchte, und Ursa kam mit der Milch nach draußen.

»Wenn du dir den nicht abrasierst, mache ich das eben«, verkündete Jo. Und bevor Gabe aufstehen konnte, setzte sie sich seitlich auf seinen Schoß.

»Jo, was machst du da?«, fragte Ursa.

»Ich nehme Gabe gefangen. Hol mal eine Schere und den Rasierer aus dem Badezimmer.«

»Warum?«

»Wir rasieren ihm den Bart ab.«

»Wirklich?«, fragte Ursa.

»Nein«, sagte Gabe.

»Meinst du nicht, dass er ohne Bart gut aussehen würde?«, fragte Jo.

»Ich weiß nicht …«, sagte Ursa.

»Siehst du!«, warf Gabe ein.

»Aber ich will das machen!«, rief Ursa. »Das wird lustig!«

»Ursa! Du sollst doch zu mir halten«, sagte Gabe.

»Ich hol die Sachen!« Sie flitzte zur Tür, die Milch lief ihr über die Hand.

»Ich brauche die Flasche mit Rasierschaum, die jemand unter dem Waschbecken vergessen hat«, rief Jo ihr nach. »Und eine Schüssel mit warmem Wasser.«

»Komm, Jo …«, sagte Gabe.

»Nein, komm du. Du hast gesagt, du hättest dein Gesicht nicht mehr richtig gesehen, seit du den Bart hast.«

»Und du weißt genau, warum.«

»Meinst du nicht, dass es an der Zeit ist, dich nicht mehr davor zu verstecken, wer du bist?«

»Ich will sein Gesicht nicht jeden Tag sehen!«

»Du bist nicht er. Du hast auch viel von deiner Mutter. Zum Beispiel ihre Augen.«

»Ich weiß. Hab versucht, den Bart darüberwachsen zu lassen, ging aber nicht.«

Jo strich über die Haut unter seinen Augen. »Fast.« Sie gab ihm einen zärtlichen Kuss. »Lass mich das doch bitte machen! Wenn es dir nicht gefällt, kannst du den Bart ja wieder wachsen lassen.« Sie küsste ihn erneut. »Ist es nicht gut, wenn ich dich unwiderstehlich finde?«

»Wie George?«

»Ich kenne George. Ist nicht so mein Typ.«

»Woher kennst du ihn eigentlich genau?«

»Aus dem biologischen Institut. Er ist emeritierter Professor, zwar im Ruhestand, aber er forscht noch.«

»Klar. Der forscht so lange, bis er umfällt.«

»So was hat mein Doktorvater auch gesagt. Unter Entomologen ist er eine Legende.«

»Unter den Leuten hier auch.«

Jo griff zum Saum seines T-Shirts und hob es an.

»Willst du mir auch die Brust rasieren?«

»Nein, ich mag Brustbehaarung. Aber du musst es ausziehen, sonst wird es nass.«

Gabe ließ zu, dass Jo ihm das Shirt über den Kopf zog. Sie warf es auf den Stuhl und legte die Hände auf seine Brustmuskeln. »Schick«, bemerkte sie. »Du hast da mehr als ich.«

»Du hast einen wunderschönen Körper«, sagte Gabe leise.

Jo rutschte von seinem Schoß.

»Doch, wirklich.«

»Ja, die Narben beweisen, wie mutig ich bin und so weiter.«

»Das habe ich nicht gesagt.«

»Du kannst sagen, was du willst, ich glaube es dir nicht. Du kannst genauso gut einfach still sein.«

»Das ist unfair.«

»Allerdings.«

Ursa kam nach draußen, den Rasierschaum an den Oberkörper gedrückt, in einer Hand eine Schüssel mit Wasser, in der anderen Rasierer und Schere. Jo ging ihr entgegen, um zu helfen. Sie legten alles auf einen kleinen Plastiktisch neben Gabe. »Wir brauchen noch ein Handtuch«, sagte Jo.

»Ich hole eins«, meinte Ursa, »aber warte, bis ich zurück bin!« Sie lief wieder ins Haus.

»Na, wenigstens eine hat hier Spaß«, spottete Gabe.

»Ich mache es so angenehm wie möglich«, erklärte Jo.

Ursa kam mit dem Handtuch zurück, das Jo über Gabes Schultern legte. Sie zog einen der Gartenstühle vor ihn, setzte sich und nahm seine Beine zwischen ihre. Ihre weit geöffneten Oberschenkel in der abgeschnittenen Jeans schienen ihn zu faszinieren, aber den beiden war klar, dass sie sich in Ursas Gegenwart zusammenreißen mussten. Jo nahm die Schere, um Gabes Blick vom unteren Teil ihres Körpers loszueisen.

»Nein!«, sagte er schnell, aber Ursa rief: »Doch!«

Jo fing an und schnitt das dunkle Barthaar ab, das in der untergehenden Sonne golden leuchtete. Sie musste vorsichtig sein, um ihn nicht zu verletzen. Nachdem sie den Bart gestutzt hatte, machte Jo die Stoppeln nass. Ursa durfte die Flasche mit dem Rasierschaum schütteln und sich eine große Portion in die Hand sprühen. »Jetzt verteil den Schaum auf dem Bart«, befahl Jo.

»Das macht Spaß!« Voller Hingabe schmierte Ursa den Schaum in Gabes Gesicht.

»Ich muss noch atmen können, Mädels«, mahnte er.

Mit dem Handtuch säuberte Jo seine Nasenlöcher und seine Lippen. Dann griff sie zum Rasierer. »Los geht's …«

»Darf ich das machen?«, fragte Ursa.

»Auf gar keinen Fall!«, rief Gabe.

»Nein, Rasierer sind nur was für Erwachsene«, sagte Jo mahnend.

Ursa beugte sich vor, um den ersten Einsatz der Klinge genau zu beobachten. »Die Haut darunter sieht ja ganz normal aus«, bemerkte sie.

»Was hast du denn gedacht? Dass ich grüne Haut wie ein Alien habe?«, rief Gabe.

»Ich bin ein Alien, deshalb hätte es mich nicht gewundert.«

»Haben die Leute auf deinem Planeten grüne Haut?«, fragte er spaßeshalber.

»Wir sehen nach außen wie Sternenlicht aus.«

Es machte Jo Spaß, Gabes Gesicht freizulegen. Ein wenig erinnerte es sie schon an George Kinney, aber Gabe sah sehr viel besser aus. Die hohe Stirn, die große, schwach gebogene Nase und das kantige Kinn waren von George. Aber die leicht schräg stehenden dunkelblauen Augen kamen von Katherine, ebenso wie seine schön geschwungene volle Oberlippe und sein Lächeln. Jo rieb über einen dünnen Strich auf Gabes linkem Wangenknochen und konnte sich kaum zurückhalten, ihn dort zu küssen. »Woher hast du diese Narbe?«

»Du wirst es nicht glauben.«

»Doch, woher?«

»Bin mit einer Schere in der Hand rumgerannt.«

»Dann stimmt der Spruch also.«

»Ja, ich hab mir mit sechs Jahren fast das Auge ausgestochen.«

Ursa schüttete die Schüssel mit dem verschmutzten Wasser aus und holte neues. Nachdem Jo vorsichtig die letzten Bartreste entfernt hatte, machte sie ein Ende des Handtuchs nass und wischte damit über Gabes Gesicht. Er sah ihr in die Augen. »Und?«

»Man sollte dich zu einer Geldstrafe verdonnern, weil du dieses Gesicht so viele Jahre versteckt hast.«

»Wem soll ich die zahlen?«

»Mir.« Jo setzte sich wieder auf Gabes Schoß, schlang die Arme um seinen Hals und gab ihm einen Kuss auf den Mund.

»Ich hab's geschafft! Juchu, ich hab's geschafft!«, jubelte Ursa und ballte die Fäuste. Sie tanzte um die beiden herum.

»Was hast du geschafft?«, fragte Gabe.

»Ich habe es geschafft, dass ihr euch verliebt! Das waren meine Quarks. Ich wusste es! Ich wusste es!«

Jo und Gabe küssten sich erneut, während Ursa um sie herumtanzte und Kleiner Bär bellte und mit ihr herumtollte.

»Wenn sich eine vom Menschlichen bestürmte Seele so anfühlt, könnte ich mich dran gewöhnen«, flüsterte Gabe Jo ins Ohr.

»Das ist auf jeden Fall mein viertes Wunder!«, rief Ursa.

»Dann fehlt ja nur noch eins«, meinte Gabe.

»Ja, ich weiß. Aber das muss was ganz Besonderes sein.«

Nachdem sie das Geschirr abgeräumt hatten, rösteten Gabe und Ursa Marshmallows. Jo sah ihnen zu und freute sich über Gabes Gesicht und das fröhliche Geplänkel der beiden.

Er setzte sich neben Jo und nahm ihre Hand. »Guckt mal!«, rief Ursa. »Ich mache Sterne.« Sie stocherte mit ihrem Stock im Feuer herum, und alle sahen zu, wie sprühende Funken im schwarzen Himmel verglühten. Jo wäre gerne wie Ursa gewesen, wäre gerne in der Lage, wie sie im Moment zu leben. Doch jede Minute, die sie mit dem Kind verbrachte, wurde von der unsicheren Zukunft überschattet. Jetzt war auch Gabe Teil dieses drohenden Schicksals, und das Ende des Sommers rückte immer näher.

Als Ursa ihren Schlafanzug anhatte und bettfertig war, ging Gabe zu seinem Pick-up und brachte ein zerfleddertes Buch mit: *The Runaway Bunny*. »An das Buch erinnere ich mich noch von früher«, sagte Jo.

»Jedes Kind in diesem Land erinnert sich an dieses Buch. Ist das auch auf Hedareh bekannt?«, fragte Gabe Ursa.

»Nein«, erwiderte sie.

»Das hatte ich im Kopf, als ich heute Morgen ›Hoppelhäschen‹ zu dir gesagt habe.«

»Das ist ein Babybuch«, sagte Ursa.

»Egal. Ist trotzdem große Literatur. Mein Vater war Literaturprofessor, und der liebte dieses Buch.«

»Echt?«, fragte Jo.

»Er mochte es so, weil es den Konflikt zwischen dem elterlichen Schutzbedürfnis und dem Freiheitswillen des Kindes auf den Punkt bringt. Er hat es mir oft abends vorgelesen, selbst als ich schon größer war.«

»Mir hat es meine Mutter vorgelesen«, sagte Jo.

»Ab ins Bett, Alien!«, sagte Gabe. »Darin können die Hedarehner etwas Wichtiges über Menschen lernen.«

Ursa legte sich auf die Couch und wickelte sich in die Decke. Gabe las ihr von dem kleinen Häschen vor, das seiner Mutter erzählt, wo es sich überall vor ihr verstecken würde, wenn es wegliefe, während der Mutterhase jede Idee des Kleinen mit einer raffinierten Möglichkeit kontert, ihn zu finden. Jo hatte es immer beeindruckt, wie geduldig die Mutter war, wie bedingungslos sie ihr Kind liebte.

Als Gabe fertig war, sagte Ursa: »Jetzt verstehe ich, warum du mich ›Hoppelhäschen‹ genannt hast.«

»Das ist ein guter Name für dich, oder? Aber heute Nacht

bleibst du im Bett. Jo und ich sind zu müde, um dir wieder hinterherzulaufen.«
»Bleibst du hier?«
»Kann sein.«
»Ich bleibe liegen, damit ihr euch küssen könnt.«
»Klingt nach einem guten Plan.«

24

Am nächsten Abend kam Gabe zum Essen, und am Tag darauf ebenfalls. Wenn Ursa einschlief, kuschelte er mit Jo auf der Veranda im Licht der zwei Kerzen, die Ursa bei ihrem ersten gemeinsamen Abendessen aufgestöbert hatte. Der gegenseitigen Anziehungskraft nachzugeben, hatte sie bei der Zwickmühle mit Ursa bisher nicht weitergebracht. Wenn überhaupt, war die Unentschlossenheit der beiden nur noch schlimmer geworden. Das Wort »Sheriff« gehörte nicht mehr zu ihrem aktiven Wortschatz. Sie sprachen weder über Ursas Zukunft noch darüber, was sie tun würden, wenn Jo wieder wegzog. Gabe genoss seine erste Beziehung und lebte, so wie Ursa, im Moment, in einer unendlichen Gegenwart, losgelöst von Vergangenheit und Zukunft.

Jo ließ ihn träumen. Und Ursa ebenfalls. Nach zwölf Stunden Arbeit täglich blieben ihr nur wenig Zeit und Kraft, um ihre Gedanken darauf zu verschwenden, dass sie sich bald von beiden verabschieden müsste. Sie kam müde ins Cottage und wollte sich nur noch mit Gabe und Ursa in ihrer kleinen leuchtenden Blase verkriechen.

Als Ursa am dritten Abend ins Bett gegangen war, nahm Jo Katherines zweiten Gedichtband mit auf die Veranda, *Hopes Geist*. Sie hatte das Buch inzwischen durchgelesen. Als Gabe es in Jos Händen sah, verzog er das Gesicht.

»Ich dachte, wir könnten ein paar Gedichte lesen«, schlug sie vor. »Du hast gesagt, du kennst das Buch gar nicht.«

»Aus gutem Grund.«

»Einige Gedichte handeln von dir. Musst du dir mal ansehen.«

Gabe nahm Jo das Buch ab und legte es zur Seite. »Wir wollen unsere kostbare Zeit nicht mit meiner verkorksten Familie verschwenden.« Er zog sie auf die Couch und küsste sie.

»Viele Familien sind verkorkst«, sagte sie. »Entscheidend ist, wie viel Liebe da ist.« Sie hob das Buch wieder auf. »Deine Mutter war mutig genug, ihre Liebe in diesen Gedichten zu offenbaren. Wenn du sie nicht lesen willst, tue ich es. Nur ein paar.«

Gabe fläzte sich in die Kissen, als ginge es darum, an einer Verkaufsveranstaltung für Ferienhäuser teilzunehmen. Zwei Gedichte handelten von Gabes Kindheit. Katherines Hinweise auf das Kind ihres Liebhabers waren metaphorisch verpackt, aber leicht zu verstehen, nun da Jo den Hintergrund kannte. Aus den Zeilen sprach Mutterliebe in einer Tiefe, das Jo die Tränen kamen. Im dritten Gedicht mit dem Titel »Hopes Geist« ging es um Katherines Kummer über ihre geteilte Familie.

Als Jo das vierte Gedicht vorgelesen hatte, war es um Gabes Fassung geschehen. Er musste sich zusammenreißen, um nicht zu weinen.

»Ich glaube, das hat sie geschrieben, nachdem du ihr und George auf die Schliche gekommen warst«, sagte Jo. »Sie hat gemerkt, dass sie es falsch angegangen war und du dich von deinem Vater zurückgezogen hast.«

»Er ist nicht mein Vater.«

»Er ist dein leiblicher Vater, und du bist sein Sohn. Sie haben dich *alle* geliebt, Gabe. Alles, was du mir über deine Kindheit erzählt hast, bestärkt mich darin, dass Arthur, Katherine und George dich geliebt haben. Jeder von ihnen hat dich mit deinen Interessen und Talenten so gut wie möglich unterstützt, und so was tun nur sehr gute Eltern.«

»Ja, sie haben mich unterstützt«, sagte Gabe. »Bis ich mit zwölf zu einem kleinen Arschloch wurde –, weil ich es herausgefunden hatte. Alle dachten, das sei die Pubertät; keiner hatte eine Ahnung, was sie mit mir machen sollten.«

Jo legte das Buch zur Seite und rieb Gabe über den Arm.

»Später meinten sie dann, ich wäre psychisch krank.«

»Das klingt so, als seist du anderer Meinung.«

»Mit dir geht es mir so viel besser. Meinst du, das ist nur vorübergehend?«

»Das weiß ich nicht.«

»Lacey hat heute angerufen.«

»Warum?«

»Sie hat sich Sorgen gemacht, weil sie länger nichts meiner Mutter gehört hat. Ich glaube, Mum will nicht, dass sie erfährt, was mit uns läuft. Sie hat Angst, dass Lacey herkommt und alles kaputtmacht. Mum treibt mich abends regelrecht aus dem Haus, damit ich zu dir fahre.«

»Eine Frau, die Sex auf dem Friedhof hat, muss einfach Sinn für Romantik haben.«

Gabe sah sie vorwurfsvoll an.

»Liebe ist kein Verbrechen, Gabe.«

»Sie hat Arthur Nash das Eheversprechen gegeben. Statt ihm Hörner aufzusetzen – noch dazu mit seinem besten Freund –, hätte sie ihn freigeben sollen.«

»Ja, genau! Mit seinem besten Freund. Hast du mal überlegt, dass Arthur damit einverstanden gewesen sein könnte?«

»Das ist doch nicht dein Ernst!«

»In der Tierwelt ist Polygamie völlig normal und unter Menschen verbreiteter, als du glaubst.«

»Dasselbe gilt für Kindesmord und Vergewaltigung. Willst du so was auch rechtfertigen?«

Jo schaute auf den Gedichtband in ihren Händen. *Hopes*

Geist. Hope Lovett, gestorben mit achtzehn Jahren in einer kalten Winternacht im Jahr 1899. War sie je verliebt gewesen? Hatte sie Sex gehabt? Da sie unverheiratet war, war es unwahrscheinlich, zu jener Zeit. Anders als viele Dichter von damals fand Jo nichts Romantisches am Tod eines jungfräulichen Mädchens. Eines Mannes genauso wenig.

Sie legte das Buch beiseite und nahm die beiden Kerzen in die Hand. »Komm mit!«

»Wo wollen wir hin?«

Sie führte Gabe ins Haus. Vorbei an Ursa auf der Couch gingen sie in Jos Schlafzimmer. Jo stellte eine Kerze auf den Boden, die andere auf den Nachttisch. Dann machte sie die Tür hinter Gabe zu.

Er blieb an der Tür stehen. »Was wollen wir hier? Ich weiß nicht, ob ich ...«

»Entspann dich!«, sagte Jo. »Wir legen uns nur hin.« Sie schlüpfte aus ihrer kurzen Hose und setzte sich in ihrem rosafarbenen Slip und dem weißen Top im Schneidersitz aufs Bett. Gabe hatte sie noch nie in Unterwäsche gesehen. Reglos stand er da.

Jo legte sich auf die Seite. »Komm her, ich beiße nicht. Es sei denn, du stehst darauf.«

Er grinste und betrachtete ihren Körper. Jo klopfte auf die Matratze neben sich.

Gabe streifte seine Schuhe ab.

»Die Hose auch!«, befahl Jo.

»Ich glaube, ich werde gerade verführt«, sagte er.

»Du weißt doch, wie müde ich nach einem Tag draußen bin. Ich schlaf gleich ein.«

»Oh, nein, das tust du nicht!« Schnell war die Jeans ausgezogen. Als sich Gabe auf den Rücken legte, schlang Jo Arme und Beine um ihn. »Bist du noch böse auf mich?«

»War ich doch gar nicht.«

Sie beugte sich über ihn. »Beweis es!«

Zärtlich küsste er sie auf den Mund, dann auf den Hals. Sie genoss es, wie liebevoll er sie berührte. Seine Unerfahrenheit schien seine Neugier zu steigern; er achtete auf jedes kleinste Detail. Eine Ansammlung von Sommersprossen auf ihrer Schulter faszinierte ihn. Er studierte sie im Kerzenschein und fuhr mit dem Finger von einer Sommersprosse zur anderen. »Die sind angeordnet wie die Sterne im Großen Wagen.«

Nie hatte Jo einen Mann mehr begehrt. Die OPs hatten nichts verändert. Nur eins war anders: Ihr war die Leidenschaft, die sie für Gabe empfand, deutlicher bewusst. Für sie war die Lust ein Wunder des Körpers und des Geistes, das sie früher für selbstverständlich gehalten hatte.

Jo entkleidete Gabe vollständig und legte sich der Länge nach auf ihn.

Er schlang die Arme um sie. »Ich weiß, was du vorhast.«

Sie küsste ihn auf die Wange. »Was denn?«

»Du meinst, wenn du mir zeigen kannst, wie super Sex ist, dann verzeihe ich meiner Mutter und George.«

Jo setzte sich rittlings auf Gabe und sah ihn an. »Können wir vielleicht weitermachen, ohne dass deine Mutter und George mit uns in diesem Bett liegen?« Bevor Gabe antworten konnte, stand sie auf, streifte ihren Slip ab und setzte sich wieder. »Was meinst du?«

»Die beiden sind schon weg ... wie von Zauberhand verschwunden.« Gabe richtete sich ebenfalls auf und zog Jo wieder auf seinen Schoß. »Legst du das Top vielleicht auch ab?«

»Dir ist es bestimmt lieber, wenn ich es anlasse.«

Er nahm ihr Gesicht in die Hände. »Ich will dich genau so, wie du bist. Verstehst du das?«

Jo ließ zu, dass er ihr das Oberteil über den Kopf streifte.

»Da fehlt nichts«, sagte Gabe. »Du bist der vollständigste Mensch, den ich je gesehen habe.« Vorsichtig legte er seine warmen, kräftigen Hände auf die Narben an ihrer Brust. »Bist du hier empfindlich? Soll ich dich da lieber nicht berühren?«

»Mich stört es nicht, wenn es für dich okay ist.«

Gabe löste die Hände von ihrer Haut und fuhr mit dem Zeigefinger über die Narbe neben ihrem Herzen. Jo sah weder Mitleid noch Traurigkeit in seinen Augen. Er zog eine Linie, so wie er vorher die Sterne auf ihrer Schulter miteinander verbunden hatte: mit liebevollem Staunen. Als wollte er jedes Geheimnis ihres Körpers kennen und erforschen.

Seine Hand wanderte zur rechten Narbe und tastete sie mit warmen Fingern ab.

»Irgendwie haben uns diese Narben zusammengebracht«, bemerkte Jo.

Gabe sah ihr in die Augen. »Meine auch. Etwas Schöneres gibt es doch nicht, oder?«

»Nein.« Zärtlich drückte sie ihn auf die Matratze. »Höchstens vielleicht das hier ...«

25

In der ersten Juliwoche ließ sich Jo vollkommen auf die Phantasiewelt ein. Sie ließ sich in Ursas Strudel ziehen, in den zeitlosen Sternenwirbel, den Gabe »das unendliche Nest« genannt hatte. Niemand konnte den dreien in ihrem Glück etwas anhaben. Ihre Vergangenheit nicht, ihre Zukunft nicht. Jo hörte auf, die Website mit den vermissten Kindern zu checken, und vermutete, dass Gabe auch nicht mehr nachsah.

Doch selbst Galaxien haben nicht ewig Bestand. Die erste Erschütterung ihres Universums kam mit einem Anruf von Tabby. Eine Freundin von ihr hatte in Großbritannien einen Mann kennengelernt, mit dem sie nun in die USA kommen wollte. Das Pärchen wollte in Jos und Tabbys Apartment wohnen und war bereit, die Miete für den letzten Monat zu übernehmen. Tabby wohnte schon ein paar Wochen in dem neuen Haus. Jo hatte den Umzug für die Zeit geplant, wenn ihre Feldforschung vorbei war; nun würde sie sich einen Tag freinehmen müssen.

Sie machte früher Schluss, um Gabe am Montagabend beim Eierverkauf zu erwischen. Als sie hinter seinem Pick-up parkte, lächelte er ihr unter seinem blauen Zeltdach entgegen. »Du bist früh dran«, bemerkte er. »Plötzlicher Heißhunger auf ein Omelett?«

»Eher plötzlicher Heißhunger auf dich«, sagte sie und beugte sich über die Eierkartons, um ihn zu küssen.

»Rat mal, was!«, rief Ursa. »Wir fahren morgen nach Champaign-Urbana, und du kommst mit!«

»Immer mit der Ruhe!«, sagte Jo. »Ich habe gesagt, wir fragen ihn.«

Das Funkeln in Gabes Augen wurde schwächer. »Warum willst du da hoch?«

»Ich muss meine Sachen aus der alten Wohnung holen. Tabby hat Nachmieter gefunden.«

»Und die ziehen sofort ein?«

»Die sind sogar schon drin, und mir ist unwohl dabei, dass meine Sachen da noch rumliegen.«

»Kannst du denn mit der Feldarbeit aussetzen?«

»Ein verlorener Tag ist nicht so schlimm. Mittlerweile habe ich nicht mehr so viele aktive Nester wie noch vor ein paar Wochen.«

»Aber die ganze Strecke da hochfahren, nur um ein paar Sachen aus der Wohnung zu holen? Kann Tabby das nicht für dich erledigen?«

»Das kann und will ich sie nicht fragen. Außerdem sind es schon ein paar mehr Sachen. Würdest du mir vielleicht helfen?«

Er rieb sich die Wange, als hätte er noch einen Bart.

»Ich würde dir da oben gern einiges zeigen.«

Ursa hüpfte herum. »Du kannst Tabby kennenlernen und das schöne Haus sehen!«

Jo konnte nicht genau deuten, was sie in Gabes Blick sah, aber es verhieß nichts Gutes.

»Können wir später darüber sprechen?«, fragte er.

»Klar. Wann kommst du zu uns?«

»Vielleicht gegen acht.«

Jo wunderte sich nicht, als er um acht Uhr nicht erschien. Er trudelte erst um neun ein. Während Ursa einschlief, saßen Jo und Gabe auf dem Verandasofa und unterhielten sich. »Hast du dir nun überlegt, ob du morgen mitkommst?«, fragte sie.

»Hab ich.«

»Ist das ein Ja?«

»Ich kann meine Mutter nicht den ganzen Tag allein lassen.«

»Das ist der Grund, warum ich heute Nachmittag mit dir darüber sprechen wollte: damit du noch Zeit hast, Lacey anzurufen.«

»Ich dachte, wir waren uns einig, dass Lacey hier nichts mehr zu suchen hat.«

»Sie wird Ursa nicht sehen.«

»Jetzt ist es zu spät, um sie noch anzurufen«, sagte Gabe.

»Du hast es doch nicht mal in Erwägung gezogen, oder?«

Er sah durch das Insektennetz in den dunklen Wald.

»Wir müssen uns überlegen, wie du da oben Teil meines Lebens sein kannst.«

»Ich wusste es«, sagte er. »Es geht doch nicht nur darum, ein paar Kisten zu schleppen.«

»Worum denn dann?«

»Du willst, dass ich da hinziehe.«

»Quatsch. Ich weiß, dass das nicht geht. Ich werde dich nicht bitten, deine Mutter und euren Hof zu verlassen. Ich bitte dich nur, dir zu überlegen, wie wir zusammenbleiben können.«

Gabe drehte sich zu ihr um. »Willst du das wirklich?«

»Ja. Das, was wir zusammen haben, ist alles andere als selbstverständlich. Ich habe Angst, dass ich so was nie wieder erlebe.«

»Ja, davor habe ich auch Angst.«

»Dann überlegen wir uns doch, wie wir es erhalten können.« Jo nahm Gabes Hände in ihre. »Versuch es doch bitte!«

»Wenn du glaubst, dass es hilft, begleite ich dich.«

»Es hilft. Ich kann nicht immer zu dir auf den Hof kommen. Du musst auch bereit sein, dich der Welt zu stellen.«

Er nickte, angespannt.

»Wer kümmert sich dann morgen um deine Mutter?«

»Ich rufe Lacey jetzt gleich an.«

»Es ist schon halb zehn.«

»Das ist eigentlich völlig egal –, wenn meine Mutter sagt, dass sie kommen soll, kommt sie.«

»Also willst du deine Mutter anrufen lassen?«

»Weiß ich noch nicht.« Gabe stand auf. »Ich gehe erst mal nach Hause und spreche mit meiner Mutter. Aber ich weiß jetzt schon, dass sie auf jeden Fall dafür ist, dass ich mit dir fahre.«

Jo erhob sich ebenfalls. »Weil sie dich liebt.«

»Ja.« Er gab ihr einen Kuss auf die Wange und ging zur Fliegengittertür.

»Woher weiß ich, ob du mitkommst?«, rief Jo ihm nach.

»Ich komme mit. Lacey muss einspringen.«

26

Gabe sah zu, wie die Stadt Mount Vernon an ihnen vorbeisauste. Seit sie aufgebrochen waren, hatte er kaum etwas gesagt, und Jo hielt es für das Beste, ihn in Ruhe zu lassen. Wahrscheinlich hatte er einen nicht sehr angenehmen Austausch mit Lacey hinter sich. Sie war um sechs Uhr morgens in Saint Louis aufgebrochen.

Jo schaute in den Rückspiegel. Ursa malte noch immer ein Bild für Tabby. Es zeigte das kleine getigerte Kätzchen, dem sie den Namen Cäsar gegeben hatte. Es würde lange dauern, alle Streifen zu malen, hatte Ursa gesagt. Jo wusste, dass es perfekt werden würde.

Gabe wischte sich die Hände an der Jeans ab.

»Alles in Ordnung?«, fragte Jo.

»Ja«, sagte er.

»Die Interstate 57 weckt bestimmt Erinnerungen in dir.«

»Ja, schon.«

»Hauptsächlich gute?«

»Kann sein.«

Jo ließ ihn wieder in Ruhe.

Sie kamen an Salem, Farina und Watson vorbei. Je länger sie schwiegen, desto größer wurde Jos Schuldgefühl, weil sie Gabe aus seiner Komfortzone geholt hatte. Doch sie musste wissen, wie genau es um ihn stand. Sie hatte bereits viel in die Beziehung investiert. Wenn sich herausstellen sollte, dass Gabe mit der Außenwelt gar nicht klarkam, würde Jo sich behutsam von ihm lösen müssen.

Als sie an den Stadtrand von Effingham kamen, wo Jo gerne billig tankte und Neccos kaufte, wurde Gabe lebendiger. »Hier war immer eine gute Pizzeria, wo wir oft gegessen haben.«

»In der Nähe des Highways?«

»Nee, etwas weiter weg.«

»Und wie habt ihr die gefunden?«

»Mein Vater hasste Restaurantketten. Er legte Wert auf lokale Küche, besonders in Kleinstädten. Er hat sich tatsächlich immer vorher schlaugemacht, um gemütliche Restaurants vor Ort zu finden. Ich habe in diesem Bundesstaat schon in den schrulligsten Restaurants und altmodischsten Diners gegessen.«

»Dein Vater war ein interessanter Mann.«

»Du hättest ihn gemocht.«

Jo wartete auf mehr, doch Gabe verfiel wieder in Schweigen. Im Rückspiegel sah sie nach Ursa. Sie war eingeschlafen, was bei ihrem überaktiven Wesen nur selten vorkam. »Bei der langweiligen Landschaft ist selbst Ursa eingenickt«, sagte Jo. »Falls Mais- und Sojabohnenfelder überhaupt als Landschaft gelten.«

»Wenn man sie länger nicht gesehen hat, schon«, sagte Gabe. »Jetzt, wo ich im Wald lebe, bin ich es nicht mehr gewöhnt, so viel Himmel zu sehen. Heute Morgen war das erst mal ein richtiger Schock für mich.«

Gabe hatte ihr zu Anfang von seiner leichten Platzangst erzählt. Vielleicht war das der Grund, warum er so still war. Jo versuchte noch mehrmals, ein Gespräch in Gang zu bringen, bekam aber nur knappe Antworten und gab es schließlich auf.

Rechtzeitig gegen Mittag erreichten sie Urbana. Sie hatten vor, Tabby in der alten Wohnung zu treffen und Jos Sachen in

Tabbys VW und Jos Honda zu laden. Jo hoffte, sie würden nur einmal fahren müssen, denn die Treppen zum Apartment im zweiten Stock hoch und runter zu laufen würde das Ganze ziemlich in die Länge ziehen.

Als Jo das Gebäude sah, in dem sie mit Tabby seit ihrem vierten Studienjahr gelebt hatte, war sie froh, dort wegzuziehen. Abgesehen davon, dass es in bequemer Entfernung zum Campus lag, hatte das hässliche Haus in der verkehrsreichen Umgebung nichts von dem Heim, nach dem sich Jo seit ihrer OP sehnte.

»Guck mal, da steht Tabbys Auto!«, rief Ursa.

»Sie ist bestimmt oben«, sagte Jo. Dann schlang sie den Arm um Gabes Taille und küsste ihn auf die Wange. »Hast du Hunger?«

»Noch nicht.«

»Ich aber«, meldete sich Ursa.

»Wir essen mit Tabby drüben im Haus Sandwiches.«

Ursa hüpfte den Rest des Wegs zur Treppe. Sie stiegen in den zweiten Stock und nahmen den überdachten Gang zu Apartment Nr. 307. Jo klopfte lieber, als den Schlüssel zu benutzen, falls die neuen Mieter zu Hause sein sollten. Tabby öffnete die Tür in einem bauchfreien blauen Tanktop aus Spitze, einer hochgerollten grünen Armeehose und zerrissenen roten Converse. »Jojo! Du siehst toll aus!«, rief sie und schlang die Arme um Jo.

»Danke, du auch. Die neue Farbe gefällt mir«, sagte sie zu Tabbys blassblauen Haaren.

Tabby gelang es kaum, den Blick von Gabe abzuwenden, um Ursa zu begrüßen. Jo hatte ihr nicht erzählt, dass sie in Begleitung käme, nicht mal, dass sie eine Beziehung hatte. Alles war so kompliziert zu erklären gewesen, besonders die Situation mit Ursa. Niemand, nicht mal Jos beste Freundin, würde das verstehen. Und ihr Leben im Cottage zu erklären – dass sie gezwungen war, es zu verteidigen – würde die empfindliche Schönheit des Ganzen bestimmt zerstören.

»Ursa, mein Lieblingsalien!« Tabby beugte sich vor, um das Mädchen in die Arme zu nehmen. »Wie geht's, wie steht's, Süße?«

»Gut«, sagte Ursa. »Ich habe ein Bild für dich im Auto.«

»Cool! Und du hast unsere Farbe an!« Sie klatschte sich mit Ursa ab.

»Tabby, das ist Gabe Nash«, sagte Jo. »Gabe, das ist Tabby Roberti.«

Gabe lächelte gezwungen und gab Tabby die Hand.

»Moment mal ... Gabe?«, sagte Tabby. »Der Typ auf Ursas Bild?«

»Ja, nur ohne Bart«, sagte Jo.

»Den haben wir abrasiert!«, erklärte Ursa.

»Wer?«, fragte Tabby.

»Jo und ich. Aber ich hab bloß geholfen. Ich durfte den Rasierer nicht halten.«

Tabby konnte ihre Überraschung nicht verhehlen. Und ihre Kränkung. Wenn Jo einen Mann gut genug kannte, um ihm eine Rasur zu verpassen, wollte Tabby darüber Bescheid wissen. Und es musste in ihren Ohren sehr seltsam klingen, dass Ursa dabei geholfen hatte.

»Fangen wir an!«, sagte Jo. »Es ist schon wieder irre heiß draußen.«

»Ich könnte euch in meine klimatisierte Wohnung lassen«, sagte Tabby. Sie trat zurück und winkte die drei herein. »Will jemand Wasser? Was anderes habe ich nicht im Angebot, weil die Sachen im Kühlschrank schon den neuen Mietern gehören.«

»Sind die da?«, wollte Jo wissen.

»Sie sind unterwegs, um uns nicht im Weg zu stehen.«

»Bist du dir sicher, dass sie hier alles pfleglich behandeln? Falls nicht, müssen wir dafür geradestehen.«

»Ich vertraue meiner Bekannten. Ihn kenne ich nicht, aber er scheint ein anständiger Brite zu sein.« Das sagte Tabby mit einem arroganten britischen Akzent, worüber Ursa lachen musste.

»Haben sie schon bezahlt?«

»Bar auf die Kralle«, sagte Tabby. »Musst du mal aufs Klo?«, fragte sie Gabe. »Ich will nämlich mit Jo hinter deinem Rücken über dich sprechen.«

Zum ersten Mal an diesem Tag lächelte er. »Wo ist das?«

»Im Flur, erste Tür links.«

Kaum fiel die Badezimmertür ins Schloss, sagte Tabby: »Manno! Wieso bekommst du immer die heißesten Kerle? Warum hast du mir nichts von ihm erzählt?«

»Ich wusste nicht, wie es sich entwickelt.«

Tabby sah sie mit erhobenen Augenbrauen an, wartete auf mehr. »Wie weit hat es sich denn schon entwickelt?«

»Sie sind verliebt«, sagte Ursa. »Und das liegt an mir.«

»An ihren Alienkräften.« Jo zwinkerte.

»Jawohl!«, bekräftigte Ursa.

»Mir egal, wer dahintersteckt. Stimmt es denn?«, flüsterte Tabby.

Jo sah zum Badezimmer hinüber. »Darüber kann ich jetzt nicht sprechen.«

»Okay.« Tabby packte Jo am Kragen und hielt sie fest. »Aber später prügele ich es aus dir heraus, verstanden?«

»Verstanden.«

Tabby ließ Jo los und nahm sie in die Arme. »Ich freue mich für dich, Jo.«

Die Badezimmertür ging auf.

»Und, spielt er denn auch Banjo?«, flüsterte Tabby Jo ins Ohr.

»Halt den Mund!« Jo ging weiter und nahm Gabe mit in ihr Schlafzimmer. Sie lud ihm ihre Klamotten auf den Arm und schickte ihn nach unten zum Auto. Jo packte sich ebenfalls die Arme voll und folgte ihm, bevor Tabby sie abfangen und mit noch mehr Fragen löchern konnte.

Da alle vier fleißig dabei waren, dauerte es keine Stunde, bis Jos Habseligkeiten in die zwei Autos verfrachtet waren. Sie fuhren zum neuen Haus, und Jo führte Gabe herum, während Tabby und Ursa Sandwiches und Limonade machten. Als Letztes zeigte Jo Gabe den Garten.

Er wölbte die Hand um ein rotes Liliengewächs. »Das Haus passt zu dir.«

»Irgendwann möchte ich gerne auf dem Land leben, so wie du. Aber für die Stadt ist es nicht schlecht.«

»Du möchtest lieber auf dem Land leben?«, fragte er.

»Ja, klar. Zum Beispiel in den Bergen oder an einem See. Ich möchte aus der Tür gehen und in der Natur sein.«

»Das entspricht der Natur des Menschen.« Mit Blick auf das Nachbarhaus sagte er: »Wir sind nicht dafür gemacht, in Kästchen übereinandergestapelt zu leben.«

Jo drückte sich an ihn und schlang die Arme um seinen Hals. »Ich hatte den Eindruck, dass es dir gefiel, als wir übereinandergestapelt waren.«

Nervös schielte Gabe zur Hintertür.

»Tabby weiß Bescheid«, sagte Jo. »Was gibt's da überhaupt zu verstecken?«

»Keine Ahnung. Ich muss mich erst mal an alles gewöhnen.«

»Du musst dich daran gewöhnen, der Sache mit uns zu vertrauen.«

»Kann sein.«

Sie küsste ihn. »Ich muss auch auf alles vertrauen. Ich will nichts bereuen, falls ...« Sie konnte es nicht aussprechen. Bekam es einfach nicht über die Lippen.

»Falls was?«

»Falls der Krebs zurückkommt.«

Sein Körper erstarrte. »Könnte das passieren?«

»Möglich ist es immer, aber ich habe eine gute Prognose. Es wurde früh entdeckt.«

Gabe drückte Jo so fest an sich, dass es weh tat. Aber es war ein schöner Schmerz.

»Hey, ihr Klammeraffen!«, rief Tabby von der Terrasse. »Essen ist fertig!«

Gabe ging ins Gästebad, um sich die Hände zu waschen, Jo zog Tabby mit sich ins Wohnzimmer. »Stell ihm bitte nicht so viele Fragen«, flüsterte sie. »Es gibt ein paar Sachen, über die er nicht reden will.«

»Was zum Beispiel? Über den Mord, den er letzten Monat begangen hat?«

»Er hatte es ganz schön schwer. Denk dir irgendwas Unverfängliches aus.«

»Schwerer als du?«

»Auf eine andere Art schwer.«

»O Gott. Ihr seid mir ja ein Pärchen.«

»Tja ... Komisch, dass wir uns gefunden haben, oder?«

Tabby nahm sie in den Arm. »Dann halte ich mich ans Wetter oder an Politik. Moment ... Ist er liberal oder konservativ?«

»Lustig, das weiß ich gar nicht.«

»Was? Das ist das Erste, was ich wissen will!«

»Ist noch nicht zur Sprache gekommen.«

»Heiliger Bimbam! Der Sex muss ja phänomenal sein.«

»Pssst!« Jo ging zurück und war erleichtert, als sie Gabe mit Ursa in der Küche fand. Ursas Bild mit der Tigerkatze – wie immer hervorragend – hing bereits am Kühlschrank, befestigt mit einem Tierarzt-Magneten, der zur Kastration von Haustieren aufrief.

Beim Essen stellte Tabby Gabe ein paar belanglose Fragen im Stil von: »Und, wie lange lebst du schon in Süd-Illinois?« Dann lenkte sie das Gespräch auf Politik, und die beiden Frauen stellten fest, dass Gabe eher libertäre Ansichten vertrat. Damit konnte Jo leben.

Gegen drei Uhr hatten sie die Autos ausgeladen. Jo hatte keine Zeit mehr, um ihre Sachen in Schränke zu packen, weil sie noch Einiges an der Universität erledigen musste. Sie ließ alles auf dem Boden und dem Bett gestapelt zurück. Tabby hatte sich für den Umzug freigenommen. Sie bestand darauf, dass Jo und Gabe ohne Ursa zum Campus fuhren. »Ich zeig dem Alien ein paar Menschenmädchensachen«, sagte sie.

»Tabby will mir die Fingernägel lackieren«, krähte Ursa. »In Violett!«

»Ist das wirklich in Ordnung, wenn du hierbleibst?«, fragte Jo Ursa.

»Ja!«

Gerne wäre Jo mit Gabe zu Fuß durch das State-Street-Viertel zur Uni gelaufen, doch sie musste noch ins Sekretariat ihres Instituts und zur Bank auf der Green Street, bevor die zumachte. Im Auto sagte Gabe: »Als ich das letzte Mal hier war, war ich noch ein Kind, trotzdem kommt mir die Gegend bekannt vor. Ich glaube, George Kinney wohnt hier in der Nähe.«

»Kann gut sein«, erwiderte Jo. »Bei manchen heißt dieses Viertel auch ›Professoren-Getto‹.«

»Das weiß ich noch. Mein Vater hat seine Witzchen darüber gemacht, wenn wir hier waren.«

»Kleine Spitzen gegen George?«

»Ja, klar.«

Sie parkten in der Nähe von Morrill Hall, wo sich das Sekretariat des Instituts für Tierökologie befand. Jo musste Unterlagen für ihre Seminare im Herbst abgeben, doch zuerst wollte sie Gabe den Innenhof zeigen. Händchen haltend trat sie mit ihm auf die große rechteckige Fläche inmitten der alten Gebäude. »Schöner Campus«, sagte er anerkennend.

»Das da ist Illini Union, das Haus der Studentenvereinigung.« Sie wies nach Norden. »Und das große Gebäude mit der Kuppel am Südende ist das Foellinger Auditorium, der große Hörsaal.«

Sie nahmen einen der diagonalen Wege. Der Innenhof war fast leer, normal mitten im Sommer. Ein paar Studierende lagen auf dem Rasen, und am südlichen Ende spielte ein Typ mit freiem Oberkörper mit seinem Hund Frisbee.

»Erinnert mich an den Innenhof der Uni in Chicago.«

»Da war ich noch nie.«

»Ist wunderschön.«

»Überlegst du manchmal, noch mal zu studieren?«

»Nein.«

»Die Antwort kam schnell.«

»Warum sollte sie nicht schnell kommen?«

»Weil es ebenso ein Verbrechen ist, deinen klugen Kopf im Wald zu verstecken wie dein Gesicht hinter dem Bart.«

Gabe blieb stehen und sah Jo an. »Ich wusste, dass du mich deshalb mitgenommen hast.«

»Das hier ist meine Welt, Gabe! Wenn du eine Möglichkeit findest könntest dazuzugehören, wäre alles deutlich einfacher.«

»Du hast gesagt, du möchtest auf dem Land leben!«

»Es dauert noch Jahre, bis ich meinen Doktor habe und eine Stelle an einer Uni bekomme.«

Gabe setzte sich auf eine Bank und barg den Kopf in den

Händen. »Das geht doch alles nicht. Warum haben wir uns überhaupt darauf eingelassen?«

»Ich kann mich nicht erinnern, das groß in der Hand gehabt zu haben.«

Gabe sah ihr in die Augen. »Ich auch nicht. Weißt du, dass ich dich schon gut fand, als du das erste Mal Eier bei mir gekauft hast?«

»Davon habe ich aber nichts bemerkt.«

»Du konntest ja nicht sehen, wie ich dich abgecheckt habe, als du wieder gingst.«

»Meinen Hintern, meinst du?«

Gabe grinste nur.

Jo zog ihn auf die Füße. »Gut, dass du auf Hintern stehst und nicht auf Brüste.«

»Ich stehe auf Hintern?«

Jo zerrte ihn über den Gehsteig. »Ja, komm! Ich habe noch was zu erledigen.«

Sie betraten Morrill Hall und nahmen die Treppe zum Biologiesekretariat im vierten Stock. Jo ließ Gabe draußen im Flur warten, damit er nicht mit der Sekretärin reden musste, während sie den Papierkram erledigte. »So, jetzt zur Bank«, sagte sie, als sie wieder auftauchte.

Gabe wollte zu der Treppe, über die sie gekommen waren. »Nein, besser hier entlang!«, sagte Jo und wies auf die Treppe im Osten. »Da kommen wir näher am Auto heraus.« Sie nahmen einen langen Gang, vorbei an offenen Bürotüren. Die Mehrheit des Lehrpersonals und der Promovierenden war nicht auf dem Campus, sondern bei Forschungsprojekten.

»Können wir zurückfahren, wenn du bei der Bank warst?«, fragte Gabe.

»Das gibt Probleme.«

»Warum?«

»Weil Ursa sich in den Kopf gesetzt hat, mit Tabby in einem Restaurant essen zu gehen, das sie ganz toll findet. Wärst du damit einverstanden?«

»Denke schon.«

Jo nahm Gabes Hand in ihre. »Das ist eine Pizzeria, ganz locker.«

»Gabe?«, sagte eine Männerstimme hinter ihnen.

Sie drehten sich um und ließen sich los. Dr. George Kinney stand vor einer offenen Bürotür. Er kam auf sie zu, offensichtlich verblüfft, aber lächelnd, den Blick auf Gabe gerichtet. »Ich dachte, ich sehe nicht richtig, als du hier gerade vorbeigingst.« Er blieb vor Gabe stehen. Es war wie eine seltsame Spiegelung durch die Zeit, der Ältere konfrontiert mit dem Gesicht seiner Jugend, der Jüngere mit seiner Zukunft.

27

Sie sahen sich ähnlicher, als Jo klar gewesen war. Beide waren ungefähr gleich groß. Dr. Kinney hatte blaue Augen, etwas heller als die von Gabe. Seine weißen Haare trug er wie Gabe ein Stückchen länger, aber den Scheitel rechts, während Gabe ihn links hatte. Dr. Kinney war schmaler als sein Sohn, aber trotzdem kräftig, so fit, wie ein Mann mit dreiundsiebzig sein konnte.

»Ohne den Bart hätte ich dich fast nicht erkannt«, sagte Dr. Kinney.

Die Ironie der Bemerkung entging Gabe nicht, doch er schwieg dazu.

Um die unangenehme Stille zu unterbrechen, wandte sich der Professor an Jo: »Schön, Sie zu sehen, Jo. Was macht die Forschung?«

»Läuft sehr gut«, erwiderte sie.

»Freut mich zu hören. Ich hoffe, die Klimaanlage im Wohnzimmer macht keine großen Probleme. Muss sie ausgetauscht werden?«

»Nein, alles gut. Die mache ich eh nicht oft an.«

»Ich sehe, Sie haben die Nachbarn kennengelernt«, bemerkte Kinney mit einem Seitenblick auf Gabe.

»Ja.«

»Wir müssen weiter«, sagte Gabe zu Jo, als sei Kinney gar nicht da. Seine Verachtung war mit den Händen greifbar. Sie schockierte selbst Kinney, der eigentlich daran gewöhnt sein musste. Doch anstatt sich zurückzuziehen und in sein Büro zu gehen, sagte der Professor: »Gabe ...«

Unwillig sah Gabe ihn an.

»Ich würde gerne mit dir sprechen« – er zeigte auf die offene Tür ein paar Meter weiter – »in meinem Büro.« Mit freundlicherem Ton fuhr er fort: »Wenn man es so nennen kann. Als Emeritus bekommt man nur noch eine Abstellkammer. Manchmal stopft der Hausmeister extra noch einen Besen hinein.«

Jo lächelte. Gabe nicht.

Dr. Kinney ließ Gabe nicht aus den Augen. »Lynne ist sehr krank. Sie hat höchstens noch einen Monat.«

»Das tut mir leid«, sagte Gabe endlich.

Dr. Kinney nickte. »Komm bitte mit in mein Büro. Ich muss wirklich mit dir sprechen.«

»Hört sich an, als könntet ihr mich entbehren«, sagte Jo. »Ich laufe schnell rüber zur Bank. Wir treffen uns an der Sitzbank draußen, wenn du fertig bist«, sagte sie zu Gabe.

»Klingt gut«, meinte Dr. Kinney.

Jo ging los, bevor Gabe sich weigern konnte. »Nimm dir so viel Zeit, wie du brauchst!«, rief sie ihm über die Schulter zu.

Sie rechnete damit, dass er nach wenigen Schritten bei ihr war, doch sie schaffte es allein nach draußen. Bald fand sie ihr Auto und erreichte die Bank noch rechtzeitig, auch wenn sie in Gedanken nur bei Gabe und Dr. Kinney war.

Anschließend fuhr sie zurück zu Morrill Hall. Gabe saß nicht auf der Bank. Entweder war er voller Panik geflüchtet, oder er hatte den Treffpunkt vergessen – oder aber er sprach noch mit Kinney. Jo setzte sich und wartete. Nach einer Viertelstunde fing sie an, auf ihrem Handy herumzuspielen.

Als vierzig Minuten vergangen waren, machte sie sich große Sorgen. Vielleicht war Gabe ausgerastet und weggelaufen. Sie überlegte, ob sie reingehen und nachsehen sollte, ob er noch bei Kinney war, aber es erschien ihr unhöflich und aufdringlich, die beiden zu unterbrechen. Sie überlegte auch, ob sie Tabby anrufen und fragen sollte, ob Gabe allein zurückgekommen sei, aber dann müsste sie einfach zu viel erklären.

Zehn Minuten später kam Gabe nach draußen. Er wirkte völlig kaputt.

Jo ging ihm entgegen, doch er lief an ihr vorbei. »Ist alles in Ordnung?«, fragte sie.

»Ja.«

»Was ist passiert?«

»Wir haben geredet. Über alles.« Er ging weiter, ohne auf den Weg zu achten.

Schweigend lief Jo neben ihm. Er musste erst mal wieder in die Wirklichkeit zurückkommen. Als sie die große Fläche des Innenhofs erreichten, blieb Gabe stehen und sah sich um, als werde ihm erst jetzt bewusst, wo er war. Dann marschierte er schnell weiter, als eilte er zu einem nur ihm bekannten Ziel. Beim nächsten Baum hielt er inne und ließ sich in den Schatten fallen. Er lag auf dem Rücken im Gras, die Handflächen auf die Augen gedrückt. Jo setzte sich neben ihn und streichelte seinen Oberkörper.

»Du hattest recht«, sagte er, die Hände immer noch auf den Augen. »Mein Vater – also Arthur – wusste es und ließ es geschehen.«

Jo überlegte, ob sie sagen sollte, es tue ihr leid, fand es aber nicht angebracht.

Gabe löste die Hände von den Augen und sah sie an. »Er war sogar *froh*, dass George Katherine einen Sohn schenkte. Arthur selbst hat sich gefreut, einen Sohn zu haben. Er war impotent. Lacey muss wohl entstanden sein, als er mal konnte.«

Wieder schlug er die Hände vors Gesicht. »Lynnes Leber ist hinüber. Ich wusste das nicht, aber sie ist schon seit Jahren Alkoholikerin. Ich dachte immer, sie wäre beschränkt und langweilig, weil sie nie was sagte und so einen starren Blick hatte. Aber in Wirklichkeit war sie wohl immer betrunken.«

»Darüber spricht er nicht«, sagte Jo. »Ich habe auch immer nur gehört, dass seine Frau krank sein soll.«

»Rat mal, was er mich gefragt hat!«

»Was denn?«

»Er will meine Mutter heiraten, wenn Lynne tot ist. Er hat mich um Erlaubnis gebeten.«

Damit hatte Jo nicht gerechnet. Das war wohl der Grund, warum Kinney mit Nachdruck das Gespräch mit Gabe gefordert hatte. »Und, was hast du gesagt?«

Endlich nahm er die Hände vom Gesicht und sah Jo an. »Hast du mich extra da entlanggeführt, damit er mich sieht?«

»Nein! Ich wusste doch nicht mal, dass Kinney sein Büro dort hat! Ich habe bisher nur zweimal mit ihm gesprochen, und das war beide Male im Sekretariat.«

»Er hat erzählt, er wäre vor zwei Jahren in den kleineren Raum umgezogen. Er musste frühzeitig in Ruhestand gehen, damit er sich um Lynne kümmern konnte.«

»Vor zwei Jahren habe ich Chemotherapie bekommen. Als ich ins Krankenhaus musste, hatte er sein Büro noch in der Abteilung für Entomologie.«

Gabe nickte, er glaubte Jo, dass sie die Begegnung nicht herbeigeführt hatte.

»Weiß er, dass deine Mutter Parkinson hat?«, fragte sie.

»Ja, aber er will sie trotzdem heiraten.« Gabe setzte sich auf und sah Jo an. »Weinst du?«

»Ich versuche mich zusammenzureißen.«

»Warum?«

»Weil es so schön ist. Aber auch wirklich traurig. Vielleicht wusste Lynne, dass George sie nicht liebt. Vielleicht hat sie deshalb angefangen zu trinken.«

»So was kann doch nicht schön sein. Der Egoismus der beiden hat das Leben anderer Menschen zerstört.«

Die Liebe der beiden hatte Leben verändert. So sah Jo das.

»Er hat mir erzählt, wie alles begann«, erklärte Gabe. »Er ist als Student mit seinen Biologiekursen immer runter in den Shawnee Forest gefahren und hat dann später meinem Vater die Gegend gezeigt. An einem Wochenende im letzten Studienjahr haben sie einen Ausflug zu viert gemacht: George und Lynne, Arthur und Katherine. Du kannst dir wahrscheinlich denken, was da passierte…«

»George und Katherine haben sich verliebt.«

»Genau. Aber sie beließen es dabei. George und Arthur blieben enge Freunde, auch wenn sie verschiedene Fächer studierten. Waren gegenseitig Trauzeugen. Selbst als die Familien immer mehr Zeit miteinander verbrachten, haben George und Katherine Abstand gehalten. Behauptet George jedenfalls.«

»Warum sollte er lügen, wenn es irgendwann doch passierte?«

»Genau.«

»Wann hat es mit ihnen angefangen?«

»Nachdem mein Vater das Grundstück in Süd-Illinois erworben hatte. Er baute noch am Blockhaus, als das Nachbargrundstück zum Verkauf angeboten wurde. Mein Vater überlegte, ob er es auch übernehmen sollte, doch meine Mutter schlug vor, George und Lynne zu fragen, ob sie Interesse hätten. Dann könnte man in den Ferien gemeinsam etwas unternehmen.«

»Ich ahne ein weiteres Motiv.«

»Ach, ja?«

»Wann erfuhr Arthur von der Affäre?«, fragte Jo.

»Als meine Mutter schwanger wurde. Er wusste, dass das Kind nicht von ihm sein konnte, weil sie seit Jahren nicht mehr miteinander geschlafen hatten. Als meine Mutter im vierten Monat war, zwang sie Arthur und George, sich mit ihr zusammenzusetzen und darüber zu reden, wie es weitergehen sollte.«

»Also, jetzt habe ich noch mehr Respekt vor Katherine. Das war wirklich stark von ihr.«

»Sie haben sich darauf geeinigt, sich nicht scheiden zu lassen. Und kamen überein, dass Lynne nichts davon wissen dürfe, weil sie durch ihren Alkoholismus zu anfällig sei. Bis heute hat George weder seiner Frau noch seinen zwei Töchtern etwas davon gesagt.«

»Ist ihnen nicht aufgefallen, wie viel Ähnlichkeit du mit ihm hast?«

»Ich nehme an, dass Lynne zu sehr in ihrem Elend gefangen war, und die Töchter haben mich nur selten gesehen. Als ich geboren wurde, waren sie in Laceys Alter.«

»Offenbar haben die drei auch beschlossen, dir nichts zu sagen.«

»Das war eine von zwei Bedingungen, die Arthur stellte: Ich sollte als sein Sohn aufwachsen, und George und Katherine durften sich nicht auf seinem Grundstück treffen.«

»Deshalb die Geschichte mit dem Friedhof.«

»Genau. Der Friedhof liegt auf dem Grundstück der Kinneys, nur wenige Meter vor der Grenze. Das war mit Sicherheit Teil des Witzes, sich dort zu treffen.«

»Meinst du wirklich, das war ein Witz?«, fragte Jo. »Deine Mutter ist ein einfühlsamer Mensch, das sieht man an ihren

Gedichten. Sie muss gewusst haben, wie sehr sie Arthur weh tat.«

»Ja, ganz bestimmt wusste sie das«, sagte Gabe bitter. »Aber er hat ja den Trostpreis bekommen, oder? Er bekam mich.«

Jo strich ihm über den Arm. »Ja, er bekam dich.«

Gabe riss ein Grasbüschel aus und warf es auf den Boden. »Weißt du, was George meinte? Er will ein richtiger Vater für mich sein.«

»Und was hast du geantwortet?«

»Nichts! Weil das Schwachsinn ist. Er meint, seine Töchter dürften es nie erfahren. Wie ›richtig‹ kann so was schon sein?«

»Warum hasst du ihn so sehr, wo du jetzt die ganze Geschichte kennst? George und deine Mutter sind offensichtlich bei ihren Partnern geblieben, um sie nicht unglücklich zu machen, obwohl sie jemand anderen liebten. Vielleicht erkannten sie irgendwann, dass es keine kluge Entscheidung gewesen war, aber da hatten sie schon Kinder, die unter einer Scheidung leiden würden. Als sie schließlich ihren Gefühlen nachgaben, versuchten sie, so wenig Menschen wie möglich damit zu verletzen. Siehst du nicht die Schönheit in ihrem Opfer? Und die Schönheit einer Liebe, die so viele Jahre überdauert hat?«

»Wenn das deine Eltern wären, würdest du es anders sehen«, sagte Gabe.

»Ja. Wenn ich meine Eltern zurückbekommen könnte, dürften sie von mir aus jeden lieben, den sie lieben wollen.«

Gabe riss Grashalme aus und rollte sie zwischen den Händen.

»Wir müssen gleich los«, sagte Jo. »Ursa ist schon so lange bei Tabby.«

Er war zu sehr in Gedanken verloren, um sie zu hören. »Als ich gehen wollte, meinte George, es sei Vorsehung gewesen, dass ich heute an seiner Tür vorbeigegangen bin. Kurz bevor wir kamen, hätte er an mich gedacht.« Gabe rieb die Händen aneinander und sah Jo in die Augen. »Weißt du, was ich dachte? Ich musste an Ursas Quarks denken. Was alles passiert ist, seitdem das Mädchen aufgetaucht ist, das ist schon echt seltsam.«

28

Gabe hatte es eilig, nach Hause zu kommen. Ursa wollte unbedingt Pizza in dem Restaurant essen, wo man »Purple People Eater« auf der Jukebox abspielen konnte, doch Gabe war nicht in der Stimmung für Essen oder Gespräche. Er blieb sogar im Auto sitzen, als sie wieder beim Haus hielten. Jo sagte Ursa und Tabby, es gehe ihm nicht gut. Dann zwang sie Ursa, sich trotz tränenreicher Proteste auf die Rückbank zu setzen. »Wir holen uns auf der Rückfahrt etwas zu essen«, versuchte Jo, die Kleine zu trösten. »Vielleicht gibt's ein Eis bei McDonald's.«

»Ich will mit Tabby Pizza essen!«, rief Ursa.

»Tut mir leid.«

»Kann ich mal kurz mit dir sprechen?«, fragte Tabby, bevor Jo einsteigen konnte.

Sie folgte ihrer Freundin ins Haus, voller Sorge, was Tabby zu sagen haben mochte. Egal, ob es um Gabe oder Ursa ging –, Tabby konnte sehr massiv werden, und Jo hatte nicht mehr viel Kraft.

»Ich habe mich gewundert, dass Ursa heute mitgekommen ist«, sagte Tabby, als sie die Haustür hinter sich schloss.

»Ja?«

»Tu nicht so, als sei das normal. Was ist da los? Sie hat gesagt, sie wohnt bei dir.«

»Kann man wohl so ausdrücken.«

Das Weiß um Tabbys grüne Augen wurde groß. »Du musst sie zur Polizei bringen!«

»Dann läuft sie weg.«

»Dann steck sie ins Auto und verrat ihr nicht, wo du hinfährst.«

»Dafür ist sie zu schlau. Wir haben es versucht, da ist sie aus dem Auto gesprungen.«

»Echt?«

»Wir haben sie fast nicht mehr gefunden.«

»Wer ist ›wir‹? Sie hat mir erzählt, Gabe schläft bei dir.«

»Ja, und?«

»Du kannst nicht mit einem fremden Kind so tun, als hättest du eine Familie! Dafür kannst du ernsthafte Probleme bekommen. Und was willst du machen, wenn dein Projekt vorbei ist?«

»Ich habe es Ursa noch nicht gesagt, und reg dich jetzt bitte nicht auf...«

»Was?«

»Ich will versuchen, ihre Pflegemutter zu werden.«

Tabby schlug sich vor die Stirn. »Du meine Scheiße! Das meinst du ernst.«

»Ja.«

»Francis Ivey hat gesagt: keine Kinder.«

»Glaubst du, das hält mich auf? Ich liebe das Mädchen.«

Beide verstummten, Jo ebenso schockiert wie Tabby.

»Jo...«

»Was?«

»Ich finde, du solltest mal diese Ärztin anrufen, bei der du oben in Chicago warst.«

»Ich hatte viele Ärztinnen.«

»Du weißt, welche ich meine.«

»Die Psychotherapeutin? Die du immer Dr. Tod genannt hast?«

»Genau die.«

»Weißt du, was sie zu mir gesagt hat? Sie meinte, Überlebende würden intensiver leben und lieben als Menschen, die dem Tod nicht ins Gesicht gesehen hätten.«

»Jetzt mal ehrlich ... Was machst du da?«

»Ich schätze, ich bin eine Überlebende.« Jo öffnete die Tür und ging nach draußen.

»Hab dich lieb, Jojo!«, rief Tabby ihr von der Veranda aus nach.

»Ich dich auch, Tabs!«

Ihre kleinen und großen Wunden leckend, schwiegen die drei auf der Fahrt über die Interstate 57. Bis sie die Stadt Mattoon erreicht hatten, wurde kein einziges Wort gesprochen.

»Mein Vater kannte hier einen Barbecue, wo er gern essen ging«, sagte Gabe.

Jo wurde langsamer. »Soll ich rausfahren? Wir müssen tanken, und Ursa hat Hunger.«

»Ich will Pizza!«, rief das Mädchen von der Rückbank.

Gabe drehte sich zu ihr um. »Ein paar Meilen weiter kommt eine gute Pizzeria. So ein altmodischer Laden, wo es auch noch eine Jukebox gibt.«

»Ich will zu Tabby!«

»Oh, ich glaube, die ist da nicht im Angebot.«

»Halt die Klappe!«

»Hey, das war nicht nett«, sagte Jo.

Gabe drehte sich wieder nach vorne. Erneut breitete sich Schweigen aus. Jo fuhr an Mattoon vorbei.

»Entschuldigung, Gabe«, sagte Ursa einige Minuten später.

»Entschuldigung angenommen. Und mir tut es leid, dass ich deine Pläne durcheinandergebracht habe.« Wieder drehte er sich zu Ursa um. »Willst du mal die Pizza in dem Laden probieren, von dem ich eben erzählt habe? Ich bin in deinem Alter oft dagewesen. Die Jukebox habe ich auch geliebt.«

»Aber ›Purple People Eater‹ haben die da bestimmt nicht.«

»Dann suchen wir ein anderes schönes Lied.«

»Guck erst mal nach, ob es den Laden überhaupt noch gibt«, mahnte Jo.

»Hundertprozentig. Der war super beliebt bei den Leuten hier und immer voll.«

Mit seinem Handy suchte er die Pizzeria. Im Rückspiegel schaute Jo nach Ursa. Sie malte wieder. Die Buntstifte und der Block waren eine gute Investition gewesen. »Was wird das?«, fragte Jo.

»Ein violetter Menschenfresser.«

Kunst war für Ursa eine Form der Zerstreuung. Wenn sie etwas wollte oder ihr jemand fehlte, zeichnete sie den und das Gewünschte einfach.

Als sie in Effingham ankamen, wurde es bereits dunkel. Zu dieser Uhrzeit hätte Jo normalerweise Fastfood geholt, statt sich in ein richtiges Restaurant zu setzen. Aber wenn Gabe einen Lieblingsort aus seiner Kindheit besuchen wollte, war sie dabei. Eine Verbindung zu seinem Dad war jetzt vielleicht genau das, was er brauchte.

Während Gabe sie zu der Pizzeria navigierte, beugte sich Ursa über ihren Block, trotz des schwindenden Lichts voll auf ihre Zeichnung konzentriert. »Nimm deine Malsachen mit rein«, sagte Gabe, als Jo parkte. »Dauert ja eine Weile, bis die Pizza fertig ist. Dann hast du so lange was zu tun.«

Jo ließ den Blick über die Reihen von Motorrädern schweifen, die unter dem mit bunten Lampions geschmückten Dachvorsprung der Pizzeria standen. »Bist du dir sicher, dass wir hier richtig sind?«

»Ja«, sagte Gabe und öffnete Ursa die Tür. »Zum Glück hat

sich nichts verändert. Der Parkplatz ist immer noch aus Schotter. Und guck mal, wie viele Autos hier stehen!«

»Guck mal, wie viele Harleys hier stehen«, gab Jo zurück.

»Ich weiß. Ist das nicht super? Als wären wir zurück in den Sechzigern.«

»Kann ich nicht beurteilen.«

»Arthur schon. Schade, dass er nicht da ist. Er mochte diesen Laden, besonders abends.«

»Sieht ein bisschen runtergekommen aus.«

»Weißt du, das ist das Problem mit den Leuten. Wenn sie in ihrer grauen Fastfoodwelt ein bisschen Farbe entdecken, kriegen sie es mit der Angst zu tun. Läden wie der hier sind ihnen zu nah am Leben. Aber das hier ist ein Ort, an dem die wirklich interessanten Geschichten der Menschheit stattfinden.«

»Ich habe gerade das Gefühl, in einer Literaturvorlesung von Dr. Nash zu sitzen.«

»Stimmt, und ich bin ganz seiner Meinung. Stell dir vor, dieser Laden wird in einem Buch beschrieben, und versuch mal, ihn durch McDonald's zu ersetzen.«

»Ich schätze, die beiden Restaurants würden in dem Buch sehr unterschiedliche Zwecke erfüllen.«

»Genau. Kein Vergleich. Der eine wäre eine Metapher für alles Trübselige im Leben, der andere für das bisschen Unvorhersehbarkeit, das es noch gibt.«

»Solange zu der Unvorhersehbarkeit keine Messerstecherei unter Bikern gehört, bin ich dabei.«

»Eine Messerstecherei – na, das wäre mal was!«

»Also, der Arthur in dir ist ein bisschen beängstigend«, bemerkte Jo.

»Ursa, willst du heute noch aussteigen?«, fragte Gabe.

»Ich will hier nicht essen!«

»Du nicht auch noch.«

»Ich habe keinen Hunger«, antwortete sie. »Ich will nach Hause.«

»Hier kann dir nichts passieren.«

»Darum geht's nicht. Ich habe einfach keinen Hunger.«

»Was hat sie denn heute?«, fragte er Jo.

»Sie hat Tabby-Entzug, das kann hart sein. Geh mal rein und besorg einen Tisch. Ich red noch mal mit Ursa.«

»Soll ich dir erst den Wagenheber holen? Damit du dich verteidigen kannst?«

Jo klopfte ihm auf die Schulter. »Komm, geh! Sichere uns einen Tisch, bevor ich hier zu viel Energie verpulvere.«

Jo beugte sich in die offene Tür. »Gabe möchte wirklich gern hier essen gehen. Könntest du bitte mitkommen, nur ihm zuliebe? Auch wenn du keinen Hunger hast?«

»Der Laden sieht blöd aus!«

»Nimm deine Stifte und den Block mit und guck nicht hin.«

Ursa rührte sich nicht.

»Du hast doch gehört, was Gabe gesagt hat: Sein Vater fand die Pizzeria toll. Er ist vor zwei Jahren gestorben, und Gabe kann sich ihm nahe fühlen, wenn wir hier essen. Verstehst du, was ich meine?«

»Ja.«

»Dann komm mit! Für Gabe. Er sitzt schon drinnen an einem Tisch.«

Nur widerwillig rutschte Ursa aus dem Auto. Jo griff noch mal hinein und holte das Kästchen mit den Buntstiften und den Block heraus. Sie betrachtete den violetten Menschenfresser. »Super geworden«, sagte sie. »Besonders der Mund ist toll.«

»Der muss so groß sein, damit er die Menschen im Ganzen fressen kann.«

»Die Zähne sind ganz schön gruselig.«

»Eigentlich frisst er keine Menschen mehr. Er war in dem Zauberwald von Julia und Hamlet, und die haben ihm beigebracht, nett zu sein.«

»Macht er in deinem Theaterstück über Julia und Hamlet mit?«

»Weiß ich nicht. Ich hab mir beim Malen nur vorgestellt, dass er in dem Zauberwald ist.«

Sie stiegen zu einer ausgetretenen Holzveranda hoch, die ebenfalls mit bunten Lampions geschmückt war. Jo zog die schwere Holztür auf, und kaum hatten sie die Pizzeria betreten, verstand sie, warum Gabes Vater davon so begeistert gewesen war. Innen war der Raum rundherum mit Holz verkleidet: der Boden, die Wände, die Sitzecken und Tische – alles Holz. Die blankgescheuerten Oberflächen schienen den Dunst der Jahre auszuströmen, die Geschichten der Menschheit, wie Gabe gesagt hatte. Es roch nach Kiefern und Pizzafett, nach Schweiß, Whiskey und Tabak, und die Gerüche vermischten sich wie reifender Wein in einem alten Eichenfass. In der blinkenden Jukebox lief Nancy Sinatras Hit aus den Sechzigern: »These Boots Are Made for Walkin'«. Das Lied passte genau zur Atmosphäre, auch wenn es im Gelächter und Stimmengewirr unterging. Es war dunkel, fast alle Lampen waren farbig, nur nicht die über den drei Billardtischen weiter hinten. Darum scharten sich mehrere tätowierte Männer und Frauen, tranken Bier und unterhielten sich, während die Billardkugeln rollten.

Viele Augenpaare folgten Jo und Ursa zu Gabe, der an einem Tisch mitten im Raum saß. Wahrscheinlich war den Gästen – wie Jo vermutete, hauptsächlich Einheimische – sofort klar, dass Gabe und Jo von außerhalb kamen. Ihre Jeans und T-Shirts waren unauffällig, aber der Aufdruck »AMERICAN ORNITHOLOGICAL SOCIETY« auf Jos Shirt outete sie.

Sie setzte sich Gabe gegenüber an den kleinen viereckigen Tisch, Ursa nahm den Stuhl zwischen ihnen. »Super, oder?«, sagte Gabe.

»Ich muss zugeben, es fühlt sich an wie in einer anderen Zeit. Aber ich glaube, hier weiß jeder, dass wir Zeitreisende sind.«

»Das ist denen egal. Wir unterstützen die Wirtschaft vor Ort.« Gabe nahm Ursas Hand und betrachtete ihre lavendelblauen Fingernägel. »Schöne Farbe! Hat Tabby auch deine Zehnägel lackiert?«

Ursa nickte. »In Violett.« Mit dem Stift in der Hand beugte sie sich wieder über ihren violetten Menschenfresser, das Gesicht dicht über dem Papier, damit sie bei der schwachen Beleuchtung etwas erkennen konnte.

Gabe schlug die Speisekarte auf. »Was willst du auf deiner Pizza, Ursa?«

Sie hielt den Kopf gesenkt. »Egal. Was du nimmst.«

Da Jo nur selten rotes Fleisch aß, schon gar kein geräuchertes, bestellten sie eine große Pizza, halb vegetarisch und halb mit Würstchen und Peperoni.

»Was wollt ihr trinken?«, fragte eine stark geschminkte Kellnerin um die vierzig, die ihre dunkelroten Haare zu Zöpfen geflochten hatte.

Ursa malte weiter.

»Wie wär's mit einem Kindercocktail?«, schlug Gabe vor. »So was habe ich hier immer bekommen.«

»Okay.« Das Kind sah nicht auf.

Jo schaute, auf was sich die Kleine so konzentrierte. Sie malte Pflanzen und Bäume um den violetten Menschenfresser. »Ist das der Zauberwald?«, fragte Jo.

»Ja.«

»Sieht aus wie ein Dschungel.«

»Er ist verzaubert. Da kann ihm nichts passieren.«

»Kann er sich nicht mit seinen Zähnen wehren?«

»Nicht, wenn es ganz schlimm kommt.«

Gabe sah Jo mit erhobenen Augenbrauen an. Auch ihm war Ursas seltsame Stimmung aufgefallen. »Willst du ein Lied in der Jukebox aussuchen?«, fragte er. »Da ist gerade keiner.«

»Kannst du ja, wenn du willst«, erwiderte Ursa.

»Ich guck mal, ob dein Lied dabei ist.« Gabe stand auf und ging zum Automaten.

»Stimmt irgendwas nicht, Ursa?«, fragte Jo.

»Ich wollte hier nicht hin«, sagte sie.

»Das tut mir leid. Danke, dass du es für Gabe doch getan hast.«

Gabes erstes Lied, »Smells Like Teen Spirit«, lief an, noch bevor er zurück am Tisch war.

»Bist du Nirvana-Fan?«, fragte Jo ihn, als er sich wieder setzte.

»Nein, eigentlich nicht. Aber ich mag dieses Lied.«

Jos Wasser, Gabes Bier und Ursas Cocktail wurden serviert. Gabe hob sein Glas und sagte: »Ich möchte mit euch anstoßen.«

Jo griff zu ihrem Wasser. »Worauf?«

»Auf die Ehe von Katherine und George. Möge sie lange währen!«

»Wirklich?«

»Das ist doch eine super Idee. Wenigstens einer in meiner Familie kann einen Haken an die Sache machen.«

Er hielt ihnen sein Glas hin.

»Ursa, wir stoßen an!«, sagte Jo.

»Das verstehe ich nicht. Katherine ist doch deine Mutter«, sagte Ursa. Sie hatte also doch zugehört.

»Ja, klar.«

»Und sie heiratet?«, fragte Ursa.

»Vielleicht«, sagte Jo.

»Wer ist George?«

»George Kinney.«

»Der Mann, dem unser Haus gehört?«

»Es ist nicht unsers«, korrigierte Jo. »Ja, der. Nimm dein Glas und stoß mit uns an!«

Ursa berührte die anderen Gläser kurz mit ihrem und nippte daran. Nach dem ersten Schluck trank sie den Rest der süßen Flüssigkeit schnell aus. »Ist George nicht verheiratet?«

»Doch«, sagte Gabe. »Aber bald nicht mehr.«

»Lässt er sich scheiden?«

»So ähnlich.«

»Deine Mutter ist ein bisschen alt, um zu heiraten«, meinte Ursa.

»Menschen können sich in jedem Alter verlieben«, sagte Jo.

Ursa hörte nicht mehr zu. Reglos saß sie da und starrte quer durch den Raum. Jo folgte ihrem Blick. Sie beobachtete jemanden an der Theke, einen ungepflegten jungen Mann, der sein Handy ans Ohr drückte und zu ihrem Dreiertisch hinüberschaute. Als er registrierte, dass Jo und Ursa ihn bemerkt hatten, drehte er sich auf dem Hocker zur Theke um. Ursa hielt den Blick weiterhin auf etwas gerichtet, ohne dass Jo sagen konnte, was es war.

»Was fasziniert euch beide da denn so? Sitzt da ein heißer Typ, oder was?«, fragte Gabe.

Ursa griff zu einem grünen Stift und malte ein weiteres Blatt in ihren Zauberwald.

»Du bist der heißeste Typ in diesem Raum«, sagte Jo.

»Bloß weil sonst nur alte Biker hier sind.«

Das stimmte nicht. Das Publikum war ziemlich jung, besonders die Gäste an der Theke. Der Mann, den Ursa beobachtet zu haben schien, stand auf und ging an ihrem Tisch vorbei. Er starrte die drei an. Ursa sah ihm nach.

»Kanntest du den?«, fragte Jo.

»Wen?«

»Den Mann, den du gerade angeguckt hast.«

»Ich habe zu dem Ding über der Tür geguckt.«

»Zu dem Hufeisen?«

»Ja. Warum hängt das da?«, fragte Ursa.

»Um den Leuten Glück zu bringen, die durch die Tür gehen. Das ist ein Brauch.«

Noch etwas länger schaute Ursa zum Hufeisen hinüber, dann widmete sie sich wieder ihrer Zeichnung.

Nun, da Gabe Katherines und Georges Zukunft akzeptiert hatte, war er guter Dinge. Die Pizzeria trug wahrscheinlich ihren Teil dazu bei. Bis das Essen kam, unterhielt er sich mit Jo über Musik und andere Sachen. Ursa malte weiter. Der schützende Wald um ihren violetten Menschenfresser wurde immer dichter.

Gabe lobte die Pizza über alle Maßen. Jo fand sie ganz in Ordnung und hatte das Gefühl, Arthurs Begeisterung für den Laden habe der Pizza mehr Geschmack verliehen, als Gabe bewusst war. Er bestand darauf, die Rechnung zu bezahlen, und gab der Kellnerin ein großzügiges Trinkgeld.

Auf dem Weg aus Effingham hinaus fuhr Jo tanken und schickte Ursa zur Toilette, weil die Kleine sich im Restaurant geweigert hatte zu gehen. Sie war immer noch sonderbar stumm. Jo vermutete, Müdigkeit könne die Ursache für ihr launisches Verhalten sein, und hoffte, dass das Kind den Großteil der Rückfahrt zum Cottage schlief.

Jo und Gabe unterhielten sich über alles Mögliche, aber mieden das Thema George, weil Ursa doch wach blieb. Sie war unruhig, rutschte von einer Seite zur anderen, und mehr als einmal musste Jo sie ermahnen, den Gurt anzulegen.

Als Jo auf die Landstraße fuhr, sah sie Lichter im Rückspiegel. Ein Auto bog mit ihnen ab und folgte ihnen die sechs Meilen zur Turkey Creek Road. »Erzähl mir nicht, dass der auch hier raus will«, sagte sie.

»Wer?«, fragte Gabe.

Ursa sah aus dem Rückfenster.

»Der Wagen da«, antwortete Jo. »Der ist wirklich schon lange hinter uns.«

Als Jo die Abfahrt zur Turkey Creek Road nahm, gab der Fahrer plötzlich Gas und verschwand.

»Der hat sich nur verfahren«, meinte Gabe. »Hat das Sackgassenschild gesehen und gemerkt, dass er falsch ist.«

Jo bog in Gabes neu aufgeschüttete Auffahrt, aber hielt weit vor seinem Haus, damit Lacey nichts von Ursa mitbekam. Jo stieg aus, um sich von Gabe zu verabschieden. »Und, hat es sich gelohnt? Abgesehen von der Sache mit George?«

»Es war interessant, auf jeden Fall. Auch wenn ich nicht glaube, dass ich jetzt viel Schlaf bekomme.«

Jo lächelte. »Ist das ein Wink mit dem Zaunpfahl? Soll ich die Haustür auflassen?«

Er gab ihr einen Kuss. »Leg den Schlüssel ins Versteck. Die Türen lass nachts besser zu.«

29

Ursa wollte in Jos Bett, doch sie erlaubte es nicht. Bisher hatte das Mädchen zweimal bei Jo geschlafen: als Gabe zum ersten Mal bei ihnen übernachtet hatte und nachdem Ursa sich am Kopf verletzt hatte. Jo musste aufpassen, dass sie weiterhin getrennt schliefen; besonders da sie nun erwog, Ursas Pflegemutter zu werden. Man konnte es falsch verstehen, wenn sie mit dem Kind in einem Bett schlief. Wahrscheinlich würde man Ursa schon jetzt unangenehme Fragen über ihre Beziehung zu Jo stellen.

Als Ursa ihren Hello-Kitty-Schlafanzug angezogen und sich die Zähne geputzt hatte, löschte Jo alle Lichter, nur nicht das am Herd, und deckte Ursa auf der Couch zu. Sie gab ihr einen Kuss auf die Wange. »Träum was Schönes, Großer Bär.«

»Kommt Gabe gleich rüber?«

»Wahrscheinlich nicht. Er ist kaputter, als er selbst gemerkt hat. Sind wir alle.«

»Wäre schön, wenn er hier wäre.«

Jo richtete sich auf. »Schlaf jetzt! Wir stehen morgen nicht so früh auf, weil es so spät geworden ist.«

Als Jo ging, sagte Ursa: »Lässt du deine Tür offen?«

»Okay.«

»Darf ich mit in dein Bett? Bitte!«

»Du kennst die Regeln. Jetzt schlaf mal.« Gerne hätte Jo

nachgegeben. Sie hatte noch nie erlebt, dass Ursa beim Schlafengehen Angst gehabt hatte, nicht mal an den ersten Tagen. Vielleicht hatte das etwas mit dem Bild von dem Menschenfresser mit den großen Zähnen zu tun. Nachdem Ursa das gemalt hatte, hatte sich ihre Stimmung geändert.

Beim lauten Dröhnen der Klimaanlage schlief Jo schnell ein. Doch nach nur wenigen Stunden wurde sie von Kleiner Bär geweckt. Sie schaute aufs Handy. Es war 2.10 Uhr, zu spät für Gabe. Wahrscheinlich kläffte der Hund einen Waschbär oder ein Reh an. Die Klimaanlage machte gerade Pause. Jo wünschte sich, sie würde wieder anspringen, damit sie den Hundelärm nicht hörte.

Das Gebell von Kleiner Bär wurde plötzlich heftiger. Er regte sich so auf, dass er kaum Luft bekam. Ursa würde aufwachen, wenn es nicht schon zu spät war. Jo musste aufstehen und den Hund beruhigen.

In ihrer Zimmertür blieb sie wie angewurzelt stehen. Ursa stand neben der Couch und sah sie an. Ihr Körper war unnatürlich steif. Im Licht der Neonröhre aus der Küche erschien ihr Gesicht geisterhaft blau. Ihre Augen waren zwei schwarze Löcher. Sie war wieder zum Feenkind geworden.

»Jo ...«, sagte sie.

Jo ignorierte das wilde Klopfen ihres Herzens. »Leg dich wieder hin!«, sagte sie. »Vielleicht ist draußen ein Kojote. Ich hole den Hund besser auf die Veranda.«

Als Jo zur Haustür gehen wollte, lief Ursa herbei und stellte sich mit weit ausgestreckten Armen vor sie. »Geh nicht raus!«

»Warum nicht?«

Sie schluchzte auf. »Die bösen Männer! Da sind böse Männer!«

Jo wurde schlagartig eiskalt. »Was für böse Männer?«

Ursa begann zu weinen. »Es tut mir leid! Ich hätte es dir

sagen müssen! Sie bringen dich auch um! Es tut mir leid! Es tut mir leid!«

Kleiner Bär hatte ungefähr fünf Sekunden lang aufgehört zu bellen, jetzt fing er wieder an, diesmal näher am Haus. Jo packte Ursa an den Schultern. »Hör auf zu weinen und sag mir, was los ist! Geht es um den Mann in der Pizzeria?«

»Ja! Aber der ist es nicht!«

»Was soll das heißen?« Jo schüttelte Ursa leicht, wollte eine klarere Antwort. »Sag mir, was los ist! Ich muss es wissen!«

Zwei Schüsse fielen. Kleiner Bär gab ein hohes Winseln von sich.

»Kleiner Bär!«, schrie Ursa. »Kleiner ...«

Jo hielt ihr den Mund zu. »Leise!«, zischte sie.

Das Gejaule des Hundes wollte nicht aufhören. Es fiel noch ein Schuss, dann war es still. Ursa brach schluchzend zusammen. Jo nahm das Gesicht des Mädchens in die Hände, damit es sich konzentrierte. »Wie viele Männer sind es? Weißt du das?«

»Ich ... ich glaube, zwei. Im Auto. Aber ich weiß es nicht genau! Sie haben Kleiner Bär erschossen!«

»Ist uns das Auto von Effingham hierhergefolgt?«

Ursa nickte. Ihr Körper wurde von Weinkrämpfen geschüttelt.

»Hör auf zu weinen! Bitte! Wenn sie dich hören, finden sie uns sofort!«

Ursa unterdrückte ihr Schluchzen, und die Stille gab Jo die Chance, sich zu konzentrieren. Der Teil ihres Gehirns, der nicht im Überlebensmodus war, begriff, dass die Männer etwas mit Ursas Vergangenheit zu tun haben mussten. Weiter konnte sie nicht denken. Sie wusste nur, dass sie Ursa schützen musste. Die Männer konnten jeden Moment aufs Haus schießen. Den Notruf zu wählen und ihren abgelegenen Standort zu beschreiben, würde zu viel Zeit kosten. Jo hoffte, dass Gabe die

Schüsse gehört und die Polizei verständigt hatte, aber verlassen konnte sie sich darauf nicht.

Um ins Haus zu gelangen, müssten die Männer die Vorder- oder Hintertür nehmen. Das alte Haus stand auf Betonblöcken; die Fenster waren auf halber Höhe, also zu hoch, um von draußen einfach hineinzusteigen. Jo zerrte Ursa von der Tür fort. Sie hatte Angst, es könnte eine Kugel durchschlagen. Im Türrahmen ihres Schlafzimmers blieb sie stehen und versuchte zu denken. Den Männern würde klar sein, dass Jo und Ursa durch die Schüsse geweckt worden waren. Kleiner Bär hatte einen Überraschungsangriff vereitelt. Jetzt waren die Männer in der Defensive. Sie mussten davon ausgehen, dass Gabe im Haus war. Sie hatten ja nicht gesehen, dass Jo ihn an seiner Zufahrt abgesetzt hatte. Die Männer würden annehmen, dass Gabe und Jo ebenfalls bewaffnet waren.

Doch je länger sich im Haus nichts tat, desto mutiger würden sie werden. Sie würden begreifen, dass ihre Beute in der Falle saß. Dann würden sie die Tür eintreten. Jo und Ursa würden durch ein Fenster flüchten müssen und wären gezwungen, über die freie Fläche vor dem Haus zu laufen, bevor sie sich im Wald verstecken konnten. Die beiden Insektenlampen auf der Veranda verbreiteten so viel Licht, dass die Männer Jo und Ursa gut sehen und auf sie zielen konnten.

Jo fiel eine Zeile aus dem Nirvana-Lied ein, das Gabe in der Jukebox gewählt hatte: *With the lights out, it's less dangerous.* Ja, Dunkelheit wäre sicherer. »Hock dich hin und bleib da!«, flüsterte sie Ursa zu. Das Kind gehorchte und drückte sich in die Ecke. Jo huschte in die Küche und knipste schnell das Licht über dem Herd aus. Dann kauerte sie sich hin und wartete, ob etwas geschah. Vielleicht hielten die Männer inne, weil das Licht ausgegangen war. Möglicherweise glaubten sie, dass jemand mit einem Gewehr auf sie zielte.

Jo kroch zur Hintertür und reckte sich kurz, um die Insektenlampe auszumachen. Jetzt war es hinter dem Haus dunkel. Nur die schwache Insektenlampe an der Gittertür vorne leuchtete noch, doch die konnte Jo nicht ausstellen, weil sich der Schalter außen auf der Veranda befand. Vom Boden aus zog sie eine Schublade auf und nahm das größte Messer heraus.

Mit dem Messer in der Hand schlich sie zu Ursa zurück. »Steh auf, aber leise!«, flüsterte Jo und zerrte an der klammen kalten Hand. Ursa erhob sich. Sie zitterte am ganzen Körper. Auch wenn es gefährlich war, direkt am Fenster zu stehen, musste Jo ihre Flucht vorbereiten. Im unteren Teil des Fensters in ihrem Schlafzimmer war die Klimaanlage. Das andere Schlafzimmer war eh besser geeignet, weil es auf die dunkle Rückseite des Hauses ging. Wenn die Männer durch die Türen reinkämen, würden Jo und Ursa durchs Fenster nach draußen klettern und in den Wald laufen.

Es war ein guter Plan. Er würde funktionieren. Es sei denn, es standen noch mehr Männer ums Haus herum. Aber wenn es so viele wären, hätten sie längst angegriffen.

Jo zog Ursa ins leere Schlafzimmer und versuchte, den Rahmen hochzuschieben. Es war blockiert. In der feuchten Sommerluft musste das Fenster sich verzogen haben. Sie drückte, so stark sie konnte, bis das Holz endlich nachgab. Die Klimaanlage sprang wieder an; Jo hoffte, sie würde die von ihr verursachten Geräusche übertönen.

Mit dem Messer schnitt Jo das Insektengitter heraus. »Wenn sie reinkommen, springst du aus dem Fenster und läufst durch den Wald zu Gabe«, flüsterte Jo Ursa ins Ohr. »Nicht über die Straße! Bleib im Wald. Wenn du glaubst, du wirst verfolgt, versteckst du dich. Da draußen im Dunkeln werden sie dich niemals finden.« Als Jo gehen wollte, umklammerte Ursa ihren Arm. »Ich hole nur ganz kurz mein Handy und deine Schuhe«, erklärte sie, aber sie musste Ursas Finger trotzdem gewaltsam lösen.

Jo schlich in ihr Schlafzimmer und tastete auf dem Boden nach ihrem Handy. Als sie es gefunden hatte, schloss sie die Tür hinter sich ab. Dann holte sie Ursas Schuhe aus dem Wohnzimmer und kehrte zum zweiten Schlafzimmer zurück, drückte die Tür hinter sich zu und versperrte sie. Das waren zwei verschlossene Türen mehr, die die Männer öffnen mussten. Somit hatten Jo und Ursa Zeit gewonnen, um unbemerkt in den Wald zu gelangen.

Jo schob Ursa die violetten Turnschuhe über ihre kalten nackten Füße und band sie mit zitternden Händen zu. Ihr wurde klar, dass sie ihre eigenen Schuhe vergessen hatte, aber fand es zu riskant, sie jetzt noch zu holen.

Jo drückte Ursa an die Wand neben dem offenen Fenster. Seit den Schüssen waren nur wenige Minuten vergangen, auch wenn es sich wie eine Ewigkeit anfühlte. Selbst wenn Gabe sie gehört hatte, könnte er nicht so schnell zu ihnen herüberkommen. Jo versuchte, auf dem Handy den Notruf zu wählen. Sie hatte keinen Empfang. Jo ging in eine andere Ecke des Raums und wählte erneut. Gebannt sah sie auf dem Display, wie das Handy die Verbindung herzustellen versuchte. Mit jeder verlorenen Sekunde wurden ihre Nerven angespannter.

Voller Wucht trat jemand gegen die Haustür. Jo zuckte zusammen und ließ das Handy fast fallen.

»Jo!«, rief Ursa.

Sie legte das Handy beiseite und drückte das Mädchen an sich. »Alles wird gut. Tu genau das, was ich dir gesagt habe. Lauf durch den Wald zu Gabe. Wenn du das Haus nicht findest, lauf, so weit du kannst, und versteck dich. Wir finden dich und holen dich.« Wieder trat jemand gegen die Haustür. Dann verdoppelte sich das schreckliche Geräusch, weil eine zweite Person gegen die Hintertür trat. Jetzt wusste Jo, wo die beiden waren. Aber sie konnte Ursa noch nicht losschicken. Der Typ an der Hintertür könnte sie vielleicht sehen. Jo hob Ursa auf die Fensterbank. Die Türen gaben nach. Jo und Ursa drückten sich, spürten den wilden Herzschlag der anderen. Jeden Moment wäre einer der Männer im Haus. Jo hoffte, der Typ an der Hintertür wäre der erste.

Ein Schuss fiel, dann noch einer. Der Mann an der Vordertür versuchte, das Bolzenschloss aufzuschießen. Wieder drückte er ab. Fast gleichzeitig gab das Schloss an der Hintertür unter dem Krachen des Holzes nach. Jo schob Ursa durchs Fenster und setzte sie auf dem Boden ab. Dort blieb sie wie versteinert stehen und starrte zu Jo hoch. »Lauf!«, flüsterte Jo. »Los! Ich komme nach!«

Ursa rannte auf den Wald im Westen zu. Als Jo aus dem Fenster kletterte, hörte sie auf der Turkey Creek Road einen Motor aufheulen. Sie sprang hinunter und lief in Richtung Wald. In dem Moment kam Gabes Pick-up schotterspritzend um die Ecke gerast. Er feuerte in die Luft, um die Männer vom Haus wegzulocken.

Sein Timing hätte nicht schlechter sein können. Jo lief gerade über die freie Fläche. Doch zumindest Ursa hatte es in den Wald geschafft.

Schleudernd kam Gabes Truck neben Jos Honda zum Stehen, er sprang heraus und hockte sich hinter die Fahrerkabine.

»Gabe! Pass auf!« Ursa kam zwischen den Bäumen hervor.

»Lauf! Zurück!«, rief Jo.

Im Rennen hörte sie Schritte hinter sich. Schüsse fielen. Der Mann an der Hintertür zielte auf Ursa. Oder auf Jo. Gabe versuchte, dem rennenden Kind Feuerschutz zu geben, wurde jedoch von dem Mann an der Haustür unter Beschuss genommen.

Jo hastete durchs Kreuzfeuer. Von allen Seiten fielen Schüsse. Sie schlug hin, es brannte an der Rückseite ihres linken Oberschenkels. Eine Schussverletzung. Sie war unfähig, sich zu bewegen, stand unter Schock. Der Mann, der sie angeschossen hatte, stampfte vorbei.

Er hatte es auf Ursa abgesehen. Jo hievte sich hoch, fühlte keinen Schmerz mehr, doch mit dem verletzten Bein war sie nicht so schnell wie sie wollte. Im schwachen Licht der Nacht sah sie, wie Ursa aufs Gabes Pick-up zulief. Als sie ihn fast erreicht hatte, schoss der Mann. Ursa fiel hin. Jo blieb stehen und schlug die Hand vor den Mund, um nicht laut zu schreien. Trotzdem wusste der Mann, dass sie da war. Er drehte sich um und richtete seine Pistole auf Jo.

Gabe gab ein animalisches Geräusch der Wut von sich und drückte ab, um den Mann von Jo abzulenken. Es klappte. Der Typ drehte sich um, schoss zurück, dann stolperte er rückwärts und sackte zu Boden. Er hatte nur zwei Schüsse abgegeben.

Gabe stand noch. »Runter!«, rief er Jo zu.

Sie legte sich flach auf den Boden und beobachtete, wie Gabe zu dem Angreifer lief. Er entwendete dem Fremden die Waffe und tastete ihn ab. Als er eine zweite Pistole fand, nahm er sie ebenfalls an sich.

»Wie viele sind es?«, rief er zu Jo hinüber.

»Ich glaube, zwei. Ursa wurde getroffen!«

»Ich weiß! Bleib trotzdem liegen!« Mit gezückter Pistole lief er zu Ursa.

Jo war erleichtert, als sie hörte, dass Gabe mit dem Mädchen sprach. Ganz schlimm konnte es folglich nicht sein. Er erhob sich und rannte zu Jo. »Bist du verletzt?«

»Nur leicht. Was ist mit Ursa?«

Er antwortete nicht.

»Sag!«

»Sieht schlimm aus.«

»Oh, nein!« Jo stand auf und schleppte sich mit ihrem angeschossenen linken Bein zu Ursa hinüber. »Du musst unten bleiben!«, ermahnte Gabe sie, kam aber mit. »Ich habe zwei erwischt, aber es könnten noch mehr sein.«

Jo ließ sich neben Ursa zu Boden sinken. Gabe beugte sich über sie und hielt Ausschau nach weiteren Angreifern. Ursa lag auf dem Rücken. Jo brauchte kein Licht, um zu erkennen, wo sie verletzt war. Im schwachen Schein der Sterne sah Jo den dunklen Fleck im rosa Stoff des Hello-Kitty-Pyjamas. Auf der rechten Seite des Bauchs hatte Ursa eine Kugel abbekommen. Das Mädchen atmete, stand jedoch unter Schock. Ihr Körper zitterte, sie starrte Jo an, aber schien sie nicht wahrzunehmen.

»Kommt ein Krankenwagen?«, fragte Jo.

»Lacey hat den Notruf gewählt, als wir die ersten Schüsse hörten.«

»Vielleicht kommt kein Krankenwagen mit!«

»Doch. Sie hat die Schießerei ja gehört. Auf jeden Fall kommt auch ein Krankenwagen«, sagte Gabe, wirkte aber unsicher. Er legte seine Waffe zur Seite, um Lacey anzurufen. »Hast du die Polizei benachrichtigt?«, fragte er. »Und einen Rettungswagen? Nein, ich nicht. Ursa ist schwer verletzt.« Nach einer Pause sagte er: »Ja, das Mädchen.« Er hörte noch kurz zu, dann legte er auf.

»Lacey hat zweimal angerufen«, erklärte er. »Zuerst hat sie gesagt, wir bräuchten die Polizei. Als sie weitere Schüsse hörte, hat sie noch mal angerufen und gesagt, sie müssten ein großes Polizeiteam und einen Krankenwagen schicken.«

»Und wenn sie nicht rechtzeitig hier sind?« Jo fing an zu weinen.

»Werden sie.«

»Diese Straße findet doch keiner!«

»Der Sheriff kennt sie. Und Lacey hat gesagt, sie ruft noch mal an, um zu sagen, dass Ursa verletzt ist.« Gabe zog sein T-Shirt aus. »Hier, leg das auf die Wunde! Drück fest, aber nicht zu stark, sonst tust du ihr weh.« Er griff wieder zu seiner Waffe.

Jo legte das T-Shirt auf die Wunde, wusste aber nicht, wie stark sie drücken sollte. »Was ist, wenn es noch eine Austrittswunde gibt?«

»Kann gut sein«, sagte Gabe. »Er hat aus kurzer Entfernung geschossen.«

Ohne den Druck auf die Eintrittswunde zu verringern, schob Jo die andere Hand unter Ursas rechte Seite. Sie spürte, wie Blut über ihre Finger sickerte. Das Projektil musste hinten ausgetreten sein. Jo zog ihr T-Shirt aus und schob es unter Ursas Rücken, um Druck auf beide Wunden auszuüben. »Das wird schon wieder, Mausezahn«, sagte sie und küsste das Kind sanft auf die Wange. »Bleib bei Gabe und mir, ja? Streng dich an!«

Ursa war ansprechbar, sie sah Jo an. »N... nicht weinen«, brachte sie mit klappernden Zähnen hervor. »Jo... nicht weinen!«

»Tut mir leid«, sagte Jo. »Aber ich schaff's nicht.«

Ursa sah ihr in die Augen. »W... weinst du, weil du mich lieb hast?«

»Ja! Ich hab dich so lieb.«

Ursa lächelte. »Das ist ... das fünfte Wunder. Das habe ich mir am ... m... meisten gewünscht, und ich hab's geschafft.«

Jo weinte noch heftiger. Auch aus Ursas Augenwinkeln rannen Tränen.

»Jo...«

»Was ist?«

»Wenn ich sterbe, darfst du nicht traurig sein. Das bin n... nicht ich.«

»Du stirbst nicht!«

»Ich weiß. Ich k... kann jetzt zurück. Ich habe fünf Wunder gesehen. Sei nicht traurig, wenn ich zurückgehe.«

»Du bleibst hier! Ich will deine Pflegemutter werden, und vielleicht kann ich dich adoptieren. Das wollte ich dir noch sagen...«

»Wirklich?« Ursas Augen leuchteten auf. Sie sah so glücklich aus.

»Du kommst zu Tabby und mir in das schöne Haus. Wäre das nicht obercool?«

»Ja... Aber mir geht's nicht gut. Vielleicht... vielleicht muss ich zurück zu den Sternen.«

»Da kommen sie!«, rief Gabe.

Jo hörte mehrere Sirenen in der Ferne. Doch sie waren zu weit weg. Ursa hatte die Augen geschlossen.

»Ursa?«, rief Jo. »Ursa, bleib bei mir!«

»Sterne...«, murmelte das Mädchen. »Jo... ich sehe Sterne.«

»Nein, Ursa! Bleib hier!« Sie versuchte, den Druck auf die Wunden beizubehalten, aber hatte keine Kraft mehr in den Armen. Jos Beine gaben nach. Sie sackte auf die Seite und rollte auf den Rücken. Auch sie sah Sterne. Wo war der Große Bär? Wo war Ursa Major? Welche Sterne waren das?

Gabe hob ihren Körper an. »Jo! Du verlierst total viel Blut! Deine Hose ist ganz nass!«

Er hatte recht. Seit der Schuss Jo erwischt hatte, hatte sie gegen den Nebel in ihrem Kopf gekämpft. Sie schloss die Augen, damit die Dunkelheit kam. Sie würde Ursa finden. Sie würde sie finden, selbst wenn sie in den Himmel steigen und sie von den Sternen herunterholen müsste.

30

Ursa. Ursa. Ursa. Das war das Mantra, das Jo aus der Narkose holte. Als sie die Augen öffnete, wunderte sie sich nicht, im Krankenhaus zu sein. Sie hatte auch keine Angst. Die Umgebung war ihr nur zu vertraut.

Eine Krankenschwester mittleren Alters, die etwas an ihrem Tropf verstellt hatte, wurde auf sie aufmerksam. »Schon wach? Ich habe erst in ungefähr einer Stunde mit Ihnen gerechnet.«

»Wissen Sie, ob es dem kleinen Mädchen gut geht, das mit mir eingeliefert wurde?«

»Da fragen Sie die Falsche.«

»Das heißt, Sie dürfen mir nichts sagen.«

»Wie geht es Ihnen?«, fragte die Krankenschwester und griff nach Jos Handgelenk, um ihren Puls zu tasten.

»Gut genug, um zu erfahren, was passiert ist.«

»Wissen Sie denn, was mit Ihnen passiert ist?« Wahrscheinlich musste die Schwester sich vergewissern, dass Jo die Nachricht aushalten konnte.

»Ich wurde hinten ins Bein geschossen.«

»Wissen Sie, wo Sie sind?«

»In Marion?«

»Sie sind in Saint Louis.«

»Ach, in Saint Louis!«

»Können Sie sich nicht erinnern? Sie sind mit MedEvac hergeflogen worden.«

Nun, da Jo es hörte, fiel es ihr wieder ein. Sie hatte gedacht, das laute Schwirren des Hubschraubers sei ein Traum gewesen.

»Wie geht es meinem Bein?«

»Sie haben mehrere Bluttransfusionen bekommen, Gefäße und Gewebe wurden genäht. Der Arzt, der Sie operiert hat, erklärt Ihnen das später genauer.«

»Ist hier irgendwo ein Gabriel Nash?«

»Fühlen Sie sich fit genug, um Besuch zu empfangen?«

»Ja, ich möchte ihn sehen.«

»Geht es Ihnen wirklich gut genug?«

»Ja!«

Die Krankenschwester verließ den Raum. Kurz darauf öffnete sich die Tür. Es war nicht Gabe. Ein Beamter in Uniform und ein Mann in einem weißen Hemd und einer khakifarbenen Hose kamen herein. Beide trugen eine Waffe. Der Typ in Zivil musste also ein Detective sein. Die beiden waren ungefähr Mitte vierzig, sahen aber sehr unterschiedlich aus. Der Deputy war um die eins achtzig groß, hatte dunkle Augen und kurze schwarze Haare. Der Detective war bestimmt fünfzehn Zentimeter kleiner und hatte helle Augen und blonde Haare, die er in einem kurzen Pferdeschwanz trug. Als Jo ihre ernsten Gesichter sah, wünschte sie sich, nicht aufgewacht zu sein.

»Joanna Teale?«, fragte der Detective.

»Ja.«

»Ich bin Detective Kellen aus Effingham, das ist Chief Deputy McNabb aus Vienna.«

»Ich muss wissen, wie es Ursa geht. Ist sie tot? Sagen Sie es mir bitte!«

»Woher wissen Sie, dass sie Ursa heißt?«, fragte Kellen.

»Weil sie es mir gesagt hat.«

»Hat sie Ihnen ihren vollen Namen genannt?«

»Wollen Sie das echt mit mir durchziehen? Stellen Sie mir jetzt hundert Fragen, ohne die eine zu beantworten, die wichtig ist?«

»Wir können Ihnen nicht antworten, weil das Mädchen noch im OP beziehungsweise auf der Intensivstation ist. Wir wissen nicht, ob sie es schafft.«

Jo schlug die Hände vors Gesicht, die einzige Privatsphäre, die ihr noch blieb. Sie hatte gedacht, Ursa sei auf dem Grundstück der Kinneys gestorben. »Ist sie hier – in diesem Krankenhaus?«

Nach einer kurzen Pause sagte der Detective: »Ja.«

Der andere, McNabb, warf ihm einen tadelnden Blick zu. Aus irgendeinem Grund wollte er nicht, dass der Detective verriet, wo Ursa war.

»Wissen Sie, warum diese Männer auf Ursa geschossen haben?«, fragte Jo.

»Lassen Sie uns die Fragen stellen, Ms. Teale«, sagte Deputy McNabb.

»Fühlen Sie sich fit genug dafür?«, fragte Kellen.

Jo bejahte und musste in den nächsten zwanzig Minuten viele Fragen beantworten. McNabb, der am Tatort gewesen war, erkundigte sich hauptsächlich nach der Schießerei, während Kellen sich mehr auf Jos Geschichte mit Ursa konzentrierte. Auch wenn die beiden es nicht sagten, zielten viele ihrer Fragen offensichtlich darauf ab, Gabes Aussagen zu stützen oder zu widerlegen. Jo versuchte ihn, so gut es ging, aus ihren Beschreibungen herauszuhalten, doch die Beamten kamen immer wieder auf ihn zurück. »War Gabriel Nash auch da, als es passiert ist?«, fragte der Detective mehrmals.

Als Jo von Ursa erzählte und wie es dazu gekommen war, dass das Kind bei ihr wohnte, klang alles seltsam. Sie sah die Geringschätzung in den Augen der Männer und hörte sie in ihren Fragen. Während sich die Befragung hinzog, kam Jo allmählich der Gedanke, dass sie ernsthaften Ärger mit dem Gesetz haben könnte. Die Furcht, zusammen mit dem Stress für ihren Körper und ihren Kopf, ermüdete sie schnell. Die Beamten merkten, dass sie den Faden verlor, und beschlossen, fürs Erste aufzuhören.

»Ist Gabe da?«, fragte Jo, als die beiden gehen wollten.

»Vor einer Stunde war er noch da«, sagte Kellen. »Ruhen Sie sich aus!« Er ging mit dem Deputy zur Tür.

Jo drückte auf die Klingel. Ein Pfleger kam. »Könnten Sie vielleicht mal nachsehen, ob draußen Besuch für mich ist, und ihn herbringen?«, fragte sie.

»Ein Angehöriger?«

»Nein.«

»Im Moment dürfen Sie nur von Angehörigen besucht werden.«

»Darf ich das nicht selbst beurteilen?«

»Darüber müssen Sie mit dem Arzt sprechen.«

»Gut, dann holen Sie ihn her!«

»Ich weiß nicht, wann er Zeit hat. Sie können ihn sprechen, wenn er zur Visite kommt.«

Krankenhausroutine. Jo kannte sich damit nur zu gut aus. Aber sie war zu müde, um sich zu wehren. Sie hörte auf, sich gegen die Wirkung der Medikamente zu stemmen, und schlief ein.

Als sie Stunden später aufwachte, stellte sie fest, dass sie den Arzt verpasst hatte. Sie wollte unbedingt wissen, was mit Ursa war, doch eine neue Krankenschwester hatte Schicht, die noch weniger mitteilsam war als die vorherige. Die Schmerzmedikamente, die sie bekam, sorgten dafür, dass sie wieder einnickte.

Als sie Lippen auf ihrer Wange spürte, glaubte sie zu träumen. Sie gewann den Kampf gegen ihre schweren Lider und schaute in vertraute grüne Augen. »Tabby!«

»Die Krankenhausnummer hat langsam einen Bart, Jojo«, sagte Tabby. Sie sah zum dunklen Fenster und sagte: »Na, los, gib ihr einen Kuss! Kann sie gebrauchen.« Tabby trat zur Seite, und dann war Gabe da. Sein Gesicht wirkte ausgezehrt und hatte einen Bartschatten. Jo und er konnten sich nur ansehen.

»Los, Nash, küss sie endlich!«, sagte Tabby.

Gabe beugte sich vor und nahm Jo in die Arme. Sie hielten sich lange fest, bis sie Tabbys Aufforderung mit einem kurzen Kuss nachkamen. »Wie seid ihr hier reingekommen?«, fragte Jo. »Seit ich heute Morgen aufgewacht bin, lassen sie niemanden zu mir.«

»Dank Tabby«, erklärte Gabe. »Innerhalb von zwei Minuten hatte sie die Drachen so weit, dass sie die Tore freigegeben haben. Ich hab es den ganzen Morgen versucht.«

»Wie hast du das geschafft?«, fragte Jo ihre Freundin.

»Ich habe gesagt, dass du Waise bist und eine Krebserkrankung überlebt hast und dass du niemanden außer uns hättest.«

»Sie war sehr überzeugend«, sagte Gabe. »Die Krankenschwester an der Anmeldung hat fast geweint.«

»Ich habe Erfahrung mit Krankenhausdrachen«, erklärte Tabby. »Weil Jo so oft im Krankenhaus lag. Wahrscheinlich schmeckt ihr das Essen aus der Großküche so gut.«

»Woher wusstest du, dass ich hier bin?«

»Von Gabe.«

»Ich habe mir gedacht, dass du Tabby bei dir haben willst«, erklärte er. »Ihre Nummer stand im Telefonbuch der Uni.«

»Ich lasse mich immer eintragen«, sagte Tabby. »Man weiß ja nie, wann ein heißer Typ Kontakt mit mir aufnehmen will.« Sie blinzelte Gabe zu.

»Die Nummer von deinem Bruder konnten wir nicht herausfinden«, bemerkte Gabe.

»Gut«, sagte Jo. »Ist besser, wenn er gar nichts davon weiß.«

»Du musst ihn anrufen«, sagte Tabby.

»Er hat gerade seine Facharztausbildung in Washington angefangen. Meine Gesundheitsprobleme haben schon genug Schaden in seinem Leben angerichtet.«

»Jo...«, sagte Gabe.

»Na gut, ich rufe ihn an. Habt ihr irgendwas über Ursa erfahren können?«

»Sie sagen mir nichts«, erwiderte Gabe. »Die Nachrichten sind auch nicht hilfreich. Das Ganze läuft unter der Schlagzeile ›Einbruchsversuch‹. Es heißt nur, zwei Männer wurden getötet und eine Frau und ein Kind mit Schussverletzungen per Hubschrauber ins Krankenhaus gebracht.«

»Das ist doch schon etwas«, sagte Jo. »Ursa muss die OP überlebt haben. Wenn ein kleines Mädchen bei einem Überfall gestorben wäre, würde das schnell öffentlich werden.«

»Du hast recht«, sagte Tabby. »Die Medien lassen keine Gelegenheit aus, eine Tragödie um ein Kind auszuschlachten. Das wäre wahrscheinlich sogar in Chicago eine Meldung wert.«

»Gabe...«, sagte Jo.

»Was?«

»Mir wird gerade klar... Du hast zwei Menschen erschossen. Ist alles okay mit dir?«

»Ja.«

»Was sollen die langen Gesichter?«, rief Tabby. Sie klopfte Gabe auf den Rücken und fügte hinzu: »Dieser Kerl ist ein Held. Er hat dir und Ursa das Leben gerettet.«

»Das stimmt nicht«, sagte Gabe. »Fast wären beide wegen mir gestorben. Wenn ich zu einem anderen Zeitpunkt aufgetaucht wäre, hätte Ursa keinen Schuss abbekommen.«

»Das ist doch wohl nicht deine Schuld! Das konntest du unmöglich wissen«, sagte Jo.

»Trotzdem fühle ich mich scheiße. Ursa ist aus ihrem Versteck gekommen, um mich zu warnen. Ich wusste gar nicht, wo du warst, als sie schreiend aus dem Wald gelaufen kam. Ich hab versucht, ihr Feuerschutz zu geben, aber da war ja noch der zweite Typ an der Haustür, der mich im Visier hatte, als der andere aus der Hintertür kam. Ich konnte nicht auf beide gleichzeitig zielen.«

»Du warst in einer ausweglosen Situation«, bemerkte Jo.

»Du offenbar nicht«, sagte Gabe. »Als ich mit der Polizei im Haus war, haben wir uns zusammengereimt, was du getan hast. Du hast gewartet, bis sie einbrachen, und Ursa erst dann durchs Fenster nach draußen geschickt. Sie wäre auf jeden Fall in Sicherheit gewesen, du wahrscheinlich auch. Die Tür zu dem Zimmer, in dem ihr euch versteckt hattet, war noch nicht aufgebrochen. Wir haben dein Handy darin gefunden. Es war noch mit der Leitstelle verbunden; die haben die ganzen Schüsse mitgehört. Deshalb haben sie direkt die Hubschrauber geschickt.«

»Wenn ich mir vorstelle, wie du mit Ursa in diesem Zimmer eingesperrt warst ...« Tabby nahm Jo in die Arme und gab ihr noch einen Kuss. »Wird das Bein wieder gesund? Gebrochen ist ja wohl nichts, sonst hättest du einen Gips.«

»Hauptsächlich war das Gewebe beschädigt. Die Krankenschwestern meinen, das wird wieder, aber ich konnte noch nicht mit dem Arzt sprechen. Ich war kaum in der Lage, die Augen offen zu halten.«

»Du hast viel Blut verloren«, bemerkte Gabe. »Als du letzte Nacht ohnmächtig wurdest, hatte ich Angst, dass ihr beide sterben würdet, Ursa und du.«

»Ich würde gerne zu ihr gehen«, sagte Jo. »Sie hat bestimmt große Angst.«

»Guck mal hier!«, sagte Tabby. Sie holte ihr Handy aus der Handtasche, tippte darauf herum und hielt Jo das Display hin. Darauf prangte das Schulfoto einer lächelnden Ursa, und über dem Bild standen die Worte: »VERMISST: URSA ANN DUPREE.«

»Ich habe bis vor kurzem fast jeden Tag auf der Website nachgeguckt!«, rief Jo.

»Wahrscheinlich wurde sie erst jetzt vermisst gemeldet«, sagte Gabe.

»Ich hätte nicht aufhören dürfen.«

»Ich hab auch nicht mehr nachgeguckt«, gestand Gabe.

Jo nahm Tabby das Handy ab und las die Informationen unter Ursas Foto. Das letzte Mal hatte man sie am 6. Juni in Effingham, Illinois, gesehen. Sie war acht Jahre alt. Am 30. August würde sie neun werden.

»Unglaublich, dass sie erst acht ist!«, rief Jo.

»Ich weiß.« Tabby nahm ihr Handy zurück. »Das heißt, gerade mal dritte Klasse.«

»Das kann doch nicht sein«, meinte Gabe.

»An dem ersten Abend, als ich sie kennenlernte, benutzte sie das Wort ›Grußadresse‹«, erzählte Jo.

»Vielleicht ist sie doch ein Alien im Körper eines Kindes«, sagte Tabby.

Ein Pfleger kam herein, um Jos Werte zu überprüfen. »Wann kann ich aufstehen?«, fragte sie ihn.

»Morgen Vormittag haben Sie Physiotherapie«, erwiderte er.

Als er fort war, setzte sich Gabe auf die Bettkante und nahm Jos Hand. »Die haben gesagt, wir können nur ein paar Minuten bleiben, deshalb muss ich dir noch etwas sagen.«

»Jetzt kommt nichts Gutes.«

»Richtig. Wir bekommen Ärger. Du noch mehr, weil Ursa bei dir geschlafen hat und du sie mit zur Arbeit genommen hast.«

»Haben die Bullen das gesagt?«

»Sie haben es angedeutet, obwohl ich erzählt habe, dass ich ebenso verantwortlich dafür bin wie du, dass Ursa geblieben ist.« Er drückte ihre Hand. »Ich sage das nicht gerne, weil du noch längst nicht gesund bist, aber es geht nicht anders: Falls du einen Anwalt hast, ruf ihn an! Ich denke, du wirst wegen Gefährdung des Kindeswohls angeklagt.«

Gefährdung des Kindeswohls. Das konnte doch nicht sein! Jo hatte doch nur einem verlassenen kleinen Mädchen Essen, ein Dach über dem Kopf und Liebe gegeben.

Dann sah Jo wieder, wie Ursa unter dem Sternenhimmel zum Wald rannte. Wie die Schüsse fielen, Ursa stolperte und zu Boden sackte. Und das alles nur, weil Jo den Sheriff herausgehalten hatte.

Sie legte den Arm über die Augen und weinte.

31

Am nächsten Morgen klopfte jemand an Jos Tür. »Herein!«, rief sie und zog ihr Krankenhaushemd über das bandagierte Bein. Sie rechnete mit Gabe und Tabby, die die Nacht in einem Hotel in der Nähe verbracht hatten. Stattdessen öffnete ihr Doktorvater die Tür. »Und …? Wann wollten Sie mir erzählen, dass Sie fast erschossen wurden?«, fragte Shaw.

»Wenn möglich nie. Ich hab angenommen, dass Sie nicht schon wieder scharf auf eine Hiobsbotschaft von mir sind.«

»Darum geht es nicht. Und wenn ich's früher gewusst hätte, wäre ich sofort hergekommen.« Shaws groß gewachsene Gestalt schob sich in den Stuhl gegenüber von Jo. »Ist Ihr Bruder da?«

»Ich habe gestern Abend mit ihm telefoniert. Er wollte kommen, aber ich habe ihm gesagt, dass es mir super gut geht und ich echt stinkig würde, wenn er käme.«

»Super gut?« Shaw schaute demonstrativ auf das hochgelagerte Bein.

»Ja. Von wem haben Sie es erfahren?«

»Von George Kinney. Die Polizei hatte ihn benachrichtigt, weil es ja auf seinem Grundstück passiert ist.«

»Muss ein ganz schöner Schock für ihn gewesen sein: eine Schießerei und zwei Tote auf seinem Grund und Boden.«

»Das Timing war nicht gut. Seine Frau ist in derselben Nacht gestorben.«

»Lynne ist tot?«

Shaws weiße Augenbrauen schossen hoch. »Sie kennen Lynne?«

»Nein ... nicht wirklich.«

Kurz studierte Shaw sie. »George hat mir erzählt, Sie wären am selben Tag mit jemandem auf dem Campus gewesen, den er kennt. Ein Gabriel Nash?«

Jo nickte. »Er hat mir beim Umzug geholfen.«

»George meinte, dieser Nash wohnt direkt nebenan. Seine Familie und die von George kennen sich wohl schon seit Ewigkeiten.« Er wartete, dass Jo erklärte, wie sie Gabe kennengelernt hatte, doch sie sagte nichts. »George hat erzählt, dieser Gabe hat Ihnen womöglich das Leben gerettet.«

»Er hat den Mann erschossen, der vor mir stand und auf mich zielte.«

»Du liebe Güte!« Shaw fuhr sich durch die seidenweißen Haare. »Da muss ich mich bei ihm bedanken.«

»Das könnte klappen. Er müsste jeden Moment hier sein.«

»Soll ich lieber gehen?«

»Nein, Besuch ist das Einzige, was das Krankenhaus erträglich macht.«

»Ich dachte, das wären die Medikamente.«

»Ich hab genug von Medikamenten. Bin schon wieder am Absetzen.«

»Warum überrascht mich das nicht?« Shaw lehnte sich auf dem Stuhl zurück. »Habe gehört, dem kleinen Mädchen geht es gut.«

»Ja?«

»Hat Ihnen das keiner erzählt?«

»Nein. Mir erzählt niemand was.«

»Sie ist noch auf der Intensivstation, aber außer Lebensgefahr. Man geht davon aus, dass sie es schafft.«

Wenn nicht gerade ihr Doktorvater vor ihr gesessen hätte, hätte Jo vor Erleichterung geweint. »Hat die Polizei Dr. Kinney erzählt, was diese Männer von dem Mädchen wollten?«

Shaw setzte sich auf. »War das kein Zufall, dass die bei Ihnen aufgetaucht sind?«

»Ich bin mir ziemlich sicher, dass sie das Mädchen umbringen wollten.«

»Haben Sie das der Polizei gesagt?«

»Ich habe denen *alles* gesagt.«

»Die Polizei hat George erzählt, es sei wohl ein Einbruch gewesen.«

»Ich glaube, das wird behauptet, weil die Ermittlungen noch laufen und nichts nach außen dringen darf. Das hat alles etwas mit einer Sache zu, die in Effingham passiert sein muss. Ein Detective aus Effingham hat mir jede Menge Fragen gestellt.«

Shaw sah Jo mit seinen blauen Augen durchdringend an. »Die Polizei hat George wohl gefragt, ob ihm klargewesen sei, dass das kleine Mädchen auf seinem Grundstück lebte.«

Jo wusste nicht, was sie dazu sagen sollte.

»Hat sie dort gelebt?«

»Ja.«

Wieder fuhr er sich durch die Haare.

»Ich glaube, ich stecke in ziemlichen Schwierigkeiten«, bemerkte Jo.

»Was haben Sie sich bloß dabei gedacht?«

»Sie hat mir leid getan. Eines Abends tauchte sie hungrig in einer schmutzigen Schlafanzughose auf. Sie hatte nicht mal Schuhe an.«

»Ich erinnere mich – Sie hatten der Kleinen Ihre Flipflops geliehen.«

»Ich habe direkt am nächsten Tag den Sheriff benachrichtigt, aber als er kam, ist sie im Wald verschwunden.«

»Aber das war ... was, vor mehr als einem Monat!«

»Ich weiß.«

Shaw wartete auf weitere Erklärungen.

»Ich wollte nicht, dass sie in irgendeine Pflegefamilie kommt. Darüber hört man so schlimme Geschichten ...«

»War denn klar, dass ihre Eltern sie nicht gesucht haben?«

»Wenn doch, haben sie sich nie bei der Polizei gemeldet. In den ersten Wochen habe ich jeden Tag im Internet nachgeguckt. Aber irgendwann ... Ich weiß, das klingt verrückt, aber sie ist mir ans Herz gewachsen. Ich habe sogar überlegt, ob ich ihre Pflegemutter werden kann.«

»Mein Gott, Jo, Ihr Herz ist wirklich zu groß für diese Welt.«

»Wenn ich vor Gericht muss, bekomme ich dann Probleme an der Uni?«

»Kann sein.«

»Könnte es sein, dass ich die Promotion abbrechen muss?«

»Das weiß man nie bei dem aktuellen Hohlkopf an der Spitze unseres Instituts.« Shaw merkte, dass Jo am Boden zerstört war. »Sie wissen, dass ich mich für Sie einsetze. Ich weiß ja auch, was Sie durchgemacht haben. Das könnte Sie ja irgendwie ... beeinflusst haben.«

Warum glaubten das alle? Jo hielt den Mund, aber hätte ihm am liebsten gesagt, dass sie alles genauso gemacht hätte, wenn sie noch ihre Mutter, ihre Brüste und Eierstöcke besäße. Sie würde Ursa genauso lieben.

Shaw merkte, dass er Jo verstört hatte, und wechselte das Thema. »Brauchen Sie Hilfe beim Abschluss Ihres Forschungsprojekts?«

»Ehrlich gesagt, mache ich mir die ganze Zeit Sorgen um die Nestprotokolle, den Computer und alles andere, was noch im Haus ist.«

»Ginge mir genauso. Ich würde auch bis zur letzten Minute an meine Daten denken.«

»Glaube ich Ihnen sofort.«

»Wenn ich Saint Louis verlasse, fahre ich runter zum Cottage. Ich habe einen Schlüssel.«

»Ich schätze, da sind keine Türen mehr zum Aufschließen.«

»Mensch, dann ist es wirklich dringend.«

»Ist das denn jetzt kein Tatort? Meinen Sie, Sie dürfen einfach so da rein?«

»Eventuell muss ich mich beim Sheriff anmelden. Sind die Protokolle leicht zu finden?«

»Sie liegen auf dem Schreibtisch in einem Ordner mit der Aufschrift ›Protokolle‹.«

»Also sind sie leicht zu finden.«

»Mein Laptop und das Fernglas sind auch auf dem Schreibtisch. Könnten Sie die mitnehmen und irgendwo sicher verwahren?«

»Mache ich. Und was ich noch fragen wollte: Stört es Sie, wenn wir Ihre aktiven Nester weiter kontrollieren?«

»Ob es mich stört? Nein! Ich wäre heilfroh! Aber dafür haben Sie doch gar keine Zeit.«

»Habe ich auch nicht.« Shaw rieb sich den arthritischen linken Ellenbogen, den er sich mal gebrochen hatte, meistens ein Zeichen, dass er etwas sagen würde, das ihm gegen den Strich ging.

»Tanner und Carly haben angeboten, runterzufahren und Ihre Nester zu kontrollieren, solange Sie im Krankenhaus sind.«

»Die können aber nicht im Haus schlafen. Wie gesagt, die Türen sind kaputt, und ich bin nicht sicher, ob es als Tatort gilt.«

»Die wollten irgendwo in der Nähe zelten.«

Wahrscheinlich da, wo Jo und Tanner im Fluss Sex gehabt hatten. Das war Tanners bevorzugter Zeltplatz, seit er zum ersten Mal mit einer Doktorandengruppe dort gewesen war.

»Haben die denn überhaupt genug Zeit dafür?«

»Soll das ein Witz sein? Wenn Studierende mit ihrem Forschungsprojekt durch sind, tun sie alles andere lieber, als mit ihrer Doktorarbeit anzufangen. Die beiden wollten wohl eh zelten gehen.«

»Wenn die nichts gegen einen Arbeitsurlaub haben, bin ich dankbar für die Hilfe.«

»Carly kennt ja Ihr Beobachtungsgebiet – sie hat in derselben Gegend geforscht.«

»Die Nestkameras könnten abgebaut werden, falls den beiden das nicht zu aufwendig ist. Ich habe alles detailliert auf Karten vermerkt.«

»Natürlich«, sagte Shaw. »Wir machen Kopien von den ...«

Es klopfte an der Tür.

»Herein!«, rief Jo.

Gabe trat ein. »Entschuldigung«, sagte er, als er Shaw sah. »Ich komme später wieder.«

»Nein, bleib hier, Gabe! Das ist mein Doktorvater, Dr. Shaw Daniels. Shaw, das ist Gabriel Nash.«

Shaw sprang auf und schüttelte Gabe die Hand. »Freut mich, Sie kennenzulernen!«, sagte er. »Danke, dass Sie das alles für Jo getan haben! Sie haben ihr das Leben gerettet. Und dem kleinen Mädchen auch.«

Gabe widersprach nicht, aber seine Augen verrieten seine Schuldgefühle. Jo beobachtete Shaw genau, lauerte auf einen Hinweis, dass er George Kinney in Gabes Gesicht entdeckte. Falls ihm eine Ähnlichkeit auffiel, ließ er sich nichts anmerken.

»Ich habe schon viel früher mit dir gerechnet«, sagte Jo. »Wo ist Tabby?«

Gabe schielte zu Shaw hinüber. »Sie ist in ... in dem Souvenirshop.«

»Was? Sie bringt mir doch wohl hoffentlich keinen überteuerten Mist von da mit?«

Shaw wischte sich über die Stirn, als sei er erleichtert. »Puh! Zum Glück habe ich nicht den Ballon gekauft, wo ›Gute Besserung!‹ draufsteht.«

»Ich wollte gerade sagen: Es sei denn, es ist ein Ballon.«

»So ein Mist!« Shaw beugte sich vor und nahm Jo in den Arm. »Ich gehe jetzt mal. Ich fahre zum Cottage runter und sorge dafür, dass Ihre Daten gesichert werden.«

»Ich habe die Protokolle in die Schreibtischschublade gelegt, damit sie nicht sofort jeder sieht«, sagte Gabe. »Und die Polizei hat mir erlaubt, deinen Laptop und das Fernglas in der untersten Schublade einzuschließen. Da ist ein Steckschloss dran. Der Schlüssel liegt im Kästchen mit den Büroklammern in der obersten Schublade.«

»Gut, der Mann!«, sagte Shaw zu Jo. »Er kümmert sich vorbildlich um die Datensicherheit. Wie ein Wissenschaftler.«

»Hat wohl abgefärbt.« Jo grinste Gabe an.

»Würde mich freuen, wenn wir uns mal wiedersehen!« Shaw gab Gabe noch mal die Hand. »Dann trinken wir ein Bier zusammen, geht auf mich.«

»Hört sich gut an.« Gabe war entspannter in Gegenwart eines Fremden, als Jo ihn je erlebt hatte. Das machte der Umgang mit Tabby.

»Der war ja echt nett », sagte Gabe, als Shaw gegangen war.

»Ist er auch. Er ist der Grund, warum ich an der Uni Illinois geblieben bin, anstatt meinen Doktor woanders zu machen. Ich wollte unbedingt mit Shaw weiterarbeiten.« Sie streckte ihre Arme nach Gabe aus. »Komm her und gib mir einen Kuss!«

»Das sagst du nur, weil ich glatt rasiert und unwiderstehlich bin.«

»Du hast es begriffen.«

Sie küssten sich über Jos hochgelegtem Bein.

»Schön, dass du wieder aufstehen kannst.«

»Ja, nicht? Was ist nun mit Tabby? Warum hast du so herumgedruckst, als du sagtest, sie sei in dem Laden?«

»Dir entgeht wirklich nichts, oder? Genau wie Ursa. In eurer Nähe bleibt nichts unbemerkt.«

»Was hattest du denn vor?«

»Keine Ahnung, mein ja nur.« Gabe lehnte sich auf dem Stuhl zurück. »Also ... wegen Tabby ...«

»O-oh.«

»Genau.«

»O Gott, was führt sie jetzt schon wieder im Schilde?«

»Ich hab mir schon gedacht, dass so was öfter bei ihr vorkommt.«

»Was denn?«

»Sie hat im Hotel die Bluse eines Zimmermädchens geklaut ...«

»Was?«

»Sie wollte, dass es offiziell aussieht ...«

»Was soll offiziell aussehen?«

»Sie kauft unten im Laden ein Geschenk für Ursa. Dann will sie so tun, als wäre sie von einem Lieferdienst. Sie versucht, zu Ursa zu kommen.«

»Ursa ist auf der Intensivstation. Da kann man nicht einfach so rein.«

»Ich habe versucht, sie aufzuhalten.«

»Tabby ist nicht aufzuhalten, wenn sie sich was in den Kopf gesetzt hat. Hat sie dir erzählt, dass sie mal ein Lämmchen ins Krankenhaus geschmuggelt hat?«

»Was? Ein richtiges *Lamm*?«

»Ja! Als Tierärztin will sie sich auf Nutztiere spezialisieren. Ein Lämmchen der Forschungsherde hatte seine Mutter verloren, und Tabby hat es zusammen mit ihren Kollegen mit der Flasche großgezogen. Sie weiß, dass ich Tierbabys liebe, deshalb hat sie das Lämmchen einfach ins Auto gepackt, ist nach Chicago gefahren und hat sich mit dem Lamm zwei Tage nach meiner Brust-OP auf mein Zimmer geschlichen. Da holte sie das winzige Ding aus ihrer Umhängetasche, legte es vor mich aufs Bett und gab mir die Milchflasche. ›Hier‹, hat sie gesagt, ›wer braucht schon Brüste? Milch kann man auch anders geben.‹«

Gabe sah blinzelnd zur Seite.

»Genau. Ich hab auch geheult wie ein Schlosshund. Sie dachte, ich sei total fertig. Dabei fand ich es toll. Das war eine der verrücktesten Ideen, die Tabby je hatte.«

»Als wir gestern Abend aus dem Krankenhaus kamen, musste ich mit ihr losziehen«, erklärte Gabe. »Sie wollte die Gegend erkunden, und am Ende landeten wir …«

»An einem seltsamen Ort.«

»Genau.«

»Lass mich raten: in einem von Hippies betriebenen Massagesalon? In einer japanischen Karaokebar?«

»Ist sie in so was mit dir gewesen?«

»Ja, in Chicago. Als meine Mutter im Sterben lag, hat sie viele abgedrehte Sachen mit mir gemacht. Sie meinte, ich dürfte nicht vergessen, dass es eine riesengroße, wunderbare Welt jenseits der Grenzen meines traurigen kleinen Reichs gäbe –, genauso hat sie sich ausgedrückt. Ich fand immer schon, Tabby hätte Schriftstellerin werden sollen.«

»Richtig. Tierärztin passt irgendwie nicht zu ihr.«

»Man versteht es besser, wenn man weiß, dass sie in einer kleinen Stadtwohnung aufgewachsen ist. Sie hat so gut wie nie auf einer Wiese gestanden, aber wird später Kühe, Pferde und Schafe behandeln. Ihr Vater hat einen Laden für Autozubehör und findet das wirklich komisch.«

»Ist er dagegen?«

»Nein, er findet es witzig-komisch. Er ist ein toller Typ, genauso verrückt wie Tabby. Er hat sie und ihre Schwester allein großgezogen, als die Mutter sich von ihm trennte.«

»Tabby ist so ein Mensch, den Arthur gemocht hätte.«

»Jetzt sag, wo sie gestern mit dir war!«

»Zuerst waren wir in einem walisischen Restaurant, das sich tatsächlich ›Public House‹ nannte. Da haben wir an einem Gemeinschaftstisch gegessen und getrunken.«

»Wow! Wie war das für dich?«

»Lustig, ob du's glaubst oder nicht. Wir haben zwei echt nette Typen kennengelernt. Und mit denen sind wir irgendwann in einer Schwulenbar gelandet.«

»Typisch Tabby!«

»Was ist typisch Tabby?«, fragte Tabby, als sie den Kopf zur Tür hereinsteckte. In der blauen Zimmermädchenbluse kam sie herein.

»Hast du Ursa gesehen?«, fragte Gabe.

Tabby setzte sich aufs Bett. »Fast.«

»Bist du auf die Intensivstation gekommen?«, wollte Jo wissen.

Tabby nickte. »Ich habe einen Luftballon und ein Stofftier gekauft und eine Karte geschrieben, auf der stand: ›Ursa, wir haben dich lieb! Werd' schnell wieder gesund!‹ Die habe ich unterschrieben mit: ›Grüße und Küsse von Jo, Gabe und Tabby‹. Das Stofftier ist übrigens eine Tigerkatze. Hammer, oder?«

»Jetzt erzähl schon alles!«, drängte Jo.

»Als Erstes bin ich zur Anmeldung gegangen, aber die Frau hatte Ursa nicht auf ihrer Liste. Als sie das Stofftier sah, wollte sie wissen, ob die Patientin ein Kind sei. Dann meinte sie, wahrscheinlich läge Ursa im Kinderkrankenhaus ein paar Blocks weiter. Sie hat nachgeschaut, aber da war sie auch nicht eingetragen.«

»Das ist seltsam.«

»Fand ich auch. Ich bin zur Intensivstation hier im Haus gegangen, weil ich mich umsehen wollte, aber da kam ich nicht rein. Ich habe gewartet, bis eine Schwester mit einem Typen im Rollstuhl rauskam ...«

»Nein!«

»Doch. Ich habe mich reingeschlichen. Bevor irgendjemand merkte, dass ich nicht da sein durfte, habe ich Ursa gesucht. Und da habe ich ihr Zimmer gesehen.«

»Woher weißt du, dass sie da drin war?«, fragte Gabe.

»Vor der Tür stand ein Bulle.«

»Ein Bulle!«, rief Jo.

»Bist du dir sicher, dass es ihr Zimmer ist?«, hakte Gabe nach.

»Bevor ich die Tür aufmachen konnte, hielt mich eine Schwester auf und fragte nach meinem Namen. Ich meinte, ich hätte ein Geschenk für Ursa Dupree. Ich hätte den Auftrag, ihr das Stofftier und den Luftballon zu bringen und ein Lied zu singen. Da ich annahm, dass der Bulle Ursa bewachte, bin ich direkt auf ihn zugegangen. Die Schwester rief: ›Stehen bleiben!‹ und wisst ihr, was dann geschah?«

»O Gott«, stöhnte Jo.

»Genau. Der Bulle zielte mit seiner Pistole auf mich. Ich wurde in ein Kabuff geschleppt, wo sie mir jede Menge Fragen stellten. Woher ich wüsste, zu welchem Zimmer ich müsste et cetera. Das heißt, dass Ursa tatsächlich da drin ist. Wahrscheinlich ist sie nicht im Kinderkrankenhaus, weil die Polizei weiß, dass es naheliegend wäre.«

»Und was hast du denen erzählt, um wieder rauszukommen?«, fragte Jo.

»Die Wahrheit. Lügen war mir zu gefährlich. Ich habe erzählt, ich würde Ursa durch dich kennen, und ich sei besorgt, weil das Krankenhaus mich nicht zu ihr lassen würde. Ich habe zugegeben, dass ich mir einen Plan ausgedacht hätte, um mich hereinzuschleichen.«

»Wie haben die reagiert?«

»Haben meinen Namen und meine Adresse notiert, aber die wollten mir nur Angst machen. Angeblich werde ich verhaftet, wenn ich es noch mal versuche.«

»Ich fasse es nicht«, sagte Jo. »Ursa wird von der Polizei bewacht.«

»Ich glaube das schon«, meinte Gabe.

»Ich auch«, sagte Tabby. Sie senkte die Stimme und beugte sich vor. »Ich wette, die Regierung weiß, dass sich im Körper von Ursa Dupree ein Alien versteckt!«

32

Jo hatte sämtliche Zeitschriften im Wartezimmer der Intensivstation durchgeblättert, sogar das Magazin *Guns and Gardens*, was ihre gartenbegeisterte pazifistische Mutter zweifellos amüsiert hätte. Sie war froh, dass neben ihrem Stuhl ein kleines Tischchen stand, auf das sie ihr Bein legen konnte. Jede Stunde bewegte sie sich und humpelte auf ihren Krücken durchs Zimmer. Zum Wartezimmer gehörte ein WC, in dem es auch eine Behindertenkabine gab. Dort machte Jo sich abends frisch und putzte sich die Zähne. Dann legte sie sich auf die Couch im Wartezimmer und schlief. Sie aß, was Gabe ihr mitbrachte. Er wohnte im Hotel um die Ecke, wo er jeden Abend Jos Wäsche wusch und trocknete.

Tabby hatte Jo bei ihrer Wache Gesellschaft leisten wollen, musste aber wieder an der Uni erscheinen. Gabe wollte, dass Jo ihre Wachaktion im Krankenhaus abbrach. Er meinte, die Polizei würde niemals zulassen, dass sie Ursa besuchte, doch davon wollte Jo nichts wissen. Sie musste das Kind sehen. Und sie war felsenfest davon überzeugt, dass Ursa auch sie sehen wollte.

Die Nachricht von ihrem Sit-in sprach sich im Krankenhaus herum. Am dritten Tag kam der Chirurg, der Jo operiert hatte, und wollte mit ihr reden. Er sagte, sie riskiere, dass sich das Bein durch den Stress entzünde, außerdem könne sich durch das viele Sitzen ein Blutgerinnsel bilden. Am selben Tag tauchte auch der Sicherheitsdienst des Krankenhauses auf. Jo wurde aufgefordert zu gehen, doch sie gab zurück, erst Ursa sehen zu wollen. Man drohte ihr, sie notfalls von der Polizei entfernen zu lassen, doch bisher war nichts passiert.

Jo beobachtete alle genau, die durch den Flur vor Ursas Zimmer gingen. Sie registrierte Polizeibeamte und andere offiziell wirkende Personen, die die Station betraten. Eine Frau mit einer weiß gesträhnten Afrofrisur tauchte häufiger auf. Jo nahm an, dass es sich um die für Ursa zuständige Mitarbeiterin des Jugendamts handelte. Während die Frau darauf wartete, dass sich die Türen zur Intensivstation öffneten, sah sie oft zu Jo hinüber. Anfangs hatte sie Jo mit einer offenkundigen Kühle gemustert. Doch am dritten Tag schien eine ungewollte Bewunderung in ihrem Blick zu liegen.

Am vierten Tag von Jos Sit-in brachte Gabe Mittagessen mit. Er hatte dunkle Ringe unter den Augen, seine Wangenknochen schienen stärker hervorzutreten. Er stand in Kontakt mit seiner Mutter und seiner Schwester, hatte ihnen aber nicht erzählt, dass Jo nach drei Tagen aus dem Krankenhaus entlassen worden war.

Er nahm seinen Rucksack ab und setzte sich neben sie. »Pute, Provolone, Avocado und Salat auf Weizenbrot.« Er reichte ihr eine weiße Papiertüte.

»Danke! Willst du nichts essen?«, fragte Jo.

»Hab keinen Hunger.«

»Fahr doch nach Hause!«

»Hör du doch mit diesem Wahnsinn auf!«, gab er zurück.

»Das kann ich nicht.«

»Wahrscheinlich ist sie schon gar nicht mehr hier. Sie wurde mit Sicherheit verlegt.«

»Nein. Sie muss hier sein. Die Frau mit dem Afro ist vor ungefähr einer Stunde gekommen«, entgegnete Jo.

»Du weißt doch nicht mal, ob sie was mit Ursa zu tun hat!«

»Doch. Sie guckt mich immer so an.«

»Das machen alle. Weil es verrückt ist, was du tust. Du musst hier raus und dir einen Anwalt suchen.«

»Ich brauche keinen Anwalt.«

Statt weiter darüber zu streiten, schüttelte Gabe den Kopf und sah zur Seite.

»Hast du mir saubere Sachen mitgebracht?«, fragte Jo.

»Ja, aber sie sind noch feucht.«

Während Jo das Sandwich aß, schloss Gabe die Augen und lehnte sich auf dem Stuhl zurück. Jo gab ihm einen Kuss auf die Wange.

»Willst du nicht zu deinen Vögeln zurück?«, fragte er mit geschlossenen Augen.

»Auf Krücken geht das nicht. Tanner und Carly kümmern sich darum.«

Gabe schlug die Augen auf und sah Jo an. »Willst du dich nicht vergewissern, ob sie alles richtig machen?«

»Tanner hat gar keine andere Wahl.«

»Wieso?«

»Weil er sich mit Hilfe meiner Nester bei Shaw einschleimen will. Shaw war sauer auf Tanner, weil der mich nach meiner Diagnose fallengelassen hat wie eine Aussätzige.«

»Das kann ich bis heute nicht begreifen.«

»Ich schon. Tanner ist …«

Die Türen zur Intensivstation gingen auf. Jo schaute in die stechenden Augen der Frau mit dem Afro. Heute trug sie einen hellgrauen Rock und ein pfirsichfarbenes Shirt, das ihre braune Haut zur Geltung brachte. Sie hatte eine volle, kräftige Figur wie Lacey, war aber nicht so groß.

Die Frau ging direkt auf Jo und Gabe zu. »Joanna Teale, habe ich recht?«, fragte sie.

»Ja«, sagte Jo.

»Und Sie müssen Gabriel Nash sein.« Die Frau blieb vor ihnen stehen.

»Ja«, sagte er mit gepresster Stimme.

Die Frau verschränkte die Arme vor der Brust und schaute auf Jo hinab. »Aha ... Wie lange sitzen Sie hier schon?«

»Heute ist der vierte Tag«, erwiderte Jo.

»Und das nach einer OP. Sie sind genauso stur wie das Kind.«

»Ursa?«

»Wer sonst? Ich habe noch nie ein derart störrisches Kind erlebt.«

»Ich weiß, was Sie meinen«, sagte Jo. »Sie hat mich auch immer ewig genervt, bis ich endlich nachgegeben habe.«

»Wissen Sie, als ich diese Geschichte zum ersten Mal gehört habe, konnte ich mir nicht vorstellen, warum Sie so gehandelt haben. Wie konnten Sie das Kind einen ganzen Monat bei sich behalten, ohne es zur Polizei zu bringen? Wie konnten Sie nicht wissen, dass das falsch ist?«

»Ich wusste, dass es falsch ist.«

»Aber der Alien hat sich mit seinen speziellen Superkräften in Ihren Kopf geschlichen, stimmt's?«

»Behauptet sie immer noch, sie sei ein Alien?«

»Oh, ja, ich weiß alles über ihren Planeten. Er heißt Hedareh, und die Bewohner bestehen aus Sternenlicht.«

»Hat sie Ihnen auch von den fünf Wundern erzählt?«

»Natürlich. Wissen Sie denn, warum sie nach dem fünften Wunder nicht zurückgekehrt ist?«

»Nein, was hat sie dazu gesagt?«

»Sie sagt, sie hätte beschlossen zu bleiben, als ihr klar war, dass Sie sie lieben. Das fünfte Wunder zwang sie, zu bleiben statt zu gehen.«

Jo musste den Blick abwenden.

Die Frau wartete, bis sie sich gefangen hatte. »Soll ich Ihnen ein kleines Geheimnis verraten? Buchstabieren Sie Hedareh mal rückwärts.«

Jo und Gabe schauten sich an und probierten es aus.

»Nicht so leicht, oder?«, sagte die Frau. »Kann man normalerweise nicht so schnell im Kopf.«

»Heradeh?«, versuchte es Gabe.

»Das Wort musste ein bisschen gestreckt werden, sonst wäre es zu auffällig gewesen. Streichen sie mal die Hs und das A!«

»Erde!«, rief Jo.

Die Frau nickte.

Jo versuchte, Ursas Namen rückwärts zu sprechen. »Ursa Ann Dupree ist dann Eerpüd Na Asru. Sie hat gesagt, das wäre ihr Alienname.«

»Genau«, sagte die Frau. »Aber Ursa kann das viel schneller. Wenn sie ihr ein Buch geben, liest sie die Wörter rückwärts genauso schnell wie vorwärts.« Die Frau lächelte über Jos und Gabes Verwirrung. »Nein, sie ist kein Alien. Oder irgendwie doch – wenigstens für uns Normalsterbliche. Sie ist extrem hochbegabt. In der ersten Klasse wurde ihr IQ mit über 160 gemessen.«

»Das erklärt eine ganze Menge«, sagte Jo.

»Ja, nicht?« Die Frau hielt ihr die Hand hin. »Ich bin Lenora Rhodes vom Amt für Jugend und Familien.« Jo und Gabe gaben ihr die Hand. »Ich habe die unmögliche Aufgabe, aus Ursa herauszubekommen, was in der Nacht geschah, als sie davonlief.«

»Will sie nichts erzählen?«, fragte Jo.

Lenora zog einen Stuhl hervor und setzte sich zu den beiden.

»Sie sagt, sie will es nur Ihnen erzählen, Jo. Wir versuchen es seit fünf Tagen, aber sie meint, nur Sie kämen in Frage.«

»Geschickt«, sagte Gabe.

»Sie ist so geschickt, dass ich kurz vorm Verzweifeln bin«, sagte Lenora. »Im Gegenzug für Ihre Hilfe werde ich Ihnen erzählen, was ich schon weiß. Fragen Sie ruhig!«

»Hat sie noch Verwandte?«, wollte Jo wissen.

»Ihre einzigen noch lebenden Verwandten sind, soweit bekannt, eine drogenabhängige Großmutter, die in einem Trailer lebt, und ein alzheimerkranker Großvater in einem Pflegeheim. Außerdem hat sie noch einen Onkel, der polizeilich gesucht wird und dessen Aufenthaltsort unbekannt ist.«

»Wenn Sie kein Zuhause hat, würde ich gerne ihre Pflegemutter werden.«

»Immer mit der Ruhe. Eins nach dem anderen. Sind Sie bereit, mit ihr zu sprechen?«

»Natürlich. Wissen Sie, was mit Ursas Eltern passiert ist?«

Lenora sah sich um, wie um sich zu vergewissern, dass niemand zuhörte. Dann beugte sie sich vor. »Über ihre Eltern sind wir informiert. Sie kamen aus Paducah in Kentucky. Ihre Intelligenz hat Ursa wahrscheinlich von ihrem Vater, Dylan Dupree. Er hätte richtig was aus sich machen können. Er war ein Kind, dem alles einfach zuflog, doch dann verliebte er sich in der zehnten Klasse in Portia Wilkins. Aus irgendeinem Grund tat sich der klügste Schüler der ganzen Highschool mit der schwierigsten Schülerin zusammen. Allerdings sah Portia super aus. Vielleicht war das der Grund.«

»Oder aber sie war genauso intelligent wie er, und das zog ihn an«, warf Jo ein. »Kluge Kinder haben oft große Probleme.«

»Stimmt«, sagte Lenora. »Aus welchem Grund auch immer – als Dylan etwas mit Portia anfing, nahm das Unheil seinen Lauf. Er trank und nahm Drogen, seine Noten wurden schlechter, er hatte ständig Ärger. Im Sommer zwischen der elften und der zwölften Klasse wurde Portia schwanger. Als beide Elternpaare sich weigerten, die jungen Leute bei ihrer Entscheidung für das Kind zu unterstützen, brannten Dylan und Portia durch. Sie sind getrampt und irgendwann in Effingham, Illinois, gelandet.«

»Haben sie geheiratet?«, fragte Jo.

»Ja, aber erst nach Ursas Geburt. Portia arbeitete als Kellnerin, Dylan für einen Bauunternehmer. Als Ursa zwei war, verdienten die beiden genug, um in ein kleines Apartment zu ziehen. In der Zeit wurden sie nicht polizeilich auffällig, auch wenn wir glauben, dass Dylan und Portia regelmäßig Alkohol und Drogen konsumierten.«

»Warum glauben Sie das?«, fragte Jo.

»Weil Dylan in einem See ertrank, und als er obduziert wurde, fand man Spuren von harten Drogen. Da war Ursa fünf Jahre.«

»Das arme Kind«, sagte Gabe.

»Freunde, die mit ihm am See waren, sagten später aus, dass er high war, als er schwimmen ging. Ursa war mit ihrer Mutter, die ebenfalls unter Drogeneinfluss stand, am Ufer.«

Lenora unterbrach sich, als ein Pärchen aus dem Aufzug kam. Sie wartete, bis die beiden durch die Tür auf die Intensivstation gegangen waren, und sprach weiter: »Dylan hatte die kleine Familie zusammengehalten. Als er starb, verlor Portia jeden Halt. Im Laufe der nächsten drei Jahre hatte sie nur Ärger und Probleme. Sie hatte verschiedene Servicejobs, flog aber immer wieder raus, wurde wegen Drogenbesitzes festgenommen, stellte ungedeckte Schecks aus. Sie wurde mit Alkohol am Steuer erwischt und verlor ihren Führerschein. Als Ursa in der zweiten Klasse war, wurde gegen Portia wegen Kindesverwahrlosung ermittelt. Ursa kam in schmutziger

Kleidung zur Schule, und mehr als einmal fand man sie lange nach Schulschluss auf dem Gelände. Ihr Verhalten wurde immer seltsamer ...«

»Intelligente Kinder benehmen sich oft seltsam«, warf Jo ein.

»Das wurde berücksichtigt. Aber sie störte ständig den Unterricht. Sie las wahnhaft alles rückwärts und meldete sich nur, um den Lehrern abstruse Geschichten zu erzählen.«

»Sie hatte Langeweile«, meinte Gabe. »Können Sie sich vorstellen, wie der Lehrplan im zweiten Schuljahr auf ein Kind mit so einem IQ wirkt?«

Lenora lächelte. »Ich finde es schön, dass Sie die Kleine verteidigen. Aber wenn sich ein Kind so aufführt, deutet das normalerweise auf Unstimmigkeiten zu Hause hin. Bei der Untersuchung des häuslichen Umfelds bekamen die Mitarbeiter des Amts den Eindruck, dass Ursa quasi für sich selbst sorgte. Sie wusste, wie man einfache Gerichte wie Makkaroni mit Käse zubereitet, sie erledigte ihre Hausaufgaben, machte sich für die Schule fertig und ging selbständig zur Bushaltestelle. Ihre Kleidung war schmutzig, weil sie nicht allein zum Waschsalon konnte. Nach Dylans Tod musste Portia in ein billiges Apartment ziehen, wo es weder Waschmaschine noch Trockner gab.«

»Hat das Jugendamt mal überlegt, das Kind der Mutter wegzunehmen?«, fragte Jo.

»Es muss sehr schlimm werden, bevor das passiert. Man kam zu dem Schluss, dass die Umstände für ein Kind mit alleinerziehender Mutter gar nicht so unüblich seien. Allerdings wusste niemand, dass Ursa gelogen hatte, als sie nach dem Alkohol- und Drogenkonsum ihrer Mutter gefragt wurde. Portia war mittlerweile so stark abhängig, dass sie sich prostituierte, um an Geld zu kommen. Sie kellnerte in einer Bar mit Restaurant ...«

»Wie hieß das, das Restaurant, meine ich?«, fragte Jo.

»Es ist nicht der Laden, wo Sie am Abend vor der Schießerei waren.«

»Das wissen Sie?«

»Ich weiß über alles Bescheid«, erwiderte Lenora. »Wir glauben, dass Ursa schon mal in dem Restaurant war, aber nicht weil ihre Mutter dort arbeitete. Die letzte Stelle, die Portia hatte, war in einer heruntergekommenen Spelunke, wo sie Männer angesprochen hat, damit sie ihre Drogensucht finanzieren konnte. Da sie keinen Führerschein hatte, nahm eine befreundete Kellnerin sie oft zur Arbeit mit und brachte sie wieder zurück. Eines Tages Anfang Juni wollte die Freundin Portia in ihrer Wohnung abholen, doch es machte niemand auf. Als Portia zwei Tage nacheinander nicht zur Arbeit kam, überredete diese Freundin Portias Vermieter, sie in die Wohnung zu lassen. Sie fand einen Zettel am Kühlschrank, auf dem stand, Portia sei mit einer Freundin nach Wisconsin in den Urlaub gefahren und hätte Ursa mitgenommen.«

»Waren da schon Schulferien?«, fragte Jo.

»Ja, Ursa hatte keine Schule. Aber Portias Freundin kannte niemanden, der mit Portia nach Wisconsin fahren würde. Ihr war auch klar, dass Portia und Ursa ihre Kleidung nicht zu Hause lassen würden. Eine Woche lang nervte die Frau die Polizei, doch als die Beamten dann endlich anfingen, Fragen zu stellen, machte die Freundin einen Rückzieher. Sie bekam Angst, weil sie ebenfalls drogenabhängig war und sich prostituierte. Danach ließ die Polizei den Fall mehr oder weniger liegen.«

»Obwohl das Leben eines kleinen Mädchens auf dem Spiel stand?«, fragte Jo.

»Es gab keine Anhaltspunkte dafür, und die Mutter hatte eine Nachricht hinterlassen. Eine Woche später gab es auch keine Beweise mehr sicherzustellen, weil Portias Vermieter die Wohnung für einen neuen Mieter hatte räumen und säubern lassen. Portia hatte zwei Monate keine Miete gezahlt.«

»Das hätte die Polizei nicht zulassen dürfen«, sagte Jo.

»Das wurde den Beamten erst vor zwei Wochen klar, als man Portias Leiche in einer Grube fand.«

»Oh, nein ...«, stöhnte Gabe.

»Weiß man, woran sie gestorben ist?«, fragte Jo.

»Die Leiche war schon verwest, aber an der rechten Seite des Schädels wurden Spuren von Gewalteinwirkung festgestellt. Der Verwesungsgrad passt zu dem Datum, seitdem sie vermisst wurde. Wahrscheinlich starb sie am Abend des sechsten Juni.«

»Und am siebten Juni tauchte Ursa bei mir auf«, bemerkte Jo direkt.

Lenora nickte. »Und vor einer Woche waren Sie in Effingham essen und merkten, dass Ursa vor einem Mann Angst zu haben schien. Vermutlich hat dieser Typ die beiden Männer benachrichtigt, die Ihnen dann bis nach Hause folgten. Sie haben bei der Polizei ausgesagt, Ursa hätte zu Ihnen gesagt: ›Sie bringen dich auch um‹, kurz bevor die ersten Schüsse fielen.«

»Die Männer haben Portia ermordet«, folgerte Gabe.

»Wahrscheinlich«, erwiderte Lenora. »Und wir glauben, Ursa war dabei.«

»Warum wird sie denn noch bewacht, wenn die vermeintlichen Mörder tot sind?«, wollte Jo wissen.

»Wer sagt denn, dass es nur diese beiden waren? Vielleicht war der Mann, der im Restaurant telefonierte, auch beteiligt. Wir glauben, dass Ursa weiß, wer der Mann ist und was in der Nacht geschah, als ihre Mutter starb.« Lenora beugte sich zu Jo hinüber. »Um das zu erfahren, brauchen wir Ihre Hilfe.«

»Wann?«

»Heute. Ursas Sicherheit liegt in ihren Händen, Joanna. Sie müssen das Kind zum Reden bringen.«

33

Die Sicherheitsleute auf der Intensivstation öffneten die Türen für die beiden Besucher aus dem Wartezimmer. Jo und Gabe hatten einige Anweisungen bekommen. Sie durften erst über das sprechen, was in der Nacht geschehen war, als Ursas Mutter starb, wenn Detective Kellen und Deputy McNabb eingetroffen waren. Ursas Aussage musste von staatlicher Seite protokolliert werden, um sicherzugehen, dass sie zu nichts gezwungen wurde. Jo und Gabe durften Ursa nicht verraten, dass sie etwas über ihre Vergangenheit wussten. Vor allem durften sie nicht erzählen, dass man die Leiche von Ursas Mutter gefunden hatte. Lenora sagte, wenn Ursa das erführe, würde sie ihre Geschichte vielleicht abändern.

Als Jo auf Krücken an der Anmeldung der Intensivstation vorbeihumpelte, fiel ihr ein silberner Luftballon ins Auge, der an einer Stoffkatze festgebunden war. Jo ging auf den Tresen zu.

»Was ist?«, fragte Gabe.

Sie musste hinter den Tresen, um zu den Geschenken zu gelangen.

»Sie dürfen hier nicht hin!«, rief ein Mann. »Ma'am ...«

Jo lehnte eine Krücke gegen ihre Taille, nahm die getigerte Katze und drehte sich zu den aufgebrachten Pflegern und Pflegerinnen um. »Warum hat Ursa diese Geschenke nicht bekommen?«

Niemand antwortete.

»Können Sie diesen Zettel hier sehen? Da steht eindeutig ihr Name drauf. Dieses Geschenk hätte ihr viel bedeutet, und es liegt jetzt seit einer Woche bei Ihnen herum.« Jo schaute in die Runde. »Warum enthalten Sie das einem kleinen kranken Mädchen vor, das dringend Trost bräuchte?«

»Wir wollten es ihr ja geben ...«, setzte eine Krankenschwester an.

»Sie durften nicht«, sagte Lenora.

»Warum nicht?«

»Sie wissen, warum.«

»Weil Sie versucht haben, die Erinnerung an uns auszulöschen. An Gabe, Tabby und mich. Sie wollten, dass Ursa uns vergisst.«

»Wir dachten, es wäre eher schmerzhaft als hilfreich, das Kind an Sie zu erinnern«, sagte Lenora.

»Das ist das Letzte! Und *ich* habe hier den Stress ...« Jo klemmte sich die Stoffkatze unter den Arm und kam wieder hinter dem Tresen hervor. Der Luftballon prallte immer wieder gegen ihren Kopf.

Lenora schnalzte mit der Zunge und schüttelte den Kopf. »Sie stehen der kleinen Ursa wirklich in nichts nach ...«

Sie gingen den Korridor entlang, vorbei an Zimmern, in denen ältere Menschen an Apparate angeschlossen waren. Jos Magen flatterte vor Freude, als sie den Beamten vor Ursas Zimmer sah. Er stand auf, die Hand am Holster.

»Schon gut«, sagte Lenora. »Die beiden dürfen mit mir rein.«

Der Polizist sah die Frau vom Jugendamt zweifelnd an.

»Sonst macht die Kleine den Mund nicht auf«, erklärte Lenora. »Ich denke, so viel ist inzwischen klar.«

Der Beamte trat zur Seite und ließ Jo und Gabe vorbei. Ursa

saß auf ihrem Krankenbett und studierte konzentriert die Kanüle in ihrem Arm. Vor ihr auf einem Rolltisch standen die Reste ihres Mittagessens.

»O nein, junge Dame, das lässt du sein!«, rief Lenora. »Die ziehst du nicht wieder heraus!«

Schuldbewusst schaute Ursa hoch. Als sie Jo und Gabe erblickte, verwandelte sich ihr Gesichtsausdruck in pure Freude. »Jo! Gabe!«, rief sie.

So schnell es Jos Krücken erlaubten, humpelte sie zum Bett. Sie legte das Stofftier ab, beugte sich vor und nahm Ursa in die Arme. Weinend drückten sich die beiden mehrere Minuten lang. Dann war Gabe an der Reihe. Lenora und eine Krankenschwester sahen von der Tür aus zu.

Als Gabe Ursa losließ, überreichte Jo ihr das Stoffkätzchen und den Luftballon. »Das ist von Tabby.«

Ursa drückte das Stofftier an ihre Wange. »Wie süüüß! Der sieht genau aus wie Cäsar! Ist Tabby auch da?«

»Sie war lange da, aber muss jetzt wieder arbeiten«, antwortete Jo.

»Gabe und du wart auch da?«

»Von Anfang an«, erwiderte Jo.

Böse sah Ursa Lenora an. »Ich wusste es! Ich wusste, dass sie hier sind!«

»Jetzt hast du mich erwischt, junge Dame«, gestand Lenora. »Aber ich wollte nur, dass du gesund wirst.«

»Darf ich jetzt bei Jo und Tabby leben?«

»Feiern wir doch erst mal das Wiedersehen«, sagte Lenora ablenkend und setzte sich auf einen Stuhl in der Ecke.

»Willst du noch aufessen?«, fragte die Krankenschwester Ursa.

»Das schmeckt mir nicht.«

»Du wolltest Makkaroni mit Käse.«

»Aber ihr müsst die Mischung aus der blauen Packung nehmen«, sagte Ursa. »Mit den Nudeln schmeckt es besser.«

»Versuchen Sie es das nächste Mal mit *Star-Wars*-Nudeln«, sagte Jo zur Krankenschwester.

»Ich glaube nicht, dass es die in unserer Cafeteria gibt«, bemerkte die Schwester und nahm das Tablett mit.

»Jetzt, wo Jo hier ist, kann sie mir ja welche mitbringen«, sagte Ursa.

Jo rollte den Tisch zur Seite und setzte sich auf die Bettkante. Gabe zog einen Stuhl heran. Jo nahm Ursas Hand. »Geht es dir gut?«

Die braunen Augen wurden düster. »Ist Kleiner Bär tot?«

Jo schloss beide Hände um Ursas und drückte sie. »Ja. Das tut mir so leid.«

Die Kleine schluchzte auf, Tränen liefen ihr über die Wangen.

»Ich bin ihm so dankbar«, sagte Jo. »Er hat uns beide gerettet. Das weißt du, oder?«

Weinend nickte Ursa.

»Wenn es dir besser geht, beerdigen wir ihn richtig.«

»Mit einem Kreuz?«

»Ich kann eins machen«, sagte Gabe.

»Wo ist er jetzt?«, wollte Ursa wissen.

»Ich habe ihn im Wald beim Cottage begraben«, sagte er.

Ursa musste noch mehr weinen, Jo hielt sie fest.

»Was ist mit deinem Bein?«, fragte Ursa, als ihre Tränen allmählich versiegten.

»Einer der Männer hat mir von hinten in den Oberschenkel geschossen.«

Wieder Tränen. »Es tut mir so leid, Jo! Das ist meine Schuld. Wegen mir bist du verletzt, und Kleiner Bär ist tot!«

»Nein, das stimmt nicht. Nichts davon ist deine Schuld. Das darfst du nicht denken!«

»Ich hätte es dir erzählen sollen. Ich habe gemerkt, dass sie uns verfolgen…«

»Du hattest Angst. Das ist normal.«

Ursa schaute Gabe an. »Die Polizisten haben gesagt, du hättest die Männer getötet.«

»Ja«, sagte er.

»Bekommst du nun Ärger?«

»Nein.«

Jo zog Taschentücher aus dem Spender auf dem Tisch und wischte über Ursas laufende Nase. Mit einem zweiten tupfte sie ihr die Tränen ab.

»Ich hab dich lieb, Jo«, sagte Ursa.

»Ich dich auch, Mausezahn.«

Das Kind lächelte. »So hast du mich auch in der Nacht genannt, als ich angeschossen wurde. Da habe ich gemerkt, dass du mich lieb hast.«

»Das hat meine Mutter immer zu mir gesagt, selbst als ich schon älter war.«

»Ich hätte so gerne Buntstifte hier! Gerade hatte ich eine Idee, was ich malen könnte.«

»Was denn?«

»Ein Mäuschen mit Mäusezähnen! Ich male es rosa mit violetten Punkten. Es bekommt ganz große Augen und riesige Ohren.«

»Das wird bestimmt niedlich.«

»Und drumherum male ich ganz viele rosa und rote Herzchen.«

»In der Nähe meines Hotels ist ein Schreibwarenladen«, sagte Gabe. »Da könnte ich dir Papier und Buntstifte holen, was meinst du?«

»Aber nicht jetzt! Du musst noch bleiben!« Ursa wandte sich an Jo: »Ach so! Ich hab vergessen, dir zu sagen, warum ich nach dem fünften Wunder geblieben bin.«

»Warum denn?«

»Weil ich beschlossen habe, bei dir zu bleiben. Als du gesagt hast, du hättest mich lieb und würdest versuchen, mich zu adoptieren, ist mein größter Wunsch in Erfüllung gegangen. Das war mir sogar wichtiger, als zurück zu meinem Planeten zu kommen. Ich war schon auf dem Weg zu den Sternen, als ich es mir anders überlegt habe und zurückgekommen bin.«

»Wirklich?«

»Ja! Alles war ganz schwarz und glitzerte, das war total schön. Aber ich wollte zu dir, deshalb habe ich mich angestrengt zurückzukommen.«

Jo gab Ursa einen Kuss auf die Wange. »Ich bin froh, dass du das gemacht hast.«

Das Kind schielte zu Lenora hinüber. »Wenn ich nicht bei dir bleiben darf, haue ich immer wieder ab.«

»Mach dir jetzt keine Sorgen darüber, ja?«, sagte Jo.

»Darüber mache ich mir die ganze Zeit Sorgen! Als die mich angelogen haben, dass du nicht da wärst, wollte ich weglaufen und dich suchen.«

»Zweimal, genau gesagt«, bemerkte Lenora.

»Da fällt mir was ein«, sagte Gabe. Er kramte in seinem Rucksack herum und zog sein altes abgegriffenes Exemplar von *The Runaway Bunny* hervor. »Das habe ich dir mitgebracht.«

»Liest du mir das vor?«, fragte Ursa.

»Natürlich.«

Jo tauschte den Platz mit Gabe, damit er Ursa beim Vorlesen die Bilder zeigen konnte.

Als er fertig war, bettelte Ursa: »Noch mal! Bitte!«

Er begann von neuem. Die Geschichte hatte dieselbe einschläfernde Wirkung auf Ursa wie damals im Cottage. Als Gabe fertig war, war sie fast eingeschlafen. Gabe und Jo streichelten ihren Arm, bis sie ganz weg war.

Lenora kam zu ihnen ans Bett. »Ihre Schmerzmittel wurden schon reduziert, aber sie wird immer noch sehr müde davon. Auch ihre Gefühle schlauchen sie.« Die Frau vom Jugendamt sah zur Tür hinüber. »Also, ich müsste noch etwas essen, bevor die anderen kommen. Sie müssen leider zurück ins Wartezimmer. Ursa darf nicht unbeaufsichtigt Besuch haben.«

Als sie zurück durch die Intensivstation gingen, sagte Lenora: »Das lief doch gut. Ursa fühlt sich sehr wohl mit Ihnen. Ich bin mir sicher, dass sie Ihnen noch erzählt, was Detective Kellen wissen will.« Ein Pfleger öffnete ihnen die Türen. »Kellen hasst nichts so sehr wie Kindermörder«, erklärte Lenora. »Er will den Fall unbedingt zum Abschluss bringen.« Sie zeigte auf Jos angestammten Stuhl im Wartezimmer. »Setzen Sie sich und warten Sie bitte so lange hier. Sobald alle da sind, gehen wir wieder hinein und sprechen mit Ursa. Dann wird sie auch gut ausgeruht sein.«

Jo und Gabe saßen nebeneinander im Wartezimmer. »Warum habe ich das Gefühl, als wäre ich im Begriff, etwas ganz Mieses zu tun?«, fragte Jo.

»Weil es mies ist«, erwiderte Gabe. »Wir werden sie dazu bringen, über den Mord an ihrer Mutter zu sprechen.«

»Das meine ich nicht. Es kommt mir vor, als würden wir gezwungen, sie hinters Licht zu führen. Sie hat riesige Angst, von uns getrennt zu werden, und diese Angst nutzen die zu ihrem Vorteil.«

»Sie versuchen, einen Mordfall aufzuklären, Jo.«

»Ich weiß, aber hier geht es um ein kleines Mädchen. Sie ist kein Werkzeug zum Lösen eines Falls.«

34

Zwei Stunden später stürzte Lenora Rhodes aus dem Fahrstuhl zum Eingang der Intensivstation.

»Was ist los?«, fragte Jo alarmiert.

»Ursa ist aufgewacht, und Sie waren nicht da. Jetzt macht sie wieder einen Aufstand.«

»Ich kann Ihnen helfen«, erbot sich Jo.

»Nein, es ist besser, wenn sie begreift, dass ihre Wutanfälle nichts bringen.« Lenora eilte durch die Tür.

»Was soll der Scheiß?«, rief Jo.

»Genau«, sagte Gabe, »warum einem kranken Kind nicht das geben, was ihm hilft? Besonders da es gleich über den Tod seiner Mutter sprechen soll.«

»Weil keiner von denen einen Arsch in der Hose hat, deshalb!«

Die beiden setzten sich wieder und warteten weiter. Nach einer halben Stunde öffnete sich der Fahrstuhl und spuckte Detective Kellen, Deputy McNabb und eine Frau mit schulterlangen blonden Haaren aus. Jo und Gabe erhoben sich. »Das ist Dr. Shaley«, stellte Kellen die blonde Frau vor. »Sie ist Ursas staatlich zugewiesene Psychologin.«

Jo und Gabe gaben der Frau die Hand.

»Ich habe von ihrer Mahnwache gehört«, sagte Dr. Shaley zu Jo. »Ihr Einsatz ist beeindruckend. Vier Tage im Wartezimmer! Ich habe gehört, Sie waschen sich auch hier.«

»Menschen, die keine Stimme haben, brauchen andere, die für sie sprechen«, erwiderte Jo.

»Meinen Sie damit Ursa?«

»Ja.«

»Warum glauben Sie, dass sie keine Stimme hat?«

»Weil sie eine Woche lang nach mir verlangt hat, aber keiner ihr erlaubt hat, mich zu sehen.«

»Wir versuchen, das zu tun, was am besten für sie ist, nicht nur im Moment, sondern auch in Zukunft.«

»Sie ist sich sehr wohl bewusst, dass ihre Zukunft auf dem Spiel steht, wissen Sie, und Ursa ist klug genug, um selbst zu wissen, was für sie am besten ist. Als sie im Juni weggelaufen ist, hat sie eine neue Heimat für sich gesucht, davon bin ich überzeugt. Sie wollte selbst jemanden wählen, nicht jemanden vorgesetzt bekommen.«

Shaley und die beiden Beamten schauten ungläubig drein.

»Und Sie meinen, dass Sie diese neue Heimat sind?«, fragte die Psychologin.

»Ich wäre es gerne. Aber das muss Ursa entscheiden.«

»Sie ist keine neun Jahre alt«, sagte McNabb.

»Wie viel Auswahl hatte das Kind denn, wenn Sie die erste Person waren, die es traf?«, fragte Shaley. »Es gibt viele wunderbare Pflegeeltern, die ihr liebend gerne ein hervorragendes zu Hause bieten würden.«

»Hoffentlich haben Sie recht«, sagte Jo. »Denn wenn es ihr nicht gefällt, wird sie fortlaufen, und beim nächsten Mal trifft sie vielleicht nicht auf so wohlmeinende Menschen.«

»Wir wissen, was wir tun, Joanna. Vertrauen Sie uns!«, sagte Dr. Shaley.

Begleitet von den beiden Männern wandte sie sich ab.

»Wir lassen Sie rufen, wenn feststeht, dass Ursa fit genug für eine Aussage ist«, sagte Kellen, bevor er den anderen auf die Station folgte.

Am liebsten hätte ihm Jo eine Krücke ins Kreuz geworfen. »Wir lassen Sie rufen! Merkst du, wie sie uns benutzen?«

»Beruhige dich!«, sagte Gabe. »Solche Sachen zu sagen kann dir nur schaden.«

»Warum? Alles, was ich sage, ist die Wahrheit. Ursa hat wirklich ein neues Zuhause gesucht. Das war Sinn und Zweck ihrer fünf Wunder: Sie brauchte Zeit, um sich zu entscheiden, und sie ließ uns Zeit, um eine Verbindung zu ihr aufzubauen.«

»Jo, du bist nicht der einzige Mensch auf der Welt, der sie lieben kann.«

»Das weiß ich! Aber warum muss man woanders suchen, wenn wir uns längst gefunden haben?«

»Zum einen bist du nicht verheiratet. Man wird versuchen, sie zu einem konventionellen Ehepaar zu geben.«

»Ja, aber was soll der Scheiß? Warum soll das besser sein? Was ist mit homosexuellen Paaren? Werden die überhaupt in Erwägung gezogen?«

»Jo...«

»Was?«

»Du drehst am Rad. Du bist schon zu lange in diesem Zimmer. Du musst hier raus und dich mal ausruhen.«

»Erst wenn wir Ursa zum Reden gebracht haben. Ob wir sie auch noch sehen dürfen, wenn der Mordfall geklärt ist? Vielleicht werden wir genauso hinters Licht geführt.«

»Sie haben nie gesagt, dass wir sie anschließend noch sehen dürfen.«

»Ich weiß.« Jo ließ sich auf den Stuhl fallen. »Verdammt nochmal!«

Gabe setzte sich neben sie und hielt ihre Hand.

Einige Minuten später kam Lenora herein und sah Jo zusammengesackt auf dem Stuhl sitzen. »Ist alles in Ordnung? Schaffen Sie das auch?«

Jo hatte keine Wahl. Wenn sie Ursa nicht zwang, alles zu erzählen, würde sie das Kind nie wiedersehen. Wenn sie es tat, bestand zumindest die Möglichkeit.

»Ja, ich schaffe das.«

Lenora nahm die beiden mit auf die Station. Detective Kellen, Deputy McNabb und zur Wache abgestellte Beamte hielten sich abseits und redeten leise miteinander. Dr. Shaley war im Zimmer und sprach mit Ursa. »Jo!«, rief das Mädchen, als sie Jo erblickte. Sie sprang auf die Knie, und der Infusionsschlauch ging auf Spannung.

»Vorsichtig!«, rief die Krankenschwester. »Das ist nicht lustig, wenn ich dir einen neuen Zugang legen muss!« Sie drückte Ursa nach hinten aufs Kissen.

Jo legte ihre Krücken ab und nahm Ursa in den Arm.

»Warum seid ihr weggegangen?«, fragte Ursa an ihrer Brust.

»Wir mussten. Auch wenn wir nicht wollten.«

Ursa löste sich aus Jos Umarmung und sah die Schwester böse an. »Du hast mich angelogen! Du hast gesagt, du wüsstest nicht, warum sie gegangen sind!«

Die Krankenschwester verließ den Raum. »Das Kind raubt mir noch den letzten Nerv«, brummte sie.

Ursa hatte rote Augen. Sie musste heftig geweint haben.

»Hast du dir den Zugang für den Tropf herausgerissen?«, fragte Jo.

Ursa nickte. »Ich wollte Gabe und dich finden.«

»Wir waren drüben im Wartezimmer. Du musst damit aufhören, dir den Zugang rauszureißen. Es tut doch weh, wenn sie ihn neu legen.«

»Ja! Die sind alle so gemein hier! Die haben mich festgehalten!«

»Das mussten sie, sonst wäre Ursa nicht zu sedieren gewesen«, erklärte Lenora.

Das Kind musste ja für seine Aussage vorbereitet werden.

»Ich will hier raus!«, rief Ursa. »Es ist so schlimm! Ich will mit dir und Gabe nach Hause!«

»Dazu bist du noch nicht gesund genug«, sagte Jo.

»Kann ich denn mit euch kommen, wenn ich wieder gesund bin? Bitte!«

Jo wollte Ursa nicht anlügen. »Das würde ich mir wünschen, aber das habe ich nicht zu entscheiden.«

Dr. Shaley presste ihre roten Lippen aufeinander, offenbar unzufrieden mit Jos Antwort.

»Wer entscheidet das denn?«, wollte Ursa wissen.

»Du hast Besuch, Ursa«, sagte Lenora, um das Mädchen abzulenken. »Darf er vielleicht reinkommen?«

Argwöhnisch sah Ursa zur Tür hinüber. »Wer ist das?«

»Erinnerst du dich an Josh Kellen?«

»Der mit der Pistole?«

»Er trägt eine Pistole, weil er Polizist ist«, erklärte Dr. Shaley. »Er gehört zu den Guten.«

Das sagte sie in einem Ton, den man bei Kleinkindern anschlug. Dabei war Ursa intelligenter als jeder Einzelne im Zimmer.

Lenora ging nach draußen und bat Kellen und McNabb herein. Jo sah zu Gabe hinüber. Er wirkte ebenso entsetzt wie sie. Zwei Polizisten, eine Sozialarbeiterin und eine Psychologin würden Ursa dabei beobachten, wenn sie erzählte, wie ihre Mutter gestorben war.

Angst stieg in Ursas Augen. Sie wusste, warum sie von all den Menschen umringt war.

Lenora näherte sich dem Bett. »Ursa ... Jo und Gabe möchten gerne, dass du ihnen erzählt, was an dem Abend passiert ist, als du weggelaufen bist.«

Fassungslos sah Ursa Jo an, als habe sie die Seite gewechselt. Jo nickte Gabe zu und machte ihm ein Zeichen, sich auf die andere Seite des Betts zu setzen. Er verstand ihr Anliegen und rückte nah an Ursa heran, so dass Gabes und Jos Körper die Sicht auf die vier weiteren Personen im Raum versperrten.

Jo nahm Ursas Hand. »Alle möchten, dass du keine Angst mehr haben musst«, sagte sie. »Dafür muss die Polizei aber wissen, was in der Nacht geschah, als du von zu Hause weggelaufen bist.«

»Du weißt doch, warum ich Hedareh verlassen habe. Ich bin gegangen, um zu promovieren.«

»Ursa, ich weiß, dass Hedareh rückwärts gelesen ›Erde‹ heißt.«

»Das ging nicht anders! Die Menschen auf der Erde können den Namen meines Planeten nicht aussprechen. Wir benutzen keine normalen Wörter.«

»Du hast mir auch deinen Namen rückwärts gesagt.«

»Verstehst du das nicht? Ich mache alles, was vorher Ursa gemacht hat. Ihr Gehirn ist jetzt meins.«

»Joanna ...«, mischte sich Dr. Shaley ein.

Jo sah hoch.

»Darüber brauchen wir im Moment nicht zu sprechen. Das arbeite ich mit ihr auf.«

Jo wandte sich wieder an Ursa. »Diese Leute möchten wissen, was geschehen ist, weil sie Angst haben, dass etwas passieren könnte, wenn sie dich aus dem Krankenhaus entlassen. Sie sorgen sich, dass es noch mehr Männer gibt, die es auf dich abgesehen haben.«

Ursa sah Gabe an. »Du hast sie doch umgebracht.«

»Waren das alle?«, fragte er.

Ursa nickte.

»Was ist mit dem Mann im Restaurant?«, fragte Jo.

Ursa schwieg.

»Die Polizei befürchtet, dass er gefährlich sein könnte. Es geht allen um deine Sicherheit –, und Gabe und ich machen uns ebenfalls Sorgen.«

»Gabe hat die ganz Schlimmen erschossen«, sagte Ursa.

»Aber warum hat der Mann in der Pizzeria die beiden angerufen und ihnen gesagt, dass du da bist?«

»Weil er ihr Freund ist.«

Detective Kellen rückte näher und lenkte Ursa von Jo ab. »Weißt du, wie der Mann heißt?«, fragte er.

»Du kannst es ihm sagen«, drängte Jo. »Das ist in Ordnung.«

»Wenn ich es ihm sage, geht er dann?«

»Nein. Die Polizei muss wissen, was mit deiner Mutter passiert ist.«

»Ich habe keine Mutter«, sagte Ursa leise.

Jo drückte ihre Hand. »Es ist besser, wenn du es rauslässt. Wenn du es verdrängst, tut es nur noch mehr weh. Mach es nicht für die Leute hier oder für Gabe und mich, sondern für dich selbst!«

»Ich habe denen gesagt, dass ich es nur erzähle, wenn ich bei dir und Tabby in Urbana leben darf.«

»Wir arbeiten dran«, sagte Lenora.

Jo musste sich zusammenreißen, um sie nicht als Lügnerin zu beschimpfen.

»Wenn ihr mich woandershin bringt, laufe ich weg«, sagte Ursa zu Lenora.

»Ich weiß. Das hast du mir schon ein paarmal erklärt.«

Jo legte die Hand auf Ursas Wange. »Erzähl uns alles, damit wir dich aus dem Krankenhaus holen können, ohne Angst um dich haben zu müssen. Vergiss die ganzen Leute hier und sprich nur mit Gabe und mir. Warum bist du in dieser Nacht weggelaufen? Was ist mit deiner Mutter passiert?«

»Das war nicht meine Mutter.«

»Portia war nicht deine Mutter?«

Ursa zuckte zusammen, offenbar überrascht, dass Jo den Namen kannte. Jo konnte sich jetzt keine Gedanken darüber machen, gegen eine Vorschrift verstoßen zu haben. Sie musste ihrem Instinkt folgen. »Warum sagst du, Portia war nicht deine Mutter?«

»Weil sie Ursas Mutter war. Ich war da noch nicht in Ursas Körper. Ich habe ihn erst genommen, als die Männer sie umgebracht hatten.«

»Du meinst, sie haben deine Mutter umgebracht?«

»Nein, Ursa.«

»Und was ist mit Portia?«

»Die haben sie zuerst getötet.«

»Hast du gesehen, was passiert ist?«

»Ursa hat es gesehen. Und als ich ihren Körper genommen habe, habe ich es auch gesehen, weil es noch in ihrem Gehirn gespeichert war.«

Jo schaffte es irgendwie weiterzusprechen, ohne zu weinen. »Sag mir, was dir ihr Gehirn gezeigt hat. Erzähl mir alles, was an dem Abend passiert ist.«

Ursa wandte den Blick ab. Sie nahm die Stoffkatze in die Hand, die Tabby ihr geschenkt hatte, die einzige erreichbare Ablenkung. Das Kind legte den Kopf in den Nacken und hielt sich das Plüschtier vors Gesicht.

»Ursa ...«, sagte Jo.

Mit beiden Händen hielt das Mädchen das Kätzchen fest

und schloss die Augen. »Ich nenne es Cäsar«, erklärte sie. »Er riecht so lecker, wie Tabby.«

Vorsichtig nahm Jo Ursa das Stofftier aus der Hand und legte es zu sich auf die Bettdecke. »Ursa, du kannst das! Erzähl Gabe und mir, was in der Nacht geschehen ist.«

Das Mädchen starrte auf das Kätzchen.

»Wie wär's, wenn du so tust, als wäre es ein Theaterstück?«, sagte Gabe.

Mit funkelnden Augen sah Ursa ihn an, sichtlich fasziniert von seinem Vorschlag.

»Wie geht es los?«, fragte er.

»Es ist Abend, und ich komme von den Sternen herunter«, begann Ursa. »Ich suche einen Körper, den ich nehmen kann.«

»Und dann?«

»Ich sehe, wie ein kleines Mädchen aus einem Fenster springt.« Ursa bemerkte Jos Entsetzen. »Das war nicht hoch«, setzte sie nach. Dann wandte sie sich wieder Gabe zu. »Das Mädchen fällt ins Gebüsch. Davon kommen ein paar von den blauen Flecken. Sie hat Angst, weil zwei Männer hinter ihr her sind. Sie kommen nach draußen und würgen sie. Ich sehe, wie sie das Mädchen umbringen.«

Den Blick auf Jo gerichtet, wechselte Ursa vom Theaterstück in die Realität – in die Phantasiewelt, die zu ihrer Wirklichkeit geworden war. »Da habe ich mir Ursas Körper genommen, weil ich nicht wollte, dass sie sterben muss. Ich wollte, dass ihr Körper lebt, auch wenn sie tot ist.«

»Was ist passiert, als du in ihrem Körper warst?«, fragte Jo.

»Zuerst musste ich sie wieder zum Atmen bringen – mit meinen besonderen Kräften. Ich habe sie geheilt und bin aufgestanden. Ich wusste, dass die Männer mich für Ursa halten würden, deshalb bin ich weggelaufen. Ich hatte einen Vorsprung, weil sie irgendwie einen Schock hatten, weil Ursa noch nicht tot war. In der Nähe von Ursas Haus war eine Tankstelle, da bin ich hingelaufen. Dort war ein Auto – so ähnlich wie das, das Gabe hat, nur größer ...«

»Ein Pick-up mit offener Ladefläche?«, hakte Gabe nach.

Ursa nickte. »Er stand neben dem Tankstellenhäuschen. Ich bin hinten draufgeklettert. Da lagen Sachen, unter denen ich mich verstecken konnte. Ich hatte solche Angst. Auf einmal stieg der Besitzer ein und fuhr los. Ich glaube, er nahm die Straße, die nach Champaign-Urbana führt, die 57. Ich hatte Riesenangst, weil er so schnell fuhr und ich in einem fremden Körper war und so.«

Jo und Gabe wechselten einen Blick.

»So habe ich dich gefunden«, erklärte Ursa. »Das waren mit Sicherheit meine Quarks. Sie sorgen immer dafür, dass etwas Gutes passiert.«

»Wie genau hast du mich gefunden?«, fragte Jo.

»Das Auto ist sehr, sehr lange gefahren. Bevor es parkte, ging es über eine huckelige Straße. Das war die Turkey Creek Road, habe ich später gemerkt.«

»Welche Farbe hatte der Pick-up?«, fragte Gabe.

»Rot.«

»War er nicht mehr im besten Zustand – so ähnlich wie meiner?«

Ursa nickte.

»Dann war das wahrscheinlich der Wagen von Dave Hildebrandt. Sein Hof liegt gegenüber von meinem.«

Detective Kellen zückte seinen Notizblock. »Dave Hildebrandt?«, wiederholte er und schrieb den Namen auf.

»Ja«, bestätigte Gabe. »Der ist immer unterwegs, auf der Suche nach Autoersatzteilen. Er motzt Autos auf.«

»Hat Dave dich gesehen?«, fragte Gabe Ursa.

Sie schüttelte den Kopf. »Ich hatte Angst vor ihm. Als er zu Hause ankam, hat er sofort herumgeschrien. Dann hat er sich mit einer Frau gestritten.«

»Wahrscheinlich mit Theresa, seiner Frau«, sagte Gabe.

Kellen machte sich wieder Notizen.

»Wann bist du vom Wagen gestiegen?«, wollte Jo wissen.

»Ich habe gewartet, bis es leise war. Als ich rausgeklettert bin, hat mich ein großer Hund angebellt. Ich bin schnell weggelaufen, weil ich Angst hatte, dass er mich beißt. Es war dunkel, und ich war mitten im Wald. Ich bin immer wieder hingefallen. Erst als ich an einen Fluss kam, bin ich stehen geblieben.«

»Am Turkey Creek?«, fragte Gabe.

»Ja, ich wusste nur nicht, dass er so heißt. Ich bin dem Fluss gefolgt und an der Stelle rausgekommen, wo die Straße am Hang endet, direkt neben Jos Haus ... Kinneys Haus, meine ich. Ich hatte zu viel Angst, um zu klopfen, deshalb bin ich in den Schuppen geschlichen. Da war eine Matratze, und da habe ich mich hingelegt. Ich bin eingeschlafen und hab echt lange geschlafen. Als ich aufgewacht bin, war es hell, und vor mir stand ein kleiner Hund – das war Kleiner Bär.« Ursas Augen füllten sich mit Tränen. »Er war mein erster Freund. Kleiner Bär war mein erster Freund, nachdem ich von den Sternen kam. Und jetzt ist er tot.«

35

Jetzt wussten sie, wie Ursa von Effingham zum Cottage gelangt war. Doch in ihrer Geschichte klaffte immer noch ein großes Loch – der schlimmste Teil. Warum war sie aus dem Fenster der Wohnung gesprungen? Es widerstrebte Jo zutiefst, das Kind noch mehr zu quälen, doch die Polizei würde niemals lockerlassen, solange der Mordfall Portia Dupree nicht zu den Akten gelegt werden konnte.

Gabe betupfte Ursas verweintes Gesicht mit dem Saum des Betttuchs, Jo hielt ihre Hand. »Bringen wir es hinter uns! Erzähl Gabe und mir, warum du aus dem Fenster springen musstest!«

»Das war Ursa. Sie war noch in dem Körper, als das passierte.«

»Gut. Sag mir, warum Ursa so etwas Gefährliches tun musste.«

»Hab ich doch schon gesagt! Die beiden Männer wollten sie umbringen.«

»Welche beiden?«

»Die, die Gabe erschossen hat.«

»Wie hießen die?«

Ursa drehte sich zu Kellen um, da sie wusste, dass die Namen für ihn wichtig waren. »Der etwas Kleinere hieß Jimmy Acer. Aber alle nannten ihn Ace. Der Stärkere hieß Cory. Ursa wusste seinen Nachnamen nicht, weil sie ihn noch nie gesehen hatte.«

»Vor dem Abend hatte sie ihn nie gesehen?«, fragte Jo.

»Nein.«

»Was wollten Jimmy Acer und Cory in Ursas Wohnung?«

»Ähm ...« Ursa wandte den Blick ab, ihre Hände kneteten einen Zipfel des Betttuchs.

»Haben sie Sachen gemacht, über die Ursas Mutter ihr verboten hat zu sprechen?«

Ursa nickte mit gesenktem Kopf.

»Du bist ja nicht Ursa, also kannst du es uns erzählen.«

Das Kind sah auf. »Ja?«

»Was lief da mit Ace und Cory?«

»Ace war da, weil er immer da war. Er hat ... also ...«

»Was?«

»Er ist mit Ursas Mutter ins Schlafzimmer gegangen. Ihre Mutter hat immer gesagt, sie würden da eine Party feiern.« Das Schimmern der Scham in Ursas Blick verriet, dass sie sehr wohl wusste, was im Schlafzimmer vor sich gegangen war.

»Und warum war Cory da?«

Ursa senkte wieder den Blick. »Ace hatte ihn mitgebracht. Er wollte auch eine Party feiern.«

»Nahm er Drogen?«

»Ich glaube, ja. Und er trank Bier. Er hat gewartet ...« Ursa beugte sich vor und nestelte an dem Stoffkätzchen herum, um ihre Finger zu beschäftigen.

»Wartete Cory darauf, zu Ursas Mutter ins Schlafzimmer zu gehen?«

»Ja.«

»Was hat Ursa in der Zeit gemacht?«

»Sie guckte Fernsehen im Wohnzimmer. Diesen Film, wo sich Zwillinge im Sommerlager kennenlernen.«

»*Ein Zwilling kommt selten allein*, heißt der doch.«

»Genau. Den mochte Ursa gerne.«

»War Cory bei ihr im Wohnzimmer?«

»Ja.« Ursa senkte den Blick auf das Stofftier.

»Erzähl mir, was Cory gemacht hat!«, forderte Jo sie liebevoll auf.

»Er hat über den Film gelacht und meinte, er wäre total albern. Da wurde Ursa wütend.«

»Und dann?«

Das Kind hob den Blick, flehte Jo mit den Augen an, nicht mehr sagen zu müssen.

»Erzähl es mir, bitte! Es ist in Ordnung.«

Tränen rannen dem Mädchen über die Wangen. »Er hat Ursa angefasst, wo sie es nicht wollte. Sie hat gesagt, er soll aufhören, und hat ihn weggeschubst. Er wollte ihr fünf Dollar geben, wenn sie mitmacht. Weil sie sowieso wie ihre Mutter werden würde, und wenn sie eh eine Nutte würde, wäre es am besten, wenn sie früh anfängt ... Kleine Mädchen wären nämlich am hübschesten ...«

Gabe schlug die Hand vor den Mund.

»Was hat Ursa dann gemacht?«, fragte Jo.

»Sie hat gesagt, ihre Mutter wäre keine Nutte. Aber Cory hat nur gelacht. Ursa wurde böse und machte den Fernseher aus. Sie wollte in ihr Zimmer gehen, aber Cory packte sie am Arm. Er warf sie auf die Couch und ...« Sie begann zu schluchzen. »Er versuchte, ihren Schlafanzug auszuziehen. Ursa schrie ganz laut und schlug um sich ...«

Jo war zu erschüttert, um weiterzusprechen, deshalb sprang Kellen ein. »Und dann? Was ist dann passiert?«

»Ursas Mutter kam aus dem Schlafzimmer«, fuhr Ursa schluchzend fort. »Sie brüllte Cory an, dass er Ursa in Ruhe lassen soll. Dann hat sie Cory mit einem Stuhl auf den Rücken gehauen. Ace hat ihr den Stuhl weggenommen, aber Cory war wütend und hat sich den Stuhl geschnappt. Er hat ihn Ursas

Mutter gegen den Kopf geknallt.« Ursa verbarg das Gesicht hinter den Händen. »Er hat ganz doll zugeschlagen. Sie ist hingefallen, und dann kam etwas aus ihrem Kopf. Ich glaube, das war ihr Gehirn ... Es kam heraus ...«

Jo zog Ursa an sich und drückte sie.

Kellen war noch nicht zufrieden. »Und warum bist du weggelaufen?«, fragte er. »Haben sie dir gedroht?«

»Ich war das nicht!«, rief Ursa.

»Warum ist Ursa weggelaufen?«

»Weil Ace mit Cory geschimpft hat und meinte, Ursa hätte alles gesehen, sie würde es der Polizei erzählen. Cory sagte, das würde sie nicht tun, und packte Ursa. Er drückte ihr die Luft ab. Ursa wusste, dass er sie umbringen wollte. Sie wehrte sich, trat um sich und biss ihn, bis sie sich befreien konnte. Dann lief sie in ihr Zimmer und sprang aus dem offenen Fenster.«

»War da kein Fliegengitter vor?«, fragte Kellen.

Ursa schüttelte den Kopf und wischte sich über die Wangen. »Der Vermieter wollte keine Fliegengitter vor die Fenster machen, obwohl Ursas Mutter immer wieder danach gefragt hat. Sie haben sich richtig darüber gestritten.«

»Wie hieß der Mann in der Pizzeria?«, wollte Kellen wissen. »Du hast gesagt, er war ein Freund von Ace und Cory.«

»Ob er Corys Freund war, weiß ich nicht. Aber Aces Freund war er auf jeden Fall. Er hat immer mit Ace und Ursas Mutter Partys gefeiert.«

»Wie heißt er?«

»Weiß ich nicht genau. Manchmal haben sie ›Nate‹ zu ihm gesagt, manchmal auch ›Todd‹.«

»Nathan Todd!« Der Detective schlug mit dem Handrücken auf seinen Block. »Jetzt hab ich ihn!«

»Kennen Sie ihn?«, fragte Gabe.

»Und wie ich den kenne! Außerdem war auf dem Handy, das

wir beim toten Ace gefunden haben, ein Anruf von Todd zu dem Zeitpunkt, als Sie in der Pizzeria waren. Wenn Ursa ihn identifiziert, habe ich ihn.«

»Was wird ihm zur Last gelegt?«

»Beihilfe zum versuchten Mord.«

»Wird das nicht schwer zu beweisen sein?«, fragte Gabe.

»Wir haben da unsere Mittel und Wege.« Kellen steckte seinen Notizblock ein und ging zu Gabe. »Ich muss Ihnen danken, Mr. Nash«, sagte er und gab ihm die Hand. »Dank Ihnen gibt es zwei Dreckskerle weniger. Das erleichtert meine Arbeit deutlich.«

Jo fand es beunruhigend, dass der Detective Gabe zu dem Töten zweier Menschen beglückwünschte. Da ihre Eltern Pazifisten gewesen waren, sah sie die Welt anders als die meisten Menschen in Amerika.

Jo hatte einen Großteil der elterlichen Philosophie übernommen, und dazu gehörte die Überzeugung, dass man Kindern, soweit wie möglich, die Wahrheit sagte. Oft dachte sie darüber nach, wie Gabes Leben wohl verlaufen wäre, wenn er mit der Wahrheit aufgewachsen wäre – in dem Wissen, dass er zwei Väter hatte, die ihn liebten.

Sie erhob sich. »Bevor wir gehen, würde ich gerne noch etwas sagen.«

Alle im Raum – der Detective, der Deputy, die Psychologin und die Sozialarbeiterin – sahen sie an. Gabe war nervös, vielleicht aus gutem Grund. Jo war zu erschöpft, um darüber nachzudenken, ob das, was sie nun sagen wollte, das Beste für Ursa war.

»Ich habe das Gefühl, dass dies der einzige Moment ist, wo so viele Menschen in einem Raum sind, die über Ursas Zukunft entscheiden.« Sie sprach die beiden Gesetzesvertreter an: »Ich weiß, dass Sie nicht zu entscheiden haben, wo Ursa hinkommt, aber es macht einen Unterschied, ob mir ein Schwerverbrechen zur Last gelegt wird oder nicht.«

»Darüber unterhalten wir uns besser im Wartezimmer«, sagte Lenora.

»Warum? Ursa möchte wissen, was los ist, und Sie wissen, dass sie damit umgehen kann.« Jo sah wieder die Polizisten an. »Wenn ich vor Gericht muss, könnte es sein, dass ich nicht nur aus dem Doktorandenprogramm geworfen werde, sondern ganz von der Universität.«

»Wirklich?«, fragte Gabe.

»Ja. Das hat mein Doktorvater mir bestätigt. Also, bevor Sie über mein Schicksal entscheiden«, fuhr sie fort, »möchte ich Ihnen klarmachen, was passieren könnte, wenn ich angeklagt würde. Ich gebe zu, dass ich bei Ursa falsche Entscheidungen getroffen habe, aber alles, was ich getan habe, geschah aus Mitgefühl. Bevor Sie mein und Ursas Leben komplett ruinieren, überprüfen Sie bitte genau, dass die Strafe auch dem Vergehen entspricht, denn ich werde die Vormundschaft für Ursa nicht bekommen, wenn ich vorbestraft bin.«

»Aber ich will, dass du meine Pflegemutter wirst!«, rief Ursa.

»Ich weiß, Mausezahn. Darf ich weitersprechen?« Jo wandte sich an Lenora und Dr. Shaley. »Ich möchte noch ein paar Dinge klarstellen. Ich will sichergehen, dass Ursa nicht irgendwann an meinen Beweggründen zweifelt, falls sie in Zukunft wieder angelogen wird.« Jo machte einen Schritt zurück, damit Ursa ihr Gesicht sehen konnte. »Hiermit beantrage ich in Anwesenheit von Ursa, ihre Pflegemutter zu werden. Ich möchte mich auch um ihre Adoption bewerben. Ich verfüge über folgende Qualifikationen ...«

»Joanna«, unterbrach Lenora sie, »jetzt ist weder der Zeitpunkt noch ...«

»Lassen Sie mich bitte aussprechen! Meine wichtigste Qualifikation ist, dass ich Ursa liebe. Das kann keine andere Bewerberin von sich behaupten. Zweitens verbindet uns diese furchtbare Tragödie. Ich habe Verständnis für das, was sie durchgemacht hat. Das wird ihr helfen, es zu bewältigen. Drittens haben mir meine Eltern ein beachtliches Vermögen hinterlassen, weshalb ich als alleinerziehende Mutter die finanziellen Mittel habe, ein Kind zu versorgen. Viertens nehme ich weder Drogen, noch trinke ich regelmäßig Alkohol. Ich hatte noch nie Ärger mit dem Gesetz, habe nicht mal einen Strafzettel bekommen. Fünftens …«

»Ich denke, wir haben genug gehört«, unterbrach Dr. Shaley sie.

»Das ist wichtig«, sagte Jo. »Fünftens waren meine Eltern Wissenschaftler und haben mir beigebracht, die Natur wertzuschätzen und stets neugierig zu sein. Ursa geht in naturwissenschaftlichen Themen regelrecht auf, weil in dem Kontext ihr Bedürfnis nach intellektueller Stimulation erfüllt wird. Ich will Professorin an einer führenden Universität werden und kann mir keine bessere Umgebung für ein Kind mit Ursas Fähigkeiten vorstellen als die akademische Welt.«

»Sind wir fertig?«, fragte Dr. Shaley.

»Noch nicht. Ich möchte einen weiteren Punkt ansprechen, der vielleicht ein Problem darstellen könnte. Ich bin Krebsüberlebende. Meine Krankheit wurde allerdings früh entdeckt, ich habe eine gute Prognose.«

Jo sah Ursa an. »Hast du alles verstanden, was ich gesagt habe? Egal was passiert, du kannst dich immer darauf verlassen, dass ich dich liebe und alles daran setze, dass wir zusammenbleiben. Alles Weitere liegt nicht in meiner Hand.« Jo setzte sich zu Ursa aufs Bett. »Anscheinend ist unser Schicksal so verworren wie bei den Figuren von Shakespeare.«

»Aber diese Geschichte geht aus wie *Was ihr wollt*!«, rief Ursa. »Am Ende werden alle glücklich.«

»Ich fasse es nicht! Sie liest Shakespeare?«, fragte Lenora.

Detective Kellen grinste. »Will' und Geschick sind stets in Streit befangen«, zitierte er.

»*Hamlet*. Toller Spruch«, sagte Gabe.

»Meine Lieblingszeile seit der Highschool«, erklärte Kellen.

Eine Krankenschwester kam mit einem Becher herein, in der ein flüssiges Medikament für Ursa war.

»Es sieht so aus, als wäre Ursas Geschick nun ein bisschen Ruhe«, bemerkte Lenora. »Sprechen wir im Wartezimmer weiter.«

»Ich will nicht ruhen!«, rief Ursa. »Jo und Gabe sollen hierbleiben!«

Doch Jo und Gabe gaben ihr einen Abschiedskuss und überließen es der Krankenschwester, mit den drohenden Folgen des Streits von Will' und Geschick klarzukommen.

36

Gabes Hotelzimmer bot ungewohnten Luxus und Zweisamkeit nach Jos Sit-in auf der Intensivstation. Die warme Dusche war ein besonderer Genuss. »Tut mir leid«, sagte Jo, »aber ich habe keine Kleidung mit ins Badezimmer genommen.« Mit den Händen an den Krücken konnte sie kein Handtuch um sich schlingen und festhalten.

Gabe sah von seinem Handy auf und betrachtete wohlwollend Jos nackten Körper. »Dafür entschuldigst du dich?«

»Hilfst du mir, das Bein neu zu verbinden?«

»Klar. Für Doktorspiele bin ich immer zu haben!«

Jo warf die Tüte mit den Verbandssachen aufs Bett und legte sich auf den Bauch.

»Besonders, wenn ich dabei auf deinen Hintern gucken kann«, sagte Gabe.

»Wie sieht's aus?«

Er strich über ihre Pobacken. »Super.«

»Ich meine die Wunde! Wie sieht die aus?«

»Als hätte jemand auf dich geschossen.«

»Ist aber nicht entzündet, oder?«

»Nein, alles gut.«

»Dann mach als Erstes die Antibiotikasalbe drauf, danach eine Mullkompresse und zum Schluss den Verband.«

Er war äußerst vorsichtig. Als er das Bein bandagierte, streiften seine Finger die Innenseite ihrer Schenkel. »Ist zwar schwer bei der Ablenkung, aber ich denke, das hält«, verkündete Gabe und befestigte das Ende des Verbands.

Jo drehte sich um. »Zieh dich aus!«

Gabe stellte sich vor sie und sah ihr tief in die Augen. Dann begann er, seine Kleidung abzustreifen. Schließlich legte er sich mit seinem warmen Körper auf sie. »Bin ich zu schwer für das Bein? Ich will dir nicht weh tun.«

»Im Moment spüre ich das Bein gar nicht.«

Anschließend lagen sie eng umschlungen in ihrer intimen kleinen Galaxie hinter den dichten Vorhängen. Nur das Summen der Klimaanlage und die lautesten Geräusche der Stadt waren zu hören.

»Morgen muss ich nach Hause und mich wieder um meine Mutter kümmern«, sagte Gabe. »Ich habe eben Lacey geschrieben. Sie will zurück nach Saint Louis, weil ihre Söhne übermorgen zu Besuch kommen. Sie möchte ein bisschen was von ihnen haben, bevor sie wieder zum College müssen.«

»Schön. Dann sind sie alle zusammen.«

»Willst du mit mir fahren? Du könntest mit deinem Auto zurückkommen.«

»Ich kann mir für die Rückfahrt ein Auto leihen. Ich will für Ursa da sein.«

»Okay.« Er drückte sie an sich. »Es war gut, dass du heute alles offen ausgesprochen hast. Zuerst war ich mir nicht sicher, aber ich glaube, was du gesagt hast, hat dafür gesorgt, dass du Ursa weiter besuchen darfst.«

»Oder sie benutzen mich, um Ursa unter Kontrolle zu halten.«

»Vielleicht ein bisschen von beidem.«

»Die Idee mit der Aussprache hatte ich von deiner Mutter.«

»Wirklich?«

»Ich wusste, was ich sagen wollte, wenn alle versammelt sind, aber fast hätte ich den Mut verloren. Da habe ich an Katherine gedacht. Dass sie die Nerven hatte, Arthur und George zusammenzubringen.«

»Ihr zwei seid echt hart drauf.« Gabe war fast eingeschlafen.

»Gabe …?«

»Was?«

»Macht es dir Sorgen, dass Ursa von sich selbst in der dritten Person spricht?«

»Schon. Aber ich denke, es hilft ihr, das Geschehene zu verarbeiten.«

»Ich habe Angst, dass sich ihre Persönlichkeit gespalten hat, weil sie zum Reden gezwungen wurde, bevor sie dazu bereit war.«

»Dafür hat sie ja die Psychotherapeutin.«

»Ich mag die Frau nicht.«

»Das beruht offenbar auf Gegenseitigkeit. Jetzt schlaf!«

Jos erste Nacht in einem normalen Bett nach den Tagen im Wartezimmer glich eher einem Koma. Als sie aufwachte, roch sie den Seifenduft aus dem Bad, wo Gabe duschte. »Du warst aber kaputt«, sagte er.

»Kannst du laut sagen. Dieses Zimmer gefällt mir. Ich behalte es.«

»Soll ich ausziehen?«

»Nein. Ich wollte sowieso die Rechnung übernehmen.«

»Das musst du nicht tun.«

»Weiß ich, will ich aber.«

»Na gut, Rockefeller. Lass uns frühstücken, bevor ich mich auf den Weg mache. Du zahlst.«

Nach dem Frühstück kauften sie Buntstifte und Zeichenpapier für Ursa. Jo besorgte sich ein neues Handy. Sie ging mit

Gabe zum Parkhaus, wo er ihr seine Zimmerschlüssel gab. Und zum ersten Mal, seit sie zusammen waren, tauschten sie Telefonnummern aus. »Scheint so, als wären wir jetzt ein normales Pärchen«, sagte Jo.

»So weit würde ich nicht gehen.«

»Darf ich denn so weit gehen und sagen: Ich liebe dich? Ist hier natürlich nicht der romantischste Ort für die erste Liebeserklärung – vor dem Parkhaus und so ...«

»Ich liebe dich auch, Jo.« Sie schmiegten sich aneinander, Jos Krücken fielen zu Boden. Leute, die vorbeigingen, starrten sie an.

Als Jo allein zum Krankenhaus zurückkehrte, spürte sie Gabes Abwesenheit wie einen Schmerz. Ursa würde ihn ebenfalls vermissen.

Der Beamte vor der Tür war verschwunden. Später erfuhr Jo, dass Nathan Todd verhaftet worden war. Am nächsten Tag wurde Ursa in ein normales Zimmer im Kinderkrankenhaus verlegt. Jo durfte sie besuchen, so oft sie wollte, nur nicht bei den Therapiestunden dabei sein. Dann hatte Jo Zeit, um essen zu gehen oder etwas für Ursa zu besorgen, mit dem sie das Kind beschäftigen konnte.

Das war nicht leicht. Nach einigen Tagen fand Ursa Lesen, Malen und Fernsehen langweilig. Jo brachte ihr ein Puzzle für Erwachsene mit, ein Bild von einem Reh mit Kitz auf einer Lichtung, die an Ursas geliebten Zauberwald erinnerte. Sie waren gerade dabei, den Rand zusammenzusetzen, als es an der angelehnten Tür klopfte. Lacey kam herein, zwei Stoffkatzen in den Händen. »Störe ich?«, fragte sie.

»Nein, überhaupt nicht«, erwiderte Jo.

Lacey hielt die mit Granulat gefüllten Kätzchen hoch, ein weißes und ein graues. »Natürlich können sie die echten Katzen nicht ersetzen, aber das sollen Julia und Hamlet sein.«

»Hat Gabe dir die Namen verraten?«, fragte Ursa.

»Ja, alle«, erwiderte Lacey. »Hast du toll gemacht, das mit den Namen.« Als sie dem Kind die Tiere hinhielt, schaute Ursa Jo fragend an. Offenbar misstraute sie Laceys Absichten.

»Na los, und du weißt ja, was man sagt«, bemerkte Jo.

Ursa nahm die Kätzchen entgegen. »Danke«, sagte sie und zog die Tigerkatze Cäsar von ihrem Kopfkissen, um sie neben die anderen Katzen zu legen. »Jetzt brauche ich nur noch Olivia, Macbeth und Othello.«

»Du siehst aus, als ginge es dir schon besser«, bemerkte Lacey.

»Ist auch so«, erwiderte Ursa. »Morgen oder übermorgen darf ich mit Jo nach Urbana. Dann wohne ich mit ihr und Tabby zusammen.«

»Das hört sich gut an«, sagte Lacey.

»Ist aber mehr Wunschdenken als Realität«, warf Jo ein.

»Gar nicht!«, rief Ursa.

»Wenn nicht, hat's mir keiner erzählt, Mausezahn.«

»Vielleicht noch nicht, aber ich weiß, dass es so kommt.«

Jo stand vom Bett auf. »Setz dich!«, sagte sie zu Lacey und zog einen Stuhl hervor.

»Ich kann nicht lange bleiben«, erwiderte Gabes Schwester. »Ich wollte nur sehen, wie es Ursa geht, und kurz mit dir sprechen. Würdest du mal schnell mit ins Wartezimmer kommen?«

»Ja, klar«, antwortete Jo und sagte an Ursa gewandt: »Versuch mal, bis ich wiederkomme, noch mehr Teile vom Rand zu finden!«

»Hilfst du mir dann weiter?«, fragte sie.

»Ja, aber ich muss bald los. Dr. Shaley ist in einer halben Stunde da.«

»Ich will nicht mit ihr reden!«

»Geht das vielleicht auch ohne diese Diskussion?«, stöhnte Jo.

»Sie redet über blöde Sachen.«

»Sie versucht, dir zu helfen. Ich bin gleich wieder da.«

Jo war neugierig, was zu Laceys großer Veränderung geführt hatte. Selbst ihr Gesicht wirkte anders, entspannt und leuchtend. Ihre zerrissene Jeans und die farbenfrohe Folklorebluse passten hervorragend zu ihrer ungewöhnlich guten Laune. Die beiden Frauen setzten sich in ein bunt gestaltetes Zimmer, das kranke Kinder aufheitern sollte. »Wie läuft es bei dir?«, fragte Lacey.

»Kommt drauf an, was du meinst.«

»Hoffentlich bist du nicht sauer, aber Gabe hat mir erzählt, dass du vielleicht wegen Gefährdung des Kindeswohls vor Gericht musst. Die Polizei hätte dir untersagt, Illinois zu verlassen, wenn du nach Hause kommst.«

Tatsächlich war Jo verärgert und leicht verwundert, dass Gabe mit seiner Schwester über Jos Situation gesprochen hatte.

»Er meinte auch, dass du wahrscheinlich nicht die Vormundschaft für Ursa bekommst, obwohl es das Naheliegendste wäre, wenn sie zu dir käme.«

Vielleicht hatte Lacey ja eine heimliche Zwillingsschwester, von der niemand etwas ahnte. Noch ein Familiengeheimnis.

»Haben die Sozialarbeiter noch nicht mit dir gesprochen?«, fragte Lacey.

»Nein, und das verstehe ich als schlechtes Zeichen. Aber du hast ja gesehen, wie sehr Ursa darauf baut.« Jo schaute aus dem Fenster auf den Streifen blauen Himmels zwischen den Gebäuden. »Manchmal denke ich, es ist falsch, dass ich hier noch herumsitze. Vielleicht mache ich alles nur schlimmer für Ursa.«

»Warum tust du es dann?«

»Weil mir wichtig ist, was mit ihr passiert. Ich glaube, dass ich beruhigend auf sie wirke. Schließlich ist sie durch die Hölle gegangen.«

»Ich würde sagen, das habt ihr zwei gemeinsam.«

Jo wusste nicht, ob Lacey den Krebs meinte, ihre verstorbene Mutter, die Schießerei oder alles zusammen. Falls es um den Krebs ging, musste Lacey es von Gabe wissen.

»Also, der Grund, warum ich hier bin ... Gabe weiß übrigens nichts davon.«

»Was weiß er nicht?«

»Dass ich hier bin. Er weiß auch nicht, dass ich mit meinem Mann über deine Situation gesprochen habe. Troy ist Anwalt für Familienrecht. Hauptsächlich kümmert er sich um Scheidungen, aber gelegentlich hat er auch Sorgerechtsfälle und Adoptionen. Wenn du einverstanden bist, würde er dich vertreten, und zwar pro bono.«

»Ich habe Geld.«

»Es wäre ein komisches Gefühl, Geld von Gabes Freundin anzunehmen.«

»Ach, jetzt bin ich seine Freundin?«

Lacey wusste, dass es ironisch gemeint war, dennoch lächelte sie. »War dir das noch nicht klar?«

»Der Rundbrief der Familie Nash ist bei mir wohl nicht angekommen.«

»Also, bei uns allen schon.«

Eine Entschuldigung. Auch wenn sie indirekt war, wusste Jo sie zu schätzen. »Danke fürs grüne Licht.«

»Das war Gabe.«

»Was?«

»Bevor ich zurück nach Saint Louis gefahren bin, hat er eine Familienversammlung einberufen. Als wir alle zusammensaßen, klopfte plötzlich George Kinney an die Tür. Er war drüben in seinem Cottage gewesen, um die kaputten Türen auszutauschen. Er hatte genauso wie ich keinen Schimmer, worum es ging. Gabe hatte ihm nur gesagt, er solle kommen.«

Jo grinste. Kaum zu glauben: Gabe hatte es seiner Mutter gleichgetan.

Lacey musterte Jos Gesichtsausdruck. »Wusstest du, was er vorhatte?«

»Nein, aber ich kann mir vorstellen, wie es weiterging.«

»Er hat uns alles erzählt! Wie die Affäre zwischen George und unserer Mutter begann und wie sich die beiden mit meinem Vater einigten, dass Gabe niemals erfahren sollte, dass George sein Vater war. Meine Mutter und George wussten das natürlich alles. Aber sie waren schockiert, als Gabe erzählte, er hätte sie im Wald beim Sex beobachtet und herausgefunden, dass Arthur nicht sein Vater war. Dass er die Erwachsenen deshalb gehasst hätte. Und dann sagte er etwas ganz Wunderbares.«

»Was denn?«

»Dass er ihnen verzeihen würde. Nun, da er wüsste, wie es ist, jemanden zu lieben, verstände er, warum sie es getan hatten. Er sagte, in der Nacht, als dieser Verbrecher die Waffe auf dich richtete, wäre er lieber gestorben, als untätig zuzusehen, wie du erschossen wirst. Gabe meinte, eine solche Liebe ließe sich durch nichts aufhalten, und er sei froh, dass er das Kind einer solchen Leidenschaft sei.«

Es störte Jo nicht, dass Lacey ihre Tränen sah.

»Das ging mir genauso! Alle vier haben wir uns die Augen aus dem Kopf geheult. Das war wirklich das Beste, was je in meiner Familie passiert ist.« Lacey öffnete ihre Umhängetasche und holte zwei Taschentücher heraus, von denen sie eins Jo reichte. »Seit Georges Frau sich mit Alkohol zugrunderichtete, empfand er nichts mehr für sie, nur noch Verantwortungsgefühl«, fuhr Lacey fort und betupfte ihre Augen mit dem anderen Taschentuch. »Meine Mutter und er wollen heiraten. George hat Gabe und mich gefragt, ob wir einverstanden seien.«

»Und?«

»Ich bin begeistert! Wir haben die Verlobung sogar gefeiert. Ich bin einen Tag länger geblieben, und wir hatten richtig Spaß zusammen, haben Spareribs gegrillt und Bier getrunken. Gabe und ich haben uns noch lange unterhalten, haben uns den ganzen Mist von der Seele geredet, der seit Jahren zwischen uns steht.«

Jo konnte kaum glauben, dass die beiden in so kurzer Zeit so viel hatten aufarbeiten können.

»Er hat dir bestimmt erzählt, wie ich ihn behandelt habe, als er klein war«, fügte Lacey hinzu, als könne sie Jos Gedanken lesen.

Jo würde nicht verraten, was Gabe ihr unter vier Augen anvertraut hatte.

Lacey verstand ihr Schweigen. »Wahrscheinlich ja«, sagte sie. »Ich weiß, dass das keine Entschuldigung ist, aber ungefähr zu der Zeit, als Gabe geboren wurde, wurde ich schwer depressiv. Ich fühlte mich dick und hässlich, und mir wurde langsam klar, dass ich keine Schriftstellerin bin. Und dann kam Gabe, dieser perfekte, wunderschöne kleine Junge. Der auch noch verflucht intelligent war. Ich war so dermaßen neidisch auf ihn.«

»Wusstest du, das er von George war?«

»Ich hatte schon länger vermutet, dass meine Mutter eine Affäre mit George hatte. Eines Abends, kurz vor Gabes Geburt, betrank sich mein Vater und erzählte mir alles. Er weinte ...«

Lacey konnte nicht weitersprechen. Sie wischte sich die Tränen von den Wangen. »Ich habe dem armen Kind die Schuld an allem gegeben. Dafür, dass meine Mutter meinen Vater nicht liebte. Für die Niedergeschlagenheit meines Vaters. Selbst die Schuld an meinen Depressionen. Und als mein Vater gar nicht anders konnte, als dieses perfekte kleine Kerlchen zu lieben, war es bei mir endgültig vorbei. Ich fühlte mich alleingelassen zu einer Zeit, als ich meinen Vater wirklich gebraucht hätte, weil ich das Schreiben aufgab.«

Jo legte ihre Hand auf die von Lacey. »Das tut mir leid. Das ist viel schlimmer gewesen, als ich es mir vorgestellt habe. Hast du immer noch Depressionen?«

Lacey nickte. »Aber zum Glück habe ich einen wundervollen Ehemann. Er ist immer für mich da. Selbst wenn ich wirklich unerträglich bin.« Weitere Tränen flossen.

»Gut, dass Gabe und du endlich über alles geredet habt.«

Lacey nickte wieder und wischte sich die Tränen mit dem feuchten Taschentuch ab.

»Gabe hat mir nichts davon erzählt. Als ich ihn vorgestern gefragt habe, wie es läuft, hat er nur ein Wort zurückgeschrieben: *Gut*.«

»War ja auch gut«, sagte Lacey. »So glücklich habe ich ihn seit seiner Kindheit nicht mehr gesehen. Das liegt an dir. Wegen dir ist das alles möglich geworden.«

»Genau genommen, müssen wir sagen: wegen Ursa.«

»Mit ihren Quarks?«

»Ach, davon weißt du auch?«

»Er hat mir alles über sie erzählt. Bitte entschuldige, dass ich euch den Sheriff auf den Hals gehetzt habe.«

»Das war ja richtig. Ich hätte ihn selbst holen sollen, aber ich saß zu tief drin und konnte mein Verhalten nicht mehr kritisch reflektieren.«

»Weil du sie liebhast. Lass dir von meinem Mann helfen.«

»Ich kann wahrscheinlich jede Hilfe gebrauchen. Was muss ich tun?«

Lacey zog ihr Handy aus der Tasche und tippte eine Nachricht. Als sie fertig war, sagte sie: »Er sitzt unten im Auto. Kommt gleich hoch.«

»Dein Mann?«

»Ja, Troy Greenfield. Ein Hammeranwalt.«

37

Troy, ein freundlicher, untersetzter Mann, ließ sich von Jo die ganze Geschichte im Besucherraum des Krankenhauses erzählen. Er stellte ihr viele Fragen und machte sich ausführlich Notizen.

Als sie zurück ins Hotel ging, hatte sie nicht unbedingt mehr Hoffnung, Ursa zugesprochen zu bekommen, fühlte sich jedoch besser, weil sie weniger zu bereuen hatte. Nun wusste sie, dass sie alles in ihrer Macht Stehende getan hatte.

Lenora Rhodes und Dr. Shaley ließen sich mehrere Tage nicht blicken. Da es Ursa nun gut genug ging, um aus dem Krankenhaus entlassen zu werden, entschieden sie wahrscheinlich darüber, wo sie leben sollte. Drei Tage nach Laceys Besuch rief Troy bei Jo an. Sie wollte gerade ihr Hotelzimmer verlassen. »Ich habe eine gute und eine weniger gute Nachricht für dich«, sagte er.

Jo klopfte das Herz bis zum Hals.

»Du wirst nicht angeklagt«, sagte er.

»Wirklich nicht?«

»Es hat eine Zeitlang gedauert, bis ich die Bestätigung hatte, aber ich habe so lange genervt, bis es raus war. Ich habe gesagt, wir müssten das wissen, weil wir sonst John Davidson engagieren würden – einen sehr bekannten Verteidiger –, falls du vor Gericht müsstest.«

»Und deshalb haben sie es gelassen? Weil sie Angst vor Davidson haben?«

»Ehrlich gesagt, bezweifele ich, dass es was mit ihm zu tun hatte. Ich habe gestern Abend lange mit Detective Kellen gesprochen, und letztlich läuft es darauf hinaus, dass er Gabe unheimlich bewundert. Wenn du vor Gericht kämst, würde auch Gabe ins Visier genommen, weil Ursa viel Zeit auf seinem Grundstück verbracht hat. Und sowohl McNabb als auch Kellen wollen nicht, dass Gabe bestraft wird.«

»Bilde ich mir das nur ein, oder klingt das total chauvinistisch?«

»Das bildest du dir nicht ein, und das habe ich auch angesprochen. Da stellte Kellen klar, dass er von Anfang an auf deiner Seite stand. Er hat Achtung vor deiner Entscheidung, einem Kind zu helfen, ohne dass du es kanntest. Und dich entlastet auch das, was der erste Deputy an dem Abend zu dir sagte, als du beim Sheriff angerufen hast. Ich habe die Beamten gebeten, ihn zu befragen ...«

»Kyle Dean?«

»Genau. Er hat zugegeben, dir seine Ansichten über Pflegeverhältnisse mitgeteilt zu haben, sehr persönliche Ansichten, die dich verunsichert haben könnten. McNabb neigte dazu, dich anzuklagen, aber als er merkte, dass das fragwürdige Verhalten eines seiner Deputys im Prozess entscheidend werden könnte, machte er einen Rückzieher.«

»Wow, Lacey hat recht – du bist wirklich ein Hammeranwalt.«

»Danke«, sagte Troy schmunzelnd.

Jo war erleichtert, konnte seine gute Nachricht aber nicht recht genießen, da sie die nicht so gute Nachricht noch nicht gehört hatte.

»Was Ursa angeht«, fuhr Troy fort, »konnte ich beim Jugendamt nichts erreichen. Es gibt kein Gesetz, mit dem man Einfluss auf die Entscheidung über Ursas Zukunft nehmen könnte.

Ich sage dir das nicht gerne, aber ich glaube, sie haben schon eine Pflegefamilie für Ursa ausgesucht.«

»Das glaube ich auch.«

»Ich bleibe dran, Jo. So schnell geben wir nicht auf.«

»Kannst du vielleicht dafür sorgen, dass ich ein Besuchsrecht bekomme oder so was Ähnliches?«

»Da du nicht mit ihr verwandt bist, hast du kein Anrecht darauf, sie zu sehen. Das müsstest du mit den Sozialarbeitern und der Pflegefamilie aushandeln. Aber ich schaue mir das mal an, ja?«

»Gut. Danke für alles, was du getan hast.« Vor lauter Tränen fand Jo kaum die rote Taste zum Beenden des Gesprächs.

Als Jo zu Ursa kam, war Lenora da. Sie ging mit Jo in den Flur und teilte ihr die Neuigkeit mit: Die zukünftigen Pflegeeltern würden Ursa nach dem Mittagessen besuchen. Lenora wollte nicht, dass Jo bei dem Treffen dabei war, außerdem bat sie Jo, Ursa klarzumachen, dass sie bald zu Pflegeeltern kommen würde.

»Haben Sie mich überhaupt in Erwägung gezogen?«, fragte Jo.

»Aber Joanna ... Wie denn?«

»Warum denn nicht?«

»Wir versuchen immer, Kinder in Familien mit zwei Elternteilen unterzubringen ...«

»Das ist Schwachsinn, und das wissen Sie genau! Ursa hat klar und deutlich gesagt, was sie möchte, nämlich keine Eltern, die ihr völlig fremd sind. Sie wissen, dass ich genauso viele Mittel und Qualifikationen mitbringe wie ein Ehepaar.«

»Es geht nicht nur darum, dass Sie ledig sind. Sondern auch um alles andere.«

»Was denn?«

»Sie sind noch mit ihrer Promotion beschäftigt. Ihr Gesundheitszustand ist unsicher. Und die Kindeswohlgefährdung können wir nicht außer Acht lassen.«

»Ich muss nicht vor Gericht.«

»Angeklagt oder nicht – Sie haben schlechtes Urteilsvermögen bewiesen.«

»Jetzt, da Sie wissen, wie Ursa ist, glauben Sie da, dass ich es irgendwie anders hätte machen können? Wenn ich die Polizei hinzugezogen hätte, wäre sie abgehauen. Mir war bewusst, dass sie bei mir sicherer war als auf der Flucht.«

»Sie wissen genau, dass noch mehr dahintersteckt.«

»Was denn?«

»Sie haben sich verhalten, als seien Sie Ursas Mutter.«

»Und das schließt mich als Kandidatin aus?«

»Es geht darum, *warum* Sie es getan haben. Das macht uns Sorgen. Sie haben vor kurzem Ihre eigene Mutter verloren. Außerdem wurden Ihnen die Fortpflanzungsorgane entfernt.«

»Woher wissen Sie das?«

»Das hat Ursa uns erzählt.«

»Sie haben ein Kind ausgehorcht, um Informationen über mich zu erhalten? Sind Sie nicht auf die Idee gekommen, mich selbst zu fragen?«

»Wir haben sie nicht ›ausgehorcht‹. Sie hat es Dr. Shaley bei einer Sitzung erzählt.«

»Das ist ja noch schlimmer! Da hat die Therapeutin ihre Arbeit mit Ursa benutzt, um an Informationen zu gelangen!«

»Bitte helfen Sie Ursa dabei, die Entscheidung zu akzeptieren. So können Sie Ihre Liebe am besten unter Beweis stellen.«

»Das sehe ich anders, aber ich werde versuchen, sie zu überzeugen. Ich habe zu viel Angst, dass sie wegläuft und ihr etwas Schlimmes zustoßen könnte.«

»Keine Sorge, solche Kinder beruhigen sich irgendwann.«

»*Solche Kinder?*« Jo bezweifelte, dass sie sich in Lenoras Gegenwart noch länger würde zusammenreißen können. Sie stand auf und ging in Ursas Zimmer.

»Warum bist du böse?«, fragte Ursa.

»Bin ich nicht.«

Das Mädchen sah sie prüfend an. »Was hat Lenora gesagt?«

Jo setzte sich aufs Bett und erzählte alles. Ursa weinte und schrie. Als der Arzt eine Stunde später kam, weinte sie noch immer. Jo verließ den Raum, damit er Ursas Wunde untersuchen konnte. Als er herauskam, sagte er leise: »Jo... Die Entscheidung tut mir sehr leid. Die meisten von uns glauben, dass es ein Fehler ist. Wir sehen ja, wie Sie mit der Kleinen sind, die Bindung zwischen Ihnen.«

Jo nickte.

»Ich bezweifle sogar, dass Ursa sich ohne Sie wieder erholt hätte. Als wir sie für die Operation vorbereiteten, kam sie noch mal zu sich. Trotz des enormen Blutverlusts erlangte sie das Bewusstsein zurück und fragte nach Ihnen. Ich sagte ihr, wir müssten ihren Bauch in Ordnung bringen, und sie meinte, das wäre gut, weil sie extra von den Sternen zurückgekommen sei, um bei Jo zu bleiben. Jo wäre traurig, wenn sie sterben würde.«

Der Arzt sah Jos Tränen. »Ach, entschuldigen Sie! Habe ich jetzt alles noch schlimmer gemacht?«

»Nein. Danke. Ich weiß Ihre Worte zu schätzen.«

Anderthalb Stunden später räumte Jo das Feld für die neuen Pflegeeltern. Ursa weinte bitterlich. Jo ging ins Hotel und rief Gabe an. Er wäre gerne nach Saint Louis gekommen, um bei ihr zu sein, konnte aber seine Mutter nicht allein lassen. Lacey war bei ihrer Familie, George in Urbana bei seinen Töchtern. Er hatte beschlossen, ihnen zu sagen, dass Gabe sein Sohn war. Er wollte keine Geheimnisse mehr in der Familie.

An dem Abend ging Jo nicht noch mal ins Krankenhaus. Vielleicht wären die Pflegeeltern ja noch da. Sie hoffte es. Vor dem großen Schritt viel intensive Zeit mit Ursa zu verbringen, war die einzige Möglichkeit zu verhindern, dass sie davonlief.

Als Jo am nächsten Morgen ins Kinderkrankenhaus kam, wartete Lenora bereits auf sie, offensichtlich verärgert. »Haben Sie überhaupt versucht, Ursa von unserer Entscheidung zu überzeugen?«, giftete sie Jo an.

»Natürlich! Fragen Sie die Krankenschwestern! Stundenlang habe ich mit ihr diskutiert.«

Lenora betrachtete Jo zweifelnd, aber sah in ihren Augen, dass sie die Wahrheit sagte.

»Was ist denn passiert?«

»Was passiert ist? Alles ist schiefgegangen! Wissen Sie, was Ursa zu den Leuten gesagt hat?«

»Nein. Was denn?«

»Es ging damit los, dass sie ein Alien wäre. Die Pflegeeltern waren darauf vorbereitet, ich hatte sie gewarnt. Aber als die schlaue kleine Ursa merkte, dass die Leute das nicht abschreckte, erzählte sie ihnen, sie käme vom Planet der Menschenfresser.«

Die violetten Menschenfresser ...

»Wissen Sie, was dieses freche Ding den Pflegeeltern erzählt hat? Wenn sie schlafen würden, würde Ursa die Eltern im Bett erstechen – und anschließend auffressen. Die Familie hat schon ein Pflegekind, das erst ein Jahr alt ist, und Ursa sagte, die Kleine wäre am leckersten, die würde sie als Erstes umbringen.«

»Sie hat doch bloß das Schockierendste gesagt, was ihr einfiel, um die Leute abzuschrecken. Ursa hat nichts Aggressives an sich, null.«

»Woher sollen die Leute das wissen? Warum sollten sie das Risiko eingehen? Besonders, da sie auch ein Baby zu Hause haben!«

»Soll ich mit ihnen reden?«

»Die wollen nicht mehr. Konnten nicht schnell genug verschwinden. Sie wollen nichts mehr mit Ursa zu tun haben.«

»Und jetzt?«

»Die nächste Option. Das Pärchen auf Platz zwei.«

»Warnen Sie die Leute besser vor! Ich kann auch mit ihnen reden, wenn Sie möchten.«

Lenora rieb sich die kurzen Haare am Hinterkopf. »Wäre vielleicht besser.«

Am nächsten Tag machte Jo mit dem Ersatzpaar einen Crashkurs in Sachen Ursa Alien Dupree. Es waren nette Leute. Der Mann leitete eine Beratungsfirma für Ingenieure, seine Frau war eine ehemalige Sportlehrerin, die nun mit dem sechsjährigen Sohn zu Hause war. Sie konnten keine weiteren Kinder bekommen.

Bevor das Ehepaar eintrat, sprach Jo mit Ursa und flehte sie an mitzumachen. Ursa weigerte sich. Sie beharrte darauf, nur bei Jo leben zu wollen. Wieder verließ Jo das Krankenhaus mit Ursas herzzerreißendem Schluchzen in den Ohren.

Als Jo Ursa am nächsten Tag wieder besuchte, waren die Pflegeeltern gerade da, ihr zweiter Besuch. Jo wollte sofort gehen, doch sie baten Jo zu bleiben. »Unterhalten wir uns«, sagte die Frau. »Ich fände es schön, wenn wir uns näher kennenlernen.«

Jo versuchte, Ursa zu überreden, dass sie sich mehr öffnete, doch sie war mürrisch und beantwortete nur knapp die an sie gerichteten Fragen. Als Jo den Pflegeeltern Ursas Bilder zeigen wollte, rief sie: »Das will ich nicht! Die sind privat!«

Als Jo zu Ursa sagte, dass es doch schön wäre, einen kleinen Bruder zu haben, gab sie zurück: »Ich will keinen dämlichen kleinen Bruder!«

»Es gibt dort einen Swimmingpool, Ursa«, sagte Jo. »Ist das nicht toll?«

»Nein!«, rief Ursa. »Ich möchte nur mit dir und Gabe im Summers Creek schwimmen, sonst nirgends!«

»Hör mal, Ursa, du bist doch sonst so ein kluges Mädchen«, sagte Jo.

»Ich bin nicht lieb zu denen«, erwiderte Ursa. »Ich will nur bei dir leben! Du hast gesagt, dass du das auch willst. Warum soll ich plötzlich diese Leute mögen?«

»Ich gehe besser«, sagte Jo.

»Ja«, meinte Lenora. »Und danke für Ihre Mühe!«

Jo nahm Ursa in den Arm, und das Mädchen wollte sie nicht wieder loslassen. »Bleib hier!«, sagte sie weinend. »Ich bin auch lieb zu denen! Bleib hier!« Zwei Krankenschwestern und Lenora mussten Ursa von Jo trennen. Sie schrie: »Nimm mich mit! Ich hab dich lieb, Jo! Ich will nur bei dir leben!« Jo hastete den Korridor hinunter und mied die mitleidigen Blicke der Ärzte und des Pflegepersonals.

Um sieben Uhr abends aß Jo in ihrem Hotelzimmer einen Becher Joghurt und ein paar Weintrauben. Sie musste sich zwingen, die Nahrung hinunterzubekommen. Seit ihrem tränenreichen Anruf bei Gabe am Nachmittag war ihr übel. Sie war unruhig. Am nächsten Morgen würde sie sich zum letzten Mal von Ursa verabschieden. Noch länger zu bleiben, tat einfach zu weh.

Um acht Uhr traf das erste von mehreren Gewittern auf Saint Louis. Den Großteil der Nacht galt eine Tornadowarnung für die Stadt. Jo ging ins Bett, zog die dunklen Vorhänge zu und drehte die Klimaanlage auf die höchste Stufe. Das Prasseln des Regens und den Donner hörte sie kaum. Sie schloss die Augen und rollte sich unter der Bettdecke zusammen, die Arme vor der flachen Brust verschränkt. Um 21.52 Uhr wurde sie von einem unerwarteten Anruf geweckt. »Lenora?«, sagte Jo, als sie aufs Display schaute.

»Sie ist weg«, erwiderte die Sozialarbeiterin.

Jo schwang die Beine aus dem Bett. »Was soll das heißen? Ist sie mit den Pflegeeltern gegangen?«

»Sie ist ausgerissen. Wir können sie nicht finden.«

»Wie soll sie aus einem so gut abgesicherten Krankenhaus entkommen?«

»Das wissen Sie genau: Sie ist verdammt schlau! Im Krankenhaus glaubt man, dass sie sich noch irgendwo versteckt, aber bisher wurde sie nicht gefunden.«

»Wie lange ist sie schon verschwunden?«

»Vor ungefähr einer Stunde hat eine Krankenschwester ihr Verschwinden bemerkt.«

»Ist irgendwas auf den Überwachungskameras zu sehen?«

»Das wird gerade überprüft. Zuerst dachten alle, es wäre leicht, sie zu finden.«

»Da kennen sie Ursa aber schlecht.«

»Aber Sie kennen sie! Sie haben uns gewarnt. Was ist, wenn das Kind nach draußen gelangt ist? Wenn es irgendwo in der Stadt unterwegs ist?«

Das konnte Ursa geschafft haben, schließlich war es ihr Ziel, aus dem Krankenhaus zu entkommen. Doch das sagte Jo nicht.

»Wahrscheinlich versteckt sie sich in einem anderen Krankenzimmer oder in irgendeinem Abstellraum. Sie taucht schon wieder auf.«

»Könnten Sie bitte kommen? Ich dachte vielleicht, wenn Sie nach Ursa rufen ... Wenn sie Ihre Stimme hört ...«

»Natürlich. Ich komme sofort.«

»Wir treffen uns am Haupteingang, dann hole ich Sie rein. Hier ist alles dicht.«

Eine halbe Stunde später hatte Jo mit Lenora erst wenige Krankenzimmer durchsucht, als ein Mann vom Sicherheitsdienst zu ihnen kam. »Sie ist nicht im Krankenhaus«, sagte er.

»Woher wissen Sie das?«, fragte Lenora.

»Wir haben nach einem kleinen Mädchen im Krankenhaushemd Ausschau gehalten, aber sie trägt normale Kleidung. Dies ist ein Bild von einer Überwachungskamera.« Er zeigte ihnen ein Foto, auf dem Ursa durch den Korridor ging.

Jo nahm die Aufnahme in die Hand. Das Mädchen trug Jos dunkelblaues Universitäts-T-Shirt und ihre schwarze Yogahose, die sie so weit hochgerollt hatte, dass sie wie eine Caprihose aussah. »Das sind meine Sachen«, sagte Jo. »Die hatte ich für den Notfall im Rucksack, falls ich bei Ursa im Krankenhaus hätte übernachten müssen. Vor ein paar Tagen habe ich gemerkt, dass die Klamotten weg sind, aber ich dachte, sie seien rausgefallen.« Jo sah sich das Bild genauer an. Ursa trug ihre violetten Turnschuhe. Die hatte Jo zuletzt in der Nacht gesehen, als die Männer auf sie schossen. »Woher hat sie die Schuhe?«

»Die waren das Einzige, was von ihrer verschmutzten Kleidung gerettet werden konnte, als sie eingeliefert wurde«, erklärte Lenora. »Normalerweise kommen die persönlichen Sachen in eine Tüte, die im Spind im Krankenzimmer aufbewahrt wird.«

»Kann man auf dem Video sehen, wie sie das Krankenhaus verlassen hat?«, fragte Jo.

Der Wachmann nickte mit ausdrucksloser Miene. »Sie ist an der Hand eines Mannes durch die Türen des Haupteingangs gegangen. Deshalb hat es so lange gedauert, bis wir sie auf dem Film identifizieren konnten. Sie war normal gekleidet und schien in Begleitung dieses Mannes zu sein.«

Jo musste sich an der Wand abstützen, um nicht umzukippen.

»Glauben Sie, der Mann hat sie entführt?«, fragte Lenora.

»Angesichts der Vergangenheit des Mädchens halten wir das leider für möglich, ja«, sagte der Wachmann.

»Wurde die Polizei benachrichtigt?«

»Jeder Beamte in der Stadt weiß Bescheid. Es ist eine Vermisstenmeldung rausgegangen.«

Plötzlich war Jo klar: »Sie wurde nicht entführt. Sie hat die Hand des Mannes gehalten, damit es aussah, als gehörte sie zu ihm.«

»Das können Sie nicht wissen«, warf Lenora ein.

»Nein«, entgegnete Jo. »Aber Ursa wusste, dass sie nicht allein durch die Türen gelangen konnte.«

»Wie sollte sie denn einen völlig Fremden dazu bringen, ihre Hand zu halten?«

»Glauben Sie mir: Da ist ihr irgendetwas eingefallen.« Wieder studierte Jo das Foto. Mit einer Hand hielt Ursa etwas umklammert. Vielleicht hatte sie noch mehr als nur die Kleidung aus Jos Rucksack genommen. Jo zog den Reißverschluss der Vordertasche auf und fand ihre Schlüsselkarte aus dem Hotel. Dann suchte sie die von Gabe, ihre Ersatzkarte, die sie in einem Umschlag verwahrte. Der Umschlag war leer. »Ich weiß vielleicht, wo sie hinwill«, sagte Jo.

»Ja?«, fragte Lenora.

»Kommen Sie mit!« Jo warf sich den Rucksack auf den Rücken.

»Wir müssen der Polizei Bescheid sagen«, sagte Lenora.

»Die Polizei darf nicht hinzugezogen werden, solange Ursa noch unterwegs ist. Sonst läuft sie wieder weg.«

»Sie haben recht.«

Auf dem Weg nach draußen, wo es schon wieder regnete, griff Lenora zu ihrem Regenmantel. Jo trug das zu große Sweatshirt, das Gabe ihr dagelassen hatte. Unterwegs zum Krankenhaus war es völlig durchnässt worden. Es waren einige Streifenwagen unterwegs, das Blaulicht spiegelte sich in den Regenpfützen an den Kreuzungen.

»Das arme Mädchen«, sagte Lenora. »Was muss sie für eine Angst bei dem Gewitter haben!«

»Glaube ich nicht«, gab Jo zurück. »Ursa liebt Gewitter.«

Lenora merkte, wohin sie gingen. »Weiß sie, in welchem Hotel Sie wohnen?«

»Sie hat mir letzte Woche viele Fragen zu meiner Unterkunft gestellt. Ich dachte, ihr sei einfach langweilig. Sie wollte sogar wissen, ob ich einen normalen Schlüssel für das Hotelzimmer hätte, und ich habe ihr von den Schlüsselkarten erzählt.«

»Das heißt, sie hat das Ganze schon länger geplant.«

»Sie hat abgewartet, wie sich die Geschichte entwickelt. Heute ist sie schließlich weggelaufen, weil sie völlig verzweifelt war. Sie weiß, dass ihr niemand hilft – nicht einmal ich.«

»Dann geht sie vielleicht doch nicht zu Ihrem Hotel.«

»Eben. Deshalb mache ich mir ja solche Sorgen.«

»Was ist, wenn sie einfach diesem Mann vertraut hat, so wie vorher Ihnen?«, fragte Lenora. »Wenn er das Kind noch nicht zur Polizei gebracht hat, könnte er etwas im Schilde führen.«

»Ich habe sie auch nicht zur Polizei gebracht, und ich hatte gute Absichten.«

»Aber was, wenn sie jetzt an den Falschen gerät?«

»Das versuche ich Ihnen doch die ganze Zeit klarzumachen!«

Sie betraten das Hotel und eilten zum Aufzug, Jo mit ihrem verletzten Bein humpelte Lenora hinterher. Der Fahrstuhl hielt in mehreren Etagen, bis sie endlich den sechsten Stock erreichten. Vor Zimmer Nummer 612 schob Jo die Karte durch den Schlitz und drückte die Tür auf.

Keine Ursa zu sehen. Lenora verfolgte, wie Jo unter der zerwühlten Bettdecke und unter dem Bett suchte. Sie schaute in den Schrank. Es gab nur noch eine Möglichkeit: Jo knipste das Licht im Bad an und zog den Duschvorhang zur Seite. Zusammengerollt lag Ursa in der Wanne, Kleidung und Haare vom Regen durchnässt. Mit kummervollen braunen Augen schaute sie zu Jo hoch. »Jo ... ich bin weggelaufen«, stammelte sie.

»Das sehe ich.« Jo hob die Kleine aus der Wanne und drückte sie an sich.

Ursa umklammerte sie und weinte. »Hast du mich nicht mehr lieb? Warum willst du, dass ich zu fremden Leuten komme?«

»Das will ich ja nicht, aber ich kann nichts dagegen tun.«

Ursa weinte bitterlich, als Jo sie zum Bett trug. Sie war nass bis auf die Haut und zitterte vor Kälte. »Wir müssen dich ausziehen, Mausezahn.« Jo setzte sich zu dem Kind aufs Bett.

»Was will die hier?«, fragte Ursa, als sie Lenora sah.

»Ich hatte Angst um dich«, erwiderte die Sozialarbeiterin.

»Ganz egal, wo ihr mich hinsteckt, ich finde Jo immer wieder!«, rief Ursa, und neue Tränen rollten ihr über die Wangen. »Jo und ich sind glücklich zusammen, wir brauchen dich nicht!«

Jo zog Ursa die Schuhe aus und schälte sie aus der nassen Hose und dem T-Shirt. Sie ließ die zitternde Ursa in ein sauberes Shirt schlüpfen, schlug die Decke über sie und steckte sie rund um das Kind fest. Dann machte Jo die Klimaanlage aus und ging ins Badezimmer, um sich selbst umzuziehen. Als sie zurückkam, wählte Lenora gerade eine Nummer auf ihrem Handy.

»Bitte holen Sie nicht sofort die Polizei«, sagte Jo.

»Ich muss Bescheid sagen, dass die Suche eingestellt werden kann.«

»Ich weiß, aber könnten Sie nicht noch einen kleinen Moment warten?«

Lenora nickte. Als sie schließlich mit dem Sicherheitsdienst des Krankenhauses verbunden war, berichtete sie, sie hätte Ursa gefunden. Man solle bitte an alle betroffenen Behörden weitergeben, dass das Mädchen in Sicherheit sei. Lenora zog ihren Regenmantel aus und ließ sich mit einem erschöpften Seufzer auf einen Stuhl sinken.

Jo legte sich zu Ursa ins Bett. Heute war die Regel mit den getrennten Betten außer Kraft gesetzt. Sie würde dem Kind geben, was es brauchte. Jo schmiegte sich von hinten an die Kleine und drückte ihr einen Kuss auf die Wange. »Schön warm so?«, fragte sie.

»So müssen wir für immer liegen bleiben«, sagte Ursa.

»Ja«, sagte Jo. »Glaub bitte nie wieder, ich würde dich nicht lieb haben. Daran kann niemand etwas ändern.«

Es donnerte. Der Regen kratzte an den Fenstern. Jo hielt Ursa fest in ihrem sicheren Nest, und das Schicksal schaute zu.

38

Einen Monat später stand Ursa an einem seltenen kalten Tag Ende August zwischen Gabe und Jo, ihre Hände hielten die der Erwachsenen, und betrachtete ein weißes Marmorkreuz. Dahinter stieg ein Pfarrer in seinen Wagen, drehte und verließ den Friedhof. Lenora Rhodes ließ ihr Auto an und folgte ihm. Sonst hatte niemand die Beisetzung von Portia Wilkins Dupree besucht, nicht mal deren Mutter. Portia war sechsundzwanzig Jahre alt gewesen, als sie bei dem Versuch starb, ihre Tochter zu schützen. Nicht viel jünger als Jo.

Ursa ließ Jo und Gabe los und hockte sich vor das Grab, um die Blumen noch einmal zurechtzuzupfen. »Auf Wiedersehen, Mama. Ich hab dich lieb«, sagte sie schließlich.

Dann griff sie wieder zu den Händen der beiden. »Jetzt will ich Daddy besuchen.«

Sie gingen zum Grab von Dylan Joseph Dupree. Er lag neben seiner Mutter, die leere Stelle daneben war für ihren Mann vorgesehen. Dylans Vater lebte in einem Pflegeheim in der Nähe. Durch seine Alzheimerkrankheit war er so stark beeinträchtigt, dass er nicht mehr verstand, wer seine Enkeltochter war. Weil im Familiengrab der Duprees nicht genug Platz war, um Portia bei ihrem Mann zu begraben, hatte Jo eine Grabstelle gekauft, die so nahe wie möglich bei Dylans lag. Ursa hatte sich gewünscht, dass ihre Mutter genau das gleiche Kreuz bekam wie ihr Vater.

An Dylans Grab ließ Ursa die Hände von Jo und Gabe wieder los. Sie nahm ein gefaltetes Foto aus ihrer Tasche und lehnte es gegen den Fuß des Kreuzes. Es war ein Bild der Feuerradgalaxie, der Galaxie in Ursa Major.

Dylan hatte alles geliebt, was mit Sternen zu tun hatte. Bevor er die Kontrolle über sein Leben verlor, hatte er Astrophysiker werden wollen. Seine Tochter Ursa hatte er nach dem Großen Bär am Himmel benannt und ihr die Namen vieler Sternbilder und Sterne beigebracht. Wenn Ursa Angst vor der Dunkelheit hatte, öffnete Dylan ihr Fenster einen Spaltbreit und sagte, von den Sternen würde Zauberstaub herabfallen und durch ihr Fenster hereinwehen. Der Staub würde dafür sorgen, dass ihr nichts geschähe, sagte er. Als er tot war, machte Ursa jeden Abend ihr Fenster weit auf, damit so viel Zauberstaub wie möglich hereinkommen konnte. So konnte sie den Männern entkommen, die sie beinahe umgebracht hatten.

Ursa ging zum Kreuz und drückte einen Kuss darauf. »Hab dich lieb, Daddy.« Sie zeigte hinter sich. »Das sind Jo und Gabe. Du würdest sie mögen. Gabe liebt die Sterne auch, genau wie du.« Sie rückte das Foto der Galaxie zurecht und drehte sich um.

»Fertig?«, fragte Jo.

»Fertig.«

Ein Grab gab es noch. Sie stiegen in Jos Wagen und fuhren von Paducah in Kentucky nach Vienna in Illinois. Als sie sich der Turkey Creek Road näherten, beugte sich Ursa so weit zwischen den Sitzen vor, wie es ihr Gurt erlaubte. Sie war nicht mehr hier gewesen, seit sie mit dem Hubschrauber ins Krankenhaus nach Saint Louis gebracht worden war.

»Was ist das denn?«, fragte Jo, als sie von der Landstraße abfuhren. »Bin ich auf einer Zeitreise in die Zukunft?«

»Du hast gesagt, wir sähen uns gar nicht so ähnlich«, sagte Gabe.

»Ja, aber nur wegen des Altersunterschieds.«

Die ältere Ausgabe von Gabe saß grinsend unter der blauen Zeltplane des Eierstands und winkte ihnen zu.

»Du hast mir gar nicht erzählt, dass er der neue Eiermann ist.«

»Wusste ich auch nicht«, erwiderte Gabe.

»Hat er das noch nie gemacht?«

»Ich bin genauso überrascht wie du!«

Jo parkte ihren Honda neben Gabes weißem Pick-up. »Er fährt sogar deinen Wagen.«

»Ich habe ihm gesagt, er könnte ihn für die Arbeit auf dem Hof nehmen«, sagte Gabe. »Er hat ein gutes Auto, das bekommt vom Schotter zu viele Macken.«

»Was du nicht sagst!«

Ursa sprang hinten aus dem Honda und lief zum Eierstand. George Kinney stand auf und gab ihr die Hand. »Du musst Ursa sein.«

»Ja.«

»Ich bin George, und ich freue mich, dich kennenzulernen.«

»Warum siehst du aus wie Gabe?«, wollte Ursa wissen.

»Weil Gabe zwei Väter hat, und ich bin einer davon«, erklärte George, doch die Kleine schien ihm nicht richtig zuzuhören.

Gabe nahm ihn in den Arm.

»Und, wie lief es?«, fragte George.

»Problemlos«, antwortete Gabe.

»Kate und ich haben uns Sorgen gemacht, dass sie es sich noch mal anders überlegen.«

»Bist du deswegen hier: um auf uns zu warten?«, fragte Gabe.

»Ich bin hier, weil sich die verfluchten Eier mittlerweile bis unter die Decke stapeln!« George streckte die Arme nach Jo aus. »Komm mal her, Wonder Woman!«

»Die hat erheblich mehr Holz vor der Hütte als ich«, sagte Jo.

»Umso besser kann ich dich umarmen«, gab George zurück und drückte sie fest.

»Wir wollen Kleiner Bär beerdigen«, sagte Ursa.

»Ach, das ist schön, dass ihr das für ihn macht«, sagte George. »Ich habe gehört, er war ein guter Hund.«

»Der beste«, entgegnete Ursa.

»Wir fahren mal weiter«, meinte Gabe. »Jo muss nach dem Essen los.«

»Ich packe hier zusammen, wir sehen uns im Cottage«, sagte George.

»Brauchst du Hilfe?«, fragte Jo.

»Komm, so alt bin ich auch nicht.«

Jo, Gabe und Ursa nahmen die vertrauten Kurven der Turkey Creek Road. Ursa reckte sich auf ihrem Sitz, um besser aus dem Fenster schauen zu können. »Es sieht anders aus«, bemerkte sie.

»Die Pflanzen sind gewachsen, und die Farben ändern sich allmählich«, erklärte Jo.

»Wo sind die Markierungen von den Nestern?«

»Die habe ich abgenommen, als meine Studie vorbei war. Die Indigofinken bereiten sich auf den Vogelzug vor.«

»Fliegen sie weg?«

»Ja, in ein paar Wochen. Aber nur für den Winter. Im Frühjahr kommen sie zurück.«

Sie fuhren zum Kinney-Grundstück und näherten sich dem gelben Cottage auf der Anhöhe. Bevor Jo den Motor abstellte, schaute sie zum Hickorybaum hinüber.

Ursa sprang von der Rückbank und lief zur Grasfläche hinter dem Haus.

»Ursa, es ist hier!«, rief Gabe ihr nach.

»Ich pflücke ihm Blumen!«, rief sie zurück.

Jo sah zu, wie Ursa im hohen Gras verschwand. Gabe nahm Jos Hände und zog sie an sich. »Und du willst wirklich keine Eier mehr verkaufen?«, fragte sie.

»Seit der Schießerei hat sich viel verändert.«

»Meinst du wirklich, dass damit ganz Schluss ist?«

»Keine Ahnung.« Er schaute zur Straße hinüber, doch sein Blick ging in die Ferne. »Der Eierstand war wie ein Band, das mich mit der Außenwelt verknüpft hat.«

»Und jetzt gibt es etwas Stärkeres, das dich verbindet?«

Er lächelte sie an. »Es ist eher so, als ob das Band durchgeschnitten wurde und ich in die Wirklichkeit gefallen bin.«

»Und, wie läuft's so mit der Wirklichkeit?«

»Gut. So gut, dass ich es manchmal kaum glauben kann. Was ist, wenn es wieder anfängt?«

»Dann werden dir die Menschen helfen, die dich lieben.«

Er küsste sie. Kurz darauf war Ursa zurück, legte einen Arm um Jo und einen um Gabe. Sie lehnte sich bei ihnen an.

Als die Kleine bereit war, ging Gabe mit den beiden zum Grab von Kleiner Bär. In einem Kreuz aus poliertem Zedernholz stand die Inschrift: »KLEINER BÄR«, und darunter: »ER GAB SEIN LEBEN FÜR DIE MENSCHEN, DIE ER LIEBTE.«

Ursa schniefte und wischte sich über die Wangen.

»Gefällt dir das Kreuz?«, fragte Gabe.

»Es ist wunderschön«, sagte sie und legte einen Strauß aus Goldrute, Ackersteinsame und Astern auf den Erdhügel, aus dem bereits neues Leben spross.

»Möchte jemand was sagen?«, fragte Jo.

»Ich möchte gerne mein Lieblingslied für ihn singen. Ursas

Vater – ich meine, *mein* Vater – hat es mir immer zum Einschlafen vorgesungen.«

»Das ist doch schön«, meinte Gabe.

Den Blick auf den Boden gerichtet, unter dem ihr Hund lag, sang Ursa:

»*Twinkle, twinkle, little star, how I wonder what you are. Up above the world so high, like a diamond in the sky, twinkle, twinkle, litte star, how I wonder what you are.*«

Gabe drückte Jos Hand.

Als Ursa fertig gesungen hatte, hockte sie sich hin und klopfte auf die Erde. »Hab dich lieb, kleiner Bär.«

Sie stiegen wieder in den Honda und fuhren zum Hof der Nashs hinüber.

»Was sind das denn für Autos?«, fragte Ursa, als sie hielten. »Wer ist das, Gabe?«

»Geh mal rein und guck selbst!«

Ursa sprang aus dem Wagen und lief zur Veranda. Jo und Gabe folgten ihr. Sie wollten Ursas Reaktion sehen.

»Darf ich reingehen?«, bettelte sie.

»Seit wann fragst du um Erlaubnis?«, rief Lacey hinter der Insektentür.

Ursa lachte. »Kannst du dich daran erinnern, Gabe? An unsere Rettungsaktion?«

»Daran kann ich mich sehr gut erinnern«, sagte er.

»Kommt rein!« Lacey stieß die Insektentür auf.

Ursa ging ins Haus. Ihr Gesichtsausdruck wechselte von Überraschung zu Freude, als ein vielstimmiger Chor »Happy Birthday« für sie sang. Violette und lavendelfarbene Luftballons schwebten durchs Wohnzimmer, Holzwände und Decke waren mit Kreppbändern in denselben Farben geschmückt. Auf gemalten Plakaten über dem Tisch stand: »Willkommen zu Hause, Ursa!« und »Alles Gute zum 9. Geburtstag!« Der Tisch bog sich unter Bergen von Essen und einem Kuchen, auf dem silberne Sterne blitzten. Noch lebendiger wurde der festlich geschmückte Raum durch die sechs Kätzchen mit den bunten Bändern um den Hals, die überall herumliefen.

»Ich wusste gar nicht, dass ich heute Geburtstag habe«, sagte Ursa.

Jo hatte nicht gewollt, dass die Beerdigung von Ursas Mutter auf diesen Tag fiel, aber es war der einzige Termin, an dem sie mit Lenora nach Paducah hatte fahren können. Jo und Gabe hatten die Idee, Ursa mit der Feier aufzuheitern.

Gabe stellte Ursa Georges jüngerer Tochter, deren Mann und dem Sohn im Highschoolalter vor. Gabe hatte sich bereits mit dieser Tochter von George angefreundet, nur die ältere Tochter hatte sich noch nicht an den Gedanken gewöhnen können, dass sie plötzlich einen Halbbruder hatte.

Laceys Mann gab Ursa die Hand, und plötzlich lag eine Kette mit einem funkelnden Sternanhänger auf ihrer Handfläche. »Wo kommt die denn her?«, fragte er.

»Das weiß ich nicht«, sagte Ursa.

»Gefällt dir die Kette?«

»Ja!«

»Dann gehört sie wohl dir.«

Auf diese Weise fand Jo heraus, dass der ehrenwerte Troy Greenfield ein Amateurzauberer war.

Sie nahm Ursa zur Seite, um ihr zu erklären, dass Tabby wirklich gerne dabei gewesen wäre, aber nicht kommen konnte, weil sie Besuch von ihrer Schwester aus Kalifornien hatte. Tabby musste sie genau in diesem Moment zum Flughafen bringen.

»Das macht nichts«, sagte Ursa.

Jo gab ihr ein großes Päckchen, das in Katzenpapier eingewickelt war. »Das ist von Tabby.«

»Darf ich es auspacken?«

»Natürlich!«

Ursa setzt sich auf den Boden, riss das Papier auf und hob den Deckel vom Karton. Strahlend zog sie ein riesiges violettes Kuscheltier heraus, das zahnlückig grinste. Seine Arme und Beine baumelten lang herab. Wie der Alien in dem Lied hatte das Tier nur ein Auge in der Mitte, ein langes Horn und zwei Flügel. Ursa drückte das seltsame Ding an sich. »Ein violetter Menschenfresser! Er ist weich wie Samt!«

Dann packte sie die anderen Geschenke aus: ein kleines Fernglas und ein Vogelführer von Jo, von George ein Buch für ältere Kinder über das Leben im und am Wasser, Aquarellfarben von Lacey, ein lavendelfarbener Pulli mit einem weißen Kätzchen von Georges Tochter und eine gebundene Ausgabe des *Sommernachtstraums* mit wunderschönen bunten Illustrationen als Geschenk von Katherine.

»Scheibenkleister! Ich hab ganz vergessen, was für dich zu besorgen«, sagte Gabe.

Ursa lachte, weil sie wusste, dass es ein Scherz war.

»Tja, irgendwas muss ich dir ja schenken.« Suchend sah er sich um, rieb sich das Kinn. Dann ging er quer durch den Raum und hob Julia und Hamlet hoch. »Wie wär's mit denen hier? Hab gehört, in deinem neuen Zuhause sind Katzen erlaubt.«

Ursa sah Jo an. »Wirklich? Darf ich?«

»Ich glaube, deine neue Pflegemutter ist gar nicht so übel«, sagte Jo.

Ursa nahm die beiden Kätzchen entgegen und vergrub das Gesicht in ihrem Fell.

»Sieht aus, als hättest du das Schicksal von Julia und Hamlet positiv beeinflusst«, bemerkte Gabe.

»Das waren meine Quarks«, sagte Ursa.

»Moment«, warf Gabe ein. »Ich dachte, mit diesen Quarks ist jetzt Schluss.«

»Warum denn? Ich bewirke immer noch Gutes.«

»Ja?«

»Jo hat gesagt, ich soll nicht über Ursa reden, als wäre sie ein anderer Mensch, aber nur weil ich so tue, als wäre ich Ursa, heißt das nicht, dass ich kein Alien bin.«

Jo und Gabe tauschten einen Blick, und wie immer spürte Ursa das Unbehagen der beiden. »Schon gut«, sagte sie zu Jo. »Ich sehe es trotzdem so, wie du gesagt hast.«

»Was hat Jo denn gesagt?«, wollte Gabe wissen.

»Dass der Alien so etwas wie Ursas Seele sein könnte. Dann wären Ursa und der Alien zusammen ein kompletter Mensch.«

»Das ist sehr schön«, sagte Katherine, die zugehört hatte.

»Ja«, sagte Ursa. »Aber eigentlich ist es eher andersrum: Ursa ist meine Seele. Diejenige, die von den Sternen gekommen ist.«

Alle schwiegen, gebannt von Ursas geheimnisvollem Zauber.

»Gibt es hier einen Alien mit einer Menschenseele, der vielleicht Lust auf Geburtstagskuchen hat?«, fragte George.

»Ja!«, rief Ursa.

»Gott sei Dank«, gab er zurück. »Ich hatte schon Angst, dass ich ihn ganz allein essen muss.«

Sie zündeten neun Kerzen an und sangen noch einmal »Happy Birthday«. Jo brach nur ungern nach dem Essen auf, aber sie wollte, dass Ursa vor Einbruch der Dunkelheit in ihrem neuen Heim eintraf. Zusammen mit Gabe packte Jo die Geschenke ein und steckte die beiden Kätzchen in eine Box, die Lacey mitgebracht hatte.

Als sie mit der Box nach draußen gingen, entdeckte Ursa die Katzenmutter. »Sie ist traurig, dass ich ihre Babys mitnehme«, rief sie.

»Sie trinken nicht mehr bei ihr«, erklärte Gabe.

Die orangerote Tigerkatze rieb sich an Ursas Schienbeinen.

»Siehst du?«, sagte Gabe. »Sie ist einverstanden.«

Nachdem die Gäste Ursa und Jo zum Abschied auf der Veranda umarmt hatten, gingen sie zurück ins Haus, um Gabe mit den beiden allein zu lassen.

»Haben George und deine Mutter schon verraten, wann sie heiraten wollen?«, fragte Jo.

Gabe stellte die Box auf die Rückbank des Honda. »Romantisch, wie sie sind, wollen sie warten, bis die Blätter gelb werden, und sie wissen noch nicht genau, wann es so weit ist.«

»Ich muss das ein paar Tage im Voraus wissen«, bemerkte Jo.

»Das habe ich ihnen schon gesagt.«

»Darf ich auch zur Hochzeit von Katherine und George gehen?«, fragte Ursa.

»Das weiß ich nicht«, erwiderte Gabe. »Hängt davon ab, ob deine Pflegemutter das erlaubt.«

»Das tut sie«, sagte Ursa.

»Bist du dir sicher?«, fragte Jo. »Hab gehört, in dem Haushalt wird man gezwungen, Grünzeug zu essen.«

»Wenn ich das tun muss, laufe ich weg.«

»Nichts da. Das machst du nicht mehr«, sagte Gabe, schnallte Ursa auf dem Rücksitz an und nahm sie in die Arme. »Du fehlst mir jetzt schon, Hoppelhäschen.«

»Dauert nicht lange«, sagte Ursa.

»Warum nicht?«

»Wegen der Quarks.«

Gabe trat zurück und sah Jo an. »Sieht aus, als tanzte unser Schicksal immer noch auf einem Meer aus Quarks.«

»War ein ziemlich wilder Ritt«, sagte Jo. Sie küssten und umarmten sich. Keiner von beiden wusste, wann genau sie sich das nächste Mal sehen würden. Gabe musste die Ernte einbringen und die Felder für den Herbst bestellen, Jo würde im Wintersemester unterrichten und weiterstudieren. Aber auf jeden Fall würde sie zur Hochzeit von Katherine und George kommen, egal wie viel sie zu tun hätte. Sie flüsterte Gabe ins Ohr: »Ich glaube, ich kann nicht so lange warten, bis die Blätter gelb werden.«

»Geht mir genauso. Vielleicht schnappe ich mir Ursas Malfarben und pinsele die verdammten Bäume an.«

Jo startete den Motor und fuhr los. Im Rückspiegel wurde Gabe immer kleiner.

»Keine Sorge, du siehst ihn noch vor der Hochzeit«, sagte Ursa.

»Du scheinst dir mit deinen Quarks inzwischen sehr sicher zu sein.«

»Ich kann das jetzt noch besser.«

Auf der langen Fahrt nach Norden las Ursa in ihren neuen Büchern, kuschelte mit dem violetten Menschenfresser und spielte durch die Tür der Katzenbox mit den Kätzchen. Als sie die Interstate verließen, spähte sie aus dem Fenster und schaute sich ihre neue Heimat genauer an. Jo bog in die hübsche baumgesäumte Straße ab, die in der spätnachmittäglichen Sonne golden glänzte. Bevor sie in die Auffahrt fuhr, blieb sie kurz stehen, um das weiß verschalte Haus inmitten spätsommerlicher Blüten zu bewundern.

Tabby trat auf die Veranda, lächelte und winkte.

Ursa stieg aus dem Auto und versuchte, die Kätzchen zu tragen.

»Steck sie besser wieder in die Box«, sagte Jo. »Wenn sie runterspringen, laufen sie vielleicht weg.« Sie schaute zu Tabby hinüber, damit die Freundin ihnen mit den Katzen half, doch Tabby sprach eindringlich mit jemandem am Handy.

»Die laufen nicht weg«, sagte Ursa. Sie drückte die sich windenden Tierchen an ihre Brust. »Es wäre gut, wenn die Katzen von Frances Ivey hier wären. Dann könnten sie die Pflegemütter von Julia und Hamlet sein.«

»Es ist gut, dass Frances nicht da ist. Sie hat gesagt, hier dürften keine Kinder wohnen. Wir haben ihr noch nicht von dir erzählt.«

»Das wird sich alles bald regeln«, sagte Ursa.

»Wie?«

»Wirst du schon sehen.«

Als sie zum Tor kamen, lief Tabby die Stufen herunter. »Ihr ratet nie, was gerade passiert ist!«

»Tabby! Wie wäre es, wenn du meiner Pflegetochter erst mal Hallo sagst?«

»Klar ...« Tabby steckte ihr Handy ein und drückte Ursa einen Kuss auf die Wange. »Herzlichen Glückwunsch, großartigstes Mädchen im ganzen Universum!«

»Danke für den violetten Menschenfresser, den du mir geschenkt hast. Er ist toll«, sagte Ursa.

»Der ist von Purpurnea, einem weit entfernten Planeten«, erklärte Tabby. »Wow, sind die süß, die Katzen!«

»Die habe ich von Gabe bekommen.«

»Was ist denn nun passiert?«, fragte Jo.

»Frances Ivey hat eben angerufen – ich habe gerade aufgelegt. Du glaubst es nicht! Sie und Nancy wollen heiraten, und Frances will in Maine bleiben! Sie hat gefragt, ob wir das Haus kaufen möchten.«

Jo sah Ursa an. »Also, das ist wirklich sehr seltsam ...«

»Was denn?«, fragte Tabby.

»Ursa hat eben gesagt, es würde etwas passieren, was das Kinderverbot hinfällig macht.«

Tabby grinste. »Steckst du dahinter, kleiner Alien?«

Ursa quietschte. Die Kätzchen kraxelten auf ihren Schultern herum, um aus ihren Armen zu entkommen. Sie sprangen auf den Boden und liefen die Verandastufen hoch, als folgten sie einer unsichtbaren Spur von Quarks. Julia legte sich auf die Fußmatte vor der Tür, Hamlet warf sich neben sie auf den Rücken und strich mit einer Tatze über ihr Köpfchen.

Ursa nahm Jos Hand in ihre linke und Tabbys in die rechte. Sie zog beide zu sich heran wie ein Küken, das sich in seinem Nest einkuschelt. Ursa lächelte über die Kätzchen, die auf der Veranda ihres neuen Heims spielten. »Ja, das war ich.« Sie schaute hoch. »Stimmt doch, Jo, oder?«

»Ja, das warst du, Großer Bär.«

Danksagung

Dieses Buch hätte ohne Carly Watters von der P. S. Literary Agency niemals zu voller Pracht erblühen können. Ich danke ihr für ihren Einsatz bei der Veröffentlichung und auch für das frühe Stutzen meiner komplizierten Nebenhandlungen. Carlys geschickter Umgang mit der Heckenschere hat der Geschichte sehr gut getan.

Zutiefst dankbar bin ich auch Alicia Clancy, die von einem glänzenden Ozean zum anderen für dieses Buch geworben hat. Ihre unerschütterliche Begeisterung war allen ein Leuchtturm.

Laura Chasen, eine weitere höchst begabte Lektorin, hat meine Schreibkünste geschärft und auf eine Art verfeinert, die ich nicht für möglich gehalten hätte. Ich weiß ihren kompetenten, einfühlsamen Lektoratsstil sehr zu schätzen.

Außerdem möchte ich gerne den Menschen danken, die dieses Manuskript als Erste lasen. Scott, der allzeit bereite Alphaleser, hat wie immer aufmerksame Kommentare beigesteuert. Nikki Mentges, Lektorin und Betaleserin bei NAM Editorial, bereitete gemeinsam mit mir das Manuskript für die Einreichung beim Verlag vor. Ich danke beiden für ihre Ermutigung, das Buch zu veröffentlichen.

Noch vielen anderen Mitarbeiter:innen von Lake Union Publishing schulde ich meinen Dank für die Unterstützung bei und an der Arbeit an diesem Buch.

Den folgenden Menschen möchte ich dafür danken, dass sie mir die körperlichen und seelischen Folgen einer BRCA-Diagnose begreiflich machten: Meine Freundin Dr. Lisa Davenport hat mich fachkundig unterstützt und den Kontakt zu Dr. Victoria Seewaldt von City of Hope sowie zu Dr. Sue Friedman, Gründerin und Geschäftsführerin von FORCE (Facing Our Risk of Cancer Empowered) hergestellt. Dank ihrer Hilfe war es mir möglich, Joanna realistisch darzustellen. Dr. Ernestine Lee stand mir als gute Freundin mit dringend benötigtem Rat zur Seite, als ich zu Joannas Krankengeschichte recherchierte. Sie hat verschiedene Onkolog:innen kontaktiert, deren Beiträge mir beim Überwinden meiner Unsicherheit sehr geholfen haben.

Mein Bruder Dirk Vanderah, ein hervorragender Rettungssanitäter, hat mich mit seinem Wissen zu Schussverletzungen und medizinischer Notfallversorgung bereichert. Es schmerzt mich unglaublich, dass er die Veröffentlichung dieses Buchs nicht mehr erleben konnte.

Meine Anerkennung gilt Andrew V. Suarez, Karin S. Pfennig und Scott K. Robinson, deren Studie über Indigofinken in Randgebieten die wissenschaftliche Grundlage für Joannas Forschung darstellt.

Unendliche Dankbarkeit und Liebe gehen an Cailley, William und Grant für ihre Geduld, während ich an diesem Buch schrieb, und für ihre Inspiration zu Ursas großem Herzen, ihrem Scharfsinn und ihrer Phantasie.

Mein letzter Gedanke gilt voller Dankbarkeit und Liebe Scott. Als die Vogelbiologin, die er seit vielen Jahren kannte, plötzlich wie besessen an einem Roman schrieb, ermutigte er sie vorbehaltlos. Danke, Scott, für deinen außerordentlichen, oft außergewöhnlichen Optimismus.

Abbie Greaves
Jeder Tag für dich
Roman

Wie lange würdest du auf deine große Liebe warten? Mary O'Connor hält seit sieben Jahren jeden Tag Ausschau nach ihrer ersten Liebe.

Jeden Abend kommt Mary zum Bahnhof Ealing Broadway und stellt sich mitten in den Pendlerstrom. In ihren Händen hält sie ein Schild mit den Worten: »Komm nach Hause, Jim.«
Bis ein unerwarteter Anruf ihre Welt auf den Kopf stellt. So sehr sich Mary innerlich sträubt, sie muss sich endlich dem stellen, was vor all den Jahren passiert ist - und die Frage klären: Wo um alles in der Welt ist Jim?

Aus dem Englischen
von Pauline Kurbasik
400 Seiten, Klappenbroschur

Weitere Informationen finden Sie auf
www.fischerverlage.de

Mya-Rose Craig
Birdgirl
Meine Familie, die Natur und ich

Wie uns die Natur durch schwere Zeiten helfen kann

Mya-Rose ist neun, als ihre Mutter versucht, sich das Leben zu nehmen. Die Diagnose: bipolare Störung. Nichts scheint zu helfen. Bis der Vater, ein begeisterter Vogelkundler, die entscheidende Idee hat: Mya-Rose und ihre Eltern packen die Ferngläser ein und machen sich auf nach Südamerika, um die Harpye zu finden, den stärksten Greifvogel der Welt. Ihre Reise, die nicht die einzige bleiben wird, ist voller Abenteuer und Hindernisse. Doch die Natur und die Vögel geben der Familie Halt und Kraft. Für Mya-Rose ist es der Start in ein außergewöhnliches Leben.

Aus dem Englischen von Andrea Fischer
400 Seiten, gebunden

Weitere Informationen finden Sie auf
www.fischerverlage.de